冬天的柳叶 著

下 册

青岛出版集团 | 青岛出版社

第二十一章 立 储

祁烁很快见到了被关押的玉琉侍女。

"你可以说说那人的长相了。"程茂明冷冷地道。

在玉琉侍女的描述下,很快一幅人像画好了,画卷上是一名四十多岁的黑瘦男子。

"是他吗?"

得到玉琉侍女的确认后,程茂明把画像交给属下:"去一趟客馆,悄悄把这画像上的人带回来。"

属下领命而去。

程茂明陪着祁烁走出审讯室,邀他喝茶。

祁烁关心后续,自是不会拒绝。

现在看来,给玉琉侍女面具的人绝对与给假杜青面具的人有关联。

二人这一等,就等了一个多时辰。

"大都督,人带来了。"门外传来属下的禀报声。

程茂明把茶杯往桌上一放:"带进来。"

随着开门声响起,一个黑瘦男子被推了进来。

"跪下!"带人来的锦麟卫把他踹倒在地上。

黑瘦男子一脸惶恐:"大人饶命,大人饶命!"

程茂明居高临下地看着男子:"知道为何叫你来吗?"

黑瘦男子根本不敢抬头看,喊声带着哭腔:"小民不知啊!"

"不知?"程茂明挑起一边眉毛,"有人密报,你给了失踪的玉琉侍女一样东西,有没有这回事?"

黑瘦男子第一反应就是否认:"小民没有啊。"

程茂明一拍桌子,眼里满是阴狠:"你是不是忘了这里是什么地方?"

黑瘦男子打了个哆嗦，一下子没了隐瞒的勇气："小民说，小民说！"
　　锦麟卫对寻常百姓来说无疑有着很大的威慑力，黑瘦男子低着头，哆哆嗦嗦地说了起来："小民是给了那个叫百灵的玉琉侍女一个小匣子，不过小民不知道那里面装的是什么东西，更没想到她会失踪啊！"
　　"不知道匣子里装了何物？"
　　"真的不知道，小民可以发誓！"黑瘦男子举起一只手，准备发毒誓。
　　程茂明一言不发地等着听。
　　虽然他不信这个，但听听又没损失。
　　黑瘦男子顿了一下，咬牙发了一串毒誓。
　　"既然你不知道匣子中装的是什么，那匣子从何处得来？"
　　"是……是一个看不清长相的人给小民的。"
　　"不知长相？"程茂明冷笑，"你这么说，本官可就不满意了。"
　　"小民真的没看到那人的长相，他戴着斗笠，只露出下巴。"
　　一道声音响起："你仔细地说一下那人的样子，高矮胖瘦，穿的衣裳……越具体越好。"
　　黑瘦男子迟疑地看向开口的年轻人。
　　程茂明脸一板："让你说就说！"
　　黑瘦男子不敢再犹豫，老老实实地说了起来。
　　"是这样吗？"不知过了多久，祁烁放下笔问。
　　画卷上是一个头戴斗笠只露出下巴的粗衣男子。
　　"是他！"黑瘦男子激动地喊道，语气笃定。
　　程茂明犹豫地看了祁烁一眼。
　　就算画了出来，他们依然不知道那人的长相啊。
　　"这个人是怎么找上你的？"他问。
　　"在一家医馆外。"黑瘦男子红了眼圈，声音带了哽咽，"小民的儿子病得厉害，抓了几次药，实在没钱了，正走投无路，那人出现了，对小民说，只要把那个小匣子悄悄交给客馆中一名叫百灵的玉琉侍女，就给小民五十两银子。"
　　他说着，"砰砰"磕头："小民实在是没有法子了，小民不能看着儿子病死啊……"
　　"那人后来有没有再找过你？"
　　"没有。"
　　"除了让你把东西交给玉琉侍女，还说什么了吗？"
　　"就说让小民和以前一样，把这件事忘了。"
　　程茂明不由得看向祁烁。
　　假如找不回失踪的玉琉侍女，他们怎么查都查不到表现如常的花匠头上，幸亏靖王世子一支妙笔打破了僵局。
　　只是花匠没看到那人的面容，想要把那人找出来就难如登天了。

"把人带下去继续问，看他有没有隐瞒。"吩咐属下把黑瘦男子带走，程茂明决意进宫一趟。

祁烁一指画像："大都督不介意我把画像带走吧？"

"世子随意。"程茂明虽纳闷儿这么一张画像有什么用，却没多问。

祁烁离开锦麟卫，约上林好一起去见了假杜青。

"给你面具的是不是这个人？"祁烁在假杜青面前展开画像，开门见山地问。

假杜青看了一眼，有点儿傻眼："这也看不到长什么样啊。"

"给你的感觉呢？就算看不到眉眼，露出的下巴形状、身形这些，和你见过的男子相似吗？"

被这么一提醒，假杜青仔细地看了起来。

好一会儿后，他缓缓摇头："我和那人只见了一面，要是再见到，或许能认出来，只看这一幅画像实在无法确定，身形倒是差不多。"

担心这个回答不能让二人满意而吃苦头，男子迟疑地道："再说，他既然擅长易容，我看到的也不一定是他的真实样貌……"

林好盯着画像半响，伸手遮住脸的上半部分。

画卷上的粗衣男子脸部被纤纤素手遮住大半，只露出下巴。

"阿好？"

林好摇摇头，等离开关着假杜青的地方才解释道："就是想遮掉干扰记住那人的下半张脸，万一哪日遇见呢。"

那人明显是平乐帝一方的人，这么一个易容高手藏身京城，定然不会一直蛰伏下去。

"这个人确实很危险。"走在阳光灿烂的街上，祁烁却心发沉。

一个能根据需要把人易容成任何人的人，造成的破坏力会远超想象。

二人因不知所踪的易容高手隐隐不安，程茂明则脚底生风地进宫面圣去了。

泰安帝看着行礼问安的臣子，微微动了动眉梢。

这是有好事要禀报？

"程卿进宫有什么事啊？"

"回禀皇上，失踪的玉琉侍女找到了。"程茂明一副喜上眉梢的模样。

他其实不是这么沉不住气的人，但他知道喜怒不形于色的皇上并不太喜欢同样喜怒不形于色的臣子。

果然泰安帝的眼里有了喜色："找到了？人在何处？"

"就关在锦麟卫中，除了极少数微臣信得过的人，没有人知道，也没有惊动客馆那边。"

"好。"泰安帝朗声笑了起来，"和朕说说，人是怎么找到的？"

程茂明略一犹豫，长叹道："回禀皇上，能找到玉琉侍女多亏了靖王世子。"

功劳对他来说自是多多益善，可不夸夸靖王世子，他的良心上实在过不去啊。

523

程茂明的脑海中甚至莫名其妙地掠过一个念头：多夸夸靖王世子，说不定以后世子会给他带来更大的好处呢。

"哦？"泰安帝下意识地挑眉，"因为靖王世子？"

程茂明便从祁烁如何画出失踪的玉琉侍女的画像，如何发现胡大与侍女的脸形、五官有相似之处说起来。

泰安帝听完，不由得笑了："没想到擅画人物还有这等用处。"

程茂明下意识地想反驳。

擅长画人物的才子多了，也没见哪个能用在正事上，说到底是靖王世子有实才。

话要脱口而出时，理智阻止了他。过犹不及，他夸得太多，皇上还以为他与靖王世子有勾结呢。

"微臣也没想到。"程茂明附和着。

短暂的喜悦过去后，泰安帝收了笑："照这么说，有一个擅长伪装的余孽还不知道藏身在何处。"

"是。"程茂明微微低头。

"继续追查，务必把这个人找出来。"

"微臣领旨。"

泰安帝摆摆手："退下吧。"

程茂明默默地退了出去。

泰安帝揉了揉眉心，吩咐刘川："把王先生叫来。"

糟心事多，就容易脑袋疼。脑袋疼，就离不开王先生。

不多时，明心真人走了进来："见过皇上。"

"王先生不必多礼，朕头有些痛，给朕按按吧。"

明心真人绕到泰安帝身后，净过手后轻轻按捏起来。

疼痛得到缓解，安静又放松的气氛下，泰安帝有了倾诉的念头："找到了玉琉侍女，这次的危机暂且算是过去了，可这种受制于人的感觉委实不好受……"

他不怕讲给王先生听。

作为一个随时都要听从召唤的人，王先生早就没有了随便接触宫外人的自由，即便听到什么也只能烂在肚子里。

"王先生，你说世上真有如此出神入化的易容手段？"

明心真人目光闪了闪，垂下眼来："草民不大了解这些。"

泰安帝叹了口气，不再说话。

玉琉侍女被找回来算是化解了当下的危机，但是陈木的嘴一时又撬不开，寻找易容高手更是毫无头绪，立储便成了朝廷上下最为关注的大事。

册封吉日定在了七月二十，因为时间紧，相关衙门都忙碌起来，礼部更是忙得不可开交。

整个京城笼罩在一片祥和中，街头巷尾对灵雀公主之死的议论被立储之事取代，仿佛这桩关系到两位公主的惊人凶案没有发生过。

当然这只是表象，事实上，灵雀公主之死带来的影响如暗潮藏在平静的水面下，沉默却汹涌。

林好是从寇婉口中听说此事对宜安公主的影响的。

那日寇婉去了无香花露铺，见到林好，惊喜地出声："林姐姐，你也在！"

看到对方眼里真切的喜悦，林好莞尔："这个花露铺是我家的产业。"

寇婉点点头，好奇地打量店中的陈设："我听说了，早就想来逛逛，没想到第一次来就遇到了林姐姐。"

"寇婉，你叫谁'姐姐'？"一道阴郁的声音从背后传来。

寇婉转过头去，吃了一惊："姐姐？你不是没出门吗？"

宜安公主冷冷地看着她："怎么？我连出门都不能了？"

在林好面前被亲姐姐挤对，寇婉感到很难堪，涨红着脸道："姐姐误会了，我以为你在家里。"

"我在家里哪能想到你多了个姐姐呢？"宜安公主似笑非笑地看了林好一眼。

这时玲儿从后边走了进来，一见宜安公主，掩口惊呼："呀，您不是那日来的姑娘吗？……不对，您是公主！"

宜安公主被揭穿身份，脸色一变，唯恐引来路人注意，顾不得寻妹妹晦气，匆匆地走了。

玲儿凑到林好身边，小声问："姑娘，没给您惹麻烦吧？"

"不会。"林好甚至想夸一句"干得好"。

这时春妮也走了过来，老实地认错："是我让玲儿那么说的。"

林好笑着说"没事"，两个小姑娘这才后知后觉地认出了寇婉。

"你是……"

春妮反应快，拉了一下玲儿，阻止她喊出来。

寇婉认出二人，一时又是惊喜又是紧张，惊喜的是共患难的人有了好归宿，紧张的是那段落入拐子手里的遭遇有可能泄露出去。

一旁还有掌柜在，林好面不改色地道："这是我的朋友，以后来买花露按八折算。"

"是。"春妮明白了林好的意思，装作不认识寇婉的样子。

寇婉暗暗松了口气，越发觉得林好可亲："林姐姐要是得闲，咱们说说话吧。"

林好请她去后边坐。

"林姐姐，给你添麻烦了。我大姐最近一直在侯府，心情不太好。"

宜安公主一直在侯府？

林好听出点儿意思来。

宜安公主以宫中为家，如今一直住在侯府，无疑反映了太后的态度。

林好对宜安公主如何并不关心，笑着道："没什么。婉儿，你尝尝这道糖酪浇樱桃，看合不合胃口。"

吃了好吃的，寇婉依依不舍地告别林好回了侯府。

"你还舍得回来？"宜安公主冷冷地看着她，声音是自己都未察觉的尖厉。

寇婉看了她一眼，抬脚往前走。

宜安公主的脸色更黑："站住！"

寇婉脚步一顿，声音冷淡地说道："姐姐还有事？"

宜安公主心头怒火直蹿："寇婉，你还有没有把我这个姐姐放在眼里？"

寇婉看着长姐那张阴郁的脸，不想再忍："那也要你有个当姐姐的样子吧。"

"你说什么？"宜安公主下意识地扬手。

寇婉冷笑："怎么？还想打我？"

宜安公主举起的手让她瞬间想起了落入拐子手中那段噩梦般的经历，也彻底断送了她心中本就微弱的姐妹情。

"闹什么呢？"威武侯夫人皱眉看着剑拔弩张的两个女儿，"有什么话都进屋说。"

宜安公主睨了寇婉一眼往屋里走，寇婉却站着没动。

"母亲，我回房了。"

宜安公主猛然转身："你还想躲？"

寇婉本来不想再打嘴仗，见她如此，索性挑眉冷笑："这是我家，我躲什么？你不要因为待在家里就把火气撒到别人头上。"

宜安公主被戳穿心事，如被针扎般扭曲了表情："寇婉，见我倒霉，你是不是很得意？"

她明明是被冤枉的，所有人也都知道她是被冤枉的，太后却让她回侯府小住，到现在也没宫里的人来接。

"婉儿，你怎么这样和你姐姐说话？没大没小。"威武侯夫人下意识地维护长女。

寇婉看着面露不满的母亲，一颗心凉透了："母亲，明明是她一直找碴儿，连我回房避开都不让，为何到头来您只指责我？"

是因为寇娇有公主封号吧。寇婉其实心中清楚，因而对母亲越发失望。

这时一名婢女急急地走来："夫人，宫里来人了！"

宜安公主一听大喜："宫里来人了？在哪儿呢？"

"轿子停在门外，人被请到花厅里坐了。"

没等威武侯夫人开口，宜安公主就快步向花厅走去。

威武侯夫人嘴角也有了笑意，不忘叮嘱寇婉："别再和你姐姐闹，你姐姐一年都回不来几日，你就不能懂事点儿吗？"

"我回房了。"寇婉甩下一句，就跑了。

宜安公主走到花厅外时才把激动压下去，默默地等威武侯夫人过来了才和她一起进去。

在花厅中等候的是太后宫中一名姓杨的小内侍，来过侯府不少次了。

威武侯夫人笑着寒暄："让杨公公久等了。"

"侯夫人客气。"

"杨公公是来接娇娇回宫的吧？"威武侯夫人宠溺地看了看宜安公主，"这孩子天天念着太后她老人家呢。"

内侍飞快地扫了宜安公主一眼，笑容中有几分尴尬："太后昨晚梦到二姑娘了，醒来一直惦记着，就命奴婢来接二姑娘进宫一趟。"

威武侯夫人不自觉地收了笑，以为听错了。

宜安公主更是难以置信："杨公公，你说皇祖母叫你来接二姑娘进宫？"

"正是。"

"二姑娘是我妹妹寇婉，你是不是听岔了？"

内侍皱了皱眉。

宜安公主平时承欢太后膝下，看着挺机灵的，现在怎么这么不懂事？

"奴婢可不敢乱传话，太后要奴婢接进宫的就是二姑娘寇婉。"

这个回答让宜安公主再无侥幸之念。

"那我呢？"她脱口而出，垂在身侧的手克制不住地颤抖。

内侍微微垂眼："太后说让公主好好散心，不急着回宫拘着。"

"可我……"

"娇娇！"威武侯夫人打断宜安公主的话，对内侍笑笑："那杨公公稍等，我这就打发人去叫婉儿过来。"

寇婉过来时还是蒙的："太后叫我进宫？"

内侍一脸笑容："二姑娘别让太后等急了，轿子就在外头呢。"

"哦。"寇婉胡乱应了一声，下意识地看了看威武侯夫人与宜安公主，终究没说什么，随着内侍坐上轿子进宫去了。

威武侯夫人站在门口目送轿子远去，宜安公主也浑浑噩噩地跟出来，等轿子彻底消失在视野中，她终于崩溃了。

"母亲，太后为什么接二妹进宫？"她拽着威武侯夫人的衣袖，眼神有些疯狂，"为什么接走的是二妹？"

威武侯夫人看着失态的长女，语气不自觉地淡下来："太后想见你妹妹，自然就接她进宫了。"

宫中来人接走了二姑娘寇婉，而宜安公主依然留在侯府，这在威武侯府掀起了不小的波澜，府中下人都暗暗猜测大姑娘在太后面前失宠了。

大姑娘虽有公主称号，却无实际封地，一旦失宠，这个公主其实也没什么意思，将来可不一定比得了太后青眼的二姑娘强。

威武侯府对两位姑娘的态度从这日起有了变化。

林好并不知寇婉回府后的经历，在无香花露铺待到快到晌午时才离开，不紧不慢地往将军府走。

虽已是初秋，暑气却未消，没有流云遮蔽的日头肆无忌惮地炙烤着街道，两旁飘来的浓郁的桂花香让人感觉更闷热了。

林好在路边踩着树荫走，突然感到不对劲。

"姑娘？"见林好停下，宝珠顺着她的目光看过去。

近在咫尺的桂树下站着一个年轻男子，他看起来有些狼狈，眼睛黑沉，如涌动着暗流的深潭。

杜青？

林好扬了一下眉。

宝珠立刻挡在林好身前，警惕地看着杜青。

"我有话问你。"杜青的视线越过宝珠死死地盯着林好，声音沙哑急促。

比起宝珠的紧张，林好淡定多了："在这里？"

"有没有方便说话的地方？"

林好想了想，问道："将军府不远处那家茶馆如何？"

杜青很快点头："好，分开走。"

林好深深地看了杜青一眼。

这么谨慎，看来杜青离开锦麟卫后经历了不少。

她去了茶馆的雅室里等候，没多久，杜青推门而入。

"坐吧。"林好指指对面。

杜青坐下来，有些费解地看向林好："你不怕我找你麻烦？"

林好倒了一杯茶递过去，眼波往他身上一扫："你都这样了，还能找我麻烦？"

杜青一顿。

"你找我什么事？"林好平静地问。

杜青捏着茶杯静了静，问："那个假冒我的人，是不是在你们手里？"

林好微微侧头："这和你没什么关系吧？"

杜青眼里闪过怒火，低沉的声音高了几分："没关系？你知不知道离开锦麟卫后我都遭遇了什么？"

林好收起漫不经心的态度，捧着茶盏，摆出认真地听故事的模样："啊，你说吧。"

杜青默默地吸了一口气，把怒火压下去。

他居然愚蠢到在离开锦麟卫时对这丫头产生一丝感激之情！

天知道他这段时间是怎么过的。陈木一方的人也就罢了，就是自己人看他的眼神都充满了猜疑，闹僵后，两方都想要他的命以除后患。他恢复自由后非但什么都做不了，还陷入了没完没了的追杀中。

"我只想知道，那个假冒我的人是怎么回事？"

"这不难猜吧，就是为了掩护你那位朋友。你那位朋友躲在屋子里不出门，那人以你的身份采买物资，保障生活。"林好趁机问出来，"你那位朋友叫什么名字？"

她当然知道叫什么，却没法儿解释她是如何知道的。

杜青沉默着。

"不能说吗？可他现在已经在锦麟卫的监狱里了，一个名字被人知道了其实没什么意义吧？那我还是用'你那位朋友'称呼……"

"陈木，他叫陈木。"

"那你呢？"

看着少女的盈盈笑脸，杜青沉默了一瞬，说道："我叫杜青。"

说出名字时，他完全是破罐子破摔的心情。

这丫头知道他与陈木的关系，知道他是平乐帝一方的人，隐瞒一个名字确实没有意义。

等等！

杜青想到一个问题：这丫头接近先生，难道是知道了先生的身份？

杀机在他的眼中一闪而过，却被林好捕捉到。

"那杜青，你还有要问的吗？"她一副浑然不觉的样子，语气轻松地问道。

杜青压下了心中的戾气。

仔细想来，这丫头与先生打交道时他从未现身过，她不可能知道他与先生的关系。

他在说服自己的瞬间，眼神恢复了平静："没有了。"

反而林好从袖中抽出画卷，一点点展开："这个人你见过吗？"

杜青扫了一眼，看向林好的眼神变得古怪："这谁能认出来？"

"就是他给的那人面具。"林好本来也没抱什么希望，边说边把画像重新卷起。

好一会儿杜青都没回应，她抬头看过去："怎么了？"

"不打扰了。"杜青把茶杯一放，起身告辞。

林好叫来宝珠，低声说了几句。

宝珠追了出去："等一等。"

杜青驻足，疑惑地看着追来的小丫鬟。

"这是我们姑娘给你的。"宝珠把一个荷包塞进杜青手里。

杜青一时没反应过来，下意识地拒绝："不用。"

"收着吧，我们姑娘救助了好多乞儿呢，不缺你一个。"宝珠摆摆手，扭身跑回了茶馆。

杜青缓缓低头看着手中的荷包，满脑子只剩两个字：乞——儿！

那瞬间，他甚至想不顾暗探的身份追进去骂人，闻闻身上的馊味，最终算了。

林好从敞开的窗望着杜青走远，怎么看都觉得那道紧绷的背影有些气势汹汹。

"他收下了吧？"

"嗯，本来不好意思收，婢子安慰他说您救助了很多乞儿，不缺他一个，他就收下了。"小丫鬟一脸邀功的表情。

林好沉默了，轻轻拍拍宝珠的肩膀。

这孩子，可真会安慰人。

之后风平浪静，很快就到了册封太子之日。庄重烦琐的册立大典不必细说，在百官勋贵的恭贺声中，魏王成了新太子。

皇帝有了继承人不只是家事，更是国事。真心也好，假意也罢，百官一派喜气洋洋，街头处处张灯结彩，从朝廷到民间都沉浸在有了储君的喜悦中。

除了凉王府。

废太子本来能以凉王的身份参加册立大典，但是在泰安帝的示意下，负责大典事宜的官员心领神会地绕过凉王府，等一切尘埃落定后，消息才传进凉王的耳里。

凉王跑去宫门前一通发疯也没见到泰安帝，回去的路上好不容易不闹腾了，王府的下人刚松了口气，他突然停下脚步，眼睛死死地盯着一个方向。

"王爷？"

这声呼唤仿佛是个提醒，凉王用力地甩开扶着他胳膊的人，向那个方向奔去。

是林二姑娘！

凉王被废后，多少个夜晚辗转反侧，无数次回忆着为何会变成这样，竟让他琢磨出一个结论：他就是自从对林二姑娘起了心思后才越来越倒霉的，直到丢了储君之位！

是这妖孽害他！

林好看着怒火冲天地向她跑来的凉王，只觉莫名其妙。

狗太子，哦，现在是狗凉王了，居然还有精神咬人。

林好面不改色，打算瞧瞧凉王想干什么。

宝珠护主心切，一瞧一个凶神恶煞的男人向姑娘冲来，挡到林好面前，抬腿就是一脚。

凉王的身体早就因为服食五色散败坏了，看着凶狠，不过是王府上下不敢硬来，此番挨了宝珠这一脚，直接一个狗吃屎扑在了地上。

"王爷！"

"呼啦啦"追来几个人，七手八脚地把凉王扶起来。

凉王毫无准备之下摔得头晕目眩，扶着额头好一会儿没说出话来。

见他如此，一名王府下人怒斥宝珠："大胆，竟敢对我们王爷动手！"

宝珠不由得看向林好，神情有些紧张。

她好像给姑娘惹祸了，刚刚担心姑娘有危险，压根儿没顾得上看清是谁。

林好示意宝珠退至一旁，目光平静地看向那个发难的王府下人。

王府下人认出了林好："原来是林二姑娘。"

未来的靖王世子妃。

尽管认出了林好的身份，王府下人却没有罢休："林二姑娘，您的丫鬟刚刚伤了我们王爷，您说该怎么办？"

他们是凉王府的人，就算心里觉得凉王是摊烂泥，也不能由着外边的人对凉王不敬，不然以后谁都能踩在他们头上了。

"王爷受伤了吗？"林好看着形销骨立的凉王，只觉痛快。

曾经的太子她无法撼动，凡事只能小心翼翼，到今天，他终于不再是威胁了。

"无论受没受伤，您的丫鬟踹我们王爷都是以下犯上。"

林好挑眉："哦，我的丫鬟为何踹你们王爷？"

"这……"王府的下人一顿。

为什么？还不是王爷突然发疯般冲向林二姑娘。

可这个理由完全说不出口……

就在王府的下人为难之际，凉王从眩晕中缓了过来，望着林好的目光似要吃人："都是你害我！"

林好压根儿没与凉王对话，吃惊地问王府的下人："你们王爷……没事吧？"

她说着，纤长的手指指了指脑袋，意思再明显不过：凉王脑子是不是有问题？

主人的脸面就是下人的脸面，被林好这么一问，王府的下人连宝珠踹凉王的事都顾不得追究了，尴尬地道："林二姑娘别误会，我们王爷……"

话还没说完，就被突然暴起的凉王打断了。

"你这害人的妖孽，速速现形！"凉王大喝着，抽出折扇向林好打去。

当即有王府的下人阻拦，林好轻松地后退两步，一脸同情地道："看来王爷病得不轻，这种情况应当好好在家静养才是，怎么能由着王爷跑到大街上见人就喊'妖孽'，要拿折扇捉妖呢？"

几个王府的下人大感丢脸，连拉带拖地带走了凉王。

这番动静引得不少人驻足瞧热闹，见凉王一走，纷纷感慨："那位是废太子吧，没想到居然疯了，见到美丽的女子就以为是妖孽。"

"没疯！"一个激动的声音响起，在一片感慨声中格外突兀。

人们看向说话的人。

温如生嘴唇颤抖，是终于找到知音的激动。

他就说阿好是妖孽，结果连儿子都不信！

"你怎么这么肯定？"有人问。

恰在这时，林好随意地往这个方向瞥了一眼。

温如生浑身紧绷，艰难地挤出笑容："我……我瞎说的呗。"

"你这个人怎么张嘴就来？"

他们就没见过把"瞎说"说得这么理直气壮的。

"就是，浪费感情！"害他们还以为有什么新的八卦消息呢。

在一片唾骂声中，温如生落荒而逃。

温如生没有回家，而是一路狂奔到衙门，把温峰叫了出来。

"爹，找我什么事啊？"温峰快步走出来，眉眼间尽是从容之色与初来京城应考时大不一样了。

这段时间，温峰在衙门里越发顺当。

魏王成了储君，而杨喆是新太子十分看重的人，连带着与杨喆交好的温峰等人也多了与新太子接触的机会，在官场上自然如鱼得水起来。

温如生扫了左右一眼，把温峰拉去角落里，这才小声道："我在街上看到阿好了。"

温峰太阳穴一跳，突然觉得脑袋疼。

也不知怎的，父亲一沾上与阿好有关的事就不大正常。

"爹，要是没别的事，我就进去了，今天挺忙的。"

温如生急忙拽住儿子："还有那个凉王呢！"

一听"凉王"，温峰神色严肃起来："他找阿好麻烦了？"

"怎么是找麻烦呢？"温如生下意识地反驳，视线乱飞，确定林好不在附近，才压低声音道，"凉王也发现阿好是妖怪了！"

温峰："……"

"爹，您昨天不是说想吃陶然斋的烧鸡吗？今天过去多吃点儿。儿子真的有好多事没做完，再耽误下去要挨上峰骂了。"温峰把一角碎银塞进温如生的手里，赶紧跑了。

"怎么就不信呢？"温如生有些委屈，但想想马上要吃到陶然斋的烧鸡，心情又好了。

王府下人好不容易把凉王弄回王府，发现府中的气氛不对。

一名管事哭着迎上来："王爷，您可回来了，出事了啊！"

凉王一看哭哭啼啼的管事就觉得晦气，骂了一声"滚"，直奔后院。

"王爷！王爷！"管事急得团团转。

从外面回来的王府下人问："发生什么事了？"

管事"哇"地哭了："长史死了！"

几个下人大惊："怎么会死了？"

管事抹了一把泪："王爷把长史推倒，长史后脑勺儿着地流了好多血，没等良医正过来就没气了……"

"这可怎么办啊？"凉王府上下都头痛这个问题，犹豫许久，最终还是报到了泰安帝那里。

王府长史是朝廷命官，稀里糊涂地遮掩过去没那么容易。

泰安帝听到凉王府长史因为阻拦凉王进宫闹腾被凉王推倒身亡，气得脸色铁青，越发觉得改立太子是明智之举。

处罚的结果很快传出去：降凉王为郡王，禁足半年。

旨意传到凉王府后凉王如何发疯不必多说，各方则越发明白新太子的地位无比稳固，因而当天家有意给太子选妃的消息传开时，许多听到风声的府上犹如闻到鱼腥的猫，对太子妃之位虎视眈眈。

皇上只有两个儿子，前太子被废时好歹还有一个魏王可选，如今魏王当了太子，可再没候补了，现在选出的太子妃就是将来的皇后。

很快到了八月底，随着太子妃头衔花落英国公府，京中笑将军府大姑娘没福气的言语多了起来。

林好听了这些风言风语难免气恼，抬脚去了林婵那里。

皎月居桂花飘香，林婵正坐在桂树下认真地绣花。

"大姐在绣什么？"林好走过去。

林婵拿起一旁的细布遮住绣绷："给二妹绣的枕套，现在还没绣好。"

"我看看。"

"不行，等绣好再看。"林婵笑着拉住妹妹，"去屋里坐吧。"

"就坐在这里吧，有太阳又不大热，还敞亮。"

于是林婵吩咐丫鬟："去给二姑娘搬凳子来。"

很快莲香搬来一个绣墩："二姑娘请坐。"

林好挨着林婵坐下，声音柔和地说道："大姐不要总做女红，当心伤了眼睛。"

林婵温柔一笑："就光线好的时候绣一会儿，这不都把绣架搬到院子里来了。"

"明日大姐和我去花露铺看看吧。"

林婵微一迟疑，点了点头："好。"

林大姑娘身体渐渐好转的风声放出去有段日子了，这个时候大好了也不会惹人怀疑。林好心疼长姐一直窝在一方小院子里，见她点头，不由得弯唇。

姐妹二人一时没再开口，捧着菊花茶静静地喝着，一阵秋风把桂花吹落，悄悄染香了二人的衣衫。

"二妹。"林婵轻柔的声音响起。

林好仰眸看着姐姐。

一只素手伸来，替她理了理调皮地垂落的发丝："是不是在外面碰上不开心的事了？"

林好立刻否认："没有。"

林婵看着她，微褐的瞳孔显得温柔沉静："如果是关于我的，二妹别因为那些风言风语不开心，姐姐好着呢。"

"大姐——"

林婵揽住林好的肩头："成为太子妃固然风光，可那并不适合我，二妹也知道的。"

"嗯。"林好轻轻点头，靠在姐姐的身上。

她知道，所以一个字都没对姐姐提起，只是有些心疼。

"傻丫头，我有祖母、母亲，还有你和大哥，就算不嫁人也不会差的。"

端午时，程树跳湖救了废太子后又升职了，以他的年纪，很有几分前途无量的意思，加之品行靠谱儿，在世人眼中确实能算林家姐妹的依靠了。

"二妹，回头研究一下梅花露吧，我最喜欢梅香。"

"好呀。"

这个时候,尚书府韩家起了一场争执。
"你还想求娶林大姑娘?"韩母听完儿子的话后就沉下了脸,"不成。"
韩宝成脸有些红,面对母亲的断然拒绝却没退缩:"母亲,林大姑娘的身体都好了。"
韩母气了个倒仰:"这是她身体的原因吗?林大姑娘和太子定过亲,京城好姑娘多的是,咱们家为何惹这个麻烦?"
"怎么是麻烦呢?当时林大姑娘生病,将军府主动地提出退亲,皇上不是还对将军府表示了肯定?"
韩母不为所动:"你只想着皇上不计较,那太子呢?"
太子若是个大度的还好,倘若是个小心眼儿的,保不准就对娶了林大姑娘的人不待见。
虽然只是有这种可能,但尚书府为何要冒这个风险?
"太子是宽厚之人……"
韩母并不愿听:"你不必说了,总之我不同意。"
"母亲——"韩宝成满眼失望。
韩母别过眼,不让自己心软。
但凡和林大姑娘定亲的是别人,她都会考虑一下,可那是太子啊,以后还会是皇帝,万一因为林大姑娘对尚书府不满,尚书府将来怎么办?
"儿子知道了,母亲好好歇着吧。"韩宝成说完,默默地走了出去。
望着儿子离开的沮丧的背影,韩母深深地叹了口气。

韩宝成没有回房,而是离开尚书府,约了杨喆吃酒。
见韩宝成一杯接一杯地喝酒,杨喆端着酒杯问:"韩兄有心事?"
韩宝成把酒杯放下,些微酒意没有让他头脑不清醒,而是给了他勇气。
望着杨喆那张清俊的脸,韩宝成开了口:"杨兄,我想请你帮个忙。"
"韩兄请说。"杨喆语气温和地说道。
韩宝成捏紧放在桌面上的酒杯:"我家曾求娶过林大姑娘,你是知道的。"
杨喆颔首。
"现在她仍待字闺中,我……我还是想娶她。"
杨喆眸光微闪:"韩兄需要我做什么?"
"我想拜托杨兄探一下太子的口风,看他会不会介意。"韩宝成心一横,把打算说了出来,"如果太子没有不悦之色,我想求他为我找一个身份合适的保山撮合这段姻缘。"
韩宝成把最后的希望放到太子身上并不是一时冲动。在太子还是魏王的时候,因为杨喆与太子私交好，他作为杨喆的好友就与太子有过不少接触，能看出太子是个宽厚之人。

追求想要的结果都会有风险，在了解太子品行的情况下，林大姑娘值得他一试。畏首畏尾固然没风险，却会错过他喜欢的姑娘，他不想等老了的时候再后悔当初为何不努力一下。

"我帮韩兄问问看。"杨喆一口答应下来。

韩宝成举杯："多谢杨兄。"

杨喆淡淡一笑："咱们之间，说这个就见外了。"

很快杨喆就找了个机会对太子提起此事："韩兄是个实心眼儿，当初家里看中了林大姑娘，有议亲之意，他就上心了；现在见林大姑娘待字闺中，他想要求娶，却遭到家里的强烈反对。"

听杨喆提到林婵，太子有一瞬的愣怔。

他已经很久没听人提过林大姑娘了，此时回想，他与林大姑娘的那桩亲事仿佛上辈子那么久远。

"林大姑娘病好了吗？"

"听说大好了。"

"那就好。"太子欣慰一笑，"林大姑娘是个好姑娘，如果能与宝成结为连理，是好事。"

"可惜他家里不答应。"

"因为被我退过亲？"太子不用多想就明白了症结所在，叹道，"说起来，在林大姑娘病重时退亲我总觉得过意不去，要是再因为我错失良缘，那我就更无法安心了。"

退了与林大姑娘的亲事时他是生出过几分惋惜之情，但这几个月来他连林大姑娘的病情都没关注过，若非今日杨喆提起，他都差点儿忘了这个人，要是因为林大姑娘与他人谈婚论嫁就心生不爽，那他与那位兄长有什么区别呢？

要是那些府上都抱着尚书府韩家这种想法，导致林大姑娘一直无人敢求娶，岂不是总有人往他身上想？

太子很快有了主意："这样吧，我让老师去问问韩尚书的意思，要是韩、林两家有意，就让老师当个保山。"

太子提到的老师原是王府长史司教授，名叫陈福礼，太子一直以来待之以师礼，以他的身份，出面当保山无疑很有分量，也完全表明了太子的意思。

韩宝成从杨喆口中听到这个消息时，按捺不住激动："太子真这么说？"

杨喆抽出被他紧拽的衣袖，失笑道："这种事，太子还会诓你不成？"

"多谢杨兄！"韩宝成一揖到底。

"是太子仁厚，我没出什么力。"杨喆避开这一礼，提醒道，"韩兄最好先跟令祖父通个气。"

"是，我这就去对祖父说，改日再请杨兄好好喝一顿。"

韩宝成辞别杨喆，匆匆地跑了一趟陶然斋买了一只烧鸡，提着赶回尚书府。

今天正好是休沐日，这个时候韩尚书难得在家里。

"祖父，孙儿给您带了下酒菜。"韩宝成把用油纸包好的烧鸡往桌上一放，笑呵呵地道。

他是那种浓眉大眼的俊朗长相，笑起来很讨长辈喜欢，韩尚书看着笑容灿烂的大孙子，不由得弯了唇："陶然斋的烧鸡吗？还是宝成知道疼祖父，来，咱们祖孙二人喝两杯。"

祖孙二人吃着烧鸡喝起小酒，还加了一碟香酥花生米。

韩宝成见差不多了，"嘿嘿"一笑："祖父，太子想撮合孙儿与林大姑娘，您觉得怎么样？"

"噗——"韩尚书一口酒喷出来，瞪着孙子，"你说什么？"

"就是太子突然觉得孙儿与林大姑娘郎才女貌挺般配的，想撮合我们……"

"喝了几杯酒就说醉话，去去去，赶紧给我回屋去。"韩尚书一个字都不信，赶苍蝇般把孙子轰走了。

翌日放衙，韩尚书就遇到了陈福礼。

"陈大人请我喝酒？"韩尚书虽觉意外，面上却半点儿不露，"那敢情好，我正愁没酒友。"

陈福礼官职虽不高，却是教导过太子的，自然不能得罪。

等等，太子？

看着一脸笑意的陈福礼，韩尚书突然想到了孙子说的话。

难不成孙子说的是真的，太子有意撮合他和林大姑娘？

可太子与林大姑娘定过亲啊！

一时之间，韩尚书陷入了迷茫中，作为混迹官场多年的老狐狸，面上却半点儿不露，随着陈福礼去了酒肆。

几杯酒下肚，陈福礼把太子的托付说了出来。

尽管有所猜测，韩尚书还是捏着酒杯露出惊讶之色。

陈福礼的心情亦很复杂。

他对当媒人毫无兴趣，奈何这是太子的意思。

"令孙年轻有为，品行出众，太子很是欣赏啊。"陈福礼意味深长地夸了一句。

韩尚书心一动。

男大当婚女大当嫁，家里一直在为宝成挑选合适的姑娘，既然这门亲事是太子乐见其成的，明显小兔崽子又愿意，想来想去，他没有拒绝的必要。

韩尚书举了举杯："陈大人愿意当保山，是那小子的福气。"

顺利地完成太子的嘱托，陈福礼笑着与韩尚书碰了杯。

韩尚书哼着小曲儿回了家，去了老妻那里。

"放衙就去喝酒，也不看看自己一把老骨头了，把身体喝坏了怎么办？"尚书夫人闻到酒气就开始碎碎念。

韩尚书笑眯眯的："今天有喜事。"

"什么喜事？"

"家里不是一直为宝成的亲事操心吗？现在不用操心了，陈学士愿意当保山，撮合宝成和林家大姑娘。"

尚书夫人呆了呆，才问道："陈学士？哪个陈学士？"

"就是以前在魏王府长史司任教授一职的陈福礼。"

"魏王府？"尚书夫人又呆了呆，下意识地道，"那陈学士是太子的人啊。"

太子不是和林大姑娘定过亲吗？

"是啊。"韩尚书重重地点头。

尚书夫人眨眨眼，回过味来："那亲事要是成了，可要谢谢陈大人。"

陈学士显然代表了太子的意思，林家大姑娘本就是个不错的选择，尚书府没必要不识趣地拒绝。

"宝成他娘那里你说一声吧，他爹那里写封信就行，倒是不急。"

韩父出差公干，尚未回京。

尚书夫人点头："嗯。"

翌日一早，韩母来给婆母请安，婆媳二人坐着说话。

"宝成年纪越来越大了，亲事不能再拖，这些日子儿媳仔细地打听，看好了三家……"尚书夫人还没提，韩母就先说起了儿子的亲事。

昨日儿子跑来说的那些话，让韩母意识到不能再慢慢挑选了，省得夜长梦多闹出事来。在韩母心里，婆母是个好性子的，不爱管东管西，自己这么说了，她定然不会反对。

只可惜今日韩母注定要失望了。

耐心地听儿媳说完，尚书夫人拍拍她的手："宝成的亲事你就不用费心了，先等等将军府的回话。"

"将军府？"韩母先是一愣，而后气白了脸，"是不是宝成跑来缠着您了？您可不能因为疼他就由着他胡闹啊！"

这个不孝子，居然绕过她这个亲娘求祖父祖母！

尚书夫人诧异地看了儿媳一眼："这和宝成有什么关系？是东宫那边的陈学士主动地提出当保山，撮合宝成和林大姑娘。"

"东宫？"韩母抓住重点，脑子乱了，"太子不是和林大姑娘……"

尚书夫人打断韩母的话："这不都是老皇历了，如今太子妃已经选定，过去的事就不要提了。"

"是。"韩母讪讪地应了，想到儿子，依然气不过，"该不会是宝成在太子面前说了什么吧？这个不省心的！"

人家太子会莫名其妙地想到让老师给宝成做媒？想想都不可能。

尚书夫人深深地看了韩母一眼，语气意味深长地说道："倘若宝成对太子说了什么，太子就听进去了，这不是好事吗？"

韩母一怔，沉默半晌后点头："您说得是。"

这个时候，将军府里，老夫人与林氏也在喝茶聊天儿。

"母亲，想到阿好很快要出阁，我心里怎么就慌呢？"

老夫人白她一眼："慌什么？靖王府就在隔壁，翻个墙都能过去，你还担心阿好受委屈不成？"

"倒不是担心阿好受委屈，就是忍不住心慌。"林氏叹口气，提起长女，"母亲，我想过了，以后就让婵儿招婿，放在咱们眼皮子底下看着。"

没等老夫人搭话，一名侍女进来禀报："老夫人、太太，陈学士前来拜访。"

老夫人与林氏对视，母女二人皆是神色茫然。

将军府和这位东宫官素来没有交集吧？

尽管心中纳闷儿，人却不能不见，老夫人与林氏很快就在厅中接待了陈福礼。

"今日冒昧前来，实在唐突了，还请老夫人与林太太勿怪。"

"陈大人来寒舍做客，将军府蓬荜生辉才是。"老夫人说着场面话，揣测不出对方的来意，干脆耐心地等着。

一番客套后，陈福礼笑道："下官受尚书府所托，为韩家公子求娶贵府大姑娘当个保山。"

老夫人以为听错了，不由得去看林氏。

林氏也是震惊的表情："韩尚书家？"

陈福礼笑呵呵地点头："是。"

老夫人压下惊诧道了歉："孩子的终身大事，容老身与女儿商量一下。"

"这是自然，老夫人与林太太有了决定给尚书府回话就是。"陈福礼做完该做的，起身告辞。

他这个保山代表了太子的态度，至于成不成，那就是尚书府和将军府的事了。

陈福礼离开后，老夫人问林氏："你怎么想？"

"我……"林氏张张嘴，一时有点儿乱，"就挺突然的。"

"是很出人意料。"

韩家在婵儿退亲后再次求娶出人意料，陈福礼来当这个保山就更出人意料了。

老夫人干脆吩咐丫鬟去请林婵。

不多时林婵过来，向两位长辈问好。

"今日陈学士受尚书府韩家所托，来求娶你。"老夫人看着孙女，慢慢说道。

林婵柔和的表情变得僵硬，明眸突然睁大，好一会儿喉咙里才发出声音："韩家……求娶我？"

她的声音那般不确定，如轻飘飘的柳絮，随时会消散在风里。

老夫人点头："嗯，为他家孙儿宝成求娶你。我和你娘想先问问你的意思。"

韩家不介意婵儿退过亲再次求娶，足见诚意，老夫人心里其实是愿意的。

"我……"林婵才一张口就哽咽了，连忙用双手掩住了脸，泪水簌簌直落。

她不想哭的，可排山倒海般的情绪一瞬间涌上来，根本无法控制。

见女儿哭，林氏连忙说道："婵儿，你别哭啊，咱们家不兴盲婚哑嫁那一套，你若不愿意，回绝了就是。"

林婵哭声一停，说话声中透着急切："娘——"

林氏笑了："别担心，祖母和娘不会强迫你的。"

林婵咬了咬唇想说她愿意，可天生的内敛性格让她怎么都张不开嘴，还是老夫人看出点儿意思来，温声道："婵儿，你有什么想法尽管说，这可是你的终身大事。"

双颊爬上红霞，林婵不好意思看向祖母那双充满睿智的眼睛："孙女但凭祖母做主。"

话说完，她扭身跑了。

"婵儿——"林氏对着女儿的背影喊了一声，看向老夫人："这丫头，话都没说清楚跑什么？"

老夫人白她一眼："你不觉得这话耳熟吗？"

林氏眨眨眼，想了起来："当时靖王府来向阿好提亲，阿好也是这么说的。"

"这不就是了？任由长辈做主就是愿意，不乐意的话会说还想在家里陪长辈两年。"

林氏摇了摇头。

两个丫头一点儿不随她啊，想当年她可是直接对爹娘说非温如归不嫁……

想到往事，林氏心一凛：不随她才好，但愿两个女儿看人的眼光比她的眼光强百倍。

知道了林婵的心意，将军府很快就给韩家回了话，两家开始安排议亲事宜。

林好跑去皎月居向林婵道喜。

"阿好，今晚我们一起睡吧。"

"好啊。"

是夜，姐妹二人挤在一张架子床上说着悄悄话。

"古话说'柳暗花明''峰回路转'，如今我才真正体会到了。"说这话时，林婵眼中闪着欣喜，语气却有些感慨。

从一开始与韩公子议亲的心动，到后来被选为魏王妃的遗憾，再到与魏王退亲的轻松，她以为能陪伴在疼爱她的祖母与母亲身边就是不错的结果，没想到兜兜转转，她命中注定的良人还是韩公子。那个在她"病重"退亲后还托堂兄传话说想娶她的韩公子。

只要这么一想，林婵便忍不住抿唇微笑。

看到长姐的喜悦，林好也由衷地高兴："明日我不去花露铺了，赶一赶还能绣一对枕巾给大姐。"

原先林婵对外称病也就罢了，如今林婵与韩宝成定了亲，当妹妹的就不好在姐姐前面成亲了，所以林婵的婚期就定在了九月底，赶在林好出阁前。

婚期虽有些紧张，但无论是林家还是韩家，因为孩子都不小了，嫁娶要用到的东西早就准备好了，不至于手忙脚乱。

"这点儿时间绣一对枕巾对二妹来说紧张了些，二妹绣两条手帕给我就行了。"

"大姐！"林好被姐姐嫌弃女红，伸手去挠她。

青烟般的纱帐中很快传出嬉笑声。

接下来林好出门少了，留出更多时间陪伴姐姐。有一日，宝珠捧来一物："姑娘，您看，婢子在花园的墙根下捡到了这个。"

被宝珠捧在手里的是一只草编蚂蚱。

已是深秋了，发黄的草叶编出的蚂蚱活灵活现，乍一看还以为是真的。

林好第一个想到的就是祁烁。

想一想，两个人好像有些日子没见了。

林好拿着蚂蚱去了花园，轻车熟路地攀上墙头，果然看到在树下静静看书的青年。

她灵活地跳了下去，走到祁烁的面前，举着蚂蚱问："阿烁，这是你编的？"

祁烁把书放在一旁，笑着点头："嗯。"

"没想到你还有这手艺。"林好瞧着草编蚂蚱很是喜欢，"阿烁，再给我编一只吧，凑成一对摆在窗台上多有趣。"

祁烁深深地看了她一眼，语气明明很淡，林好却莫名其妙听出委屈来："不编。"

林好震惊。

这么一点儿小事，阿烁居然拒绝她！

就听青年淡淡地道："草编蚂蚱还需要凑成一对吗？我每天不也是一个人？"

"阿烁！"林好揪着他的衣袖，痛心疾首，"你变了啊。"

只是几日没见面，阿烁居然闹脾气，十年前她就不会这样了。

祁烁顺势牵住她的手，低笑出声。

委屈是假，想见她却是真的，好在他们的婚期也近了。

回去时，林好还是拥有了一对草编蚂蚱，这对草编蚂蚱被她放在窗台上沐浴着暖而不烈的秋阳。

林、韩两家的婚事低调顺畅地准备着，收到喜帖的府上纷纷惊掉了下巴。

尚书府韩家的公子与将军府林家的大姑娘结亲了？

韩尚书该不会是老糊涂了吧？考虑到太子与林大姑娘的过往，很多人忍不住这么想。

什么？保山是陈福礼陈学士？

听到这个消息，人们瞠目结舌，顿时理解了尚书府的行为。

难怪敢娶林大姑娘，原来尚书府不但不会得罪太子，还有太子的支持。啧啧，这样看来，尚书府不愁后继无人了。

意识到太子对韩宝成的欣赏，接到请帖的府上都准备好重礼去参加喜宴，没接到喜帖的也积极地备上厚礼想攀个关系。

转眼就到了林婵与韩宝成大婚那日，十里红妆绕了大半个京城被送去尚书府，喜宴更是热闹非凡，宾客云集。

将军府张灯结彩，炸开的红色鞭炮皮子在地上积了厚厚一层。女方的出嫁酒设在中午，此时已是黄昏，酒气却未散尽。

林氏环顾左右，向来粗神经的人突然红了眼圈，哽咽道："养了十九年的闺女，以后就不能日日见到了。"

"婵儿得遇良人是好事，而且就嫁在京城，以后想见也方便。"虽然这么说，老夫人心里也有点儿伤感。

出嫁了到底是不一样了，哪怕婆家宽厚，做媳妇的也不可能像在自己家中这么自在。

林好拉住林氏的手柔声安慰："娘，祖母说得对，以后想大姐了，打发人去尚书府说一声就是。"

林氏点点头，情绪来得快去得也快："阿好，我那日看到你屋中窗台上一对草编蚂蚱挺有趣的，哪儿来的啊？"

"宝珠编的。"林好随口道。

林氏看了一眼立在林好身后的宝珠，不吝夸奖："没想到宝珠丫头手这么巧，回头也给我编一对，正好放在盆景里赏玩。"

林好："……"

祁烁没想到林好这么快就约他见面，在他想来，怎么也要等到林婵三朝回门后阿好才能想起来找他。

"要学编蚂蚱？"听了林好的话，祁烁有些意外。

他编的蚂蚱……这么讨喜吗？

林好心情沉重地点头："对，你尽快教会我。"

人家的娘亲最多让女儿孝敬个手帕、鞋垫之类的，她的娘亲倒好，盯上了草编蚂蚱！

林好一想就觉得无力。

"好。"

祁烁本就是能沉下心的人，面对林好，就更有耐心了，有他手把手教，林好很快编出了一只像模像样的蚂蚱。

"比你编的还是差了些。"林好打量片刻，遗憾地道。

"只是编着玩儿，精致有精致的好，粗糙一些也别有趣味。"祁烁安慰有些丧气的少女。

"怎么也要看起来差不多才行，我再编一只试试。"

祁烁："……"阿好的好胜心还挺强。

看懂了祁烁的眼神，林好深深地叹气："你不懂。"

祁烁莞尔："那再编一只吧。"

于是编了一只又一只，直到第五只，林好才停下来："差不多了，不编了。"

祁烁笑道："阿好，我给你编一对草蜻蜓吧。"

"不要！"林好大惊，迎着对方疑惑的眼神，险些哭了，"等明年再编吧。"

祁烁不知想到什么，唇边的笑意更深："好，以后每年秋日我都编一个小玩意儿给你。"

"啊。"林好应了声，悄悄地，主动地，牵住了祁烁的手。

接下来的日子风平浪静，京城百姓茶余饭后议论将军府大姑娘十里红妆之时，开始期盼另一场盛事——太子大婚。

太子与英国公府大姑娘杜樱的大婚之日很快就要到了。

为了这场婚事，宫里早早开始洒扫换新，张灯结彩。静妃那里更是每日都有人前去恭贺，热闹不已。

人逢喜事精神爽，静妃应付一茬儿接一茬儿来道贺的嫔妃非但不觉得累，看起来反而年轻了几岁。

太子来请安时，意外地发现静妃不仅气色好，心情也不错："为了儿子大婚的事，母妃这些日子辛苦了。"

"母妃不辛苦。"静妃看着俊朗不凡的儿子，简直舍不得移开眼睛，"母妃怎么都想不到，咱们母子会有今日……"

当年夭折了那么多孩子，她一到晚上就做噩梦，连一个安稳觉都没睡过，直到下了决心亲自把那药物混在吃食中喂给儿子……

"母妃？"察觉静妃的失神，太子喊了一声。

静妃回过神来，不着痕迹地转移了话题："大婚后你就是真正的大人了，不能像孩子一样什么都由着心情来。母妃知道你对太子妃的人选没有那么满意，但不要因为这一点就冷落太子妃，你们多相处，早早生下小皇孙才是最重要的，等到以后，自然有无数能让你满意的女子由你挑选……"

"儿子知道了。"太子听静妃说完，淡淡地应了。

他痴肥了那么多年，虽没人敢当面嘲笑，眼神却是藏不住的。经历过这些，他还有什么不能忍的？

见儿子如此，静妃露出放心的笑容："去忙吧。你现在是太子，事情多，不用总来母妃这里。"

"那您好好休息。"

太子回到东宫，想起今天是官员们的休沐日，打发内侍去给杨喆等人传话，约在五味斋小聚。

五味斋算是京城最好的酒楼，这几年每当这个时节他都少不得去几趟，品尝味道一绝的蟹酿橙。

泰安帝曾对太子透露过，大婚后他就要上朝观政。到那时，他再想出宫就不大方便了。

太子换上没有显露身份的便服，最先到的酒楼，之后杨喆等人陆陆续续赶到。

"让殿下久等了。"最后一个赶到的韩宝成对着太子深深一礼，又向其他人抱拳以示歉意。

太子看着容光焕发的青年，不由得一笑："新婚燕尔，可以理解。"

韩宝成登时红了脸："殿下，您怎么也会取笑人了？"

"殿下哪里取笑你了，明明就是这样。"张良玉笑着接过话来，"那日我喊你喝酒都喊不出来，是不是陪嫂夫人逛街去了？"

其他人亦打趣起来。

韩宝成灌了一口酒，笑骂道："难不成你们就不娶媳妇了？以后有你们这一日。"

说到这儿，他举起杯："宝成提前恭喜殿下。"

太子微笑着把酒喝下。

"来来来，喝酒。"

包括太子在内的几个人都是年轻人，几杯酒下肚，气氛很快热闹起来。

其中韩宝成与张良玉性情开朗，大都是二人在说笑，杨喆淡然随意，温峰沉稳话少，李澜则有些拘谨。

太子看着这些朝气蓬勃的面孔，将要大婚产生的那点儿抵触情绪悄悄散了。

母妃说得对，成了太子，更不能什么都由着心情来，日子还长着。

这时杨喆站起身来，歉然道："我去净个手，你们先喝着。"

韩宝成也站了起来："正好我也想去，杨兄咱们一起吧。"

杨喆笑着点点头。

"赶紧回来啊。"张良玉喊了声。

杨喆与韩宝成笑着应"是"，一起出了门。

供酒客们使用的净房共有两处，每一处的门上都挂着木牌，木牌上的图案朝外代表无人，木牌上的字朝外代表有人。

杨喆与韩宝成结伴过去，见只有一间净房是空着的，便谦让起来。

"杨兄，你先去吧。"

杨喆白皙的面庞上泛起尴尬之色："还是韩兄先去吧，我可能时间要久一点儿。"

"那我先了。"韩宝成不再推辞，大步走了进去，不多时就出来了，"杨兄，你快去。"

"那我进去了，韩兄先回去吧。"杨喆撂下这话后，匆匆地走了进去。

两个大男人上净房本来就没什么好等的，韩宝成上了二楼，由守在雅室外的伙计伺候着洗了手，推门走了进去。

室内酒香弥漫，气氛正酣。

"韩兄，怎么只有你一个人回来了？杨兄呢？"张良玉笑着问。

"就一间净房空着，我先去的，他等等就来。"韩宝成随意地说着，走过去一屁股坐下。

他回来后，与张良玉时不时斗嘴，场面更加热闹。

过了一会儿，房门再次被推开，杨喆走了进来。

"杨兄，你可回来了，不行，要罚酒。"张良玉叫着。

韩宝成也凑热闹："要罚要罚，我回来都喝好几杯了，全让你躲过去了。"

杨喆坐下来，无奈地问："怎么罚？"

张良玉脸颊泛红，有了酒意："至少也要敬一人一杯吧。"

太子笑道："你们就不要为难他了。"

"杨兄，殿下这么爱护你，你最该敬的就是殿下。"几个人笑闹着。

杨喆提起酒壶先替太子满上，再给自己倒满酒，双手举杯："殿下，喆敬您一杯。"

太子举杯与之相碰，仰头一饮而尽。

几个人见此，纷纷叫好。

"杨兄下一个敬谁？"

"就从韩兄敬起吧。"杨喆没有为了几杯酒推来推去，痛痛快快地敬了一圈。

之后就是几个人互相敬酒，与所有酒桌上放开喝的情景无异。

杨喆眉头一皱，再次站了起来："抱歉，我还要去净个手。"

"快去快去。"见他脸色尴尬，几个人没多问，只是笑着摆摆手。

杨喆拱了拱手，匆匆地推门下楼。

杨喆的离去没有影响室内的热闹，韩宝成与张良玉划起了拳，并把温峰与李澜拉了进来。

"殿下要不要来一把？"韩宝成赢了后问太子。

太子虽有些心动，考虑到守在门外的那些侍卫，还是笑着婉拒了。

"你们玩儿。"他把玩着酒杯，心情如朝阳般透亮。

此时的他，有储君的身份，有合得来的朋友，还有大好的将来，过去那暗淡漫长的生活久远得仿佛是上辈子的事了。

太子嘴角含笑地看着笑闹的几个人，突然神色一僵，捂着胸口咳嗽起来。

听到咳嗽声，几个人看过去，不由得大惊。

"殿下，您怎么了？"

太子呼吸急促，脸色发青，揪着衣襟的手因为太用力而青筋凸起。

"喀喀喀。"

一阵剧烈的咳嗽后，有血蜿蜒着从太子的口鼻中流出来。

"殿下！"

"快来人！"

几个人吓得魂飞魄散，杯盏落地。

房门被猛地踹开，守在外面的护卫冲了进来，看到倒在温峰怀里面色发青的太子，纷纷拔出长刀，指向几个人。

"先救殿下啊！"韩宝成喊了一声，声音嘶哑中带着哽咽。

"发生什么事了？"门外一道温和的声音传来，看清室内的情况后，来人脸色一变，"殿下——"

一名侍卫长刀一横，把杨喆拽过来推向韩宝成等人："都不许乱动。"

他的声音冷冰冰的，却掩盖不住惶恐。

太子要是出了什么事，他们这些近身保护的人一个都活不了。

"喀……"太子又是一声咳，喉咙好像被堵住了，呼吸越来越急促，越来越困难。

"殿下……殿下……您坚持一下，大夫马上就来了！"几个人语无伦次地安慰着。

太子死死地盯着前方，目光却没有实际落在哪里，面部扭曲，表情痛苦。

"殿下！"不知是谁仓皇地大叫。

太子头无力地歪在一侧，没反应了。

"殿下！殿下！"

这番动静传到楼下，大堂中吃酒的人纷纷起身，仰头看着楼梯处，小声猜测。

"阿烁，楼上出事的好像是太子。"林好站在祁烁身边，低声道。

五味斋的蟹酿橙作为时令美食当然不能错过，林好与祁烁也是相约来品尝这道美味的，没想到菜还没上就出事了。

"大夫来了！"随着一声吼，一名侍卫提着个背药箱的老者从外头冲进来，飞奔上了楼。

"长宁，你叫上酒楼伙计守住店门口，暂时不要让这些酒客离开。"祁烁低声吩咐小厮。

长宁连忙应了。

"上去看看。"祁烁对林好说了一声，抬脚往楼梯处走去。

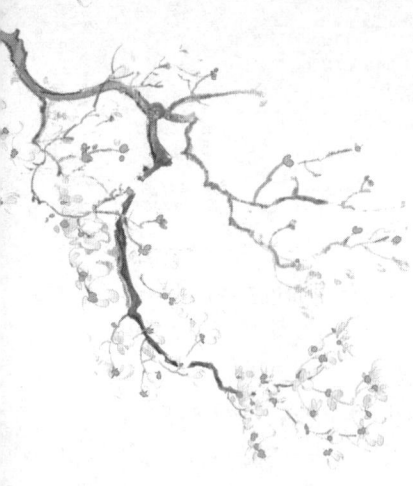

第二十二章　毒　杀

有宫廷侍卫挡在二楼楼梯口。

酒楼掌柜浑身发软，抓着楼梯扶手才勉强地稳住身形，已经吓傻了。

与楼下大堂还在猜测的酒客不同，他再清楚不过楼上出事的是什么人。

是以前每年这时候都会来吃蟹酿橙的魏王，如今的太子！

太子到底怎么样了？

掌柜竭力仰着头，却只能看到一个个高大的背影。

祁烁带着林好从掌柜身边走过。

守在二楼楼梯口的侍卫认出了他："世子？"

"是不是殿下有什么事？我来看看需不需要帮忙。"

"世子还是先在大堂里等着吧。"太子出事，任何人都可能是嫌疑人，侍卫当然不会放人上去，哪怕是太子的堂兄弟。

被侍卫阻拦，祁烁没再多说，点点头，反身下楼。

这时门口处闹了起来。

"我们是来吃酒的，吃完了凭什么不让我们走？"

"有贵人出事了，所有人暂时都不能离开，还望您理解。"

叫闹的人明显喝多了，伸手一推好言劝说的伙计："那和我有什么关系？给我让开！"

他往前走了一步，却被从外面匆匆赶来的人一脚踹了回去。

走进来的人是锦麟卫指挥使程茂明。

陈木的嘴迟迟撬不开，易容高手至今没有找到，如今街上虽不像前段时间官差不断，实际上明松暗紧，到处都有穿着便服的锦麟卫留意异常情况。

五味斋的动静不小，就被锦麟卫报给了正好往这边来的程茂明。

"世子也在？"一群人中，程茂明一眼就瞧见了祁烁。

祁烁见到程茂明，心下微松。

有锦麟卫镇着场面，情况至少不会更糟。

"你凭什么踹人！"挨了踹的人挣扎着想起来，被同伴急忙拦住："快别闹了，锦麟卫！"

"锦麟卫"三个字仿佛醒酒药，立刻让那人恢复了大半理智，缩在同伴身后，不敢吭声了。

程茂明走近祁烁，低声问："世子知道出什么事了吗？"

属下禀报说好像是太子出事了，谨慎起见，他还是多问问。

"二楼有人一直在喊'殿下'。"祁烁没有把话说得太明白。

程茂明心一凛，点点头，快步上了二楼。

正在这时，雅室内传来凄惶的哭喊声："殿下，您醒醒啊！"

这几声喊听得人头皮发麻，连那守在楼梯口的侍卫都忍不住去看情况。

程茂明大步走过去，看清室内的情形后，登时如遭雷击。

太子靠躺在温峰怀中，脸色青紫，口鼻流血，分明已经气绝！

"大夫，你快想想办法啊！他是太子，他是太子！"韩宝成揪着大夫的衣襟，看起来完全失去了理智。

程茂明感觉肩头被轻轻拍了一下，猛然转头，见是不知何时上来的祁烁，一颗心才突然放松。

祁烁看清太子的模样，心中一叹，轻声提醒道："大都督，还是尽快向上禀报吧。太子横死，说不定疑凶就在酒楼里的这些人中，拖得越久越不利于调查。"

程茂明彻底清醒过来："世子说得是。"

他立刻盼咐属下去叫更多的人来，自己则带上一名东宫侍卫匆匆地进宫面圣。

把太子的死讯报给皇上毫无疑问是件吃力不讨好的事，可对程茂明来说此事不得不做。

谁让他赶上了呢，要是他什么都不做，过后只会更倒霉。

泰安帝正在小憩，听到锦麟卫指挥使程茂明有急事求见，突然眼皮狂跳。

才平静几日，又有事了？

脑海中晃过这个念头，泰安帝在养心殿见了程茂明。

"程卿有什么事？"一瞧见程茂明惨白的脸色，泰安帝就知道没猜错。

程茂明下意识地看了一眼跪在一边的东宫侍卫。

泰安帝顺着他的目光看去，心跳突然一停，毫无缘由的恐慌感在这一瞬席卷了这个城府颇深的帝王全身，令他变了脸色。

程茂明以额贴地，不敢看泰安帝的反应，悲泣道："皇上，太子出事了！"

"太子出了什么事？"泰安帝不自觉地站了起来。

"微臣赶过去时，太子已经不行了，微臣就第一时间进宫来了，具体情况还没来得及问……"

泰安帝身体一晃,眼睛死死地盯着那名侍卫:"你是跟在太子身边的侍卫?"

侍卫战战兢兢地称"是"。

"说!太子到底怎么了?!"泰安帝完全顾不得维持帝王的气度,嘶声问道。

"大……大夫说……殿下是中毒……"侍卫埋着头,哆哆嗦嗦地道。

"中毒?"泰安帝脸色惨白,眼中满是难以置信,"太子怎么会中毒?"

程茂明硬着头皮道:"回禀皇上,殿下是在名叫五味斋的酒楼出的事。"

一听太子是在宫外出的事,泰安帝随手抓起龙案上的茶杯向侍卫砸去:"把你知道的都给朕说清楚,否则朕诛你九族!"

侍卫被茶杯砸中脑袋,鲜血顺着额头流下,他却连擦拭都不敢,颤声说起来:"殿下给静妃娘娘请安后回到东宫,想到今日是休沐日,就打发人给杨修撰等人传话约在五味斋小聚……我们守在雅室外面,伙计端上来的酒水吃食全被试吃过,确定没问题,再由自己人端进去。后来突然听到里面传出呼救声,冲进去后就发现殿下倒在人怀中喘不过气来,很快就……就没了反应……"

听着侍卫的讲述,泰安帝的脸色越来越难看,一颗心仿佛浸在了冰水里。

他的四子——大周的储君……死了?

不可能,绝对不可能!

一股闷气冲上来,激得泰安帝咳嗽起来。

"皇上——"刘川声音颤抖,轻轻拍打泰安帝的后背。

这个陪伴泰安帝多年的大太监,此刻心中满是惶恐。

太子薨本就是天塌了一半的大事,更可怕的是没有别的皇子了……

这个念头一闪而过,刘川根本不敢细想,将全部注意力放在泰安帝身上。

一阵急促的咳嗽后,泰安帝看起来一下子苍老了:"程茂明。"

"微臣在。"

"朕把此事交予锦麟卫与刑部,务必查个清楚!"说这话时,泰安帝咬牙切齿。

他要把害了太子的人千刀万剐,诛其九族!

"微臣领旨。"程茂明躬身退了出去,带走了那名东宫侍卫。

五味斋很快就被各路官差围得水泄不通,连一只苍蝇都飞不出去。

锦麟卫和刑部的人都到了,首先要问的自然是跟着太子的那些侍卫和韩宝成等人。至于其他酒客和酒楼的人,全都被控制起来,除了祁烁和林好。

程茂明主动地邀请祁烁和林好二人旁听。刑部尚书想到靖王世子在追查杀害玉琬公主真凶一事上出的力,对程茂明此举并不奇怪。

酒楼雅室成了临时的审讯室,审问正式开始了。

跟着太子来的侍卫们没什么好问的——自从进了五味斋就守在雅室门外,确保不让包括酒楼伙计在内的生人靠近太子,伙计端来的酒水吃食也先试吃过,没有反应才端进去供太子等人享用。

事情似乎很明显了：有机会给太子下毒的就在陪太子吃酒的这几个人中。

"杨修撰、韩进士、张进士……"

几个人中最出名的无疑是尚了两次公主都没尚成功的状元郎杨喆，所以沈尚书第一眼就看到了他，然后是有些印象的兵部尚书之孙韩宝成、太仆寺少卿之子张良玉。

目光落在温峰与李澜身上时，沈尚书则一时卡了壳。

"学生温峰，目前在大理寺观政。"温峰拱手道。

"学生李澜，目前在翰林院学习。"比起温峰的平和，李澜的声音有些紧绷。

沈尚书点点头："温进士、李庶常。现在请五位说说今日的情况吧，就从你们来五味斋开始。"

五个人互视一眼，张良玉先开了口："我是第一个到的，那时殿下已经在雅室中等着了，之后我与殿下一边喝茶一边等其他人……"

"我是……"

…………

韩宝成红着眼圈道："我是最后一个来的，殿下还打趣了两句，然后就开始喝酒了……"

"几位喝酒时，有什么异常吗？"沈尚书问。

异常？

几个人面面相觑。

一瞬令人窒息的沉默后，杨喆突然开口："有异常。"

"杨修撰此话怎讲？"沈尚书的神色不觉严肃起来。

杨喆沉默片刻，伸出手来："我去净房时遭到了袭击。"

他的手修长白皙，因而指腹上的暗褐色分外显眼。

在场的人瞬间猜出那是什么。

"杨兄受伤了？那你回来时怎么没说？"韩宝成吃惊地问道。

杨喆微微皱眉："那时殿下情况危急，哪里顾得上说说这些？"

"不对啊，你回来时殿下还好好的，还罚你喝酒呢。"张良玉神色古怪地看着杨喆。

杨喆一怔，下意识地问道："罚酒？"

几个人纷纷点头。

杨喆紧拧着眉，清澈的眼神变得迷茫："可我遇袭回来后，就看到殿下出事了。"

此话一说出口，几个人变了脸色。

"杨兄，你莫不是还没醒酒？你因为回来迟了被罚了酒，后来又去了净房，殿下就是在你第二次去净房的时候出事的。"韩宝成纳闷儿地道。

杨喆迷茫的眼神恢复了清明，语气笃定地说道："我在韩兄之后进了净房，清醒过来后发现自己遇袭，就立刻回去找你们，结果上了楼梯就听到了喊声，走过去就看到殿下出事了。"

"这不可能啊！"韩宝成下意识地看向其他人。

其他几个人看着杨喆的眼神有了异样："杨兄，韩兄说得没错，殿下确实是在你第二次去净房后出事的，你真的喝多了？"

杨喆摇头："我很确定没有这回事。"

"等一下。"一直默默听着的程茂明开了口，"既然杨修撰的话与几位的对不上，那你们分别说说吧，看是从哪里开始有的出入。"

韩宝成开了口："那就我来说吧。几轮酒后，杨兄说要去净手，正好我也想去，我们就一起去了。"

包括杨喆在内的其他人都点点头。

"等到了净房那里，发现只有一间空着，我就先进去了，出来后杨兄让我不用等，我就回了雅室继续喝酒，喝了有几杯吧，杨兄才回来……"

程茂明打断他的话："这个时间大概有多久？"

"大概一刻钟吧。"韩宝成估算着，看向其他人。

其他人点头："差不多。"

"然后呢？"

"杨兄回来后我们闹着罚他酒，他敬了我们一人一杯，过了一会儿……"说到这儿，韩宝成顿了一下，不由得看向杨喆，"然后杨兄再次去了净房，我们几个划起了拳，殿下……殿下突然就出事了。"

"殿下也划拳了？"程茂明问。

"殿下没有划拳，就看着我们。"

"这个时间有多久？"

韩宝成皱眉："感觉没多久，一刻钟可能都不到。"

程茂明看向其他人。

张良玉等人皆点头，对韩宝成说的这些表示认同。

"也就是说，在你们划拳时，殿下并未饮酒？"

"那时只顾着划拳了，没注意……"这是韩宝成与张良玉的回答。

温峰没有开口，李澜则在沉默了一瞬后肯定地道："殿下只是把玩着酒杯，没有吃喝。"

这时走进来两个人，一名太医，一名仵作。

一见二人，沈尚书就知道有结论了，迫不及待地问："如何？"

仵作低头道："经查验，殿下符合中毒的症状……"

这个答案，其实见了太子的人心里都有数。

沈尚书看向太医。

太医浑身都在抖，声音更是抖得厉害："下官在殿下的酒杯中验出了毒，其他人的酒杯与吃食中都没有……"

"杨修撰说说吧。"程茂明看着杨喆的眼神锐利如刀。

杨喆看起来还算冷静："我今日肠胃有些不舒服……"

他一开始说的与韩宝成说的差不多，不过很快有了不同："我进了净房，正准备更衣，突然感觉有人靠近，没等反应过来，就什么都不知道了，等我醒来回到二楼时，就看到慌乱的大家和已经出事的殿下。"

"杨兄，那是你第二次从净房回来了。"韩宝成并不想怀疑朋友，可杨喆的说法与他们见到的事实实在出入太大。

张良玉亦道："是啊，杨兄，你第一次回来后被罚酒，和我们一人喝了一杯呢。"

杨喆神色迷茫却语气坚决地说道："真的没有。"

"那我们难不成见鬼了？"张良玉脱口而出道。

"等等！"程茂明突然出声，眼睛却看着祁烁，"或许真的有鬼呢。"

其他人都一脸蒙。

锦麟卫指挥使说有鬼，看靖王世子干什么？难道靖王世子……

祁烁和林好则瞬间明白了程茂明的想法：这是想到那名易容高手了。

"程大都督，你这话是何意？"沈尚书开口，打破了程茂明的话造成的短暂安静。

"这个……"程茂明犹豫了一下。

祁烁突然出声："大都督，调查开始阶段，最好不要受别的干扰。"

程茂明一愣，而后点头："世子提醒得是。"

先入为主确实要不得。

程茂明的视线重新落在杨喆的面上："杨修撰说被人袭击了，不知伤在何处？"

杨喆转身："在后脑勺儿。"

众人看去，果然在那浓密的乌发间看到了隐约的褐色。

"杨修撰不介意让仵作看一下吧？"程茂明问得客气，语气却不容置喙。

"自然不介意。"杨喆配合地坐下，方便仵作检查。

仵作小心翼翼地扒开头发，观察伤口。

"看起来是被圆润的石头之类的钝物砸的，力度不大。"

程茂明看了杨喆一眼，虽然知道得罪人，但还是问了出来："自己拿着钝物，能这么砸伤自己吗？"

仵作也不由得看了杨喆一眼，有些迟疑地说道："也是可以的……主要是伤口很浅，又没有凶器比对，难以从击打角度判断是自己所伤还是他人行凶。"

杨喆听了苦笑："看来下官百口莫辩了。"

韩宝成等人听了，纷纷为杨喆说话。

"世子怎么看？"程茂明突然问了一声，引得众人不由得看向祁烁。

祁烁神情镇定，不疾不徐的语速让人无端信任他："现在看来只有两种可能：一是杨修撰说谎，在净房里遇袭是他为了脱身使的苦肉计，凭空捏造出一个真凶来；二是他没说谎，韩进士等人也没记错，那就是有一个人利用时间差冒充杨修撰，在太子的酒里下了毒。"

"这不可能吧，就算是乔装易容，怎么会一模一样，我们谁都没发现不同？"

"确实有这样的易容高手。"程茂明接了一句,见众人都看着他,他忍不住摸了摸鼻子,"不过就算长相一样,那言行举止呢?你们想想,有异常之处吗?"

几个人被问住了。

"当时酒喝了不少,有些闹腾,我没留意到有什么异常。"韩宝成说道。

张良玉点头附和。

温峰仔细地回忆了一下:"杨兄话不多,我听着声音好像是有点儿变化,但也不确定,毕竟喝了不少酒,又一直说说笑笑,嗓音有些低哑也不奇怪。"

李澜说的与其他人说的差不多。

听来听去,其实还是因为几个人都喝了不少酒,判断受到了影响。

"衣着呢?"

几个人看着身穿竹青色长衫的杨喆,不大确定:"就是这身吧。"

男子衣裳的款式本就大同小异,颜色、材质一样的话,特别是对喝了酒的大男人来说,很难留意到不同。

"去净房看看吧。"程茂明扫视了一圈,"杨修撰和韩进士随我们过去,其他人留在这里,再想想有什么漏掉的细节。"

酒楼里里外外早就由官差把守,净房这里也不例外。

五味斋这样的老字号程茂明没少来,这里的净房也是用过的,他看了一眼便皱起眉:"这种时候,两间净房里都有人?"

两间净房门上挂着的木牌,赫然是字朝外,代表有人。

韩宝成指着左边那间净房,眼里有了怀疑:"我和杨兄一起来时,这间里面就有人。"

程茂明吩咐一名属下:"进去看看。"

属下直接走了进去,片刻后走出来:"大都督,里面没有人。"

里边无人,木牌却显示有人,这就耐人寻味了,要么是最后一个从净房离开的人忘了把木牌翻过去,要么就是有人有意为之。

"去另一间看看。"

属下很快检查完毕,静房里同样没有人。

"杨修撰出来后,有没有翻转木牌?"

杨喆摇头:"我忘了。"

"忘了?"程茂明眼神透着狐疑。

杨喆苦笑:"下官醒来后,感觉后脑勺儿传来阵阵疼痛,一摸发现手上有血迹,担心出了什么事,就匆匆地赶回雅室了,没有顾上翻转木牌。"

这番解释让人挑不出毛病。

程茂明盯着净房门口"喃喃"道:"也就是说,这间净房从杨修撰出来后再没人进去过。"

他干脆叫杨喆一起进去。

净房偏长，以一排厚实的屏风隔出了里外间。外间有一面供人整理衣冠的铜镜摆在架子上，旁边有两个木桶，一个盛着大半桶清水，桶边挂着水瓢；另一个是供人净手时接水用的，墙角的高几上燃着淡淡的熏香。

至于里间，就是供人方便的地方了。

杨喆指着屏风旁的入口："下官是快要走到这里时遇袭的，醒来时发现自己大概倒在这个位置上。"

净房的地面铺着青石砖，虽有不少脚印等痕迹，却几乎不见丢弃之物，因而沾在青砖上的血迹很容易就被发现了。

程茂明先迈过有血迹的地方走进里间，捏着鼻子看了一圈，没发现异常，又走出来蹲下身打量地上的血迹。

血迹不多，倒是与杨喆轻微的脑后伤相符。

程茂明快步走了出去。

"怎么样？"沈尚书问。

"净房里没什么异常。"程茂明说着，看向杨喆，"也没发现袭击杨修撰的凶器。"

众人都看向杨喆。

"我醒来后没顾得上留意这些。"杨喆惋惜地说道。

这时刑部贾主事走了过来："大人，已经盘问过所有在酒楼里的人，去过这边净房的一共有六个人，其中四个人用过净房，二人发现净房里有人就回去了。"

沈尚书立刻道："把这六个人都带过来。"

很快，六名衣着体面的酒客被带到众人面前。

此处的两间净房是专门供客人使用的，所以六个人全是酒客。其中一个人还认出了沈尚书和程茂明，一来就恭恭敬敬地向二人问好。

这人的身份是户部的一名小主事，姓王。

"四位说说你们去净房的时间吧。"沈尚书神情严肃地道。

"小民是快到午正时去的，进的是左边的净房……"

"小民大概是午初二刻去的，进的也是左边的净房……"

"小民是刚进五味斋时去的，那时午初刚过，进的也是左边的净房……"

唯有那名户部主事有些不一样："下官是午正时分过去的，进的是右边的净房，因为去净房时正好看到有人往左边的净房走。"

"你看到的是哪一个？"程茂明指着三个进过净房的人问。

王主事仔细地看了三个人一眼，神色越来越迟疑："好像都不是……"

"你确定？"程茂明的语气越发严肃。

王主事点点头："下官虽然只看到了那人的背影，但那人身姿挺拔，身材清瘦，给人的感觉很年轻，和这三位完全不同。"

三个去过净房的酒客，一个矮胖，一个魁梧，唯一一个清瘦的头发已经花白，和年轻完全搭不着边。

"会不会还有去过净房的酒客已经离开了？"沈尚书问。

这次开口的是祁烁："五味斋是上等酒楼，来此用饭的一般不会随便吃两口，太子出事的时间段按说还不到吃完酒离开的时候，就算有，应该也是极少数，酒楼的伙计或许有印象。"

果然，他们一问在大堂的伙计，从午初开始营业到午末太子出事这个时间段，只有两桌客人离开。

酒楼的高端决定了来的往往是回头客，对这两桌在这个时间段吃完离开的客人，伙计甚至能说出他们的身份。

"立刻把这些人找来。"程茂明吩咐下去。

"你们又是什么时候去的？"等人的工夫，沈尚书问起剩下的两个人。

"小民没留意时间，不过肯定过了午正了，结果发现两间净房里都有人，就回大堂了。"

另一个人则说出了准确的时间："小民见净房门上的木牌显示有人，回大堂后随口问了一下伙计时间，伙计说正好午正三刻。"

这话立刻得到了一名伙计的确认："贵客问小民时间，小民特意看了一眼漏壶，确实是午正三刻。"

程茂明看向杨喆与韩宝成："你们一起去净房，留意时间了吗？"

二人皆摇头。

程茂明又吩咐属下把张良玉等三个人以及东宫侍卫叫来询问，其中一名侍卫说出了时间："杨修撰与韩进士出门时卑职留意了一下时间，正好午正一刻。"

到现在，情况算是清晰起来：左边净房从王主事见到有人去之后一直显示有人，那时是午正时分；右边净房则是从杨喆和韩宝成去了到太子出事这个时间段显示有人。

可这并不能判断杨喆有没有说谎。

如果他没说谎，凶手利用杨喆昏迷的这段时间给太子下了毒，再以第二次去净房的借口从容地脱身，恐怕早就趁乱逃之夭夭。

若是他说了谎，只要第一次离开净房时不把木牌翻转就能确保净房无人，下毒后完全可以在太子毒发之前回到净房，使苦肉计来捏造出一个凶手。

有易容高手尚未落网，其实程茂明心中的天平早就向"真凶另有其人"倾斜，只是事关太子轻忽不得，没有确凿的证据不能随便下结论。

"大都督，人都带来了。"

被锦麟卫带回来的酒客共有五个人，此时都一头雾水，神情紧张。

"五位今日中午都在五味斋吃过酒吧？"

程茂明的提问令五个人更紧张了，犹犹豫豫地点了头。

"你们不必害怕，只要如实回答问题，很快就能离开了。"沈尚书出声安抚。

离开肯定是不能离开的，先把人稳住再说。

"五位有没有去过净房？"

正紧张的五个人听了这个问题，不由得一愣。

程茂明脸色一沉："怎么？这个问题很难回答吗？"

五个人被吓到了，慌忙地摇头："没去。"

"都没去？"程茂明拧眉，"有人看到了，等会儿若是被指认出来，可就不是在这里问话了。"

被这么一吓，五个人摇头更猛了。

"小民真的没去。这酒楼的净房再好也不如家里的方便，出门在外，小民都是能不去就不去的。"

这话引得其他人纷纷点头。

在外头若不是实在忍不住，谁想用净房啊？

五个人中有三个人是一桌的，另外二人是一桌，说谎的可能性并不大。

程茂明让五个人转过身去，叫王主事辨认。

王主事从第一个看到最后一个，缓缓摇了摇头。

沈尚书指着其中一个人："此人看背影清瘦颀长，你怎么一看就说不是？"

王主事一脸为难："就感觉和印象中不同……"

"等一下！"程茂明突然打断他的话，一把把杨喆拉过来，"王主事，你再看看呢。"

王主事把目光落在杨喆的背上，身体突然一紧："是他！"

他眼睛瞪得很大，指着杨喆，语气越发笃定地说道："就是他！"

众人突然一静。

程茂明目光灼灼，盯着王主事："王主事去净房是什么时间？"

"午正时分。"这个问题，刚才王主事已经回答过了。

韩宝成等人的神色有了变化。

"刚刚侍卫说了，我和杨喆一起去净房的时间是午正一刻！"

其他三个人肯定地道："没错，在此之前我们都在一起喝酒，没人出去过。"

王主事午正去净房时看到了疑似杨喆的人，而那时杨喆正与他们喝酒，这说明真有一个易容成杨喆的人存在，而那个人定然是杀害太子的真凶！

程茂明立刻询问酒楼掌柜与伙计："在午正二刻到午末这个时间段，有没有留意到与杨修撰身形相似的人离开？"

"除了那两桌客人，没人结账离开。"

这个答案，令程茂明紧紧皱眉。

"若是离开的人没有喊人结账呢？"祁烁突然问。

伙计们面面相觑，其中一个人道："来吃酒的都不是一个人，要是吃完酒不结账就走，我们肯定能发现的。"

祁烁仰眸看了一眼楼梯，不疾不徐地问道："二楼雅室的客人去净房不必从这楼梯下来吧？"

掌柜连忙说道："不用，从另一边下楼梯可以直接到净房。"

555

二楼雅室的客人与大堂的客人用的净房是一样的，大堂的客人若是去净房，就要从开在一角的旁门进去。

程茂明心一动："那要是从二楼另一边下了楼梯再绕到旁门走出来从大堂离开呢？"

"这……"

几个伙计你看我，我看你，支支吾吾起来。

掌柜斥道："大人们问话，怎么想就怎么说。"

一个伙计讪讪地道："正是饭点儿，我们忙着端酒上菜招呼客人，要是有人从旁门穿过大堂直接出去，就不一定留意到了。"

"那个时间段的话……我看到有个人出去了。"林好斟酌着开口，立刻引来无数道目光。

杨喆亦静静地望着她。

换了寻常少女，突然被这么多人看着，免不了局促害羞，林好却神色坦然地说道："是有个与杨状元身形差不多的年轻男子走了出去。"

程大都督问起这个问题时，她就想到了，之所以没有第一时间开口，是因为有顾虑。

她与阿烁高高兴兴地来五味斋吃蟹酿橙，没想到遇上了太子被毒杀。这样的事，按说自己躲得越远越好，可是想到青鹿寺初见时那个因为肥胖走路不便却依然温和有礼的魏王，想到那个请老师当保山促成姐姐、姐夫一桩良缘的太子，她终究无法冷眼旁观。

无论真相如何，太子都不该死得稀里糊涂。

所以她还是说了出来，把自己从一个旁观者变成了局中人。

"林二姑娘还记得那人长什么样吗？"沈尚书胡子抖动，难掩急切。

林好略一沉默，点头："有点儿印象。"

沈尚书大喜："世子能画出来吗？"

"我试试看。"

祁烁的回答温和谦逊，沈尚书眼里满是欣赏。

像靖王世子这样有才能又谦和有礼的宗室子弟可太少了。

很快众人去了室内，听着林好的描述，祁烁笔下勾勒出一个年轻男子的形象。

"好了。"祁烁把笔放下，随口问了一句："衣裳是什么颜色的？"

"那人穿的黑衣。"

"这个对不上啊。"沈尚书摸着胡子，眉头微皱。

程茂明觉得不算问题："人脸都能变化，何况一件衣裳。"

沈尚书点点头。

这倒是。

很快程茂明吩咐属下拿着画像让酒楼里的所有人辨认，幸运的是有一名酒客也有印象:"小民喊伙计上酒时,看到这人走了过去,不过当时没在意。"

林好与这名酒客的话,足以证明有这么一个人存在。

程茂明与沈尚书立刻吩咐属下按画像寻人。

画像虽让寻人有了明路,可人显然不是马上能找到的。程茂明与沈尚书走到背人处商量起来,最终决定将杨喆等几个与太子一起喝酒的人关到锦麟卫去,其他人都暂时请去刑部大牢。

程茂明与沈尚书一起进宫禀报调查情况,其他衙门也没闲着,人心惶惶地忙起太子的后事来。

走在回去的路上,祁烁歉然地牵住林好的手:"饿了吧?"

林好摇摇头,脸色不太好看:"本来饿着,现在也不觉得饿了。"

太子一死,因为灵雀公主的死讯被压下而稳定下来的局势又要乱了,而且很可能是大乱。

"阿烁,你说杨喆在这件事中是无辜的吗?"

日头已经偏西,街上的人行色匆匆,绝大多数人还不知道五味斋发生的惊天大事。

"你怎么看?"祁烁反问,平静的声音有些低沉。

走在他身侧的少女扭头,任温柔疏淡的夕阳光芒洒落在她莹白如玉的面庞上:"我就是觉得……太巧了。"

就算另有真凶在,他如何保证杨喆会在吃酒的中途去净房呢?

与其说是巧合,倒不如说是配合。

"阿烁,你觉得呢?"

祁烁看了一眼天边的斜阳,语气淡淡地说道:"如果杨喆配合了真凶,那他的动机是什么?"

一个前途无量被太子视为心腹的状元郎,毒杀太子对他有什么好处呢?

林好摇摇头:"这正是让人想不通之处。"

二人说话间,将军府与靖王府已近在眼前。

祁烁轻轻拍了拍她的肩:"先回家吃些东西好好休息,这件事我们已经做了该做的,不宜牵扯太深。"

"嗯。"

这个时候,泰安帝已经听完程茂明和沈尚书的禀报。

距太子出事不过半日工夫,二人能查出这么多其实已经很不容易了,可对泰安帝来说还不够。

远远不够。

"就是挖地三尺,也要把那个人给朕找出来!"说这话时,泰安帝脸上乌云密布,眼神仿佛欲择人而噬。

"是。"程茂明与沈尚书齐声道。

"还有，"泰安帝扫了二人一眼，"在找到那个人之前，在酒楼里的人一个都不许放走。"

"臣领旨。"

程茂明微一沉吟，试探着问："皇上，那靖王世子……？"

刚才禀报时他自然不敢隐瞒放靖王世子回府的事，为了不让皇上质疑他对靖王世子的态度，该提的还是不能回避。

泰安帝揉了揉眉心，声音透着哀伤、疲惫："把重点放在搜捕疑凶上，找到人再让靖王世子与林二姑娘确认。"

程茂明一听就知道皇上对靖王世子没有猜疑，连忙应了一声"是"。

等程茂明与沈尚书退下，泰安帝枯坐良久，吩咐下去："报丧吧。"

太子的遗体已被低调地运回宫中小殓，灵堂也很快被布置起来，庄重华丽的皇宫很快一片素白。

静妃接到太子身亡的消息后直接昏死过去，直到天黑才醒过来。

"四郎——"静妃一声凄厉的哭喊，跌跌撞撞地冲到安放太子尸身的室内。

换上寿衣的太子躺在床上，如果不看发青的脸色，还以为他在熟睡。

看到儿子的瞬间，静妃彻底崩溃了："四郎，你睁开眼睛看看母妃啊！"

这一日，注定是悲伤沉重的。

正式接到丧信的百官勋贵立刻停止了一切宴饮享乐，换上素服。

不安如无处不在的风，涌动在每一个角落里，几乎每个府上都悄悄派了人出去打听情况，街上随处可见的官差更让人感受到了风雨欲来。

接下来按部就班为太子治丧不必多提，经过三日挖地三尺的搜查，杀害太子的疑凶终于被找到了。

泰安帝早有吩咐，一旦找到此人，直接带到他面前来。

"就是你假冒杨喆杀害太子？"问出这句话时，泰安帝竭力保持声音的平稳。

"杀害太子？"男子神色一震，高声喊冤，"小民冤枉啊，纵是给小民天大的胆子，也不敢伤害太子啊！"

程茂明毫不客气地给了他一脚："你还给我装！太子出事之前你从五味斋溜了出去，你以为没人看见吗？"

男子声音发颤，看起来极为惶恐："五味斋是京城有名的酒楼，小民只是慕名去尝一尝店中的佳肴，怎么能说小民害了太子呢？"

程茂明盯着他，突然冷笑："你可能不知道，去五味斋的以熟客居多，若是新面孔，酒楼的伙计印象会更深刻。我们早就问过，那日你并不在吃酒的客人中！"

听了这话，男子眼珠微转，眼皮颤了颤。

泰安帝看不下去了，霍然站起身来："让他开口说实话，朕等着。"

程茂明会意，把男子押去审讯室，没有一句废话就用了刑。

得益于锦麟卫一代代前辈积累下来的丰富的用刑手段，哪怕是受过训练的人，真正能熬过各种酷刑的也是百中无一。

惨叫声在密不透风的审讯室中回荡不绝，鞭子一下下抽打在身上，辣椒水渗进狰狞翻卷的伤口里带来直击灵魂的疼痛。在第三轮用刑开始不久，男子终于熬不住了。

"我说——"

程茂明手一抬，用刑的人停了下来。

"是……是杨喆指使我做的……"男子吐字艰难，疼得额头上全是汗。

这话一说出口，程茂明与沈尚书都吃了一惊。

"杨修撰？"沈尚书紧紧地盯着男子又问了一遍，唯恐听错了。

男子扯了扯嘴角："对……"

程茂明定了定神，面上恢复了平静："你说是杨喆指使的，那你说说你们是什么人，为何这么做。"

男子面上纠结了一瞬，咬牙道："我们都是齐人。"

"什么？！"沈尚书惊得一口气险些没上来，伸手指着男子，"你是齐人？"

男子点头。

"杨修撰也是齐人？"

不知想到什么，男子竟然笑了一下："不然我们为什么会杀大周的太子呢？"

沈尚书瞪着眼，胡子随着用力地咬牙一抖一抖的。

杨状元居然是齐人，这……这也太离奇了！

可若不是齐人，以太子对杨喆的看重，他没有任何理由杀害太子。

沈尚书几乎瞬间就信了男子的话，程茂明却在最开始的震惊过后，心一动。

不对！

别人不知道，他却是清楚的，此人易容的手法、水平与玉琉侍女如出一辙，显然是出自同一个人的手笔，这些人分明是平乐帝余孽，而非齐人。

受了这么重的刑，这人为何扯谎说他和杨喆是齐人？

程茂明心中有了怀疑，但为免打草惊蛇，面上不动声色："这么说你和杨喆都是齐国培养的细作，杨喆还是你的上级？"

"嗯。"

程茂明上下打量着男子："你也就罢了，杨喆乃状元郎，从童试开始，亲供、互结、具结这些证明身份的都不能少，难不成齐国从他祖辈就开始布局了？"

冒认普通人的身份不难，然而一旦参加科考，父辈、祖辈的情况就要清清楚楚，还要有当地人的证明，来历不明的人连童试那一关都过不了，更别谈以后了。

男子脸色苍白，对程茂明的质疑没有回避："那我就不知道了，我只是一个听命办事的，唯一的任务就是配合杨喆杀死大周太子，更多的信息上头不会对我说。"

"那你的面具从何得来？"

"杨喆给我的。"男子没有犹豫地道。

"能设下这么大的局，肯定不止你们两个人吧？"

男子垂着眼，看起来有气无力的，有种认命的感觉："我说了，我只是个听命行事的小卒，知道的自己人只有杨喆和交代我与杨喆联系的上级。至于京城里还有多少自己人，之后有什么安排，我完全不清楚。"

"你的上级在哪里？"

男子摇摇头，这个动作扯动伤口，令他的脸色更加惨白："都是他通过暗号联系我。"

"你推得还挺干净。"程茂明"啧"了一声。

男子无力地撩撩眼皮："我知道的都说了，大人不信，那我也没办法……"

"你最好没有隐瞒，否则招呼你的可不止这些。"程茂明警告完，与沈尚书一起走出了审讯室。

泰安帝一直在等，二人不敢耽搁，直接去面圣。

"问出什么了？"泰安帝立刻问。

程茂明与沈尚书对视一眼。

"沈爱卿说吧。"

沈尚书暗吸一口气，垂着眼把男子交代的情况说了。

泰安帝静静地听沈尚书说完，把深如幽潭的目光投向程茂明："派人去一趟杨喆的家乡，彻查他的出身。"

"是。"

沉默了一会儿后，泰安帝突然问："对此人的供词，二位怎么看？"

沈尚书一愣。

听皇上的意思，对此人交代的还有疑虑？

在帝王的注视下，他斟酌着开了口："臣以为，重刑之下，此人的供词应该可信。"

鞭子落在皮肉上的"啪啪"声还在沈尚书的耳边回荡不绝，那人惨白如纸的脸不时地在他的眼前晃动，这让他坚定了自己的判断："杨喆状元出身，又得太子青眼，如此机遇，根本没有害太子的理由。那就只有两种可能，要么他是被陷害的，要么就是他和太子有无法调和的矛盾。若说被陷害，害太子的恶徒如何能肯定那时候杨喆会去净房呢？倘若他是齐人，就说得通了。"

泰安帝看向程茂明。

程茂明面露纠结之色："微臣……与沈尚书有不同的看法。"

沈尚书眼睛微微睁大，难掩错愕。

"前不久玉琉侍女失踪，就是易容成采买之人离开客馆，此事与前朝余孽有关。现在又有人易容成杨喆，面具逼真到能瞒过经常来往的朋友。在微臣看来，这么短的时间内出现两个易容高手的可能性极小，两件事的背后应该是同一个擅长制作面具的易容高手。"

这样的易容高手要是随处可见，天下早就大乱了。

程茂明说出推测："臣更倾向于恶徒故意这么说。"

"那他为何偏偏诬蔑杨喆呢？"沈尚书有些不服气。

"陪太子吃酒的人中，杨喆最得太子信任，易容成杨喆动手，机会最多。落网后顺便把杨喆拖下水，至少没损失。"

泰安帝听着二人不同的看法，眼神沉了沉。

以他这些年与齐人打交道的经验来看，这件事不像齐人的手笔。

杨喆是被冤枉的？

这个念头晃过，泰安帝眼神依然是冰冷的。

事关太子之死，无论是看上去多么无辜的人，只要不能确定，他都不会放过。

哪怕是连中三元的状元郎。

"传杨喆进宫。"

没等太久，杨喆就跟着一名内侍走了进来。

几日的囚禁生活，不能沐浴，不能更衣，只有对前程、性命的惶恐、忐忑，能维持住基本的体面已属不易，可他慢慢走来，依然如挺拔的竹，外在的狼狈难掩一身的气度。

泰安帝默默地看着走近下跪的青年，心中叹了口气。

这样的年轻人，有谁不喜欢呢？

"微臣见过皇上。"

泰安帝没有让他起来，眼睛深沉如墨，足以让所有的臣子胆战心惊。

"把情况和杨修撰说说吧。"泰安帝眼睛一扫程茂明。

程茂明对杨喆扯出一抹没有温度的笑："假冒杨修撰的人找到了，经过审问，他招认是杨修撰指使的。"

杨喆愣住了。

"杨喆，你怎么说？"泰安帝沉声问。

杨喆以额贴地，声音保持着平静，说道："微臣祖祖辈辈都是大周人，皇上明鉴。"

泰安帝挑眉："这么说，那人诬陷你？"

"微臣是清白的。微臣与太子……"一直平静从容的青年在这一刻声音有些哽咽，仰起来的眼眸中是浓得化不开的悲伤，"微臣与太子性情相投，在微臣心中，太子是储君，更是朋友。如果能够选择，微臣情愿死的是我……"

泰安帝静静地听着，内心毫无波澜。

有了他的地位与经历，再动听的话都不能动摇他的想法，能让他改变的只有真正的行动。

"那你如何证明自己的清白呢？"听杨喆说完，泰安帝问了一句。

杨喆沉默了一瞬，垂在身侧的手握紧又松开："微臣问心无愧，愿意接受审讯。"

程茂明明白泰安帝的心思，皮笑肉不笑地道："杨修撰恐怕不知道，审讯至少要脱一层皮，可不适合你这样的读书人。"

杨喆垂眸："只要能证明我的清白，怎样都无妨。"

"何必那么麻烦。"泰安帝突然开口:"刘川——"

刘川从一侧的门进去,不多时端着个托盘走出来,一直走到杨喆面前。

托盘上放着一个白玉酒杯,杯中的酒液漾起波纹,仿佛藏着深不见底的旋涡。

"喝了这杯酒,朕就相信你的清白。"泰安帝淡淡地道。

他眉眼深沉,眼尾镌刻着岁月的痕迹,紧绷的脸部线条显露出帝王的冷酷。

一个连中三元的状元郎,出身、来历毫无破绽,在他看来,若真的是齐人,或者与平乐帝一方有关,身份一定不一般。

这样的人,平时表现得再从容淡定,终归也是怕死的。

身份越高的人越惜命,这一点,身为帝王的他再清楚不过。他倒要看看,面临生死,杨喆有什么反应。

杨喆定定地看着托盘上的白玉酒杯,慢慢伸出手去,把酒杯握在手中。

他的动作令程茂明与沈尚书都不自觉地屏住了呼吸,反而泰安帝一副不动声色的模样,冷眼看着。

杨喆握紧酒杯,仰眸与泰安帝对视。

"如果一死能证明微臣的清白,臣求之不得。唯一的遗憾,就是不能学以报国。"他说完,嘴角闪过一抹苦涩的笑意,把酒杯凑到唇边,一饮而尽。

酒杯落到地上,发出"叮咚"一声脆响。

杨喆跪坐着,惨白的脸上终于浮现出紧张的情绪。

泰安帝扬了扬眉梢:"朕还以为,杨修撰不会怕的。"

杨喆呼吸粗重了些,似乎有些吃力,唇边的苦笑更深了:"微臣也是人,是人都怕死的。"

"那你为何还毫不犹豫地喝了?"

"因为对微臣来说,还有比死更重要的事。"

这时,他的腹中灼热绞痛,毒酒似乎开始发挥威力。

"哦,什么比死还重要?"

"就是臣一直想向皇上证明的事——微臣的清白。"青年表情痛苦,眼神却分外清明,"微臣不愿背负杀害太子的猜测议论,这是比死更重要的事。"

他捂着腹部,汗珠一颗颗地从白皙的额头上滚落,砸在光滑如镜的地砖上。

痛苦比想象中还难以忍受,而且有些奇怪……

有叹息声从上方传来。

"朕相信你了。"

杨喆吃力地抬头,眼里有了喜悦:"微臣……谢过皇上……"

泰安帝瞥了刘川一眼。

刘川冲杨喆善意地扯了扯嘴角:"杨修撰要不要去净个手?"

杨喆一怔,恍然大悟:"我……"

"杨修撰随咱家来吧。"

杨喆对着泰安帝重重地叩首。

泰安帝没有说话，等刘川带着杨喆退出去，吩咐程茂明与沈尚书："去和那恶徒说吧。"

"是。"

血腥味不散的审讯室中，程茂明与沈尚书再次出现在男子面前。

男子撩了撩眼皮，没吭声。

程茂明一把揪住男子的衣襟，动作扯到伤口，疼痛让他的脸瞬间皱在一起："皇上赐毒酒让杨喆证明清白，杨喆连一丝犹豫都没有就喝了。我看他是无辜的，是不是你这个狗东西诬陷他？"

含怒的质问声令沈尚书动了动耳朵，心道：程大都督还挺会演戏，真是万万没想到。

"杨喆被赐了毒酒？"男子目光微闪，确认道。

程茂明以一声冷哼作为回答。

"哈哈哈——"短暂的沉默后，笑声突然响起。

笑声越来越大，回荡在昏暗森然的审讯室中，似是厉鬼扯开了伪装。

"你笑什么？"程茂明面露惊疑。

男子眼睛微微睁大，里面盛满放肆的笑意："杀了你们太子，还拉了你们的文曲星黄泉路上做伴，这拨不亏。"

程茂明突然变色："你什么意思？"

"呵呵呵。"男子笑着，没有回答。

程茂明似乎反应过来："杨修撰是被你诬陷的？"

男子的语气透着漫不经心："是又如何？"

程茂明上前一步，紧紧地盯着他："你不是齐人！"

男子嘴角微勾，算是默认了。

"那你是谁？"程茂明声音紧绷地说道，"玉琉人？不对，玉琉要是能做到这一点，就不至于传回玉琉公主的死讯还要费这么大力气了……"

他顿住，眼神如钩："你是前朝余孽！"

一听这话，男子一改沉默，神情激动起来："前朝余孽？难道你们就不是前朝臣子？泰安帝如何继承的皇位，你们都一清二楚吧，叫我'前朝余孽'不觉得亏心？"

沈尚书的脸色有些尴尬。

以他的年纪，当然经历过平乐帝，甚至君臣关系不算差……

程茂明则冷笑一声："亏心？真是好笑，倘若现在还是那位当朝，恐怕大周都不存在了，我们这些人全要改姓齐，想到这些，我有什么亏心的？"

"你胡说！"

程茂明伸手捏住男子的下巴，神情狠厉："既然杨修撰是被诬陷的，为何你能把时机把握得那么好？"

似乎拉了杨喆垫背让男子极为畅快，他的神色间有着得意："把握时机？不，那叫等待时机。对我们这些人来说，一切机会都是等出来的，我们也等得起。"

　　目的达成让男子有了倾诉欲："杨喆最得你们太子看重，盯紧了他，早晚有李代桃僵接近太子的机会。只要能与太子同桌喝酒，剩下的就是再简单不过的事了。"

　　"可你又如何确定杨喆会去净房？"沈尚书忍不住问。

　　这也是他们最怀疑杨喆的一点。

　　那日没有杨喆去净房给了这人可乘之机，太子就不会出事。

　　"我不能确定。"男子弯了弯唇角，"我说了，我只要等待就行了。这次杨喆不去净房，还有下次，就如之前空等了那么多次，总会有那么一次，他的短暂离开能给我提供接近太子的机会，我要做的就是果断地把这个机会抓住，一举成功。"

　　说到这儿，男子得意的神色转为遗憾："只可惜还是差了一点儿，本以为能把罪名推到杨喆头上，让他有口难辩，没想到还是察觉了我的存在……"

　　"既然不是杨喆干的，那面具你是从何得来的？"

　　男子紧抿薄唇，不吭声了。

　　"不说？"程茂明眼里怒火积蓄，声音扬起来，"继续用刑，这次让他尝尝新花样！"

　　不多时，令人心颤的惨叫声响起，久久不绝。

　　沈尚书冷眼看着成了血人气若游丝的男子，把程茂明拉到一旁："程大都督，我看再用刑下去，这人要熬不住了啊。"

　　"熬不住就熬不住，还省得浪费粮食。"程茂明说这话时满腹恼火。

　　他就不信了，这些前朝余孽一个个都这么嘴硬。

　　"那要是受刑不住死了，岂不是问不出来他背后的易容高手还有隐藏身份伺机而动的那些余孽了？"

　　程茂明咬牙："不怕，死了他一个，还有一个替补。"

　　这说的是关在锦麟卫大牢里的陈木。

　　许是这话飘进男子耳中，让他意识到硬扛着也没用，再无侥幸心理，于是在又一次烙铁落在身上带起一片皮肉时，他终于撑不住了："我……我说……"

　　用刑的人立刻收手，等着程茂明的盼咐。

　　程茂明走近男子，叹了口气："早点儿这么识趣，就不必吃苦了。我知道你认为反正都是一死，招了没好处。可怎么没好处呢？舒舒服服地死难道不比受尽折磨而死强百倍？"

　　男子动了动嘴角，几乎没了说话的力气。

　　仿佛看不到尽头的酷刑落在身上时，他才知道自己没有自己以为的那么坚定。

　　太疼了，真的太疼了。

　　正如这个人所言，哪怕直接来一刀，对此时的他来说都是无与伦比的幸福。

　　"那个人……都叫他'狐先生'……没人知道他真正的样子，我那次见他，他的模

564

样是一个三十来岁的男子……"

程茂明与沈尚书听完，面面相觑。

听起来挺具体，可他们还是不知道此人长什么样！

高矮胖瘦、脸方脸圆说了有什么用，符合这样条件的人多了去了。

其实放在以前，许多张榜通缉的歹人形象就是听人一说这么画出来的，至于能不能凭借画像找到人，就只有天知道了。

可经过靖王世子几次帮忙，程茂明太知道准确地知道嫌犯长相的便利了。

对了，靖王世子！

程茂明一拍额头，很快亲自去请了一趟人，一同请来的还有林好。

迎着沈尚书诧异的眼神，程茂明只能报以淡然的微笑。

他去请人时靖王世子正与林二姑娘腻在一起，他还能怎么办？只能一起请回来啊。

沈尚书依然用不解的眼神看着他。

程茂明以手抵唇咳嗽一下，声音极低地道："习惯就好。"

沈尚书更困惑了。

习惯什么？不知道是不是他的错觉，程大都督一遇到靖王世子好像就有些不正常。

"要辛苦世子了。"等男人重新描述了一遍狐先生的长相后，程茂明冲祁烁拱拱手。

那些因为装病而窝在家中的漫长时光，大半被消磨在习武、读书和作画上，那支笔在青年的手中如生了花，很快勾勒出一名男子的形象来。

程茂明的一双眼睛仿佛粘在了画上："这就是那个狐先生？"

这人看起来平平无奇的样子。

一旁的沈尚书提醒道："这是易容后的脸，不是真实的样貌。"

祁烁看着画像开了口："虽然可能是易容后的样子，但这幅画也不是没有价值。那种薄如蝉翼的面具完全贴合人的脸形，如果他用的是同样的面具，脸形应该就是这样的。"

林好定定地看着画像，心中远不像表面上这么平静。

这个人，她竟然见过！

梦中跟在明心真人身边的那段日子，是她最接近平乐帝的时候。尽管那些人对她多有防范，可架不住她就住在旋涡中心，总会有偶尔见到某些人，听说某些事的时候。

这个人就是她偶然见到的，当时正好与平乐帝在一起。

虽然只见过那一次，这个人却给她留下了深刻的印象，因为平乐帝那礼贤下士的态度。

原来这个人就是狐先生。

现在想来，难怪平乐帝对此人如此客气，一个能制作出精妙绝伦的面具的易容高手，他的价值不可估量，而近来发生的事毫无疑问也证明了这一点。

她敢肯定，出自狐先生之手的李代桃僵绝不止这几次。

这般想着，林好伸出手来悬在画卷上方。

"林二姑娘？"程茂明因林好的动作而疑惑。

"你们看这人的下半边脸，是不是和那次画的人差不多？"

程茂明挑了一下眉："林二姑娘这么一提醒还真是。世子，当时那幅画像你收起来了吧？"

"嗯。"

"哪次啊？"沈尚书一头雾水地问。

这三个人怎么还打哑谜呢？

程茂明看了他一眼，语气有些自得地说道："就是给玉琉侍女面具的人。世子当时听了花匠的描述，画出了一个头戴斗笠的男子，可惜对方没有露脸。"

沈尚书眼睛微亮："这两个人要是同一个人，便能确定这恶徒是前朝余孽了。"

"世子，那画像还在吧？"

"还在。"祁烁打发小厮回王府把画像取来。

画像很快被取来，与新画的画像并排铺在桌子上。仔细地对比了一番，几个人得出一致的结论：至少脸形是一样的。

"这人能随时变换模样，仅凭这些，想找到人难于登天啊！"沈尚书叹道。

"先进宫向皇上禀报吧。"

听程茂明这么说，祁烁便道："那我们先回去了。"

回去的路上，林好黛眉微蹙，把自己的发现告诉祁烁："阿烁，这个狐先生我见过一次，他应该是平乐帝那方很重要的一个人。"

祁烁脚下一顿："这么说，这是他在信得过的人面前最常用的脸，甚至有可能是他真正的模样。"

林好微微颔首："这种可能性极大。不过毒杀太子的人已经落网，他听到风声后，定会改变样貌。"

微凉的风扑到面上，令祁烁的头脑越发清醒："这个人在京城至少有两张面孔，出现在寻常人面前的应该是别的模样，且有靠谱儿的身份能躲过各方官差的检查。"

沉默着走了一段距离，林好提起进宫的程茂明与沈尚书："当着沈尚书的面不好多问，不知杨喆的嫌疑洗刷了没。"

"回头程大都督会说的。"

说话间到了家门口，林好摆了摆手："我进去啦，有新情况记得跟我说。"

祁烁点点头，目送林好快步走进将军府里，在心中轻轻叹了一声。

本来他与阿好的婚期将至，太子之死却让一切不得不推迟，更令人心头沉重的是太子之死带来的问题和影响。

他转头望了一眼北方，举步走进王府里。

不用程茂明来说，很快林好就知道了结果。程茂明与沈尚书进宫禀报后不久，包括杨喆在内的几个人就被放了出来，这无疑告诉世人，他们是清白的。

当然，皇上对这几个人的心思就难说了，太子是与这几个人吃酒时出事的，有一种情绪叫迁怒，是个人都懂。

反正在百官勋贵心里，这几个人的前程是完了。

将军府中，林氏的心情却很好："人没事就好，前程有了是锦上添花，没有也饿不着。"

她惦记的自然是女婿韩宝成。

韩宝成被关在锦麟卫的这几日，将军府打发人往锦麟卫跑的次数不比尚书府的少，林好还去了一趟尚书府探望林婵。

"阿好才去过尚书府，今日就让管事跑一趟吧。"老夫人的嘴角也有着笑意。

林氏对此没有意见，笑呵呵地道："那让管事多带些礼品过去，给女婿压压惊。"

老夫人点点头，想到了温峰："那孩子是个不错的，再怎么样也是阿好她们的堂兄，咱们这边也该安排人去看看。"

"祖母、娘，我去吧。"林好主动地把事情揽过来。

堂兄与杨喆来往颇多，她想与堂兄聊聊这位总是陷入风波的状元郎。

林好带上慰问礼品去了温峰的住处。

在寸土寸金的京城，如温峰这样的自然买不起房，他赁了一个小宅院，位置还不错，就在西城。

马车停靠在路边，林好走至一户门前，敲了敲门。

"谁啊？"门房拉开了门。

林好这是第一次来，对门房客气地笑笑："我是林家二姑娘，听说堂兄回来了，来看看他。"

门房多少了解林、温二家的事，一听林好自报身份，不敢怠慢，赶忙去通传。

一听林好来了，温峰快步迎了出来。

"听说十一哥回来了，母亲让我来看看。"林好笑着打了招呼，示意宝珠把带来的礼品放下。

温峰面露感动："让婶婶和妹妹惦记了。"

"十一哥这几日受苦了。"林好看着明显瘦了的温峰，很自然地打开了话题。

温峰眼中闪过哀伤，笑容中也有掩饰不住的苦涩："只是在外住了几日，不算什么。"

比起已逝的太子，几日拘禁之苦算什么呢？

"还好都过去啦。"林好柔声安慰。

都过去了？

听了这话，温峰有些失神。

过去了吗？

太子死了，难道要重新立无德无能的凉王为太子？但是不立凉王，又该怎么办呢？

如果那日他们没有陪太子在外边喝酒，太子是不是就不会出事了？

过不去的，太子一死，无论是对大周还是对他来说，情势都不一样了，那日注定成为纠缠一生的梦魇，解不开的心结。

"十一哥。"

听到林好的唤声，温峰猛地回过神来，急忙提起茶壶给她添茶掩饰狼狈："阿好，喝茶。"

林好仿佛没有察觉温峰的失态，端起茶杯，浅浅地啜了一口。

"不是什么好茶。"温峰不好意思地笑笑。

"我尝着挺不错。"林好又抿了一口，提起关心的事，"十一哥，你觉得杨喆是个什么样的人？"

温峰一怔，看着林好，眼神有几分异样："怎么突然提起他？"

林好垂眸，盯着杯中悬浮的茶叶："就是好奇。十一哥不觉得围绕杨喆发生的事情太多了吗？"

温峰听出了林好的言外之意："你觉得杨喆不是无辜的？"

林好捧着茶杯，没说话。

温峰缓缓摇了摇头："不会的。"

在少女平静如水的目光的注视下，他的语气多了坚定："他是个品行高洁、温润如玉的君子，你若与他多相处，就知道了。"

"十一哥对杨喆的评价真高。"林好扬了扬唇角。

温峰的神色越发认真："只是与之相处的真实感受，去问宝成他们，回答也是一样的。杨喆身边是出了不少事，不过人越出众越受瞩目，你说呢？"

林好弯唇笑了笑。

看堂兄对杨喆推崇的模样，她是问不出什么了。

她把茶杯放了下来，告辞的话还没说出口，门帘突然被挑起。

"峰儿……"

双手都提着东西的人兴冲冲地喊了一声，看到林好转过来的那张俏脸时，声音戛然而止。

手中的东西落在地上，温如生一双眼瞪得老大："你……你……你……"

林好起身，扬起一张笑脸："八伯。"

这清脆的一声喊让温如生一个激灵，转头就跑，因为动作太急，重重地撞了跟在身后的温平的肩膀一下。

温平一个趔趄跌倒在地上，温如生则一溜烟儿不见了踪影，洒落在地的果子骨碌碌地滚着，让这场景更添几分混乱。

林好定定地看了温平一眼，最后视线落在温峰的面上："十一哥，八伯……"还坚信她是妖怪呢？

温峰大为尴尬，心念急转，找了个不太高明的理由："这几日的事把我爹吓坏了，突然见到人就容易受惊……平叔,你快去找找我爹。"

温平爬起来,深深地看了林好一眼,应了一声,匆匆地追出去。

"阿好,实在是不好意思。"

"八伯是关心十一哥。十一哥去看看八伯吧,我也该回去了。"

"我送妹妹出去。"

二人走出院门,顺着胡同往前走了没几步,就发现前边不太对劲。

胡同口站了不少人,有吵闹声传来。

林好与温峰对视一眼。

"阿好,我先过去看看。"温峰想到什么,撂下这话,匆匆地往前奔去。

林好虽不在意那位堂伯,看在温峰的分儿上却不好表现得太冷漠,于是也加快了脚步。

二人出了胡同口,果然是温如生出事了。

他坐在地上"哎哟哎哟"地叫,温平拽着个汉子不让走。

汉子也不是好惹的,脸色因为愤怒涨红:"凭什么让我赔?是他自己撞过来的!"

"你把人撞伤了还有理了是吧?"

温峰快步走了过去,弯腰去扶温如生:"爹,您没事吧?"

温如生指指右脚:"脚疼!"

"其他地方呢?"

见儿子一脸焦急,温如生摇摇头:"就是摔倒的时候脚踝扭了,别的都还好。"

温峰松了口气,喊住与汉子纠缠的温平:"平叔,让人走吧,先送我爹去医馆。"

温如生不乐意:"就这么让他走了?"

温峰最知道怎么劝老爹能听进去:"儿子现在不宜多事,您说呢?"

温如生一听,老实了。

林好走过来,面带关切地问道:"八伯没事吧?"

温如生下意识地一哆嗦,咫尺的距离让他不敢轻举妄动,努力地装出忘了眼前少女"真面目"的样子:"阿好来啦,我没事,嗯——"

"爹,我背您去医馆。"温峰把温如生背起来,却有些吃力,好在温平托了一把。

"十一哥,坐我的马车吧。"林好指了指停在路边的马车。

温峰脚下没停:"不用,医馆就在那边。"

林好顺着他的目光望去,就见长街斜对面不远处有一家挂着"丹心堂"招牌的小医馆。

"大夫在不在?快给我们老爷看看。"一进医馆的门,温平就喊起来。

大夫是个四十来岁的中年男子,听到喊声,走过来:"这不是温老爷吗?出什么事了?"

温峰父子租住在这里也有一年多了,医馆离得这么近,他们俩时不时就会过来看病拿药,自是混了个脸熟。

温峰把温如生放下，温如生气哼哼地道："让一个人撞到了，脚疼得动不了，古大夫快给我瞧瞧。"

古大夫动作轻柔地掀起温如生的裤腿，伸手按了一下。

温如生大声喊疼："大夫轻点儿啊！"

古大夫笑笑："温老爷别担心，没伤到骨头，敷上药后好好养着就行了。"

"那就好，真要在床上躺两个月我可受不了。"温如生一听没有大碍，喊疼声都小了。

"劳烦大夫了。"温峰客气完，有了工夫与林好说话："阿好，你早些回去吧。大夫说了，我爹只是扭了脚。"

林好将目光落在古大夫的面上，语气有些漫不经心地说道："哦，等八伯回了家我就走。"

随着她开口，古大夫随意地往这边瞥了一眼。

二人的视线短暂地相碰，林好率先垂眸避开，一颗心却急促地跳了几下。

这个古大夫的脸形……好像与画像上的人的脸形一样！

这个念头一闪就再也控制不住了。

垂下的睫毛如小扇，遮蔽了眼底翻腾的情绪，她忍不住又看了一眼。

不必想太多，既然这人让她想到狐先生，查一查就是了，就算不是也没什么损失。

林好有了决定，神色恢复了平静。

不知过了多久，一道温和的声音响起："可以了，明日记得换药。"

"多谢古大夫。"温峰拱了拱手，示意温平了诊金，把温如生背起来往外走。

林好默默地跟在后边，强忍住回头的冲动，却总觉得有道视线落在后背上。

从医馆到温峰的住处没用太久，林好说了几句客套话，提出告辞。

"峰儿，快送送阿好。"温如生如蒙大赦，嫌儿子动作慢还推了他一下。

温峰一阵无语，陪着林好走出去。

"十一哥，你们住的地方还挺方便，饭馆、茶肆、杂货铺这些不说，就连医馆都离得这么近。"林好不着痕迹地把话题引到医馆上。

温峰没有多想，随口道："当时就是觉得这里生活便利才租下的，杨喆和李澜也住在附近。"

林好扬了一下眉梢："他们也住在附近？"

温峰笑着点头："几个常来往的朋友中，我们三个都是外地的，他们先租住在这边，后来我从……妹妹家搬出来，在他们的介绍下就住过来了，三个人也算有个照应。"

"能有几个意气相投的同年也是难得。"说话间已经走出胡同，林好望了街对面的医馆一眼，停下脚步，"十一哥别送了，八伯还等着你照顾。"

"妹妹慢走。"温峰在胡同口站定，目送林好走向马车，这才转身回去。

第二十三章　劫　持

　　林好加快脚步，面上虽不露声色，心中却生出急切来。
　　一家离堂兄、杨喆、李澜的住处都不远的医馆，一个长相能令她想到狐先生的大夫，这是纯粹的巧合吗？
　　假如那个大夫就是狐先生，陪太子喝酒的五个人中有三个人都在他盯着的范围内。杨喆若是清白的，他的行踪很容易被对方掌握；若与对方有勾结，联络也方便。
　　林好想着这些，弯腰钻进马车里。
　　就在这一瞬间，汗毛突然竖起，让她意识到不对劲。
　　可是已经来不及了，冰冷的尖锐之物抵在脖子上，林好看到了一双黑沉沉的眼。
　　"宝珠，"她没有回头，也没有动，"你就坐在外面吧，我有些气闷。"
　　身后鸦青色的车门帘落下，外面传来宝珠清脆的应答声。
　　随着车夫挥舞长鞭，马车缓缓驶离。
　　车外人来人往，车马如龙，一切看起来十分平常，车厢内的气氛却紧绷到极点。
　　"出城！"用匕首抵着林好脖子的人声音很低，冷得没有一丝温度。
　　林好紧紧地抿唇，看清了那人的模样。
　　这是一个模样普通的年轻男子，锐利的眼神与满满的杀意让人毫不怀疑横在她脖子处的匕首是见过血的。
　　"快点儿，去青鹿寺。"
　　林好攥了攥拳，眼下的情景却没有拒绝的余地，稍稍沉默后，在那人不耐与杀意交织的眸子的注视下，扬声吩咐车夫："去青鹿寺。"
　　她的声音很稳，让人听不出异样，这样的配合使那人眼中的杀意褪了不少。
　　林好在将军府有着充分的自由，因而对她突然要去青鹿寺的要求，车夫一点儿怀疑都没有，鞭子一甩，马车转了方向。

坐在车外的宝珠问了一句:"姑娘,去青鹿寺要些时间,要不要婢子买些吃食带着?"

冷冷的目光下,林好平静地拒绝:"不用了,去去就回。"

马车很快出了城,走在官道上,速度快了起来。

那人没再出声,握着匕首的那只手一直很稳,显示出他不凡的控制力。

林好盘算着到青鹿寺的时间,直觉却告诉她,这人的目的地不会是那里。

不知过了多久,那人突然伸出一只手掀开车窗帘的一角,凉风汹涌而进,带来郊外的寒意。

"让车停下来。"

林好抿了抿唇,喊道:"停车。"

车子慢慢停下,宝珠困惑的声音传来:"姑娘,青鹿寺还没到。"

男子给了林好一个眼神,不知怎的,她就懂了那眼神的意思。

"到哪儿了?"她问。

回答她的是车夫:"要过雾隐山了。"

林好心一沉。

雾隐山她是知道的,与去青鹿寺一个方向,群峰连绵,人若进去,随便一扎就再难寻觅踪迹。

一股大力传来,她被推出了车厢。

那人随着她一起出去,一只手牢牢地禁锢着她,另一只手握着匕首。

"姑娘!"宝珠惊恐到俏脸扭曲,下意识地往前一步,却在看到那人的匕首后,一动不敢再动。

车夫也惊恐不已:"你是谁?快放开我们姑娘!"

不知道是幸运还是不幸,这个时候官道上竟没有旁人。

"回去对你们主人说,拿一万两银子来山中的破庙赎人。别动,靠近一步就要她的命!"男子说罢,挟持着林好步步后退,很快消失在山林中。

已经是十月底,初冬的寒凝结在草木上,再剐蹭在林好身上,让她有种寒冬腊月提前来了的感觉。

林好敏锐地感觉到挟持她的人的杀意。她假装被绊了一下,脚下慢了一步,把那人紧绷的面部线条和眼里的冷瞧得清清楚楚。

一个纯粹为了赎金的劫匪,不应该是这副模样。

他是想杀了她吧?

这个猜测一起,林好浑身冰凉。

山中并不好走,时而有鸟雀受惊飞起,扑棱着翅膀飞向天空,偶尔还能看到兔子撒腿狂奔。

林好有心记下路线,却发现做不到。

到处都是差不多的树木山石,没有令人印象深刻的特殊景物,她也没有机会做标记。

就这么走了不知道多久,男子一掀藤蔓,把林好推了进去。

林好一个趔趄，勉强地稳住了身体。

这竟然是一个不小的山洞，外窄内宽，最里边还铺着稻草，明显是提前探过的。

男子走到林好面前。

进山之后，林好的双手就被汗巾缚住，面对男子的逼近，她只能选择静观其变。男子从她的身边走过，手在稻草中一摸，就提起一条绳索。

根本容不得她反应，男子就将林好拽着推倒在地上，然后用绳索把她与一块凸起的石头绑在一起。

做完这些，男子冰冷的神色有了几分放松的意思，人也靠着石壁恢复着体力。

林好被反绑的手动了动，随即她就放弃了做无用功，试着从男子口中探出些信息来："我们无冤无仇，你为何劫持我？"

男子看了她一眼。

林好露出害怕的神色："我……我家人都很疼我，只要你不伤害我，要多少钱都好说。"

十七岁的少女，姿容绝色，声音轻柔，这般哀求，哪怕是铁石心肠的人也会动摇几分。男子定定地看了她一瞬，从袖中抽出布巾，团成一团，塞进她的嘴中。

林好的一颗心沉了下去。

就算是绑匪与人质的关系，对方一句话都不愿交流足以打破她的幻想。

是谁要置她于死地？

林好下意识想到的是陈木，但陈木现在还在锦麟卫的大牢里。

林好的目光无意识地落在男子没有表情的脸上，纷乱如麻的思绪在这一瞬仿佛突然被利剑斩开，一个猜测浮现在心头——狐先生！

看来不是她多心，很可能是在医馆里她猜对了，才招来这杀身之祸。

林好的脑海中风驰电掣地闪过医馆中的种种情形，最后定格在与古大夫对视的画面上。

难道说就因为对视那一眼，狐先生便起了疑心，要把隐患消灭在萌芽中？

这份敏锐、这份果断、这份残忍，令人不寒而栗。

如果她的猜测是对的，这人又为何索要赎金？新的疑惑产生，还没等林好细想，男子突然动了。他大步走出山洞，从头到尾没有看林好一眼。

林好目不转睛地盯着山洞口足有一刻钟，不见那人回转。

她试探着动了动手，随着她的动作，绑着双手的绳索反而更紧了。

林好安静下来，洞中的光线悄悄变化，她一直没等到那人回来。

疾驰的马车还没停稳，宝珠就跳了下来，如一阵旋风直冲进去，留下目瞪口呆的门房。

"老夫人，姑娘出事了！"一口气跑到老夫人面前，宝珠已满脸是泪。

老夫人看到宝珠的模样，猛然站了起来："阿好出了什么事？"

机敏的大丫鬟见此情形，立刻悄悄吩咐小丫鬟去给林氏报信。

宝珠气喘吁吁，嘴唇哆嗦着："有个人劫持姑娘进了雾隐山，要咱们拿出一万两银子去山中的破庙赎人。"

老夫人身子晃了晃,坐回床榻上,稳了稳心神:"阿好不是去了她堂兄家?那她在哪儿遇到的歹人?可有受伤?"

宝珠胡乱抹了一把泪,又慌又怕,根本控制不住身体的颤抖,却强迫自己冷静下来:"峰公子送姑娘到胡同口,姑娘进了停靠在路边的马车里,说有些气闷,让婢子坐在外边。那时候婢子没多想,其实歹人已经在车厢里了……路过雾隐山时,歹人让停了车,带着姑娘进了山……"

正说着,林氏冲了进来:"母亲,阿好出事了?"

老夫人看起来平静了许多,把情况说了一遍。

林氏脸色惨白,抓着宝珠的手腕问:"那人伤着阿好了吗?"

"姑娘那时没有受伤,但他一直用匕首抵着姑娘的脖子……"宝珠哽咽着回答。

"三日后去山上的破庙寻人?为什么要等到三日后?"一想到女儿可能遇到的危险,林氏完全无法冷静。

"或许是歹人想留出凑赎金的时间,也或许是歹人想安排好退路……"老夫人摇摇头,"这种穷凶极恶的歹徒是如何想的谁都不清楚。但有一样,要救阿好回来,咱们不能先乱了阵脚。多福,你去一趟靖王府,请靖王世子来一趟。"

大丫鬟多福应了一声,快步走了出去。

祁烁听闻将军府来请,直觉有些不安。

因为太子出事,百官勋贵暂停了嫁娶、宴请等事,他与阿好的婚事推迟两家已商定,就算再要商量什么也是长辈之间的事,突然把他叫过去难免让人多想。

祁烁加快脚步,没过多久就到了将军府,看到的是老夫人与林氏两张苍白的脸。

好像有重锤在他心头猛砸了一下。

"阿好是不是有什么事?"他问。

明明一颗心被无形的大手用力地捏紧,他面上却是冷静的。

"阿好被劫持了。"

祁烁用力地握了握拳,听老夫人说了情况。

"我这就进山。"他深吸一口气,尽量用平静的语气说出这句话。

老夫人把他拦住:"世子别冲动,歹人说了,三日后只许我们这边出两个人去送赎金,其间若发现有人进山寻人,就会对阿好不利。"

三日……

祁烁紧紧地皱眉,不知为何,这个时间让他隐隐不安。

歹人能提前藏在马车中,可见对阿好的身份已做过了解,那就应该知道一万两银子的赎金对将军府来说不算问题。

那对方给出三日期限的目的是什么?

拖延是一柄双刃剑,固然能给对方留出时间安排退路,可同样给了将军府救人的时间。倘若他是歹人,宁可立刻索要赎金,打将军府一个措手不及,除非拖延对他们来说有更大的好处。

那是什么呢？

祁烁一时想不出，但有一点可以肯定：不让敌人如愿就对了。

何况，不谈理智分析，只说私心，他也无法忍受等到三日后。他不能把阿好的安危交给歹人决定，入深山寻找阿好势在必行。

说服了老夫人，又回去说服了靖王夫妇，祁烁吩咐下去："温老爷父子还有那家医馆，你安排人都盯一下。"

玄一领命而去。

在祁烁带着三名护卫悄悄进山的时候，闭目积攒体力的林好突然听到山洞口有动静。她立刻睁开眼望过去。

洞口处突然一亮，旋即又暗了下去，一个人趔趄着跌了进来。

那是一名女子，劫持林好的男子紧跟在她的身后，伸手拽起扑倒在地上的女子，一言不发地走向林好。

在男子的拖拽下，女子只能一边踉踉跄跄地前行，一边发出痛苦的呜咽。

林好紧紧地盯着越来越近的女子，猛然瞪大了眼睛：居然是朱佳玉！

朱佳玉是怀安伯府大姑娘陈怡的手帕交，与林好也成了朋友，见到林好，朱佳玉同样一脸震惊。

"阿……阿好！"比起嘴巴被布团塞住的林好，朱佳玉还有说话的自由，震惊之下，磕磕巴巴地叫出了林好的名字。

林好下意识地去看男子。

男子动作一顿，以冷淡的目光扫过二人，把朱佳玉与林好背靠背绑在了一起。

"你到底是谁？为什么把我和阿好劫持到这里？"朱佳玉哭着问。

"你也想嘴巴被塞起来？"男子面无表情地问，看着朱佳玉的眼神不像是在看妙龄少女，仿佛在看一块石头、一株野草。

朱佳玉被那冷漠至极的眼神骇住，不敢再出声。

山洞中一时安静下来，洞中的人隐隐能听到山风呼啸，野兽嘶吼。这样的深山，一旦入了夜，她们就算能逃出去，也只有死路一条。

林好咳嗽起来，因为嘴巴被堵着咳不出声，声音被闷在喉咙中，好像整个人随时会闭过气去。

朱佳玉一时忘了恐惧，因为背对着林好看不清她的样子，朱佳玉急声问道："阿好，你怎么了？"

回应她的，是让人听起来越发难受的闷咳声。

朱佳玉急得不行，只得向男子求救："求求你把布团取下来吧，我们保证不会哭喊。再说这里人迹罕至，就算喊破喉咙也没人能听到……"

不知是朱佳玉的哀求起了作用，还是男子觉得林好的闷咳声虐待了自己的耳朵，他一言不发地走过来，取下了塞着林好嘴巴的布团。

嘴巴得了自由，林好大口大口地呼吸，咳嗽声停了下来。

"水……"她颤抖着毫无血色的唇，看向男子。

男子扫了林好一眼，抬脚走了出去。

藤蔓被掀起的瞬间，洞中一亮，旋即又恢复了昏暗。

林好侧耳聆听，轻微的脚步声很快消失了。

"阿好，你怎么在这里？"没了让人恐惧的男子在，朱佳玉迫不及待地问。

"我去探望堂兄，这人躲在我的马车里，把我劫持到这里……"林好言简意赅地把情况说了，问朱佳玉，"阿玉，你呢？"

"我和你差不多，是逛完成衣铺上车准备回家的时候被劫持的。"

林好仔细地问过，推断出朱佳玉被劫就在男子离开这里大约一个时辰后。

"阿好，他为何劫持我们？是不是早就盯上我们几个了？"

林好盯着山洞口，微微摇头："我倒觉得是巧合。"

"巧合？"

"你喊出我的名字时，那人愣了一下，可见他对我们认识这件事情并没有心理准备。再说，无论是我去探望堂兄，还是你去逛成衣铺，都不是提前计划好的。他又不是神仙，哪能在这么短的时间内劫持两个早就盯上的目标？"

朱佳玉眨了眨眼，突然反应过来："你是说纯粹是咱们两个倒霉，这人专对富贵女子下手，咱们正好撞上了？"

林好沉默了。

在她看来，朱佳玉应该是运气不佳，她就不一定了。

不想让朱佳玉放松警惕，她轻声提醒："阿玉，我觉得这人不是求财。"

朱佳玉愣了一瞬，下意识地问道："不是求财？那还能是什么？他说了，让我家人三日后来山中的破庙交赎金。"

也因此，她虽然害怕，但内心深处还不至于绝望。

"就是感觉吧。这人给我的感觉，随时会扭断一个人的脖子。"对医馆大夫的猜测不方便让朱佳玉知晓，林好只能推到直觉上。

朱佳玉却立刻信了。

在她心中，能替好友解决那么一桩糟心婚事的林好是个靠谱儿的，不会危言耸听。

只是这样一来，她更加害怕了。

"阿好，那人取水回来，会不会……会不会对我们动手？"

"目前还不好说，总之不要激怒他，先静观其变吧。"

林好的声音还算淡定，心中却升起强烈的无力感。

她不是动不动就丧气的人，可陷入这种绝境中，她似乎真的没有什么办法了。这次和她那次为了救姐姐故意被歹人劫持不一样，那时候她有随时脱身的能力，现在却成了任人宰割的牛羊。

要是阿烁能找来就好了。

饶是林好从没想过依靠别人，在这偶尔软弱的一刻，也不由得期待起心上人从天而降。

可理智告诉她，这不现实。

此地山脉连绵，古木参天，就算几十上百人进山搜寻，短时间内也难以有发现。何况她们在人家手里，投鼠忌器之下，她们的家人不可能展开大规模的搜索，单靠三两个人，想找到这里无异于大海捞针。

"阿好，你渴了没？"一阵沉默后，朱佳玉问。

对这个经历过的最刺激的事就是与小伙伴们一起八卦平嘉侯世子出丑的少女来说，眼下的安静让她更慌，总要说点儿什么才觉得安心。

"有一点儿。你呢？"

"我渴了。"朱佳玉的声音带着哽咽。

"耐心地等一等，那人总要饮水吃饭的。"林好安慰着朱佳玉，其实心中并没有底。

如果她的直觉没错，那人的真正目的是要她的命，又怎么会在意她们是渴还是饿？

二人这一等，就等到了天色将晚。

洞口处传来动静，二人侧头看过去，就见那人走了进来，肩膀上扛着一物。

没等林好看清那人扛着的是什么，他就把所扛之物丢到了地上。

一声痛呼响起，被丢在地上的居然是个少女。她原本好像昏迷着，被这么一摔，清醒过来，一时还认不清眼下的处境。

"你是谁？我告诉你，我爹是京城首富，你这样对我，他一定不会饶了你的！

"放我出去！来人啊！救命啊……"

一只大手伸过来，捏住少女纤细的脖子，平静无波的警告声响起："我不介意少收一份儿赎金。"

"你……你什么意思？"少女色厉内荏，声音小了下来。

男子没有理会少女，把她绑好，从怀中摸出一块饼子，默默地啃着。

山洞中没有生火，阴冷包裹着每个人。

少女忍不住开口哀求："求求你放我走吧，我会让我爹给你很多很多银钱……"

男子皱眉看了少女一眼，不知是嫌她聒噪还是有别的事，抬脚走了出去。

没了男子在场，朱佳玉小声问被绑在另一处的少女："你是哪家的？怎么被劫持的？"

少女睨了朱佳玉一眼："你是谁？我为什么要告诉你？"

朱佳玉愣住了。

都这样了，这姐妹还要来飞扬跋扈那一套？

林好无视了二人的对话，视线一动不动地落在一处。

斜阳向晚，山洞中光线昏暗，越发让人心浮气躁。朱佳玉和新来的少女小声拌着嘴，谁都不肯吃亏。

"阿好，你说她是不是认不清现状？还以为在自己家里呢！"

"你们认识啊？"少女被绑在另一处，反而能同时看到林好和朱佳玉："哎，你怎么不说话？"

朱佳玉也察觉到林好半天没吭声，不由得有些担心："阿好，怎么了？"

林好收回凝在某处的目光，看向少女。

暗淡的光线下，她看不清对方的细微表情，只能看到一张圆圆的苹果脸和即便看不清也能感觉到的骄纵模样。

林好犹豫了一下，微微扬起唇角："我是将军府的二姑娘林好，和我在一起的是宜春伯府的四姑娘朱佳玉。"

这姑娘给人的感觉不是好性子的，林好认为，在提要求前先自报家门，把握更大些。

果然，在林好说出她和朱佳玉的身份后，少女气势明显一弱，小声道："我叫池彩云，我爹是京城首富，与皇家做生意的。"

"池姑娘知道目前的处境吧？"

池彩云小幅度地点了点头："知道，那歹人要我家人准备赎金，三日后交了赎金才放人。"

说到这里，池彩云满脸郁闷。

在这鬼地方待三天简直要命。

"要是不放呢？"越发昏暗的光线里，林好轻声问。

池彩云神色一僵："不放是什么意思？他留着我们也没用呀！"

"是没有用。"林好没有反驳她的话，只是话锋一转，"可我们看到了他的脸，他足够心狠手辣的话，拿了赎金还回去三具尸体也是有可能的。"

池彩云明显慌了："不会吧，他得了赎金远走高飞就好，真要伤害我们，我们的家人定不会罢休，他何必给自己找麻烦？"

少女言语间透着不信，并不是给歹人找理由，而是人陷入困境中时总不愿去相信更糟的可能。

林好明白这一点，温声道："我的未婚夫婿画技出众，能根据口述画出一个人的样貌。如果把这一点考虑在内，你还觉得他没有杀人灭口的可能吗？"

池彩云闻言，脸上的血色褪得干干净净："那我们该怎么办？"

朱佳玉也忍不住问："是啊，阿好，我们该怎么办？"

"我们要自救。"林好的声音很轻，却有着安抚人心的力量。

"如何自救？"朱佳玉和池彩云齐声问。

林好视线下移："池姑娘，你看一下脚边，那里有一支簪，应该是你的。"

池彩云看过去，果然看到一支花簪落在脚边，不知是何时掉的。

"是我的！"她有些激动，又不知道自己在激动什么。

"池姑娘，你试着把它踢到我的手边来。"林好被绑在身后的手动了动。

池彩云看了一眼，电光石火间明白了林好的意思。

"你要用簪子把绳索磨断？"她压低声音问。

林好点了点头。

池彩云定定地看着脚边的簪子，神色不断改变。

她离林好不远，把簪子踢到对方那里不算难。可要是林好用簪子磨断了绳子，只顾着自己逃跑怎么办？

这是她的簪子，与其让别人用来救命，不如自己用？

林好目光一直不离池彩云左右，看她不断改变的脸色，哪里想不到对方的心思？

有些话一旦说出来，场面就尴尬了。

林好没给对方把局面搞僵的机会，先一步开口："这支簪就是我们自救的机会。簪子是池姑娘的，按说池姑娘用它自救最合适……"

这话听着顺耳，池彩云将蠢蠢欲动的心思压下几分。

林好心知这种脾气骄纵的小姑娘往往吃软不吃硬，平时对上没必要迁就对方，可这种关乎生死的时候当然不能硬来，所以语气越发温和："我们的手脚都被绑着，簪子又恰好落在池姑娘脚边，池姑娘把簪子踢到我这边容易，踢到自己手边恐怕很难吧？"

池彩云此时也冷静了。

"还有一点，把我的双手绑在一起的是布巾，而非绳索，我用簪子脱困的概率会大很多。只要我能脱困，我不会丢下你们的。"

与朱佳玉、池彩云刚进山洞里时双手还是自由的不同，林好进山时就被那人用汗巾绑住了双手。等到了山洞中，那人才用绳子把她和石头绑在一起，尽管林好的手腕上也被缠了两圈绳子，绑法却与她们的不同。

她只要用簪子划破布巾，摆脱布巾的束缚，双手就有足够的活动余地去解开绳索。

林好这番话彻底打消了池彩云的顾虑。

"那行，只是你别忘了说的话。"池彩云动动脚尖碰到了簪子，突然又停下来，"你要反悔怎么办？"

朱佳玉早就被她的磨蹭惹烦了，小声道："你有完没完？非要耽误时间，等那人回来错失机会就好了？我们阿好从不乱说，你不相信难不成还要她发誓？"

"那我就发个誓吧。"

"阿好！"

林好微微一笑："没什么，我又不准备反悔。"

她痛快地发了誓，望着对面的少女。

池彩云放下最后一点儿迟疑，脚尖绷直用力一踢，把簪子踢到了林好手边。

"真准。"林好弯唇，不吝夸赞。

池彩云从没被年纪相仿的女孩子这么直白地夸奖过，别扭地将视线移到别处，嘴角却扬了起来，"我蹴鞠很厉害的。"

"难怪。"林好附和一句，将全副心神放在了簪子上。

簪子虽近在手边，可被布巾加绳索缠绕着的双手活动范围太小，她费了好大劲才把簪子握到了手里。

拿到簪子就好办了，布巾很快就被划破。

摆脱了布巾，林好的双手有了一定的自由，再解绳索虽然吃力却不是没希望。

两刻钟后，林好长舒一口气。

绳子终于解开了！

怕不知出去做什么的男子突然进来，她不敢把绳子彻底拿掉，保持着原来的姿势摸索着替朱佳玉解绳子。

好在以洞中的黑暗，她们就算用眼睛看也看不清什么，这样也算不上走弯路。

又过了约莫两刻钟，传来朱佳玉压低的惊呼声："解开了！"

二人看向有一会儿没出声的池彩云，听到了悠长的均匀的呼吸声。

这姑娘居然睡着了！

朱佳玉目瞪口呆，好一会儿才茫然地问林好："阿好，那绳子是给她解开，还是不解呢？"

林好："……"这姑娘这么不拘小节，她一时不敢解啊，有个风吹草动还不立马露馅儿了？

"要不……等她醒了吧。"

朱佳玉也松了口气："对对，等她醒了再说。"

山洞中很快没了声音，林好与朱佳玉背靠背坐着，虽然折腾了一天，依然毫无睡意。

那人不知出去干什么，随时都会回来，这种处境下能说睡就睡的恐怕只有这位池姑娘了。

不知过了多久，山洞口有风吹进来，脚步声越来越近。

这脚步声极其轻微，入睡的情况下本来听不见，可林好与朱佳玉都没睡。一时间二人身体紧绷，但也只能闭上眼睛装睡。

脚步声停了下来，林好虽闭着双眼，却能感觉到落在脸上的冰凉的视线。

这一刻，她不由得羡慕起睡得正酣的池彩云来。

突然响起一声喊："别杀我，我家出两万！"

林好明显地感觉到背靠着她的朱佳玉浑身一震，她自己也险些睁开眼。

莫非男子要伤害池彩云？

这个念头在林好与朱佳玉的心中不约而同地闪现，就听更加绵长的呼吸声传来。

二人："……"

脚步声再次响起，渐渐远了。

一瞬间，冷风涌入又消散，男子走了出去。

山洞中过于安静，显得那呼吸声越发清晰，直往人的耳朵里钻。

半晌，朱佳玉小声道："阿好，我好像也困了。"

这悠悠长长的呼吸声，简直是催眠曲！

林好微不可察地叹了口气："睡吧。"

随着男子的离开，绷紧的心弦一松，她也有些扛不住了，那就睡一觉积蓄体力好了。

转眼，山洞里恢复了安静。光线悄然变化，天渐渐亮了。

林好是第一个醒的，随着她的轻微动作，朱佳玉一个激灵醒了过来。

看清山洞中的情形后，朱佳玉松了口气："吓死我了，还以为那人又进来了！"

她放松下来，看向池彩云，不由得瞠目："还睡着呢！"

二人喊了几声，池彩云才悠悠醒来。

还有些不清醒的少女第一反应就是跳起来，被绳子勒疼了才想起眼下的处境。

"你可真能睡。"朱佳玉淡淡地说了一句，一时不知是佩服还是无语。

池彩云看了山洞口一眼，压低的声音里带着激动，问道："解开了没？"

见林好颔首，她先是一喜，而后脸色微变："为什么没给我解开？"

朱佳玉睨着她："要给你解开时你睡着了。还好没给你解，就你刚刚要跳起来的样子，真要解开了，第一时间就把那恶徒招来了。"

池彩云脸一红，嘴上不甘示弱："睡着怎么了？我这是养精蓄锐。"

"你还在恶徒进来时说梦话！"朱佳玉丢了个白眼，"怎么你还嫌赎金太少，主动地给加价啊？"

山洞口突然一亮，男子一步步走了进来。

朱佳玉和池彩云立刻闭了嘴，林好能明显地感觉到朱佳玉绷紧了身体。

她也是紧张的。

现在洞中光线好，若是被男子察觉异常，她们仨就只能拼死一搏。

男子没有说话，似乎完全不在意自己的出现造成的紧张气氛，靠着山壁掏出一个饼子吃起来。

看起来硬邦邦的饼，却激起了三个人的食欲。

池彩云抿了抿干裂的唇，鼓起勇气问："那个……能不能给我吃点儿东西？"

男子瞥了她一眼，继续默默地啃饼子。

池彩云身为富商之女，那是半点儿苦都没吃过，见讨不来饼子，咬咬唇，锲而不舍地问："那给口水喝行吗？"

这一次男子连个眼神都没给，吃完饼子走了出去。

"他是去给我们打水了吗？"池彩云迟疑地问。

虽然看着不像，可人总要往好处想。

朱佳玉冷笑："看那人的样子，像是去给我们打水的吗？"

"那人洗漱过了。"林好突然开口，心中再无侥幸，"他并没有想过给我们准备饮食。三日时间，不吃东西或许挨得过去，不喝水却不行。"

朱佳玉脸色雪白："所以他真的没打算让我们活着回去？"

池彩云一听，泪珠掉了下来："我……我不想死……昨日出门时我娘还说从海货店买了好大一对龙虾，等我回去清蒸着吃呢，那么大……"

苦于不能用双手比画一下长度，少女眼泪掉得更凶了："我要是死了，我爹那些钱都便宜别人了……呜呜，昨天被劫持时只想着传开了会丢脸，谁想到还要丢命呢……"

传开？

一道灵光如闪电划破迷雾，让林好心一动。

一开始察觉到男子的杀心，她直觉认为与她怀疑古大夫很可能是狐先生有关；再后来朱佳玉被劫持到这里，那怀疑不知不觉中就淡了；再到池彩云被劫，她对男子的行为有些一头雾水，甚至忽略了一开始的怀疑。

这就是对方的目的吧。

一连劫持了三个富贵人家的少女，既要赎金还要灭口，当这件事传得沸沸扬扬时，谁还会把她的被劫与那家医馆联系到一起呢？

对方的目的就是掩护那家医馆，保住狐先生明面上的身份！

这个猜测一起，男子那些令人不解的行动似乎都说得通了，也让林好确定，对方绝不会让她们活着回去。

这样的话，今日就是最好的逃生机会。

"阿好，你说那人是在外面守着我们呢，还是又去劫持别人了？"

"我们三个被劫持的事今日应该传开了，城中定然人人自危，他不大可能再冒险。不过为了拿到赎金后顺利地脱身，他应该会利用这两日时间熟悉地形，做好安排，一直守着我们的可能性不大。"

不放弃赎金，才会让世人相信这就是一个一心求财穷凶极恶的劫匪。

林好看向池彩云："池姑娘，我现在给你解开绳索，我们逃吧。"

她以为还要费些口舌，才能让池彩云放弃歹人拿到赎金后就会放人的天真想法，没想到池彩云迫不及待地点了头。

三个人丢掉绳索，轻手轻脚地靠近山洞口。

林好走在最前面，观察了许久，心一横，走了出去。

赌一把，还有活命的可能；不赌的话，她们就只能坐以待毙。

正如林好所料，她们三个人被歹人劫持到雾隐山的消息已经传开了。

原本将军府和宜春伯府先后派了人来雾隐山外守着，并没有惊动官府，奈何还有个富商之女池彩云。

池首富因为有钱养得起，纳了十几房小妾，生了一堆庶女，就只有池彩云一个嫡女，可想而知对这个嫡女是真心疼爱的。

一听女儿丢了，他急得团团转，池太太让他赶紧报官，可怜池首富稍一犹豫，就被正房太太抓破了脸，片刻不敢耽误，冲到了官府。

林、朱两家虽不敢违背歹人的要求大张旗鼓地入山寻找，却在山外的官道上安排了不少人守着，官府与池家人一去便知是怎么回事。这样一来，将军府二姑娘林好与宜春伯府四姑娘朱佳玉同样被劫持的消息就瞒不住了。

到了白日，赶过来的人就更多了，其中就有祁焕和祁琼兄妹。

初冬的清晨凉意袭人，祁琼站在官道旁，拢了拢素青的披风。

祁焕平时虽与祁琼斗嘴，眼下却有点儿当哥哥的样子："小妹，要不回去吧，这里比城中要冷，当心染了风寒。"

祁琼目光落在入山处，轻轻摇了摇头："阿好被人劫持，大哥也彻夜没有出山，我好担心。"

深山多野兽，到了晚上正是最危险的时候，别说落在歹人手中的阿好，就是带着护卫进山寻人的兄长，也让人担忧不已。

兄长他们万一遇到狼群怎么办？遇到猛虎怎么办？

这些凶兽大多是夜间觅食。

"大哥有分寸的，不会让自己陷入险境中。"祁焕拍了拍妹妹的胳膊，眉头紧皱望向前方。

歹人太狡诈，放话要是察觉有人进山寻人就杀掉人质，逼得大哥只能带三个护卫悄悄进山。他虽这么安慰妹妹，其实自己的担心一点儿也不少。

突然，祁焕身体一紧，大喊着"小心"，把祁琼拽到身后，护着她后退几步。

一支箭落在地上，虽然因为飞行距离太长没了威力，但还是给人群造成了不小的惊吓。

祁焕看到微微颤动的箭尾上绑着的布条，上前一步把羽箭捡了起来。

"这是什么？"他把布条解下打开，看到上面的血字，脸色一变。

布条上写着"速退"二字，还画着一柄匕首，意思不言而喻，要守在山外的这些人撤离。

聚在山外的人来自多家府上，还有官差，传看过布条后，不得不散了。

没有人知道歹人有几个人，因而明知放箭的人距离不会太远，这群人也不敢仗着人多冲过去把他拿下。歹人的死活没人在意，可他们不能不在意三个女孩子的安全。

热热闹闹的山外重新恢复了冷清。

此时，林好等三个人的逃跑并不顺利。

太阳的升起虽给她们大致指明了方向，可长时间滴水未进大大影响了她们的体力，加上还要时刻注意周边的动静，很快朱佳玉和池彩云就坚持不住了。

"阿好，不行了，歇一歇吧。"朱佳玉扶着腰，气喘吁吁。

池彩云一张俏脸毫无血色，眼睛发直地往地上一坐，破罐子破摔："不跑了，我和那恶贼说，别杀我，我让我爹出十万两，看在银钱的分儿上，说不定他就心动了……"

"别侥幸了，阿好说那人不会留活口，一定有她的道理。"

池彩云哭了："多大的仇啊，十万两还买不回一条命……我爹明明说过有钱能使磨推鬼……"

林好和朱佳玉："……"令尊真会教育子女。

"那就休息一刻钟。"林好见二人实在是跑不动了，不得不松口。

三个人休息了一盏茶的工夫，林好脸色一变。

"快藏好！"

随着林好一声低喊，朱佳玉和池彩云往草丛中一矮身形，林好身边恰好有一块石头，就闪身躲在了石头后面。

顺着她的目光，朱佳玉和池彩云都看到了那道能令人做噩梦的身影。

男子正往这个方向走来，看似走得不快，实则转眼就近了。那张脸冷冰冰的，没有多余的表情，眼神却凶狠如随时会扑向猎物的野兽。

三个人大气儿都不敢出，眼睛一眨不眨地盯着越来越近的人。

到这时，林好反而庆幸刚刚坐下来休息了，不然恐怕已经被男子发现。

男子更近了，长长的竹竿扫过，伏倒的草就在眼前。

林好紧紧地握着金簪，手心里全是汗。

她有带着匕首防身的习惯，可惜男子对她有所防备，到了山洞后，匕首就被他搜到扔掉了。

终于，男子在离三个人藏身处不足两丈的地方走了过去。

朱佳玉捂着嘴的手放下，一脸后怕。

池彩云发现林好的神色变化，掉转视线，嘴角不由得扬了起来。

"他走了！"她用嘴型无声地说了这句话，脸上有着劫后余生的喜悦。

林好的神情却僵住了。

那人居然又转了回来！

见她的表情不对劲，池彩云往那个方向瞥了一眼，恰在这时，男子手中长长的竹竿扫了过来，似乎下一刻就会落在人的身上。

一直装鸵鸟不敢看的小姑娘瞬间理智崩塌，尖叫出声。

"快跑！"林好喊了一声，率先往一个方向奔跑。

如果她没有猜错，这个人的目标本就是她一个，她跑得越远，朱佳玉和池彩云越安全。

果然，男子看到林好后，完全不在意奔逃的朱佳玉、池彩云二人，直奔她而来。

山间难行，体力耗尽，林好只觉双腿仿佛灌了铅，越来越迈不动脚。

她回头看了一眼。

那人离她只有十来丈的距离，追上来不过是眨眼的工夫。

那是……几乎是凭借本能的反应，林好顺势往地上一倒，做出了配合。

男子见她摔倒，面无表情的脸上终于有了波动，脚下加快了速度。

他全副心神都放在摔倒的林好身上，因而直到那支快若闪电的利箭到了近前才感觉到不对劲。

可这时已经来不及躲避了，利箭瞬间没入后心，男子踉跄着往前跑了几步，栽倒在地上。

男子就倒在离林好不到一丈的地方，那张扭曲的脸上一双鹰隼般的眼直直地盯着她，令人胆寒。

林好目光越过他，望着奔来的青年，露出灿烂的笑容。

几个瞬息间，祁烁就到了近前，弯腰把她扶起。

"阿好——"他克制着激动的心情喊出这两个字，声音有些颤抖。

林好的嘴角高高扬起："我没事。阿烁，你来得正好。"

"有没有哪里受伤？"

"没有，就是又渴又饿，没什么力气。"林好的笑容突然一敛，"你受伤了？"

已是初冬时节，祁烁穿着一件暗蓝色的夹棉绸衣，此时衣服上处处是划痕，还有一片片暗红的血渍。

祁烁随意地扫了一眼，笑道："这血不是我的，昨晚遇到了一头独狼，杀狼时溅上的。"

林好闻言松了口气："那就好……"

话未说完，祁烁揽着她一侧身，与此同时，左手握着的长弓往外一挡，悄无声息飞来的袖箭直接被撞得反方向飞回去，扎进了男子的脖子里。

男子本就是强撑着一口气，当即喷出一口血，彻底不动了。

祁烁走过去，石青长靴停在男子面前，看着没了气息的男子，眼神如冰："本打算留你几日。"

他射出那一箭时有意偏了一寸，本想留个活口问出可有同伙，自然防着这人垂死挣扎。

"阿烁，外边是什么情况？"

男子已死，林好放心地问起外边的事。

"昨日知道你出了事，我与老夫人商量好，她们先按兵不动，我带了三名护卫进山来，分散开寻你。"

林好吃了一惊："你们晚上在山中过的夜？"

这个时节猎物减少，豺狼虎豹那些猛兽变得更凶悍，夜里的深山处处都是危机。

"别担心，他们都有自保之力。"

林好嗔怪地瞪了他一眼："我是觉得你贸然进山太危险了。"

"不然怎么找到你？"青年望着她，唇边是温柔的笑。

林好听了这话，心中甜如蜜，脸上露出大大的笑容："是啊，幸亏你来找我了。"

"阿好，这恶徒是不是还劫持了两个人？"

林好一怔："你怎么知道？"

阿烁既然昨日进了山就没再出去，按说不应该知道朱佳玉和池彩云被劫持的事。

"你当我怎么找到你的？"祁烁的眼睛一扫地上的男子，笑道，"我跟着这人来的。"

他说着，把一物递过来。

林好既惊且喜："我的匕首？"

"我在草丛里发现了这柄匕首，就仔细地查探附近，然后找到了那个山洞。进去后，见里面空无一人，地上散落着三条绳索，我就猜测这恶徒除了你，还劫持了别人。之后我离开山洞打算继续找你，没想到先碰上了这人，便干脆悄悄地跟在他身后了。"

雾隐山太大，与其没头苍蝇般乱找，跟着劫持者，找到人的概率无疑更大。退一步，就算找不到人，至少把恶徒放在了眼皮子底下，让他伤害不到脱身的林好。

"难怪这一箭这么及时。"林好望着祁烁的眼睛亮亮的，好似天上的星星。

突然一声喊传来："阿好——"

心如鹿撞的林二姑娘唇边笑意一凝，看了过去。

朱佳玉提着裙摆飞奔而至，把林好抱了个满怀："太好了！我还以为你被那恶徒抓住了……"

之后就是控制不住的一顿哭，却是得救后喜悦的泪水了。

林好因为与祁烁说了一会儿话，心情平静了许多，她拍了拍朱佳玉，问："阿玉，池姑娘与你在一起吗？"

朱佳玉哭声一停，擦了一下眼角上的泪："没有……当时听到你提醒，我脑子里一片空白，只知道跑，后来跌了一跤冷静了，就回来找你了。"

说到这儿，朱佳玉眼泪落得更凶："我想着，你要出了事，我就算躲开了那恶徒，也活不下去的，还不如与你在一起……"

林好抬袖替朱佳玉擦拭眼泪，柔声安慰："没事了。我们去找一下池姑娘吧。"

朱佳玉点点头，这才觉得在祁烁面前哭成这样不好意思，红着脸福了福，道了声"谢"。

"先等一下。"祁烁示意二人背过身去。

林好猜出了祁烁的打算，朱佳玉却不知道，竖着耳朵听来听去，好像听到了布帛的撕裂声。

难道靖王世子在扒恶徒的衣裳……这个大胆的猜测一闪现，朱佳玉险些回头。

又过了片刻，尖而长的哨声响了起来，惊得附近的飞鸟"扑棱棱"飞走了。

"走吧。随我进山的护卫如果距离不太远，听到哨声会赶过来，到时会把此人的尸体带出去。"

三个人往先前藏身的地方赶去，到了那里，一时判断不出池彩云奔逃的方向，林好干脆手往唇边一拢喊了起来："池姑娘——"

清脆悠长的声音传开，惊得一对野兔迅速地奔走。

"我来。"朱佳玉深吸一口气，放声高喊，"池姑娘——"

林好一下被镇住。

朱佳玉脸一红："没想到声音有点儿大……"

"我在这儿——"池彩云站起来，用力地招手。

她所在的地方，竟然离藏身处并不远。

"本来就跑不动了，再拼命也跑不过那歹人，干脆不跑了，就躲在了这里。"

"那刚才我们过来你没看见呀？"朱佳玉快人快语。

这下轮到池彩云脸红了："我一直把脸埋在膝头上，哪里都不敢看，听到你们的声音才敢站起来的。"

林好与朱佳玉对视一眼，不由得笑了。是池姑娘会做的事。

"是这位义士救了我们吗?"池彩云好奇的目光落在祁烁的面上。

"这位是靖王世子,我的未婚夫婿。"林好大大方方地介绍。

祁烁唇角微扬:"先去贼人那里吧。"

池彩云走在后面,悄悄问朱佳玉:"那恶徒呢?"

"被靖王世子一箭射死了。"

池彩云"咝"了一声,小声道:"真看不出来。"

几个人返回男子身死之处,没多久等来了两名护卫。

祁烁朝护卫交代了一番,然后把携带的干粮、饮水分给林好等三个人,等她们体力恢复了,便带着她们向山外走去。

雾隐山外官道宽阔平坦,车马行人来往不断,却不见任何一家的人前来接应。

林好因习过武,还能支撑,朱佳玉与池彩云这种娇养长大的却没法儿再走下去了。

好在这时,一名护卫赶了上来。

"世子,玄五与我们碰头了。"

玄五是第三名护卫,在祁烁带着三个姑娘出山时还没有赶到男子身死那里。

"他没受伤吧?"

护卫心中淌过暖流,连忙说道:"没有受伤,请世子放心。"

祁烁点点头,吩咐护卫:"你先进城雇三辆马车来。"

"是。"

见护卫要走,林好出声拦住:"先等一下。阿烁,我有话和你说。"

二人走到避人处,林好直接说出心中的猜测:"这次被劫,我觉得不是单纯求财的劫匪所为,而是和我去了一家叫丹心堂的医馆有关。"

"医馆?"

"嗯,我在医馆里见到一位姓古的大夫,发现他的脸形与画像上的狐先生的脸形很相似……如果我的怀疑没错,他的人发现我获救后一定会有所行动。阿烁,你让护卫回城后先安排人把医馆盯住,我们回城晚一点儿不要紧。"

祁烁揉了一下她的发:"别担心,医馆那边玄一安排人盯着呢。"

"你也怀疑那医馆有问题?"林好吃惊之下,眸子微微睁大。

"算不上怀疑,只是你被劫持前去过的地方就是你堂兄家和医馆,多留意一些总没坏处。"

"阿烁,你真厉害!"林好目光灼灼,不吝赞美。

祁烁咳嗽一下掩饰羞涩,连忙把护卫喊来交代事情。

林好莞尔,走到朱佳玉和池彩云那里。

池彩云拉着林好的衣袖,又是羡慕又是委屈:"林姑娘,你真有福气,出事了未婚夫婿不顾危险进山寻找,不像我,家里竟一个人都没来。"

真是气死她了,那些姨娘和姐妹说不定拊掌相庆,以后用她的首饰,吃她的龙虾……

林好一想朱佳玉和池彩云很可能是因她才有的这场无妄之灾，对这姑娘就多了不少耐心："你家人肯定报官了，定是顾忌贼人才不敢轻举妄动。你看我家也没来人，世子是悄悄进山的。"
　　一旁的朱佳玉点头："阿好说得没错，我家不也没人来吗？但我爹娘不可能不担心我。"
　　池彩云被安慰到，展颜笑了："你们都住在哪里啊？回头我做东，请你们吃龙虾……"
　　京城的龙虾都是远途运来的，味道鲜美，价格昂贵，三个人都是吃过的，这个话题成功地让三个人的肚子叫了起来。
　　护卫脚程快，祁烁他们没等太久，护卫就带着三辆马车赶来。这时候，另外两名护卫已带着男子的尸体出了山。
　　祁烁带林好上了一辆马车，朱佳玉和池彩云同乘一辆，剩下一辆拉尸体。那车夫本来吓得脸发白腿发软，见一锭银子滚进怀里，立刻胆子大了，手上也有劲了，把个马车赶得比其他两辆还快。
　　车厢中，困意袭来，林好努力地撑着眼皮："阿烁，我们直接去医馆吧。"
　　"把你送回将军府我就过去。"
　　"一起去啊。"林好顽强地抵抗着睡意。
　　可她昨夜睡得不安稳，如今在最信任的人面前彻底放松，完全无法抵挡浓浓的睡意。
　　"别撑着了，睡一会儿，回了家再好好洗漱一番，等我的消息就是。"
　　"好。"林好不再难为自己，眼一闭睡着了。
　　祁烁凝视着那张沾上泥污的脸，到这时才彻底不掩饰眼里的心疼。
　　差一点儿，她就出事了。
　　他伸出手，轻轻地碰了碰她的脸颊，指尖传来的暖意让他那颗如坠入炼狱的心活了过来。
　　真是太好了！
　　他目不转睛地看着闭目沉睡的少女，心中的不安与后怕不知不觉间转为了悸动。
　　熟睡的少女，无论是微蹙的眉尖还是微扬的唇角，都是他最喜欢的样子。
　　等回过神，祁烁才惊觉那张睡颜已近在咫尺。
　　自己如果亲一下，应该不会被发现吧？
　　这个念头一闪而过，靖王世子心中正直的小人儿跳了出来：怎么能趁人睡着偷亲呢？
　　也是……
　　恰在这时，马车颠了一下，祁烁前倾的身体一晃，因为离得实在太近，那张俊脸拍在了林好的脸上。
　　林好睁开眼，好一会儿没吭声。
　　阿烁趁她睡着偷亲还被发现，她应该一巴掌甩在他脸上才对吧？
　　"阿好，这是个误会……"
　　"嗯，我相信。"林好一本正经地点头。

自己既然下不了手，那就接受他苍白无力的辩解好了。

林好的反应令祁烁陷入了茫然中：这么容易就相信了吗？还是说阿好生气了，在说反话？

他决定坦白："也不完全是误会……"

林好："……"

他是没挨巴掌不舒坦吗？

少女一双黑白分明的眸子含着嗔怪，如春日的湖水被风吹起了波澜，一颗心也仿佛被这风吹动了。

下个瞬间，她被拉入一个怀中，微凉的唇印在她的唇上。

许久后，低低的声音响起："不是误会……"

送林好回了将军府，祁烁去见了锦麟卫指挥使程茂明。

"世子，我听说林二姑娘被歹人劫持了，有需要帮忙的地方尽管说。"

"阿好已经回家了。我来找大都督，是为了狐先生。"

一听狐先生，程茂明登时精神了："世子莫非有了狐先生的消息？"

他就说世子是他的福星！

听祁烁讲了林好对医馆古大夫的怀疑，程茂明毫不犹豫地做了决定："去抓人！"

以锦麟卫的作风，就是对普通的嫌犯都秉着宁可错抓不可放过的态度，何况与狐先生有关。

锦麟卫出马，几乎没费力气就把古大夫抓来，关进了一间密不透风的审讯室里。

程茂明决定亲自审问，并邀请祁烁旁观。

"你是丹心堂的大夫，姓古？"

"小民正是。不知小民犯了什么事，被抓到此处？"

"狐先生。"程茂明突然喊了一句。

古大夫目露疑惑："大人在说什么？"

程茂明对属下仰了仰下巴："去检查一下他的脸。"

就算抓错了，这人不过是个坐堂大夫，他没必要跟对方弯弯绕绕。真要检查出这人易了容，他自然能用事实施压，迫使对方开口。

一听程茂明这么粗暴的要求，古大夫眼神一变。

两名锦麟卫走过来，一个人按住他的头不让动，另一个人凑近了仔细地检查起来。

"大人这是干什么？这是干什么啊？"古大夫叫喊着。

不用程茂明吩咐，一名锦麟卫随手拿起一旁的抹布塞住了古大夫的嘴。

放在审讯室里的抹布是什么用途可想而知，浓烈的血腥臭味瞬间充斥了古大夫的口鼻，他挣扎了几下，居然白眼一翻昏了过去。

他这一昏，程茂明犯起了嘀咕。

"世子，我看是抓错了，这应该就是个普普通通的坐堂大夫。"程茂明走到隔壁房间，对通过墙壁上留的暗孔旁观审讯的祁烁说道。

"大都督此话怎讲？"

程茂明正失望着，叹口气道："世子，你想啊，这要是狐先生，能因为一团抹布昏过去？"

不可能啊，被抓进锦麟卫的平乐帝余孽骨头都硬着呢，就算最后撑不住招认了，也是受尽酷刑。

祁烁微微一笑："我却觉得不一定错了，大都督要不要打个赌？"

程茂明立刻摇头："不用打赌，我觉得世子说得对。"

祁烁一脸困惑。

饶是他心思缜密，一时也不知程大都督这话是什么意思。

这时，审讯室中的属下喊了起来："大都督，有发现！"

程茂明透过暗孔一看，就见一名锦麟卫手中提着一张摇摇晃晃的薄皮。

程茂明赶忙去了隔壁。

这时候古大夫竟还歪着头昏迷着，一绺散落的头发把脸遮住了一部分，让人一时看不全真容。

"把他的脸正过来。"程茂明吩咐一声。

一名锦麟卫把古大夫的头摆正，掀开那绺头发。

"是他！"程茂明激动不已，"是世子根据那毒杀太子之人的招供画出来的人！"

那画像程茂明还好好地收藏着，保险起见，他立刻将画像取来两相对照。

"错不了的，就是他！"

程茂明吩咐属下："把他弄醒。"

一盆水泼下，古大夫悠悠醒来。

"说说吧，这是怎么回事？"程茂明用两根手指捏着那层薄皮，冷冷地问道。

古大夫嘴里的抹布已经被取了出来，可口腔里的腥臭味还没散，他侧头干呕了两声，才看向程茂明提着的面具。

程茂明冷笑："你可不要说，一个坐堂大夫还需要戴这玩意儿。"

古大夫闭口不语。

"不说？那就对不住了。"程茂明对属下使了个眼色。

那名锦麟卫从一旁的架子上取下血迹斑斑的长鞭，"啪"的一甩抽在了古大夫的身上。

这些熟于刑罚的锦麟卫都会用巧劲，这一鞭子看似没用太大力气，被脱得只剩中衣的古大夫却当即皮开肉绽。

惨叫声在审讯室中响起，程茂明掏了掏耳朵。

他总感觉这个古大夫的惨叫声尤其大，和那些进了锦麟卫的平乐帝细作不一样。

三声惨叫过后，也就是鞭子抽了三下之后，古大夫颤声喊道："我说——"

行刑的锦麟卫看了眼程茂明，得到示意，退至一旁。

"你与狐先生什么关系？"程茂明问。

"鄙人……就是狐先生。"

程茂明扬了一下眉梢，第一反应是不相信。

哪有这么容易招供的？

他甚至把那幅画像又拿起来看了看，眼前的男子是画像上的人无疑。

莫非此人还有第二层易容？

这个念头闪过，程茂明立刻吩咐属下再去检查。

脸皮被人捏起，古大夫吃痛之下声音有些变调："鄙人已招认，为何还如此羞辱于我？"

负责检查的锦麟卫可不管他说什么，仔细地检查后向程茂明禀报："大都督，此人脸上没有第二层面具。"

"看好他。"

程茂明快步去了隔壁房间，说出心中的疑惑："此人招供太容易了些，虽然与世子所画的狐先生一样，但我总觉得有诈。"

祁烁因听了林好关于狐先生来历的那番话，反而旁观者清："大都督有没有想过，狐先生本来就不是那种精心培养的细作，而是那些人的座上宾。"

程茂明一怔，而后用力一拍祁烁的肩膀："世子说得有道理，是我当局者迷了！"

试想，抓一个大周贵族，重重地抽上几鞭子，对方能坚持住吗？必然不能啊。这么一来，他就能理解为什么狐先生会被一块抹布熏晕了。

程茂明心中有了谱儿，脚下生风地去了审讯室。

"你既承认是狐先生，那便说说有事时是怎么与人联络的，京城中你知道的同伙有哪些。"

"有事时他们会伪装成病人来医馆找我，把见面的地点告知，每次见面的地方都不同……"

程茂明听完，并不满意："以狐先生的身份，知道的同伙不该只有这么几个吧。"

"确实只有这些。"

程茂明脸一沉："继续用刑。"

既然这人受不了刑，那就好办了，敲打敲打说不定还能有新的收获，问不出来也没损失。

这一次改用烙刑，烧得通红的烙铁往身上一按就冒了白烟，狐先生惨叫起来。

挨了两下后，狐先生疼得声音直抖："是……是还有一个人身份不凡……"

程茂明一听来了精神："谁？"

"鄙人若是说了，大人可否答应我一件事？"

程茂明皱眉："什么事？"

"不能再对鄙人用刑。"

程茂明一笑："倘若狐先生提供的信息大有价值，自然可以。狐先生请说吧。"

狐先生沉默了一会儿，身体的疼痛让他没勇气再坚持，缓缓吐出两个字："杨喆。"

"状元郎杨喆？"程茂明一脸错愕，下意识地看了一眼墙壁上的暗孔。

"对……"

"这到底是怎么回事？杨喆身为状元郎，皇上看重，太子信赖，为何会与你们共事？"错愕之余，程茂明更多的是不解。

一个连中三元的状元郎，只要一步一个脚印地往前走，十多年后说不定就是当宰辅的人，投靠平乐帝一方有什么好处？

不说程茂明想不通，就是泰安帝，也是因为这一点，才在毒杀太子的贼人指控杨喆后给了他自证清白的机会。

狐先生神态颓然，沉默了好一会儿后叹道："因为他本就是旧帝一方的人，他是太子明！"

这话如一道惊雷，把程茂明炸傻了。

旧太子祁明？

杨喆竟然是平乐帝之子祁明！

程茂明直接跳了起来，一颗心"扑通扑通"地几乎要冲出嗓子眼儿。

他万万没想到，竟然能从狐先生口中问出这番话。

这可是前太子！

捉到这条大鱼，近来那一次次失利就什么都不算了，他仿佛能看到皇上龙颜大悦，权势富贵向他砸来。

等一等！

程茂明毕竟是见过不少大风大浪的锦麟卫指挥使，心潮澎湃之后稍稍冷静，便发现了不对劲："旧太子失踪时已有十来岁，我对旧太子的模样还有些印象，虽说孩童到青年会有不小的变化，可也不至于改头换面吧？"

印象中的太子祁明，与状元郎杨喆可没有相似之处。

听了这话，狐先生眉毛一挑，似笑非笑。

程茂明灵光一闪，脱口而出道："易容？"

"不错。"狐先生微微点头，一时间忘了自己阶下囚的身份，神色间露出几分自得，"鄙人就是那时被旧帝请去的。他们的目标是一个耕读传家的书香门第的子弟，那男童与太子明年纪相仿，自幼开蒙，有聪慧之名。他们在那男童与小伙伴出去玩儿时设计让他失足跌落山崖，家人三日后寻到的，已是李代桃僵的太子明……"

摔落山崖的男童失去记忆，重新开始认识、熟悉一切，太子明有了天衣无缝的全新身份，一个能光明正大地走上仕途的身份。

平乐帝为了夺回帝位，竟隐忍谋划至此！

"这么说，杨喆这么多年来一直戴着面具？"

狐先生脸上的得意之色更浓："他的面具可不是这种，而是以刀为笔雕出来的。"

说起来，太子明算是他最得意之作。

程茂明的脊背爬上凉意："不可理喻！"

这也太恶心、太丧心病狂了！

吩咐属下看好狐先生，程茂明走到隔壁。

"世子，我要亲自带人去把杨喆拿下，咱们回头再聚。"

"大都督先去忙。"

程茂明顾不得客套，带着一队锦麟卫匆匆地走了。

翰林院本就清闲，晌午的时候，不少人跑到衙门外的食肆用过午饭，此时正不紧不慢地往回走，明显可见这些人离两个人有些远，一个是杨喆，另一个是李澜。

杨喆中状元后被授予修撰一职入职翰林院，之后被选为庶吉士，和他相处得好的几个人中，李澜是唯一考上的，也进了翰林院学习。二人同在一个衙门里，只要得闲就会聚在一起。

此时二人也不在意同僚的疏远，一边走一边低声交谈。

"公子——"

二人停下来，转身，看到杨喆的书童气喘吁吁地跑过来。

"什么事？"杨喆问。

"您的信。"书童把一封信双手奉上。

杨喆接过信打开看过，面上没有什么变化："李兄，你先去吧。小弟有点儿事，迟一点儿回衙门。"

李澜没多问："杨兄去忙吧。"

"李兄，回见。"杨喆冲李澜拱了拱手。

李澜见此也拱拱手道一声"回见"，转身往前走时，心头莫名其妙地有些异样，可要说哪里不对劲，又说不出来。

他不知出于什么想法回头看了一眼，只见友人身姿挺拔如松，匆匆地走到街角一拐，不见了踪影。

街上店铺如林，杨喆信步走进一家成衣铺里，两刻钟后，从铺子中走出一个身穿宝蓝直裰的公子。那年轻公子上了停靠在路边的青帷马车，车夫鞭子一甩，驾着马车往城门口去了。

程茂明走在去翰林院的路上，遇到了前来禀报的暗探，听暗探低声禀报后，立刻改了方向。

城门处，值守军士盘查起进出之人要比往常严格许多，特别是对乘车出去的，一定要看一眼车厢内，确定没有可疑之人才会放行。

军士加强了检查，自然与林好等三个人被劫有关，如今城中已传遍了，贼人专门躲在车厢里劫持富贵人家的姑娘。

出城门的队伍不长不短，缓缓往前动着，终于轮到那辆青帷马车了。

军士挑开车门帘往里探望，坐在其中的青年微微欠了欠身。

"军爷辛苦了。"车夫把一块碎银往军士手中一塞，满脸堆笑。

车厢中一览无余，除了那年轻公子并无旁人，军士得了银钱自然不会为难，往旁边一站，痛快地放行。

"等一等。"

军士闻声望去，脸色不由得一变。

竟然是一队锦麟卫。

"拦下那辆车！"

军士愣了一下才反应过来，而那辆马车已经出了城门往前奔驰起来。

"追！"

马车显然跑不过骏马，没多久，两名锦麟卫骑着马拦在了马车前。

驾车的马一个急刹，嘶叫着扬起前蹄。

马车停稳后，年轻公子一撩车门帘，面带怒色，待看清拦车的人后，变得客气起来："不知大人拦小子的马车有何事？"

两名锦麟卫并没有回答，向后方望去。

程茂明策马来到近前，居高临下地对坐于车内的年轻公子微微一笑："杨修撰改头换面出城，意欲何为啊？"

本来在杨喆饮下"毒酒"，毒杀太子之人招供后，他完全相信了杨喆是清白的，但是世子私下的一句话让他留了一手。

世子说："先是与杨修撰定亲的宜安公主被诬陷为杀害灵雀公主的凶手，再是杨修撰成为毒杀太子的疑凶，大都督不觉得围绕杨修撰出的大事太多了吗？这本身就值得人留意。"

程茂明听了这番话，果断地派出属下盯梢，把杨喆放在了眼皮子底下。也因此，今日那家成衣铺状元郎进去寻常公子出来并没有瞒过暗探的眼睛。

此时程茂明骑在马上看着车中人，心中再一次感叹起靖王世子的好来。

靖王世子就是他的大福星，他说一百遍都不厌！

看起来与杨喆毫无相似之处的青年静静端坐，那只扶着素青车门帘的手修长白皙，如用美玉精心雕琢而成。

许久后，坐在车中的青年开口了。

今日天晴，冬日的阳光如春光般明媚，斜斜地洒落几缕在青年的面上，让那张明明只是清秀的脸有了出尘之感。他的声音清越如泉，"潺潺"地流过人的耳畔："只是出个城，没想到劳程大都督大驾。"

先前的怒意、客气都是伪装，现在只剩下从容不迫。

此话也等于坦然地承认了自己的身份。

程茂明几乎要抚掌叫好。

瞧瞧这位旧太子，论聪慧，论气度，论心性，简直甩废太子一百条街。

这一瞬间，他竟生出了一丝惋惜。

当然，这丝惋惜什么都不算，程茂明笑着抱了抱拳："杨修撰身份尊贵，程某亲自来接是应该的。"

青年仰眸，与程茂明对视。

"大都督都知道了？"

"对，都知道了。"

"因为靖王世子？"就连杨喆自己都说不清为什么，这句话就脱口而出了。

程茂明眉毛一动，沉默着没有回答，而他的沉默对杨喆来说就是默认了。一抹笑在杨喆的唇边绽开，是自嘲的笑："到底是迟了，昨日听闻林二姑娘被贼人劫持，我就该走了。"

狐先生察觉有可能被林二姑娘认出，命人劫持林二姑娘这一步其实没走错。他们能蛰伏这么多年，靠的就是各种小心。

消息传到他耳中，他却莫名其妙地有些不安。

之前那些事总能看到靖王世子与林二姑娘参与的影子，而结果对他们这方来说也称不上圆满。那时他就隐隐有预感，靖王世子与林二姑娘早晚有一日会是他的麻烦。

可他舍不得眼下的大好局面，也轻忽了那一丝预感，直到今日收到狐先生被抓的信，才不得不匆匆地出逃。

到底是晚了一步。

杨喆自嘲地笑着，坐姿越发挺拔："那就多谢大都督来接了，走吧。"

他放下了素青的车门帘，没有抵死不认，更没有惊慌失色。

棋差一着儿他只能认输，却不能连脸面都输了。

谁让他是太子祁明呢？

车厢中的青年抬手摸了摸脸颊，把那面具扯下来，露出了属于杨喆的脸。

可随后他轻轻抚了抚那张再熟悉不过的脸，苦涩一笑。

这也不是太子祁明的脸。原本的脸是什么样的，他竟完全想不起来了。

程茂明带着杨喆直奔锦麟卫衙门，遇到了静静站在路旁的祁烁。

祁烁看了一眼跟在程茂明身后的那辆马车，程茂明微微点头，表明要抓的人就在其中。

就在二人无声地交流时，不知是不是巧合，那湛青色的车窗帘突然被掀起，露出男子谪仙般的侧颜。

是名动京城风华绝代的状元郎杨喆。

那双清澈如水的眼睛看了过来，眼中泛起令人看不透的波澜，直到马车与路边人擦身而过，车窗帘才悄无声息地落了下来。

祁烁神色平静地收回视线，向着靖王府的方向去了。

立场不同，他问心无愧就够了。

程茂明把人带回锦麟卫衙门，千叮咛万嘱咐命令属下务必把人看好，自己心急火燎地去了皇宫。

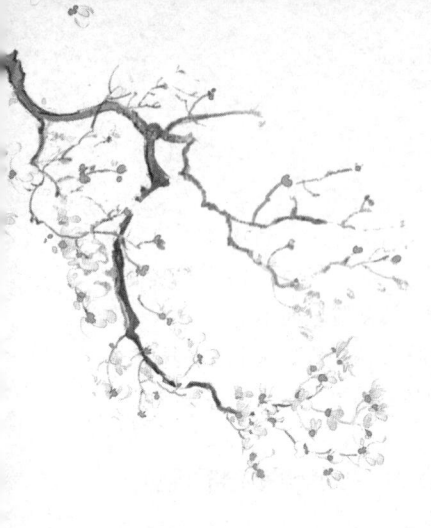

第二十四章 战 起

泰安帝还没从太子之死的悲痛中缓过劲来。

这个打击对他来说太大了,他失去的不仅是一个儿子,还有大周江山的继承者。

"皇上,锦麟卫指挥使程茂明求见。"一名内侍上前禀报。

"传他进来。"

泰安帝一眼就看出了程茂明脸上掩饰不住的喜色,于是问:"那个狐先生的行踪有进展了?"

"托皇上的福,此人已在锦麟卫大狱中。"

泰安帝不由得坐直了身体:"哦,怎么找到的?"

"回禀皇上,能这么快抓住狐先生,说起来还是因为林二姑娘。"

靖王世子屡屡帮忙,他自该投桃报李,替林二姑娘解决因遭贼人绑架而产生的麻烦。

"将军府的二姑娘?"泰安帝对林好的名字可以说是很熟悉了,不只因为她是靖王世子妃,还因为这一年多来关于这姑娘的消息太多了,还都是引人注目的大事。

"说说吧,为何会与林二姑娘扯上关系?"

"就在昨日,林二姑娘探望被释放的堂兄温峰温进士,准备回府时,遭贼人劫持……"

泰安帝扬了扬眉。

果然与那小姑娘有关的都不是小事。

"之后又有一名勋贵之女、一名富商之女被绑架。消息传开后,人们都以为贼人专挑富贵人家的女孩子下手,一心求财,而靖王世子悄悄潜入雾隐山把三女救出来后,才从林二姑娘口中得知,她遭遇这桩祸事是因为她在堂兄住处附近的一家医馆中发现坐堂大夫与狐先生的画像有几分相似……"

听程茂明说完抓到狐先生的来龙去脉后，泰安帝难得地露出笑意："这丫头倒有几分胆量与运道。"

"臣本以为抓到狐先生就是最大的收获，没想到一番审问后，竟有了惊天发现。"程茂明铺垫了半天，终于说到了重点，"经狐先生招认，杨喆杨修撰其实是十年前于那场混乱中失踪的旧太子祁明！"

泰安帝猛然起身："你说什么？"

泰安帝被这个消息惊得一阵眩晕，心中掀起惊天巨浪。

一个长相漂亮的男童突兀地在他的脑海中浮现。

那是祁明，他的侄儿，兄长平乐帝的嫡长子。

程茂明识趣地没有吭声，给皇上留出调整心情的时间。

不知过了多久，低沉沙哑的声音响起："他在哪儿？"

这个"他"，自然问的是杨喆。

随着泰安帝开口，沉重到令人心悸的气氛被打破，程茂明暗暗松了口气，拱手道："回禀皇上，祁……"

最终他还是决定先按照明面上的身份称呼杨喆："杨修撰乔装打扮准备出城，被微臣带人及时拦了下来，此时也在锦麟卫中。"

"做得不错。"泰安帝说这话时心不在焉，全部心神被杨喆的真正身份占据着。

接下来又是漫长的沉默，程茂明小心翼翼地用余光观察皇帝的脸色。

"去把他带来，朕要见他一见。"

程茂明领旨而去，密不透风地把杨喆押送到宫里。

泰安帝端坐在龙椅上，看向为绳索所缚立在下方的青年，心里远没有面上看起来这般平静。

太和殿上金殿传胪，这个临风玉树的状元郎就入了他的眼。他把这个年轻人视为将来能辅佐新皇的安邦之臣，以公主许之。状元背上毒杀太子的嫌疑后，以他素来的行事风格，对方就算证明了清白，他也不会留下活口，却还是因为惜才容忍了。

谁想到，这个得了他的青睐的年轻人就是他的侄儿呢。

"见到朕，不知道行礼吗？"泰安帝压下心中的激荡，淡淡地问。

杨喆看向宝座上鬓边已见白霜的中年人，唇角微微翘起："侄儿见过四叔。"

一声"四叔"，坦坦荡荡地承认了自己的身份。

泰安帝看着杨喆，哦，不，应该是祁明，沉声问："你真的是祁明？"

从泰安帝口中听到的这两个字令祁明弯起的唇一下子抿直。

他想过很多次皇叔发现他的身份后的情景。

当年那个惊惧万分在护卫的保护下逃出京城的小太子，为了替父皇夺回帝位，夺回自己的储君身份，情愿那冰冷的刀在脸上一寸寸地划过，把自己变成另一个人的模样。

他仗着全新的身份和天资，又有随父皇一起出逃的大儒暗中教导，顺利地成为童生、秀才、举人、贡士，乃至名扬大周的状元郎。

然后，他靠着秘药帮魏王摆脱了肥胖的烦恼，成功地赢得了魏王的信任，从而等到了毒杀新太子的机会。

这是那些潜伏在京城多年的棋子都无法做到的事。

他了解皇叔多疑的性情，于是用一场豪赌换来洗刷嫌疑，全身而退。

在大周处于没有继承人，北齐与玉琉两面夹击的内忧外患下，他只要还是状元郎，还能靠近皇权中心，就不愁没有机会与父皇里应外合，夺回本该属于他们的东西。

到那时，沦为阶下囚的皇叔知晓他的真正身份，该有多么震惊呢？

他想的都是成功之后，却没想过失败的此刻。

或者说，他并不愿去想失败。

憧憬成功，才让他有力气顶着别人的脸负重前行。

他到底是失败了啊，不知皇叔打算怎么处置他呢？

祁明看着神色复杂的泰安帝，轻轻点头："是我。"

泰安帝闭了一下眼睛，一口浊气憋在胸口："把你变成这个样子，是你父亲的主意？"

他那位皇兄，当皇帝不擅长，搞这些花样倒是有新意。

"把我变成这个样子的，不是四叔吗？"祁明语气淡淡的，终于流露出一丝怨恨。

这位威严持重的叔叔，在他小的时候，也曾抚摸过他的头。

一阵沉默后，泰安帝叹了口气："罢了，说这些没有意思。祁明，如今你身份败露，也该明白形势，说出潜伏在京城里的细作和你父亲的藏身之处，朕会封你为王，保你一生无忧。"

这话泰安帝并不是在哄骗他，对待不同的人，出于不同的考虑，自然有不同的处置手段，留下旧太子的性命远比杀了他要好。

"与侄儿有联络的不都被四叔发现了？至于其他人，侄儿并不知晓。"祁明拒绝得干脆，看着泰安帝的眼中闪过讥笑，"四叔若不相信，大可把侄儿交给这位锦麟卫指挥使，他们锦麟卫不是最有手段？"

他这位城府似海深的皇叔，什么时候才能知道明心真人远在天边，近在眼前呢？

这么一想，他好像又没那么沮丧了。

戳在一旁当隐形人的程茂明嘴角一抽。

叔侄二人聊得好好的，这位旧太子突然扯他一个小小的锦麟卫指挥使干什么啊？

看出泰安帝并无杀他之意，祁明不知怎么，一贯冷然的心仿佛被添了一把火："四叔与其把心思放在盘问侄儿并不知情的事上，不如放在外敌上，想来太子的死讯也该传开了吧。"

"住口！"泰安帝被说得动了火气，看着祁明那张脸，又冷静下来，"朕问你，灵雀公主之死，是不是有你的手笔？"

杀害灵雀公主并嫁祸宜安公主的时机未免太巧，而他这个侄儿恰恰赢得了两位公主的芳心。

"不过顺手为之罢了。"祁明语气淡淡的，两位先后与他定过亲的公主于他来说仿佛只是路人。

"好一个'顺手为之'！"泰安帝冷笑着，"祁明，你可想过杀害玉琢公主的后果？"

祁明定定地看着发怒的皇帝，心中叹了口气，嘴上却毫不退让："那后果，正是汝之砒霜，吾之蜜糖。"

"你……"泰安帝怒火冲顶，却在那双似笑非笑的眼睛的注视下，咽下了要说的话。

说再多其实也没意义，从他取而代之的那一刻起，对兄长这一支来说，大概就是宁愿被夺走的东西毁于外人之手，也不想便宜了他。

泰安帝挥了挥手："把他带下去，看管好。"

程茂明走到祁明身边："祁……公子，走吧。"

眼见祁明走到门口，泰安帝盯着他颀长挺拔的背影，问了一句："祁明，假如你们事成，你觉得你父亲会把夺回去的东西将来留给你吗？"

祁明脚下一顿，回眸与泰安帝对视。

"四叔就不必挑拨我们父子的关系了。"

他说罢，大步走了出去。

得知杨喆就是旧太子祁明，不管心情起伏多大，对泰安帝来说，终究是利大于弊。

祁明要是继续以连中三元的状元郎身份混迹官场，还不知哪日又会给朝廷致命的一刀；而现在，被幽禁的祁明再也掀不起风浪，等与兄长对上时，泰安帝还多了一个谈条件的砝码。

杨喆是旧太子一事虽不宜在民间宣扬，但少不得与重臣商议一番，不然无罪释放的状元郎突然又被抓起来，会引得朝中人心惶惶。

很快各部大臣聚在一起，就如何加强京城流动人员管理，如何应对北齐、玉琢可能的异动等事宜展开了讨论，这场议事足足持续了两日才告一段落。

天一日一日转冷，太子的丧仪还在继续，民间少了各种热闹，整个京城好似被一片阴云笼罩。

刚进入腊月，一件大事发生了——

北地守将关长亮被齐人策反了。

他这一反，齐军轻而易举地就攻占了大周一城。

军情被以八百里加急的形式呈到泰安帝的案头，令他的脸色比殿外飘着的第一场大雪还要冷。

近来发生了这么多事，朝廷其实对战事有所准备，可关长亮的突然投敌不在预料中，造成的后果令人难以接受。

泰安帝紧急召见各部重臣，调遣兵力准备北上。对这批北征军，朝廷其实早有计划，其中就包括一直在训练中的骑兵营，挂帅之人也是定好的，乃素有战功的大将军徐敬。

只是北征大军还没出发，大周与玉琉边境爆发冲突的急报就传来了。

与此同时，藏身南地的平乐帝一方突然现身，趁着临近小城还没反应过来，以迅雷不及掩耳之势夺取此地，并打着光复正统的大旗征集民兵，提升实力。

一时间，大周四面楚歌，风雨飘摇，特别是北地竟又有两名将领带着亲兵投靠北齐，对人心造成的打击比腥风血雨的暴乱还要大。

在臣子面前大多喜怒不形于色的泰安帝一连摔了两个茶杯，宣泄心中的愤怒。

尽管早预料到要起战事并有所准备，可这一日真的到来时，他才发现再多的准备都是不够的。

北地形势严峻，吏部尚书提出了建议："靖王守卫北地多年，对北地诸将多有了解，以当下的局面，臣以为可以使靖王坐镇北地，与徐将军共抗大敌……"

虽然诸王进京已有十来年，但朝中老臣还记得，靖王在北地时，齐人还算安分，那些摩擦乱子都不大。

泰安帝思虑良久，接受了这个建议。

北地形势太严峻了，齐军势如破竹，己方军心不稳，需要一个熟悉那边且有威信的人坐镇。毫无疑问，最合适的人就是靖王。

自从乱起，泰安帝行事越发雷厉风行，当即就把靖王召进宫来。

"不知皇兄叫弟弟来有何事？"靖王恭敬地问。

泰安帝打量着比自己小了几岁的弟弟。

他还记得靖王刚进京时蜂腰猿背，身量颀长，之后就肉眼可见地胖了起来，然后他就越看靖王越顺眼了。

今日细细打量，靖王倒是比印象中瘦了些。

"五弟清减了。"

靖王面露苦涩："战事一起，兵将流血，百姓受苦，弟弟想着这些就吃不下饭啊。"

泰安帝叹了口气："让五弟跟着担忧了。"

靖王心一动，隐隐有了猜测，面上却半点儿不露，劝慰道："越是这种时候，皇兄越要放宽心啊，您可是咱大周的定海神针。"

"大周的定海神针？"泰安帝自嘲一笑，"有神针定海还能乱成这样？就说大哥，朕实在没想到他还活着，还打出光复正统的旗号招兵买马……"

他说着这些，定定地看着靖王。

靖王在泰安帝提到平乐帝的瞬间一皱眉："他也好意思提光复正统，大周险些让他折腾没了……"

靖王如此反应，主要是为了安泰安帝的心，但也有真心话在其中。

两年啊，大哥那个败家子继位短短两年就丢了十城，甚至有一城是他赢了那一仗后，朝廷和谈时送出去的。

得知谈判结果后，他简直不敢相信自己的耳朵，如果那一仗不是他亲自打的，他还以为打输了呢，气得他险些提刀去把己方谈判官员的脑袋砍了。

特别是身在天高皇帝远的北地，重兵在握，他都生出过冲到京城去把那大败家子掀翻的冲动。

不过他就是想想，还是在北地一家人其乐融融、自由自在更舒心。

总的来说，靖王一方面厌烦泰安帝疑心重，另一方面也有那么一点儿理解这个野心勃勃的兄长。

靖王的反应，无疑取悦了泰安帝。

"还是五弟懂朕啊！"泰安帝长叹一声，声音低沉下来，"五弟，朕有一事要拜托你。"

靖王的神色立刻凝重起来："为皇兄分忧是臣弟的本分。"

泰安帝当即说出让靖王北上的事。

靖王心中明镜一般，泰安帝打了半天感情牌是让他去北边好好干，他要是以为有拒绝的余地，那就是不识趣了。

他也无意拒绝。

北地有他的故友旧部，有他保护过的百姓，更有他打交道多年见过其残暴的齐人。

他若贪恋京城的繁华不去，等大周亡于齐，那才是人间炼狱，悔之晚矣。此去哪怕最后还是最坏的结果，至少他尽过力了。至于丢了江山到了地下如何向父皇交代，就是大哥和四哥他们两个的事了。

靖王立刻表了态。

兄弟二人在格外友好融洽的气氛中结束了这场谈话。靖王回到王府，把家人叫到一起，宣布了将要北上抗齐的事。

"王爷要北上打仗？"靖王妃一听就慌了，"我都听说了，北边现在齐人形势大好，咱们的人伤亡严重。王爷去打仗太危险了，能不能不去啊？"

见靖王妃红了眼圈，靖王赶紧把泰安帝搬了出来："这是皇上的意思，我要不去那不是抗旨吗？"

"可是……"靖王妃满心不情愿，却没了法子，掏出帕子拭了拭眼角上的泪，"安生了这么多年，怎么就乱了呢？王爷都到当祖父的年纪了，哪里受得了上战场的苦……？"

这话靖王就不乐意听了："孩子们都没成家呢，离当祖父还早着，我这个年纪南征北战的武将多的是。"

他才四十岁出头，怎么就上不了战场了？

靖王妃哭红的眼睛一瞪："我怎么听着王爷挺愿意呢？"

"喀喀喀，没有的事，这不是圣命难违，没法子吗？"靖王连忙给三个儿女使了个眼色，示意他们好好劝劝。

祁焕默默地后退一步。

人微言轻啊，劝人的重任还是交给大哥和小妹吧。

祁烁开了口："母妃担心父王的心我们都明白，别说您担心，我们兄妹也不放心父王北上征战。"

靖王妃连连点头，心道：还是烁儿懂事。

"这次北征就由儿子陪父王一起去吧。儿子一定保护好父王，不让母妃忧心。"

"嗯……嗯？"靖王妃反应过来，声音扬起，"烁儿，你说什么？"

祁烁似乎没发现母妃的激动，把话重复了一遍。

"不行！"靖王妃第一反应就是拒绝，"有圣命在，你父王是没办法，你怎么还主动地要去？"

"儿子去了，能与父王有个照应，也好让您放心。"

靖王妃气笑了："我能放心吗？我要操双份儿的心才是！"

祁烁突然跪了下来。

靖王妃愣住了，不过很快又反应过来："烁儿，你这是干什么？"

"父王要上战场，儿子身为长子却在京城安享富贵，实乃不孝，还请母妃成全儿子的孝心。"

还没等靖王妃说话，祁焕"扑通"一声，挨着祁烁也跪下了："儿子也要去，不能父王和大哥都上战场，儿子在京城享福啊！"

祁琼看看跪在地上的两个兄长，看看脸色发黑的母妃，想了想，也提着裙角跪下来。

"琼儿，你也要去？"靖王妃问出这话时，已经在思考鸡毛掸子放在哪儿了。

"小妹，你这不是添乱吗？"祁焕用胳膊肘碰了碰祁琼，小声表达不满。

祁烁默默地看着弟弟。

这浑小子才是真的添乱，这么一跪，让母妃答应的难度更大了。

祁琼丢给祁焕一个白眼，微微仰起的脸上挂着甜笑："女儿手无缚鸡之力，当然不会跑去添乱。"

"那你跪什么？"靖王妃板着脸问，高涨的怒火小了些。

祁琼无辜地眨眨眼："女儿是对父王跪的呀。"

与靖王妃并排而坐的靖王一怔，问道："琼儿为何跪我？"

祁琼弯唇一笑："女儿是想请父王放心，您不在家，我会好好陪着母妃的。"

靖王感动得险些掉泪："还是琼儿贴心啊。"

不像两个臭小子，一个给他出难题，另一个添乱。

添乱的自然是小儿子，出难题的则是长子。

与靖王妃一听就强烈地反对不同，压下父亲对儿女本能的爱护，靖王对祁烁的请求有些心动。

世道突然乱了，两个儿子中有一个随他北上磨炼一下不是坏事……

更重要的是，他从长子的眼里看到了坚定与决心。

"烁儿，你想好了？"

靖王妃听出不对，喊了一声："王爷——"

靖王顶住靖王妃含怒的目光，看着跪在地上的长子。

"想好了。儿子已经加冠，也该承担起责任来，而不是一直让父王为我们遮风挡雨。"

"上阵父子兵"可不是虚话。

如今北地已成一片血海，老父即将随军北上，身为人子，他怎能无动于衷？

"既然你想好了，那就去吧。"

"王爷！"靖王妃急得站了起来。

祁焕扑过去，抱住靖王的腿："父王，如果我和大哥只能去一个，那让我去啊，大哥身体不好……"

一声轻咳传来："二弟莫非忘了以前挨过的揍了？"

祁焕身体一僵，难以置信地看向出声威胁的兄长。

这不可能是他温文尔雅的大哥，难道小时候那个魔王又回来了？

"哪儿学来的动不动抱人大腿？你在京城少惹祸，少去乱七八糟的地方，不然等我回来家法伺候！"靖王沉着脸把小儿子踹到一边。

就这臭小子，留在京城最多惹点儿小乱子，到了战场上，一旦闯祸就是大的。

在父兄的双双打击下，祁焕只得闭了嘴。

靖王妃心中虽一万个不愿意，可在大事上，一旦靖王定下来，她就不再反对了，当然私下生气是难免的。

"你父王都这么说了，母妃就不说什么了，只是你可想过林家二姑娘？"

祁烁垂眸，遮住因靖王妃提到林好而骤起的波澜："儿子会去对她说的。"

靖王妃叹息一声，懒得再看三个不省心的儿女。

走出正院，祁焕犹不死心："大哥，你要是随父王北上，就不知道什么时候回来了，一年半载甚至三五年都有可能，那林二姑娘怎么办？我看还是让我去吧，我没定亲，去哪里都一样。"

祁烁睨他一眼，语气淡淡地说道："你还没成年。"

祁焕当即被噎个半死，悻悻地道："别等林二姑娘哭鼻子你再后悔。"

"母妃心情不好，你和妹妹多陪陪她。"祁烁叮嘱完祁琼，去了将军府。

"世子来找二姑娘啊，快请进。"

以祁烁准姑爷的身份，登将军府的门直接被请去了花厅，没等多久，林好就过来了。

"你再晚来一会儿，我就出门了。"

"去林宅那边？"

"嗯。今年还是个冷冬，那些乞儿不好过。"说起这些，林好的眼里闪过一丝忧虑。

战乱一起，乞儿都是小事，恐怕会有大量的流民拥向京城，到那时就不知是什么光景了。

"是不是有事啊？"林好捧着侍女端来的热茶，纳闷儿地问。

祁烁扫了厅中侍立的下人一眼。

林好示意婢女退下，身子微微前倾："莫非又有什么变故了？"

大周如今三面受敌，传闻一个接一个，有真有假，人心惶惶。

"我父王奉皇命要北上打仗了。"

"啊……"林好握着杯子的手下意识地紧了紧，过了一会儿轻声问，"那你呢？"

阿烁如果不去，此时应在靖王府里陪伴将要北上的父王，安慰担心丈夫的母妃，而不是来将军府找她吧。

祁烁骨节分明的手伸过来，落在她握着杯子的那只手上。

杯身是热的，他的手更热。

"我也去。阿好，对不起。"

那双眼黑白分明，盛着歉意。

"我……"林好想说"我猜到啦"，可一开口，眼泪就掉了下来。

祁烁想到了弟弟的话，"别等林二姑娘哭鼻子你再后悔"。

阿好真的哭了。

他手忙脚乱地从怀中掏出手帕，替她擦掉眼泪。

"是我不对，做了决定才告诉你……"

少女被泪水洗过的眼睛显得分外清透："阿烁，我也想去。"

祁烁："……"

林好重重地叹了口气："但我知道不可能。"

因为不能一起去，眼前的人这一去，就成了她日日夜夜的牵挂。

一想到将要过的煎熬的日子，她便只想哭。

"阿烁，你正式登门，是要见我祖母和我娘吗？"

"嗯，这么大的事，应该对两位长辈说一声。"

"走吧。"林好起身。

走在去正院的路上，祁烁忍不住低声问："阿好，岳母大人打人疼吗？"

林好想了想，秉着严谨的态度道："那要看用什么打了，我娘喜欢使鞭子。"

祁烁："……"

正院是老夫人的居所，林氏白日大半时间都在这边陪老母亲说话，正方便祁烁一起见过。

"世子来啦。"林氏笑眯眯的，让祁烁不必多礼。

自从祁烁进山救回林好后，林氏就越发瞧这个女婿眉清目秀了。

至于对女婿体弱的嫌弃？女婿早就不体弱了，要是体弱，能进深山把阿好救出来？

女婿长得好，重情义，有担当，女儿果然有眼光。

"王爷、王妃都好？"老夫人说着客气话，心中猜测着祁烁上门的原因。

专门来见长辈，这个孙女婿显然是有事。

"家父、家母都好。晚辈今日过来，是有事要让老夫人与岳母大人知晓。"

"什么事？"林氏立刻问。

老夫人无奈地瞥了女儿一眼。

这急性子。

"今日家父接到皇命，马上要随军北上，晚辈会随父出征。"

这话一说出口，老夫人与林氏都愣住了。

"世子也去？"林氏又确认了一遍。

祁烁微垂眼帘，暗暗紧张："家母不放心家父上战场，有小婿陪同能放心些。就是愧对岳母大人，小婿与阿好的婚期又要推迟了。"

林氏摆摆手："这不打紧，等你凯旋，正好双喜临门。"

这一次换祁烁愣住。

岳母大人不仅没生气，看起来还挺支持？

他不由得看向老夫人。

老夫人在最初的吃惊过后，脸上露出慈爱的笑容："你岳母说得是，婚期推迟不打紧，到了北边，好好照顾自己和王爷，平平安安地回来是最重要的。"

"老夫人……"祁烁讷讷，一时竟变得口拙。

老夫人笑了："老身知道你想说什么。我们把阿好许配给你，自然盼着你们长长久久，平安喜乐。但国难当前，有些事是必须去做的，不是你，也会是别人。如果没人去做，没年轻人去做，那将来受难的就是所有人。既然这样，那你就不要有负担，去吧。"

就像她家老头子那样。

祁烁单膝跪了下去："晚辈知道了。晚辈会早日凯旋，迎娶阿好。"

"王爷突然接到皇命，想必王府正忙乱，世子也有许多事要安排，就早些回去吧。阿好，你送送世子。"

林好应了，陪祁烁离开。

直到两个年轻人不见了身影，一声叹息才从老夫人口中溢出。

"婉晴，安排管事尽量多买些粮，家丁护卫的训练也不能懈怠……"

往外走的路上，林好一脸遗憾："还以为能看到我娘的鞭子大发神威。"

"阿好——"祁烁无奈地唤了一声，垂在身侧的手牵住她的手，语气多了几分郑重，说道，"你放心，我一定会平安地回来。"

他又怎么会不知道，阿好的若无其事是为了让他心安？

被他握住的那只手蜷了一下，继而展开，与他五指相扣。

"我知道。"

靖王府已在眼前，林好推了推放缓脚步的祁烁："快去忙吧，等把该准备的准备好，我们一起吃饭。"

"好。"祁烁抬手替林好理了理被寒风吹乱的青丝，大步走进王府里。

只可惜这顿饭到大军出发都没顾上吃。

徐将军的队伍已经出发了一段时日，竟在半路遇到了一队不知从何处冒出来疯狂地烧杀抢掠的齐军，遂与之展开了厮杀。

急报传到京城，泰安帝命靖王即刻出发，比原定的日子提前了两日。

祁烁一身银甲等在将军府外，用挤出来的时间与林好道别。

林好是骑着林小花冲出来的。

"阿烁，你这就要走吗？"

林小花比祁烁所骑的骏马矮了一头，终于又载着主人出去玩儿的欢腾劲在见到大黑马错愕的眼神时一下子散了不少。

这丑货块头真大……林小花又是嫌弃又是羡慕，不友好地冲大黑马龇了龇牙。

"马上就走，我是在出城的路上折回来的。"祁烁深深地看了林好一眼，拽紧缰绳，"阿好，我走了。"

"这个你带着。"林好把一个包袱塞进祁烁的手里，"快走吧，耽误久了当心军法。"

包袱是早就收拾好的，可惜还有一双鞋垫没有做完。

"嗯。"祁烁动了动唇，有千言万语要对眼前的姑娘说，最终却只化为一句，"等我回来。"

骏马如离弦的箭向前奔去。

林好拍了拍林小花，不让它跑得太快，也不愿追丢了那个人，就这么一路跟到城门口，望着始终没有回头的人，泪如雨下。

飞奔的骏马上，祁烁薄唇紧抿，用力地攥紧缰绳。

他知道一回头就能看到心爱的姑娘，可看多少眼都是不够的，既如此，不如等回来再看。

林好从林小花背上下来，沉默地牵着它往回走。

不远处静静站着的少年进入她的视野里。

"阿星？"林好走过去，"你怎么在这里？"

阿星看着满脸泪痕的少女，没有回答这个问题，而是问："既然舍不得，为什么不让他知道？"

"不用说他也知道的。"

林好牵着林小花，与阿星并肩走着。

她看起来已经平静下来，可阿星能感觉到她沉甸甸的心情。

不知怎么，阿星有点儿生气。

"你就是嘴硬。明明担心得不行，那就不让他去啊，他不是小王爷吗？"

这样尊贵的身份，为什么要以身涉险呢？绝大部分贵人不都在京城吗？

阿星想：阿好果然是个傻的。

"就算我拦着他，他也会去的。"

阿星紧紧地皱着眉："他都不替你着想，你喜欢他什么呢？"

林好唇角弯起："可能就是喜欢他面对这种情况时的选择吧。"

阿星摇摇头，表示难以理解。

那要是靖王世子出事，你怎么办？

这个问题冲到阿星嘴边好几次，最终还是被他默默地咽了下去。

"去林宅那边吗？"他问。

林好点点头，二人一毛驴往林宅的方向去了。

进了腊月就是年，可这一年的腊月，京城没有丝毫年味，是在人心惶惶中度过的。

北齐、玉琉、平乐帝，这三方有一方掀起乱子都让人无法放心，何况三方夹击。朝廷大部分兵力被调往北边，和北齐一时倒是僵持住了，但是玉琉与平乐帝，一个在东，另一个在南，坏消息一个接一个地传来，急报如雪花般飞往泰安帝的案头。

养心殿的灯总是到了深夜还没有熄，大大小小的会开了一场又一场，当下，泰安帝最盼望传回的是南下谈判使臣的消息。

旧太子祁明在己方手中，这是个分量颇重的砝码。

肩负此重任的是礼部一名姓杨的郎中。

越往南走，天气越暖，可当杨郎中被带到平乐帝那方的主帅面前时，他的心抖得厉害。

己方一队使臣，他却只被允许带着一名属下进去，见到的是敌方主帅而不是旧帝，谈判形势恐怕不乐观。

"见过王将军。"杨郎中不卑不亢地行了一礼。

大将军王明海，是那场混乱中护着平乐帝逃走的最大功臣，也是有名的战将。如今这位名将快要五十岁了，多年的蛰伏隐忍让他看起来比实际年龄苍老，眼神却依然锐利。

杨郎中挺直脊背，竭力顶住无形的巨大压力。

王明海打量着杨郎中，语气有些唏嘘地说道："离开京城十余载，都是生面孔了。"

"杨某那时初入仕途，无名小卒耳。"

王明海脸色一沉，眼神如刀射向杨郎中："这么说，你也是我主上的门生了。你既蒙主上恩泽，又为何为那犯上作乱的逆贼做事？"

泰安帝的帝位确实来得不太光彩，这是那些修撰国史之人都要头痛如何粉饰的难题，杨郎中自是不会犯傻在这种场合争辩，干脆道出来意："杨某奉旨前来，是为了商议休战一事……"

"休战？"王明海根本不给杨郎中说完的机会，大笑起来，"真是天大的笑话！逆贼鸠占鹊巢十余载，我等卧薪尝胆，好不容易等来了这一日，凭什么休战？"

"我们已经查出，泰安八年的新科状元郎杨喆就是旧太子祁明。"杨郎中一字一字地说着，眼睛紧紧地盯着王明海。

这是此行谈判最大的砝码，对方听了后的反应自然非常重要。

王明海收起笑容，脸色变得冰冷："你们把太子怎么样了？"

杨郎中笑笑："将军放心，旧太子乃陛下亲侄，我们自然好生相待。"

"杨大人远道而来也辛苦了，等养足精神我们再谈。"

杨郎中心知这是要向上请示，点头答应下来。

一封密信被以最快的速度送到平乐帝的藏身之处。

平乐帝把密信看了又看，纸张被揉出无数折皱之后，他终于写下一道密令，交给送信的人带回去。

王明海收到密令后立刻打开，看完沉默良久，终于叫来泰安帝一方的使节。

站到王明海面前的还是杨郎中和他的一名属下。

看到王明海阴沉沉的脸色，杨郎中暗道一声"不妙"，努力地稳住心神问："贵方考虑得如何？"

"大胆！我们太子明明就在主上身边，你们居然为了休战，编造出新科状元是我们太子的谎言！"

杨郎中脸色大变："你们这是不认……"

并不给杨郎中说完的机会，王明海一刀挥出，砍下了他的脑袋。

双目圆睁的头颅高高地飞起又落下，就落在跟随杨郎中前来的属下附近。

那人姓赵，是一名副使。

赵副使一声大叫，下意识地转身往外跑，却脚一软跌倒在地上，看着一步步走近的杀神，面如土色："你……你怎么能杀来使……？"

他哆嗦着发出质问，用尽勇气，克制着没有喊出求饶的话来。

王明海提着滴血的刀停在赵副使面前，冷笑道："你不是还活着吗？怎么？你也想死？"

"我……"赵副使想说"我不惧死"，可杨郎中的头颅就在眼前，那张脸上保留着震惊与愤怒，甚至来不及表露痛苦，也因此，越发令他恐惧。

一个活生生的人，说死就死了，像砍瓜切菜那么容易。

王明海用刀尖一指地上的头颅："把它带回去，这就是对你们胡乱编排我们太子的回答！"

赵副使颤抖着手抱起杨郎中的头颅，深一脚浅一脚地往外跑，耳边是王明海的大笑声。

赵副使不知道的是，等确定赵副使跑出去了，王明海收了笑，看着地上那具无头尸体，神色复杂。

那是太子明啊，他们聪慧非凡的太子殿下。

陛下……这是彻底放弃太子了？

想一想在平乐帝膝下承欢的几个小皇子，王明海的心头仿佛忽然压了一块石头，沉甸甸的，让他喘不过气来。

赵副使这支队伍以比来时更快的速度返回了京城，带着杨郎中的头颅。

泰安帝在这支队伍回来前就从急报中知道了此次南下的结果，他第一时间就想见一见祁明，最终忍住了。

他要等南下的使臣回来。

"皇上，杨大人死得惨啊！"赵副使跪在殿中，抱着一个方匣痛哭流涕。

泰安帝把视线落在赵副使怀中的方匣上，脸色比外头的雪还要冷："这匣中就是杨卿的头颅？"

赵副使匍匐在地："正是……"

"打开让朕看看。"

殿中其他官员脸色大变："皇上，不可啊！"

泰安帝冷笑："杨卿是为国捐躯，朕有何可惧？打开！"

赵副使缓缓打开了匣子。

泰安帝看了一眼就别过脸去，含怒骂了一句，殿中很快响起大臣对平乐帝一方的讨伐声。

之后，祁明被带到宫中，叔侄再一次相见。

这段时间的囚禁生活并没有减损这个年轻人的风采，他仿佛格外得上天的青睐，不只是容貌上，还有那说不清摸不着的气质，属于旧太子祁明的气质。

泰安帝一看到这张与记忆中的男童全然不同的脸，就不自觉地去想那孩子长大后本该有的模样——应该也是俊朗不凡的，与他那位风流软弱的兄长一样。

"前不久，你父亲的人起兵了。"泰安帝开了口。

祁明半垂眼帘，看起来没有丝毫惊讶："这样说来，北边也乱了吧？"

"不错。"

"那玉琉呢？"

"也起了战事。"

祁明笑笑，不说话了。

泰安帝则在心中叹了一声。

被密不透风囚禁的祁明因他一句话就道出了当前的局面，还有主动请缨随父出征的祁烁……

为什么别人的儿子都比他活着的那个儿子强？！

泰安帝压下心头的感慨，看着长身而立的青年，缓缓道："朕派使臣南下谈和，你猜是什么结果？"

祁明沉默了一瞬，问道："以我为筹码？"

泰安帝并不回避："对，以你为筹码。"

祁明微微垂下眼帘，语气淡淡地说道："看来四叔失败了。"

他平淡的反应让泰安帝罕有地生出难以控制局面的感觉。

他是真的不在意，还是早就猜到结果有了心理准备？

泰安帝扫了刘川一眼。

刘川对外使了个眼色，很快，一名内侍端着个托盘走来。那托盘上摆有一物，用雪白的布巾遮着。

跟在内侍身后的是赵副使，他控制不住好奇把视线落在祁明的身上。

原来状元郎杨喆就是旧太子，这真是万万想不到的事。

"揭开吧。"

随着泰安帝发话，赵副使伸手掀起了托盘上覆着的布巾。

本就是天寒地冻的时节，又特意做过防腐处理，那颗人头几乎没有太大的变化，震惊、愤怒的情绪清晰地停留在脸上。

祁明看了一眼，面上看似没有变化，眼神却黯了几分。

他记性力超群，与杨郎中虽不在一个衙署，杨郎中也不是朝廷中人人皆识的高官，他却认得。

可以说，大多数京官，无论官职高低，他都识得。

"赵副使，把南下见闻仔细地讲一讲。"

赵副使应了一声，从第一次与王明海王将军见面的整个过程到第二次见面双方所说的话，都原原本本地道来："那王将军一见面就怒斥我等编造新科状元是旧太子的谎言，说他们太子就在主上身边，没等杨大人驳斥，他便一刀砍下了杨大人的头颅……"

赵副使跪在地上，忍不住哭泣："杨大人死得太惨了，呜呜呜……"

泰安帝挥挥手，两名内侍上前来扶着赵副使退下，端着托盘的内侍也退了下去。

泰安帝看向祁明，一时没开口。

祁明沉默着，平静的神色让人猜不透心中所想，但若是细瞧，就能发现，紧抿的薄唇泄露了一丝心中的不平静。

他自然是不平静的，可若撑不住露出脆弱，自己就成了最大的笑话。

许久后，祁明开了口，声音轻而冷，如冬日的一阵风："四叔让人对我说这些，有什么打算？"

泰安帝定定地望着那张玉雪般的脸，问："值得吗？"

祁明扬了一下眉。

值得吗？

现在问他，他自然觉得不值得。

可若不走到这一步，他又怎么知道，那个曾把他抱在膝头的父皇，那个揽着他哭诉自己无能害他当不成太子的父皇，那个一遍遍对他说等夺回江山就把他失去的都弥补回来的父皇，那个他一直以为软弱无助的父皇，其实如此狠心果决呢？

原来父皇的软弱与果决，是分情况的。

只是……

祁明眼睛酸涩，有泪意涌上来，被他死死地压了下去。

只是父皇不知道，他其实并不怎么稀罕只坐了短短两年的储君之位啊。

他不过是觉得失意的父亲可怜，想让父亲如意罢了。

祁明徐徐呼出一口气，不愿让泰安帝看出他的狼狈来。

"祁明，把你父亲的藏身之处告诉我吧。"泰安帝温声道。

大周如今三方受敌，应对不暇，根本打不起与三方的持久战。

北齐那边是牵扯兵力最多的，泰安帝不指望能早早结束。玉琉半点儿不肯吃亏，属于落井下石的投机之徒，真要发现大周难啃，自会收手。这样一来，早早了结平乐帝一方就成了关键。

平乐帝一方蛰伏十余年，突然发难抢占了先机，如果真刀真枪地与其打下去，早早结束根本不可能。唯有找出平乐帝的藏身之所，派一队精兵以迅雷不及掩耳之势擒贼先擒王，出奇制胜，方能达到目的。

祁明没有回答。

泰安帝心知不可操之过急，便说道："那你好好想一想，明日朕再见你。"

祁明被带走不久，慈宁宫那边有话传来：太后请皇上过去。

泰安帝略一寻思，对太后叫他过去的原因有了数，也因此迈向慈宁宫的步伐难免沉重了几分。

等到了慈宁宫，他已经恢复如常，笑着向太后问了好。

太后打量一眼儿子的气色，见他虽然笑着，眉宇间却难掩疲惫，眼下更是一片青色，不由得有些心疼，问起他的饮食起居。

"母后不必担心，儿子一切都好。"

太后叹了口气："突然出了这么多乱子，哀家知道你的难处，可再难也不能熬坏了身体。"

"儿子知道。"

一番母子温情后，太后终于说起叫泰安帝过来的目的："哀家听说……杨喆就是明儿……"

泰安帝沉默了一会儿，点点头："是……"

这件事，是不可能一直瞒着太后的。

"杨喆就是明儿啊……"太后又说了一遍，语气复杂。

一时间，母子二人皆沉默了，最终还是泰安帝主动地打破了僵局："母后是不是有什么要叮嘱儿子的？"

那一次他没和母后商量就直接取消了杨喆与宜安的亲事，答应了灵雀公主的任性的要求，已在母子间埋下嫌隙，而今焦头烂额之际，他可不想连宫里都不稳当。

"皇上思虑周到，哪里需要哀家叮嘱？只是……"太后顿了一下，还是把话说了出来，"明儿是你的亲侄儿，也是哀家的孙儿，哀家希望皇上能留他一条性命。"

太后知道这个消息也有一些日子了，只是一直隐忍着。

她有两个儿子，皇长子平乐帝与皇四子泰安帝，四子与其他皇子一样，成年后就去了封地，长子是太子，一直住在东宫。

可以说，她看着从一个小小的人长成一个粉雕玉琢的小少年的孙儿只有祁明。

她一闭眼就是祁明喊她"皇祖母"的情景。

太后当然知道有些话不该提，可人活在世上，终有感情压过理智的时候，哪怕经历过无数风雨的她也不例外。

泰安帝心中早有猜测，面上却做出愣了一下的样子，随即正色道："母后放心，儿子会安排好他的。"

太后露出个笑容："皇上这么说，哀家就放心了。"

翌日，祁明又被带到泰安帝面前。

"可想好了？"

祁明平静地看着泰安帝："侄儿想见一个人。"

"你想见谁？"

祁明提出要求，泰安帝不怒反喜。

泰安帝怕的不是提要求，而是没要求。

"侄儿想见一见祁烁，"祁明神情平静，令人瞧不出所思，"我的堂弟。"

泰安帝一怔，险些以为听错了："你要见祁烁？"

祁明颔首："是。"

"你见他做什么？"泰安帝不解地扬眉。

在他的印象中，祁明以杨喆的身份行事的时候，与祁烁没什么交集。

祁明半垂眼帘："就是有个问题想问一问，一解心头的疑惑。四叔不必多想，此事与您要问的事无关。"

泰安帝心中如何思量半点儿不露，盯了祁明一瞬，叹道："你们兄弟见面朕自然不会阻拦，只是不巧，祁烁当前不在京城。"

"不在京城？"祁明挑了一下眉，很快想到了，"看来五叔重回旧地，堂弟至孝，随父北上了。"

泰安帝微微动了一下唇角，心情说不出地复杂。

这个侄儿身陷囹圄，与外界断绝往来，却能因他一句"不在京城"就推测出事实。

但凡他那儿子得祁明一分聪慧……

想多了，那孽障既无祁明的聪慧，亦无祁烁的孝心。

泰安帝一口酸气哽在胸口，堵得难受。

"还有你想见的吗？"他随口问。

"那就见一见……"祁明停下来，迎着泰安帝带了几分好奇的眼神，语气淡了下来，说道，"没有想见的了。"

那一瞬，他差点儿脱口而出的是"林二姑娘"。

一桩桩事，不只有祁烁的身影，亦有林二姑娘的影子，想来他欲找祁烁解惑的问题，林二姑娘也是能给他答案的。

他改口的原因，是理智回笼。

见一见堂弟祁烁不算什么，就算这位多疑的叔叔对祁烁猜测一番，影响也是微不足道的，就当他小小地"回报"一下这位堂弟了。

可林二姑娘是个女孩子，影响就大了。

那便算了。

祁明自嘲地扬了扬唇角，语气淡淡地说道："没有了。"

泰安帝当然听出祁明只说了半截话，可让他联想到林好头上，是打死他也想不到的。

这点儿好奇对亟待解决困局的帝王来说，比那随风飘的一片雪花还微不足道，很快就被他抛在脑后："那个问题，能告诉朕答案了吗？"

泰安帝本以为即便能得到答案，也要打一番机锋，没想到祁明很快说出了一个地址。

那是位于被占小城百里之外的一片山区，这个距离既方便两处通消息，一旦有事也方便撤离藏匿。

如此轻易得来的答案，泰安帝难以放心，紧紧地盯着祁明道："只要证实你所言不假，朕说过的话都在心里记着。"

祁明与泰安帝对视，笑了一下："四叔先别高兴得太早。"

"怎么？"泰安帝听了这话，反而有种脚落在了实地上的感觉。

虽然烦，但他心里也莫名其妙地有点儿踏实。

"那一处不是寻常山区，而是被布下了八卦迷魂大阵，迷魂阵内又有杀阵，想要悄无声息地潜入是痴人说梦。"

"可有破阵之法？"泰安帝立刻问。

祁明轻笑："自然是有的，不过我不知道。四叔不必疑心我扯谎，自从成为书香人家之子，我再未回过那里。且那阵法玄妙莫测，就算是知道进出之法的人也只知其一不知其二，阵法随便一个变化就会让人进山无门。"

"听你这么说，这条路走不通了？"

"想要走通此路，除非布阵之人出面。能不能找到此人，就看四叔的本事了。"祁明说这话时面色如常，心头却空荡荡一片，任由种种情绪肆虐。

不恨不怨都是假话，看清了父皇的狠心，他如果什么都不说、不做，这怨恨会把他逼疯。

不道出明心真人所在，就是他成全了最后一点儿父子之情了。

"那布阵之人是……"泰安帝灵光一闪，想到一个人，"明心真人？"

对这位国师的本事，他亦是知晓的。

父皇临终前把国事托付给三个人，请他们辅佐兄长，其中就有明心真人。

祁明的反应让泰安帝确定没有猜错。

"那明心真人现在何处？"

祁明没有回答。

泰安帝神色沉沉："你不说，朕也知道，明心真人就藏在这京城里。"

当初太子少师秦云川与明心真人书信往来，被锦麟卫指挥使程茂明察觉端倪，证实了明心真人就藏身京中，暗暗搅风搅雨，可惜至今都没把人找出来。

祁明依然没有回应。

如此过了好一会儿，泰安帝摆摆手，示意把人带下去。

街上的官兵明显地多了起来，明心真人的画像被贴遍大街小巷，悬以重赏。

当然，画像上的人是画师照着明心真人十年前的模样所画，与如今正得圣眷的王先生截然不同。

林好仰头盯着墙壁上张贴的画像，若有所思。

这个时候，皇上为何突然大张旗鼓地寻找老师？

要知道皇帝得知老师与太子少师书信往来后，是竭力压下他重返京城的消息的。

林好目不转睛地盯着画像，微微皱眉。

身后有人靠近，悄无声息。

她霍然转身。

"杜青？"林好不觉扬起唇角，"好久不见了。"

杜青心藏的杀意一滞，古怪的感觉又占了上风。

她到底是怎么做到这么自来熟不设防的？

先不说他们之间的刀光剑影，就是个普通男子冒昧地往自己身边凑，她一个姑娘家也该知道防备吧？

"见赏金丰厚，我仔细地看看。"杜青一指画像。

林好嫣然一笑："我也是。看这老者风烛残年的模样，也不知做了什么罪大恶极的事，能让官府如此兴师动众。"

风烛……残年？

杜青再看一眼画像，有些恍惚。

画像上的先生明明精神矍铄，哪里显出一丝衰态来？

不过林二姑娘这般反应，看来是他多虑了。

这么一想，他心中的杀意散了大半。

这时一道声音传来："林二姑娘？"

林好侧头看去，打了声招呼："程大都督。"

狐疑的目光落在杜青的面上，程茂明认了出来："这是你……哦，你和世子的那位朋友？"

竟沦为乞儿了吗？

其实程茂明一直没搞懂这年轻人与靖王世子和林二姑娘的关系，但刚刚看林二姑娘与此人有说有笑，应当交情不错。

既然交情不错，这年轻人为何沦落至此？

程茂明视线一扫林好，不由得恍然大悟：是了，林二姑娘一个姑娘家，就算有心帮忙，也不大方便，而靖王世子不在京城。

这么一想，程茂明登时觉得不能视而不见。

靖王世子帮了他这么多，而林二姑娘是世子未过门的媳妇，迟早是一家人，他应该主动地帮一把。

嗯，看这年轻人眼睛有神，体态修长，进锦麟卫混口饭吃还是没问题的。

"我看林二姑娘的朋友似乎遇到了些困难，可是生计没有着落？我们锦麟卫近来缺人手，要是不嫌弃，要不要来试试？"

杜青惊呆了。

他，明心真人的护卫，潜伏在京城的暗棋中其中一支队伍的头领（曾经），要成为一名锦麟卫了？

杜青生出一种荒谬感。

他们这些人来到京城，为了有个光明正大的身份，不知费了多少功夫，但往往也就是摆卦摊的算命先生、走街串巷的货郎、小有身家的行商这一类，那些属于己方阵营的官吏都是被威逼利诱策反来的。

他要是答应了，论细作成就，岂不是仅在旧太子与先生之下？

突如其来的成就感令杜青险些直接点头，好在理智还在，他不由得看了林好一眼。

这姑娘是知道他的真实身份的，别说让他混入锦麟卫，就是由着他至今自由行事，他都无法理解，一时觉得这姑娘的想法与常人的想法迥异，一时又怀疑她有什么阴谋。

"要是可以，那当然好了。"林好向杜青投以询问的目光，"你觉得呢？"

杜青这个凄惨样还怪让人不忍心的，若是能进锦麟卫，以程大都督对锦麟卫的掌控力度和谨慎，定是在看得着的地方当个摆件，这样既不会再与那些人勾连，更不会惨到要饭，而且将来如果杜青真正的身份曝光，程大都督因为是主动地将人安排进去的，就不能对她和阿烁如何了。

一举三得。

杜青被问住了。

他觉得什么啊？他是平乐帝一方的人，这丫头明明知道的！

那双杏眼含着盈盈笑意，在此刻的杜青看来，有那么一点儿捉弄他的意思。

"自是求之不得。"杜青抱拳，与林好对视的眼里藏着一丝挑衅。

林好对程大都督福了福："那就多谢大都督了。"

"林二姑娘客气。"程茂明朗声一笑，目光转向杜青："小兄弟如何称呼？"

"他姓木名青，'草木'的'木'，'青草'的'青'。"林好说道。

"木青？名字不错。"林好的抢答让程茂明觉得这年轻人是个木讷的，便不再多问，吩咐跟着的属下："把人安排好。"

"是。"属下肃容应了,对杜青说道:"我叫房明,木老弟随我走吧。"

杜青恍恍惚惚地随着房明走出老远,忍不住回头看了林好一眼,然后更恍惚了。

程茂明暗暗皱眉。

看这依依不舍的劲,这小子对林二姑娘定有非分之想,果然,把他弄进锦麟卫替世子盯着是对的。

"林二姑娘……"程茂明本打算说他先去忙了,见林好眼睛不眨地盯着画像,随口道,"可惜世子不在,其他人画人像的功力还是差了些。"

"不像吗?"林好的神色古怪起来,"可我瞧着画像上的人有几分眼熟啊。"

程茂明脸色顿时变了,语气带着急切,问道:"林二姑娘见过此人?"

"这……"林好看了一眼左右,迟疑地道,"好像见过……"

她这番反应立刻提醒了程茂明。

"林二姑娘,咱们去喝杯茶详谈。"

"好。"林好痛快地应下,在对方不注意时,微微弯了弯唇角。

程大都督想从她嘴里问出他想知道的,她何尝不是呢?

很快,二人在一间茶楼的雅室坐下,各自捧着一杯香茗。

"林二姑娘快说,于何时何处见过画像上的人?"

林好摩挲着杯身:"程大都督,画像上的人是不是前朝国师?"

"是他!"程茂明心里一阵激动。

难不成找到明心真人的重任落在了林二姑娘身上?

苍天啊,靖王世子这是多大的福星,都不在京城了,还能通过林二姑娘把福气传递给他!

程茂明一颗心"怦怦"地跳,激动之情露出几分。

不是他沉不住气,实在是靖王世子给他带来的好处太多了。

林好见程茂明如此激动,暗暗道声"抱歉",面上露出恍然之色:"我就说这么眼熟呢,十来年前,明心真人陪旧帝去祭天,我在街边茶楼上瞧见过……"

程茂明的脸色渐渐微妙:"林二姑娘的意思是……你在明心真人还是国师的时候见过他?"

"对啊。"林好点头。

"可那时你才多大?"

"也有七八岁了。我记性特别好,不会记错的。"林好一脸自信。

程茂明顿时觉得心脏一梗:白激动了,告辞!

程茂明放下茶杯刚要开口,就被林好抢了先。

"大都督,怎么突然要寻前朝国师?他犯了什么事?"

如果说在张贴画像的墙壁前问这个显得突兀,那铺垫到这个时候问就再自然不过了。

程茂明下意识地皱眉,准备敷衍过去。

"看起来明心真人就在京城吧。"

林妤想从程茂明口中探到的是寻找明心真人的原因，而这个原因会决定她之后的打算。

在少女充满灵气且清澈的双眸的注视下，程茂明的心微微一动。

信得过的己方人，知道原因倒是无妨，万一能给他带来什么线索，那他就血赚了。

程茂明觉得自己可能是年纪渐长，慢慢有点儿相信运道了。在他心里，靖王世子与林二姑娘这一对就是有点儿运道的。

于是他清了清喉咙，说出了原因。

"大都督说，明心真人掌握着破阵之法，找到他，就能擒贼先擒王？"

"至少是个破局的办法。"程茂明对泰安帝的决定没有多做评价。

林妤垂眸喝了一口热茶。

茶水虽热，却提神醒脑，让她思路清晰。

她不懂这些大事，但也知道北齐、玉琉、平乐帝三方中，最容易按下去的就是平乐帝一方。且大周与那两国交战都在边境，平乐帝一方却在大周腹地，一旦壮大起来横冲直撞，造成的破坏更大。

她又喝了一口茶，问道："明心真人既然是前朝国师，又随旧帝远走，想必对旧帝忠心耿耿。就算找到他，如何保证他能说出破阵之法呢？"

"那就是找到之后的事了。"程茂明说这话时，眼里透着自信，显然是认为，以锦麟卫的手段，定能令明心真人开口。

林妤暗暗摇头。

老师是什么样的人？

因为答应太祖辅佐平乐帝，哪怕平乐帝软弱无能，根本不是当皇帝的材料，他也毅然随平乐帝隐姓埋名，呕心沥血地为其谋划；而终于想通后，明知会招来杀身之祸，也力劝平乐帝放弃复位。

这样的人会屈服吗？

不会的。

"那就祝大都督早日找到他。"林妤举了举茶杯。

程茂明也举了杯："借林二姑娘吉言。"

分开后，林妤慢慢往将军府的方向走，心中思索着该如何做。

她知道老师就在宫里，却不能直接说出来。一是做不到亲手把老师推上死路；二是清楚，若非心甘情愿，老师就算沦为阶下囚也不会任泰安帝差遣。

老师能想通，这才是关键。

梦里的这个时候，老师其实已经动摇，但真正想通是在一年后。要想这个时间提前，要么有外力刺激，要么试着良言相劝。

林妤下定决心：她要见老师一面。

"宝珠。"

"婢子在。"

"等会儿你去对杜青说一声，请他下午来见我。"

"是。"

另一边，杜青被领进锦麟卫，沐浴更衣，换上了一身崭新的侍卫服。

那名叫房明的锦麟卫很是热心地带杜青在衙门里转了一圈，凡是碰到的人都介绍了一番，最后拍着杜青的肩膀道："木老弟一看就是吃咱们锦麟卫这口饭的人，以后升官晋职，可别忘了哥哥。"

杜青没忍住问了出来："现在选锦麟卫有什么讲究吗？"

房明微笑，心道：有什么讲究你心里难道没数？你个关系户。

等到有人传信说将军府有人来找，房明嘴角的笑意更深了。

杜青走出衙门，看到了站在路边的宝珠。

天冷得厉害，小丫鬟两颊红红的，一见杜青出来就赶紧招手。

杜青走了过去。

"我们姑娘有事找。"

宝珠说了具体的时间、地点，得到"会去"的回复后，转身走了。

杜青按时赴约，看着神态轻松的少女，眉头一拧："林二姑娘是不是忘了我的身份？"

林好不知道对方这突然硬邦邦的语气是怎么回事，带着几分笑意问："你是说锦麟卫的新身份，还是细作小头领的旧身份？"

杜青愕然："林二姑娘就不怕那些人对你不利？"

"你说旧帝的人？"林好笑了，"那不是正好来一个抓一个，来两个抓一双，让我领个赏吗？官府的人正愁找不到他们。"

杜青默然。

"林二姑娘找我有什么事？"

林好放在桌上的两只手交握，脸上显出几分犹豫："有件事我拿不定主意，想和你商量一下。"

杜青不自觉地认真起来："林二姑娘请说。"

"今日张榜悬赏的人，你能联系到吧？"

杜青一口茶直接喷了出来。

林好对这个反应早有预料，赶忙侧开了些身子。

"林二姑娘这是什么意思？"杜青死死地捏着茶杯，手背上青筋狰狞地凸起。

"一年前天家张榜求医，我看到那位先生揭了皇榜进宫去了……"

林好还没来得及把话说完，脖子上就横了一柄匕首。

"你为何会知道？"杜青咬牙问，每一个字都仿佛裹着寒冰。

林好垂眸看了看横在脖子旁的匕首，浓密纤长的睫毛微微颤动，唇角轻扬，与刚才闲谈时无异："不只我知道，世子也知道。"

这一句话就令杜青手一抖，随后收起了匕首。

林好抬手抚了抚脖颈。那里汗毛还竖着，这是人遇到危险时的本能反应。如果面前的人不是杜青，她还真不敢这么说。好在杜青虽然心够狠，却足够理智。

"你们是怎么知道的？想怎么样？"

杜青脑子都要想炸了，除了匪夷所思还是匪夷所思。

"抱歉，我不能告诉你我们是如何知道的。不过你可以替我把这个转交给先生，或许他愿意见我呢。"林好说着，从袖中掏出一物，轻轻地推了过去。

杜青拿起那小小的琉璃瓶，翻来覆去地看。

随着小巧精致的琉璃瓶的转动，瓶中的粉水缓缓流淌，有种梦幻般的美丽。

"这是……"杜青看了又看，大胆地猜测，"毒液？"

林好语气平淡地说道："花露。"

杜青拿着琉璃瓶的手抖了一下。

林二姑娘为什么会觉得先生看到这瓶花露就想见她？

他把花露推了回去："我不知道怎么联系。"

林好摇摇头。

"什么意思？"在杜青眼里，面前的少女就是一个谜团，一举一动都要留意。

林好再把琉璃瓶推过去，不疾不徐地道："话已说到这里，你这样就没意思了。我若有伤害先生的心，一年前就去揭发了，而不是现在坐在这里和你商量。再说……"

她顿了一下，似笑非笑地看着杜青："就是现在去揭发也来得及。"

这就是明晃晃的威胁了。

恼怒与杀意在眼里交织，杜青却没再把花露还回去。

就算林二姑娘是在威胁，他又能怎么办呢？杀了林二姑娘还有靖王世子，而靖王世子远在北地。

他默默地把花露收好，一言不发地起身离开。

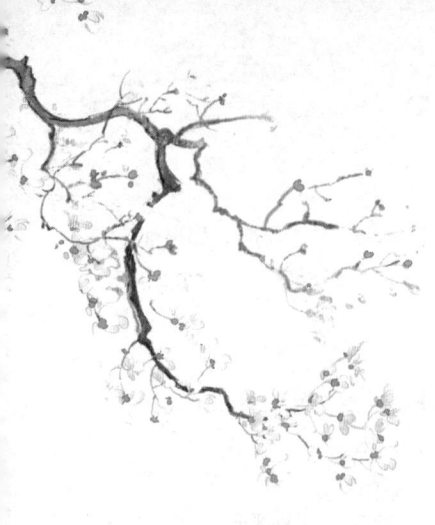

第二十五章　真　人

　　林好是在城中一座道观里见到明心真人的。
　　"是你。"明心真人看着盈盈施礼的少女，眼里有了波澜。
　　林好弯唇："先生，又见面啦。"
　　明心真人眸色沉沉，罕有地无言了。
　　"先生快坐。"林好甩着手帕把本就干干净净的椅子扫了扫，殷勤地招呼着。不知道的还以为她是这里的主人，而不是被带来的那个。
　　明心真人面色如常，心中却困惑了。
　　这小姑娘毫不掩饰的亲近从何而来？
　　"先生还记得我吗？我是将军府林家的二姑娘林好，找您算过命的……"
　　"林二姑娘，坐下说。"明心真人语气淡淡地说道，示意她坐下。
　　林好在对面坐下来。
　　"林二姑娘为何要见老夫？"其实明心真人想问的是，她为何知道他的身份。
　　林好轻轻抿了一下唇，神色真挚："先生信命吗？"
　　明心真人的眼中流露出一丝淡淡的困惑。
　　这小姑娘是在笑话他算命先生的身份吗？
　　再看对面少女的表情，却真诚极了。
　　见明心真人不语，林好也有点儿傻了。
　　老师会观星，擅占卜，常年以算命先生的身份行走世间，难不成不信这个？
　　要是这样，她后头胡诌的话不好展开啊。
　　见明心真人似乎真的不想搭理她，林好只好再问："先生不信吗？"
　　"信……"稳重、睿智、上知天文下知地理的老国师几乎是从牙缝里挤出这个字来的。

林好长长地松了口气：信就好……

"先生收到花露，应该能看出它是用您提纯药汁的法子制出来的。"

明心真人微微颔首。

"这法子……"林好略一犹豫，看向明心真人的眼睛，"是您教我的。"

这话太过离奇，令明心真人骤然沉了脸："小姑娘，你觉得老夫是老糊涂了？"

"当然不会。"

明心真人仔仔细细地看着她，从每一丝表情里看到的只有真诚。

"那你说说，老夫何时教的你？"

"梦里。"

明心真人修剪得整齐漂亮的胡子一抖，他端起茶盏喝了一口热茶，压下浮躁的情绪。

不得不说，能令他情绪如此波动的，眼前的少女是头一个。

"小姑娘，说说你的梦。"明心真人很快恢复平静，不再让对方掌握主动。

"梦里，先生是我的老师，不但教了我药液提纯之法，还传授了简单的机关术法……"林好语调平缓，娓娓道来。

她当然不会和盘托出，而是着重强调了师生之情。

明心真人第一反应就是不信。

以他的情况，哪有精力与心思收徒，还是收个小姑娘。

他这么想，便这么问了。

林好眨眨眼："这不是做梦吗？"

明心真人："……"

该说的都说了，林好屏息看着对面的老者。

明心真人没说信，也没说不信，而是平静地问道："小姑娘，你费了这么多心思见老夫说这些，用意是什么？"

他定定地看着神色认真的少女，表情有些微妙："莫非是为悬赏而来？"

林好知道，在明心真人这样的人面前要小聪明不可取，很干脆地承认："是看到张贴的榜单，想到了先生。"

"要揭发老夫赚赏金？"明心真人似笑非笑地问道。

"先生说笑了。"

明心真人喝了口茶："那老夫就想不通了。"

林好眼帘半垂，视线落在盛着碧色茶水的白瓷茶盏上，声音轻如飞雪："梦里，先生最终支持当今天子为帝。"

"胡说！"一直淡定的明心真人突然震怒，把茶盏重重地往桌面上一放。

他真的有些生气了，目光灼灼地盯着林好："小姑娘，你如此另辟蹊径乱老夫心志，倒是聪慧。"

林好眼睛明亮，一脸真诚："学生愚钝，不敢欺骗老师，只是如实说出梦中所见。"

"什么学生、老师？"明心真人一吹胡子，"莫要乱攀关系。"

"那……"林好抿抿唇，"还是叫您'先生'？"

明心真人强忍拂袖而去的冲动，冷淡地"嗯"了一声。

"先生心怀天下，睿智非凡，心中很清楚怎样才是对大周子民最好的，不用我一个小辈多嘴。"

明心真人笑笑："小姑娘，你应该明白，最好的不一定代表会被选择。"

"我听说，先生辅佐旧帝，是受太祖所托。"

明心真人没有反应。

林好并不气馁，轻声问："不知太祖托付给先生的是旧帝，还是江山社稷？"

明心真人睨她一眼，语气淡淡地说道："自然两者皆有。"

林好再问："那孰轻孰重？"

明心真人沉默了。

若说真心话，自然是社稷为重。

"除了先帝所托，先生心中还有第三重，便是黎民百姓。"

明心真人的眼神有了些变化。

他不知道这小姑娘为何如此笃定，但不能否认，她说得没错。

莫非她能窥见人心？还是说，真有这样匪夷所思的梦……

到了明心真人的高度，对玄妙之事并不会一味否定，甚至所学越多，越觉天地神秘。

"先生觉得，在百姓心中，旧帝与当今圣上孰轻孰重呢？"

一连三问，明心真人看着林好的眼神越发深沉。

"小姑娘心中如何认为？"明心真人反问。

林好微仰下巴，没有犹豫地道："对我来说，太平安定，不受异族欺辱最重。"

言外之意，谁当皇帝对子民来说没有不同，关键在于谁能让百姓过好日子。

明心真人沉默良久，缓缓道："小姑娘，你这些话，每个字都是大逆不道。"

林好莞尔："我若怕这些，就不会有与先生的这次碰面。"

明心真人再次沉默了。

林好提起茶壶，为他添茶。

茶香袅袅，沁人心脾。

林好看着那双深沉睿智的眼睛："先生，您知道的，旧帝不是明君。"

"胡说！"明心真人又吹起了胡子。

少女笑着："是，我胡说。"

"你这小丫头……"明心真人瞪起眼睛，可最终气势一泄，心中苦涩。

事实就在那里，无论否认还是掩饰，都不会改变。

就如他心中的动摇，无论是否认还是掩饰，都骗不过自己。

终于，他还是问了出来："你知道他们找老夫的目的？"

林好点头："知道，想从先生这里得到破阵之法，在最短的时间内平定内部纷乱。"

"你是怎么知道的？"明心真人眼睛微眯，心中纳罕。

这小姑娘在京城虽然挺有名气，可终归只是个闺阁少女，为何能知道这种事？

"也是梦里知道的？"明心真人开了一句玩笑。

"不啊，是程大都督告诉我的。"

明心真人握着茶盏的手一晃，险些把茶水洒了。

堂堂锦麟卫指挥使，嘴巴这么不牢靠吗？

林好笑道："我跟他说，我瞧着画像上的人眼熟，就问出来了。"

明心真人："……"他突然对程大都督有了一丝同病相怜之感。

"原来你引老夫相见的目的，就是劝我对当今圣上表明身份。"

"不是。"

这下明心真人真的愣住了："不是？"

林好看着明心真人，一脸坦诚："先生身份特殊，若是贸然表明身份，圣心难测，恐怕会有危险。"

明心真人目光微闪，语气有了些变化，问道："那你见老夫的目的是什么？"

林好眉眼弯弯，眼里盛着真诚的笑意："先生要不把破阵之法教给我？"

她本就有些基础，再有老师传授机要，想来是能试一试的。

"胡闹！"

林好眼巴巴地望着明心真人，没吭声。

明心真人皱眉："你可知道，那阵法是老夫亲自布下的，变化万千，别说你短时间内能不能掌握，就算你真的学会了，又凭什么令今上相信从而委以重任？"

林好自然考虑过，没有犹豫地道："若迟迟寻不到先生，今上定会征召其他懂阵法之人，病急乱投医之下说不定就愿意让我试试了。"

"那你可想过如何解释？"

一个闺阁少女竟会破阵，这不会令人惊叹，只会令人惊恐，甚至与鬼神联系起来。

"先生不知，我从生下来就口不能言，与常人不同。若问原因，我就推说幼时偶遇一位老神仙传我破阵之法，并说学成之日就是能开口之时。而今见天家召精通阵法之人便想试一试，也算尽一份力。"

当初她哑子开口本就引得流言乱飞，带着神秘色彩，再加这么一条也说得过去。

"舌灿莲花。"明心真人微微摇头。

这个说法或可一时令这小姑娘如愿得到破阵的机会，可从长远看，对她毫无好处。

当今天子即便相信了，等到将来，对这种玄乎之事也是忌惮的。

"你这般做，图什么？"

当今世道，视女子嫁得高门为最大成功，而这小姑娘已是世子妃，将来的王妃，可谓志得意满，人生快意，又为何做这吃力不讨好的事呢？

林好微微挺直脊背，语气却自然随意，说道："只图太平安定，不受异族欺辱。"

明心真人骤然沉默。

林好见明心真人如此，对说服老师有了几分自信，笑盈盈地问道："先生可愿教我？"

明心真人默默地看着含笑等待答复的少女，许久后吐出两个字："不行。"

怎么还不行？

林好一时愣住了，一双杏眼睁得老大。

明心真人看她这委屈的样子，反而觉得那梦不是胡诌了，不然她也不会委屈得这么理直气壮。

林好心念急转，琢磨着劝说的话。

"你不必说了，回去吧。"

"先生……"

明心真人摆摆手，端起了茶盏。

见他如此，林好动了动唇，终究没再说什么。

该说的她都说了，如果还不能说服老师，再强求只会令人厌烦。

"我告退了，先生保重。"林好屈了屈膝，半低着头退了出去。

二人此次会面的时间并不长，明心真人回到宫中却陷入了长久的沉思中，乃至一夜辗转反侧。

按那小姑娘所说，他把破阵之法传授给她，照样能以王先生的身份留在泰安帝身边，安全可保。

但对他来说，他的安危从来不是重点。他若传授那小姑娘破阵之法，就等于弃了旧主，这才是关键所在。

如果他决意背弃旧主，又何必把一个小姑娘扯进来，他大可以明心真人的身份站到泰安帝面前。

问题的根本，正是他多日来内心煎熬的原因。

明心真人见识广博，心性坚韧，却因为这一次见面，心绪越发纷乱。

一阵急促的脚步声传来。

"王先生，皇上召您去御书房里。"一名内侍小跑过来，微微喘着粗气。

这个时候泰安帝在御书房，应该是召了重臣有紧急事商议。

明心真人心中有数，泰安帝这是头痛症犯了。

他跟着内侍快步往御书房赶去，走到门口时，大臣的劝解声飘进耳中。

"皇上千万保重身体啊！"

"是啊，皇上，越是这种时候您越要爱惜身体……"

随着内侍通传，一道疲惫的声音传来："请进来。"

明心真人走进去，就见泰安帝靠着椅背，脸色极差。

"见过皇上。"

泰安帝示意明心真人到身边来。

明心真人默默地走过去，绕到泰安帝身后替他按捏头部。

随着那双手在几处穴道上按过，泰安帝紧皱的眉稍稍舒展开。

御书房中几位大臣默契地保持着安静，好让皇上缓一缓。

北齐、玉琉、旧帝，这种以一对三的局面，几乎每天都有糟心的消息传回来，皇上要是受不住倒下，那大周就完了。

可偏偏大臣们这么想着，糟心事就来了。

"皇上，急报——"

泰安帝猛然睁开眼："呈上来！"

火漆封口的急报立刻被呈送到泰安帝面前。

泰安帝打开后快速地扫视完，狠狠地把急报拍在了桌案上："丧心病狂！"

见泰安帝气得不轻，几名大臣的脸色也不好看，兵部尚书小心翼翼地问起急报的内容。

明心真人就站在泰安帝身后，被拍在桌上的急报清清楚楚地映入他的眼帘。一眼扫过，他的脸色就变了。

平乐帝一方在短时间内召到了不少兵马，攻打第二座城池时却遭到了守军的拼死抵抗。或许是被死伤颇重激起了怒火，在终于破城而入后，平乐帝一方竟大肆砍杀手无寸铁的百姓，把一座还算繁华的县城变成了人间炼狱。

屠城……

这两个字凑到一起，如千钧巨石，猛地砸在明心真人的心上，砸得他毫无准备，血肉飞溅。

御书房内全是泰安帝与几位重臣急切、愤怒的交谈声。

然而明心真人满眼都是急报上的那些字，什么都没听进去，直到惊呼声响起。

"皇上，您怎么了？"

泰安帝手撑桌面，脸色苍白，闭着眼睛，好一会儿没反应。

大太监刘川见状赶紧去扶："皇上，奴婢扶您去榻上躺躺。"

"不必。"泰安帝闭目摆摆手，下一刻却身子一晃斜倒下去。

御书房内顿时响起数声惊呼："皇上！"

一阵忙乱过后，泰安帝被送到东间的床榻上躺着，不多时，两名太医匆匆地赶来。

明心真人与几位大臣一样，被留在外边等候。

"这可如何是好？！"

"那些人真是毫无人性，也难怪皇上如此悲痛。"

…………

明心真人仿佛与世隔绝般，这些话一个字都没飘进他的耳里去。

不知过了多久，一位太医走出来，守在外面的大臣立刻把他围住，询问泰安帝的情况。

"皇上忧思郁结，气怒伤肝，加之睡眠不足……"

说到底，就是让战乱累出来的毛病。

听起来皇上的病情还不算太糟，几位大臣松了口气，便要进去探望。

刘川从里边走出来，把几个人拦住："几位大人先回去吧。"

知道这是皇上的意思，几个人表达了一番担心，苦着脸告退。

明心真人心中挣扎，默不作声地跟着退下，却被刘川喊住："王先生，皇上头痛得厉害，请您进去。"

明心真人跟着刘川走进去，就见泰安帝半靠着床头，脸色苍白，宫人端着喝过的药碗正退下。

泰安帝的声音透着浓浓的疲倦："劳烦王先生再给朕按一按。"

明心真人一言不发地上前，替泰安帝按捏起头部。

泰安帝闭起眼睛，惨白的脸色稍稍好转。

明心真人手法利落娴熟，视线落点却几乎没有变过，显出几分心不在焉。

刘川忍不住看了一眼，暗暗纳闷儿。

这位越来越被皇上依赖的王先生平时都是一副深不可测的高人模样，今日是怎么了？

在皇上面前心事重重，这人的胆子真够大的。

明心真人收了手，泰安帝淡淡地道："辛苦了。"

这个时候，明心真人本该告退，可他没有动。

泰安帝向明心真人投以疑惑的目光。

"王先生还有事？"

短暂的沉默后，明心真人开口："是有一事要向皇上禀明。"

"请讲。"

明心真人这样的人，一旦下定决心便不再拖拖拉拉，平静地道："草民需要一盆热水。"

泰安帝扫了刘川一眼。

刘川立刻安排内侍端来一盆热水，还有一名内侍捧着巾帕、香胰等物站在一旁。

泰安帝不明所以，反而有了几分精神。

明心真人从宽大的衣袖中掏出一个拇指大小的白瓷瓶来。

泰安帝静静地盯着他的动作，见他打开瓶塞，滴了两三滴无色之水到盆中。

水汽腾腾，盆中之水看起来没有任何变化。

明心真人的视线与泰安帝的短暂地相碰，而后他对大太监刘川微微颔首："刘公公照顾好皇上。"

刘川心中茫然。

照顾好皇上是什么意思？

"哒——"王先生该不会把这盆水泼到皇上身上吧？

尽管觉得这种猜测太过荒谬，他还是一个箭步走到泰安帝身边，死死地盯着明心真人的动作，就见对方一俯身，把头埋进了脸盆里。

刘川一脸震惊，不由得看向泰安帝。

泰安帝吃惊之余，露出若有所思的神色。

屋里其他人亦震惊不已，却不敢表现出来，不眨眼地看着脸埋进水盆里的明心真人，险些忘了呼吸。

明心真人终于直起了身子。

屋内静静的，只有淡淡的药香在鼻端萦绕。所有人的目光都粘在了明心真人的脸上，可那张脸除了沾着水珠，什么都看不出来，就连神色都是平静无波的。

泰安帝静静地看着，神情渐渐凝重。

刘川咳了一声："王先生，你这是……"

不是他好奇心重，他是替皇上问的，省得皇上着急。

明心真人没有回答，反而背过身去。

明心真人不是故意卖关子，而是怕接下来的情景把泰安帝吓出个好歹来。他双手抬起放在耳侧一阵摸索，一点点把那张面具拉了下来。

站在门口处的宫人正好能看到明心真人的正脸，见一张脸皮被他缓缓揭下，险些把眼珠子瞪出来。好在能到皇帝身边伺候的宫人都经过严格的教导，不至于惊呼出声。

揭下的面具被丢入脸盆中，明心真人缓缓转过身去。

那是一张陌生又熟悉的脸。

陌生是因为这张脸与王先生的完全不同，熟悉则是因为这张脸瞧着十分眼熟。

刘川脸色大变，高喊着"护驾"。

泰安帝本就有所猜测，在侍卫拥进来的瞬间，一下子把眼前这张脸与记忆中的对上了。

"明心真人？"

明心真人从容地施礼："草民正是。"

泰安帝摆摆手，示意侍卫退出去。

侍卫们默默退下，刘川挡在泰安帝身前，死死地盯着明心真人。

泰安帝反而很淡定，心中甚至生出几分激动。

明心真人突然以真面容示人，不大可能是行刺，更可能与那张贴的皇榜有关。

短暂的沉默后，泰安帝叹道："真人风采不减当年！"

"皇上谬赞。"明心真人语气淡淡的，显然不是喜欢闲话家常之人。

泰安帝坐在这个位子上这么久，十分清楚对不同的人该如何，便直接问道："真人来到朕身边这么久，今日为何突然以真容示人？"

"听说皇上在寻草民。"

泰安帝心一动，目光灼灼地盯着明心真人："真人可知朕为何寻你？"

"能猜出一二。"

泰安帝垂在身侧的手颤了颤，面上保持着平静："那真人的意思呢？"

明心真人微微一笑:"草民自暴身份,皇上应该明白草民的意思。"

一旁的刘川很想斥一声"放肆",却识趣地没吭声。

泰安帝听了这话,沉默了一瞬,还是问了出来:"朕不明白的是真人这样做的原因。"

明心真人改头换面,处心积虑地来到他的身边,所图不问可知,为何转而支持他?

要知道眼下他才是焦头烂额、处于下风的一方。

泰安帝确实想不明白。

"大概是因为刚刚看到的急报。"明心真人平静地说着,心中却并不平静。

其实不止是因为那封急报。

随平乐帝逃亡藏匿的那几年听到的大周收复失地的消息,来到泰安帝身边后看到的勤政不息的帝王,在北齐的步步进逼下迎难而上而不是割地求和的选择……一桩桩、一件件,都在动摇他支持旧帝的决心。

直到与那个小姑娘会面,那三问让他无从逃避,直面内心。

太平安定,不受异族欺辱——这是那个小姑娘所盼,是万千百姓所盼,亦是……他所盼。

所以他抛掉了那副假皮囊,做回自己。

泰安帝定定地看着明心真人:"真人不怕吗?"

明心真人笑了:"那是破阵之后的事了。"

言外之意,破阵后,他的生死皆由泰安帝定夺。

"好!好!"泰安帝伸手,由刘川扶着站起来,"朕代万千军士、百姓谢过先生。"

很快,一队不过百人的精兵护着明心真人悄悄出城,往南去了。

京城看起来变化不大,百姓们忧心着远方的战事,操心着眼前的生活,为了丰厚的悬赏折磨着各衙门的官吏。

林好不知道明心真人秘密出京的事,情绪有些低落。

阿烁一直没有来信,老师拒绝了她的提议,接下来她能做些什么呢?

有心无力的感觉犹如春困,让人恹恹的没了精神,直到这日杜青主动地找过来。

宝珠奉了茶刚退下,杜青就冷下脸:"你对先生说了什么?"

林好立刻反应过来:"先生怎么了?"

"先生……"杜青一顿,语气更冷了,说道,"林二姑娘,是我问你。"

林好心一跳。

杜青这声"林二姑娘"说得咬牙切齿,带着浓浓的怒气,看来老师的事情不小。

"我与先生的对话,先生不让我外传。"林好相信杜青对明心真人的忠心,但有些话她能对老师说,不能对旁人说。

难不成让她说她做了一个梦,梦里明心真人是她的老师?那杜青恐怕会觉得她有病。

杜青一双英气的眉拧得能夹死蚊子，他审视着林好的表情，想猜出这番话里有几分真，最终无奈地放弃了。

算了，这丫头说话向来真真假假，虚虚实实，他这种老实人就不要自取其辱了。

"你在锦麟卫还适应吗？"林好岔开话题，试图缓解有些僵的气氛。

杜青脸色古怪，好一会儿吐出两个字："尚可。"

就是他又经历了数次自己人的暗杀而已。

"那你今日找我，是先生有事？"

神情变了几变，杜青冷冷地道："先生向皇上表明了身份，秘密离京了。"

林好的脸色也变了。

那场见面，她以为谈崩了，原来老师是这般打算的。

"那先生有没有危险？"

杜青的脸色更差了些："先生亮明身份，等于把自己放在了砧板上，有没有危险都由别人说了算。我只是不解，你到底对先生说了什么，让先生做出这样的决定。"

"我……"林好张张嘴，却觉得仿佛有石头堵住了喉咙，不由得红了眼圈。

老师若出事，她难辞其咎。哪怕她考虑的是绝大多数人，也独独对不住老师。

杜青神色一僵。

她这是……想哭？

作为一个细作生涯越来越艰难的大好青年，杜青顿时觉得头大。

林好别过脸把泪意压下，等神色恢复如常后才看向杜青："先生什么时候走的？"

"三日前。"

林好一算时间，正是她与明心真人见面的第二日，心情越发复杂。

"我走了。"杜青看了眼神色怏怏的少女，说不出是生气还是无奈，想着眼不见心不烦，走得飞快。

接下来林好格外留意南边传回的消息，这么过了七八日，明心真人此行顺利与否她却始终无从得知，好在这日终于收到了北边的来信。

"姑娘，是世子的信！"宝珠举着信如一阵风跑了进来，脸蛋儿因为奔跑红扑扑的，上面满是喜悦。

身为姑娘的贴身丫鬟，她当然知道姑娘盼着什么。

林好赶忙把信接过，看着信封上熟悉的笔迹，一时竟有些不敢打开。

"姑娘？"宝珠见她迟迟不动，有些纳闷儿。

林好深吸口气，吩咐宝珠："去端盆水来，我净个手。"

好消息，一定要是好消息。

看着姑娘净手时虔诚的神色，宝珠贴心地提议："姑娘，要不再焚炷香？"

"贫嘴。"林好捏捏宝珠的脸颊，心头的紧张一下子散了不少，她擦干手，把信纸抽出来。

信有些厚，足足写了十多张，从大军出发到抵达北地，全程几乎无一遗漏，其中大多数是小事，比如那里屋檐下的冰凌能有一尺多长，如一排排闪着寒光的利剑，从没来过北地的将士十分担心会掉下来。有关战事的却只有寥寥数语。

林好逐字看了有三遍，这才把随信寄来的那幅画展开。

祁烁在信上提到，要她去找狐先生，按照画像制一张面具尽快送到北地。

画像上的青年浓眉深目，称得上英俊。

信上没有说明此人的身份，林好却能猜到，这是一名齐人。

阿烁想做什么？

林好不由得蹙眉。

难不成他要以身犯险，假冒某个齐人混入敌营里？

看这青年不像普通的兵卒，可若假冒有身份的人，就太冒险了。

林好垂着眼，神色不断变化。

"姑娘，这是谁呀？"见林好一直盯着画像，宝珠好奇地问。

林好站了起来："宝珠，把我出门穿的衣裳拿来。"

宝珠很快拿来一套衣裳服侍林好穿好，再给她系上杏色披风。

林好带上画像出了门，直奔锦麟卫而去。

"林二姑娘来了？"听了属下的禀报，程茂明的神色不由得变得严肃。

一个小姑娘来找他，总不能是闲聊天儿。

他没有耽搁，很快赶去附近的茶楼。

"没打扰大都督吧？"

"今日事情不多，正想着来喝杯茶润润喉，林二姑娘找我什么事？"

"大都督，狐先生还活着吧？"

程茂明愣了一下。

狐先生就是因为靖王世子和林二姑娘才能抓到，有关他的事，可以瞒着别人，却没必要瞒着这二人，可林二姑娘突然问起狐先生干什么？

程茂明心中纳闷儿，但还是点了点头："还活着。"

狐先生这种有一技之长又吃不了苦头的人才，他可舍不得杀了。

"那需要他帮个忙。"林好把画像递过去。

程茂明接过来打开看了，迟疑地问："林二姑娘是想让狐先生制一张此人的面具？"

林好颔首。

"不知林二姑娘要此人制作面具的原因？"

有些消息告诉林二姑娘无妨，但要狐先生制作面具就要问清楚了，不然出了事他要担责任的。

林好摇摇头："我也不知道原因，是世子写信托我办的。"

程茂明脸色微变："世子？莫非与战事有关？"

"他没提。"怕程茂明不信,林好把信拿出来,抽出最后一页信纸递给他看。

程茂明快速地扫了一眼就移开了视线,笑道:"世子定是有大事要办,林二姑娘把画像给我吧,我去找狐先生。"

"多谢大都督。"

"林二姑娘客气了,世子的事就是我的事。"程茂明豪气地说着,忍不住扫了一眼林好手中的信纸:啧,够厚的。

林好误会对方想知道信上的内容,连忙解释:"其他的都是闲话了。"

程茂明:"……"所以说正事的就是最后一页上的那两句话?

与林好道了别,程茂明直接去了关押狐先生之处。

林好等回复等得心焦,五日后总算等来了程茂明的约见。

二人见面的地方还是那家茶楼。

茶楼就在锦麟卫衙门附近,可以说是被锦麟卫掌控着,不怕有什么被传出去。

"这是世子要的面具。"程茂明把装有面具的盒子递过去。

林好打开来检查了一番,这才放了心,感叹道:"狐先生确实神乎其技!"

"世子若是急着要,林二姑娘最好通过驿站加急传递。"

驿站传递信息有轻重缓急之分,传递特别紧急的消息能做到日行数百里,有诗云:"一驿过一驿,驿骑如流星。"

"大都督说得是。"

程茂明主动地说道:"林二姑娘若是放心,就交给我来办。"

驿站由兵部车驾清吏司掌管,以程茂明的身份,传递加急信息就是打声招呼的事。

"那就多谢大都督了。"

将军府或靖王府出面当然也能把信送过去,只是加急处理不可能用于传递私事。

"林二姑娘有信要一起送吗?"

"有的。"林好也没客气,从袖中抽出厚厚的一封信来。

信是早就写好的,比祁烁的来信只厚不薄。

程茂明接过信,嘴角微微一抽:真是受够这两个人了!

驿兵带上装有面具的匣子与信件从京城出发,一程接一程,数日就把东西送到了祁烁手中。

此时已是二月,京城的草木已生绿意,北地却还是银装素裹,大雪纷飞。

祁烁搓了搓有些发僵的指尖,小心翼翼地把信拆开,看了一遍又一遍。

靖王带着一身寒气从外边走进来,瞧着儿子扬起的嘴角,不由得笑了:"林家丫头给你来信了?"

"嗯。"没等靖王走过来,祁烁就把信收好揣入怀中。

靖王默默地翻了个白眼,紧接着想起一件事来:"这信不是随着上一批一起送来的?"

"标的'马递加急'。"

靖王一听沉了脸:"胡闹!"

这种人手吃紧的时候,家信岂能用加急?较真儿起来是要掉脑袋的。

"是正事。"

靖王一屁股坐下来,灌了一口热茶驱散寒气:"什么正事?"

祁烁一只手搭在装有面具的匣子上,这才把盘算多日的计划说出。

靖王屁股还没坐热就又弹了起来,指着祁烁,脸色发黑:"你不要命了?居然要以乌野外甥的身份混入敌营中!"

乌野就是领兵与周军对峙的大将,也是齐王之弟,此人正当壮年,能力极强。他的外甥名叫斡离,虽只有二十来岁,拼杀起来却很凶残,在大周这边已有凶名。

面对靖王的紧张,祁烁很是平静:"这些日子儿子多方打探观察,发现斡离是个话不多的人,假冒他不容易暴露,而且以他的身份,接近乌野十分方便,是最合适的人选。"

靖王并没有被劝服:"不容易暴露?烁儿,你又不是不知道,这齐人虽与咱们言语相通,但他们贵族有自己的语言,那斡离话再少也不是哑巴,你一张口不就露了马脚?"

"那齐语……儿子会说。"

"我就说……"靖王突然反应过来,声音都变调了,"你会说?"

"嗯,以前闲着无聊时学过。"

靖王虽吃惊,但知道长子自幼聪慧,倒也接受了:"就算会说,口音也不同。"

"听过斡离的声音后,儿子一直在模仿练习,现在能说个八分像,到时候以着凉为由,应该能遮掩过去。"

"你倒是考虑得周全,可那斡离好生生在齐军中待着,如何假冒?"

"儿子有个计划……"

靖王默默地听着,神色不断变化。

"父王,大周以一对三之下往北边派了重兵,饶是如此,也只能勉强抵御。这场战事一旦拖久了,粮草供不上,我们就没有希望了……"

靖王咬咬牙,终于点了头。

靖王当然清楚祁烁的计划有多么冒险,可以说走错一步就会丢了性命。

不,祁烁哪怕一步都没有走错,仅仅因为运气不好,也会丧命。

可正如儿子所说,如今大周不是只和北齐打,而是和三方同时开战。兵马、粮草、衣物……这些物资的大部分都被调来北边,可大周也仅仅是勉强守住关口不让齐军更进一步。

一个守,一个攻,谁占上风不言而喻,如果不能兵行险招,出奇制胜,大周兵败不过是早晚的事。到那时,丢了性命的又岂止是儿子一个人?

那就试试吧,成了他们就赚大了。

败了？

靖王深深地叹了口气。

如今京城的繁华安乐不过是纸糊的灯笼，一旦他们败了，齐军的铁骑踏破边关，光彩照人的纸灯笼一戳就破了。

既然如此，不如去拼一把。

想到远在京城的家人，靖王不再犹豫。

"多谢父王支持。"青年眼中有光，哪怕经历了这些日子的腥风血雨，依然清澈干净。

靖王看着展眉微笑的儿子，眼睛有些发酸，说了一句："早知道，应该让你成了亲再来的。"

太子丧仪还没有结束，但非常情况能行非常之事，上战场前成亲不会有人说闲话。

"父王说笑了。"祁烁笑意浅浅，面上不见异色。

靖王很想问问儿子心里不觉得遗憾吗，最终却什么都没说。

不问了，不问了，怪不吉利的。

就是这小子一点儿都不像他，真藏得住心思。

靖王又想到了见到儿子英勇杀敌时的那种不真实感。

明明一开始是他拘着长子装病，时间久了，竟连他自己都开始觉得长子是真的病弱，可见这小子有演戏的天赋……

"去好好准备吧。"靖王挥挥手，不让自己想得太多。

这日雪停，北齐大将军乌野率领大批齐军兵临城下，又特意选拔了一队大嗓门儿的兵卒站在大军最前方，开始了又一次谩骂。

这种情形已经持续了一段时间。

一开始的时候，周军会冲出城门迎战，但结果往往是折损大半后狼狈地逃回。这样的折损多了，周军便不会每一次都冲出去自取其辱，最近几日更是死活没反应。

对齐军来说，眼下周军的消耗还不够，骂一骂，能引周军出来最好；周军缩头不出的话，让己方将士看一看周军的尿样，能够增长士气，攻城时会更加神勇。

士气对一场战争可能不会起到决定性的作用，但一定有不小的作用。要知道胜利也是有区别的，大胜是胜，惨胜也是胜，己方士气高涨之下少死些人当然好。

这一日，齐兵骂得更难听。

"早就说了，这是一帮没种的孙子，躲在里边尿裤子还来不及，怎么敢出来呢？"

"周人就是这样的，想当年，他们侥幸赢了一场，还赶紧献上城池摇尾乞怜呢，跟一条哈巴狗似的……"

"哈哈哈——"

齐军排山倒海的笑声令城内将士脸色铁青，几欲吐血。

"将军，士可杀不可辱，放我们出去跟那帮狗崽子拼了吧！"

不少将士愤怒地向大将军徐敬请命，内心却不抱希望。

这几日他们没少费口舌，结果还是没用。

徐将军看向靖王。

虽然敌强我弱，但他也不会每次都当缩头乌龟被人指着鼻子辱骂，是靖王世子私下提议这般按兵不动，说到时自有好处。

他看不出好处，只知道再这样下去，大周将士都要憋屈死了，他也要憋屈死了。

然而，这里不是他一个人做主的，他虽是北征军主帅，对靖王的意见却要听从。这不光是因为靖王是奉皇命而来，还因为靖王在北地仍存的威望，以及因为熟悉这里而做出的那些恰到好处的安排。

可这一次，他心中确实生了埋怨。

靖王对靖王世子的提议不但不阻止，还支持，哪有这么当爹的？！

靖王抬头望天，当作没看见。

徐将军暗暗咬牙，扫了一直静静站着的青年一眼。

青年穿着银色软甲，身姿如松，正是靖王世子祁烁。

徐将军对上那张平静严肃的面庞，满腹怨气不由得一减。

虽然对靖王世子的提议有着怀疑，可对方在战场上的英勇表现他是看在眼里的。

宗室子弟如此悍不畏死，便值得他敬上三分。

说到底，那满腹怨气更多的是听了齐军辱骂的窝火与双方实力差距带来的无力感。

祁烁上前一步，对徐将军拱手："末将愿出城一战。"

徐将军心中一阵激动：这是终于不用再缩着了？可随后他又忍不住看向靖王。

齐军的士气越来越高，这次两军交战，己方面临的危险可不小，靖王就不担心儿子？

靖王终于有了反应："本王也去。"

徐将军当即瞪大了眼睛："王爷！"

这可和说好的不一样啊！

靖王有些不耐烦："将士们都等着呢，将军莫要犹豫了。"

"可是……"

靖王脸色一冷："早年本王没少和乌野老王八打交道，怎么？现在那老王八能领兵作战，本王就不中用了？别啰唆，赶紧准备起来！"

他不上阵，又怎么能吸引敌军的大半注意力，方便儿子行事呢？

于是在齐军的辱骂声中，城门突然打开了。

策马冲出去之际，祁烁低声交代紧跟在他身边的暗卫："保护好王爷。"

"冲啊！"憋了多日的大周将士或骑马，或奔跑，如一阵急速而来的龙卷风，卷到了战场上。

因为多日骂阵无功，齐军虽然信心高涨，把周军鄙视到了尘埃里，思想上却难免有些懈怠。

他们没想到，今日周军突然迎战了。

错愕之下，直到周军铁骑溅起的滚滚尘土逐渐逼近，齐军才终于反应过来。

乌野看清领头的人，激动地大叫："给我上，生擒大周靖王！"

他一勒缰绳，加快速度直奔靖王而去，兴奋到发红的眼睛里满是势在必得。只要擒了靖王，这些负隅顽抗的周军就是一盘散沙，顷刻便会土崩瓦解。到那时，什么割地赔款、公主美人，他统统不稀罕，把大周的沃土归入大齐才是最大的好处。

两方兵马很快纠缠在一起，一方窝火，另一方兴奋，一时间倒是打得难解难分。

混乱中，祁烁的目标一直很明确，便是乌野的外甥斡离。

祁烁早就命人把斡离的底细摸清楚了。

斡离父母早亡，被乌野接回家中抚养，感情不是寻常舅甥可比。

可以说，斡离是最合适的目标。

祁烁握紧长刀，或躲过或砍杀几名齐军，悄悄靠近了斡离。

斡离正与一名大周副将拼杀。

那名副将正处于下风，肩头染血，脸色惨白，感觉随时会撑不住。

斡离的眼中满是狠厉。

这名周将在上次两军交手时砍杀了他的一名好友，等他来追时就跑远了。今日可算碰上了，看他把此贼斩于马下，为友报仇。

见周将开始后退，斡离毫不犹豫地追击，突然，一把长刀从侧边横出，撞在他砍向周将的刀上。

两刀相碰，发出令人牙酸的声响，放在这杀声震天的战场上却不算什么了。

"是你？"看到那张冷若冰霜的俊美的面庞，斡离先是一怔，而后大喜。

一开始他们尚且不知，多次拼杀下来才知道，这名年轻的周将竟是靖王之子。拿下此子可是大功一件！

斡离脑中为友报仇的念头顿时被抛到九霄云外，全部注意力都放在了祁烁身上。

祁烁并不回答，一刀砍向斡离的颈部。

这刀看似来得快，却处处是破绽，斡离轻松地躲过，生擒靖王世子的信心如野草般疯长。

也因此，他并没有察觉二人在过招中渐渐偏离了战场中心。

祁烁余光扫到安排好的人已到位，身体一晃，卖了个破绽。

斡离眼睛一亮，欺身砍向祁烁的肩头。

祁烁没有躲开，准确地说，没有完全躲开，刀锋砍破软甲，陷入血肉里。

斡离嘴角大大地咧开，笑容中带着几分狰狞。

"小子，束手就擒吧！"

周围是大周将士的惊呼："世子受伤了！"

以祁烁的身份，在北齐那边本就颇受关注，这一喊立刻吸引了北齐将士的目光。顷刻间，两方将士就都知道靖王世子受伤了。

双方绝大部分将士还在继续拼杀，有少部分则往这边赶来。

一方想救人，另一方想摘得胜利的果实。

在这些人赶到前，祁烁长刀一挑，把砍到他肩头的刀挑开。

这一瞬的力道与刚刚交手时的力道完全不同。脸上的笑容还没来得及转为惊讶，斡离就觉一股大力传来，身体被拉向祁烁。

他也是有真本事的，突然被拉过去的瞬间就反应过来，双腿死死地夹住马腹。

这个时候，只要身下的战马掉头后退，人力就很难制止，斡离的战马也确实是这个反应。

就在这关键时刻，不知从何处伸出一杆长枪，狠狠地刺在了马腿上。战马不受控制地往前一跪，把背上的人往前甩去。

这样一来，祁烁没怎么费力气就把斡离拉了过来，手一转，把他按在马背上，掉头往回撤。

短暂的震惊过后，不少齐兵大喊着追来。

早就安排好的大周将士奋力把拥过来的敌军阻拦片刻，载了两个人的战马就如一道闪电冲出战场，往城门奔去。

"斡离！"乌野将军看到外甥被抓，目眦尽裂，发出撕心裂肺的吼声。

不少齐兵因为斡离突然被擒乱了心神，而与人拼杀之际，一个疏忽就有性命之忧，当即就有不少齐兵被与之缠斗的大周将士斩于刀下。

"给我追！"乌野将军纵马向城门的方向狂奔，可四周乌泱泱都是人，有自己人，也有敌人，这一刻尽数成了追逐的障碍，到最后，他只能眼睁睁地看着载着外甥的骏马冲入城门，不见了踪影。

大周这边本来的计划是，祁烁得手后己方就收兵，可这战场向来瞬息万变，还是要靠主帅临时决断。靖王一瞧乌野因为外甥被擒乱了方寸，当即挥手带人冲了过去，不放过这稍纵即逝的千载难逢的良机。

冲过去时，靖王双眼通红，心头激动不已。

倘若他能把乌野的狗头砍下，儿子就无须冒险了！

"当"的一声巨响，靖王惯用的长刀与乌野的大锤相撞。

巨力传来，宝刀险些脱手。

乌野眼见救外甥不及，一腔怒火正好发泄在靖王身上，几锤子下去，靖王浑身汗毛竖起，掉转马头就跑。

收兵的锣声响起，转眼间大周将士就撤了个干净，刚刚交锋的战场上留下了一地的尸体。

难得的是，这一次留下的尸体竟然是齐军的多，周军的少。再加上祁烁生擒了乌野的外甥斡离，这算是一场令周军扬眉吐气的胜利了。

可那欢呼声还来不及响起，祁烁便从马背上栽下，顺势把斡离也扯下来，正好拿他当了肉垫。

"世子！"

"不好了，世子受伤了！"

惊呼声此起彼伏，许多人都围了过来，就见祁烁双目紧闭，脸色惨白，鲜血已把银甲染透。反而是被他压在身下的斡离并没有受伤，挣扎着要起来。

这种情形，斡离就算有天大的本事也逃不脱，很快便被众人控制住，绑得结结实实的看管起来。

祁烁也由人抬着送进被征用的府中，叫来军医救治。

不知过了多久，他醒来，见到了守在身边的靖王。

"父王？"

听到这声喊，正打瞌睡的靖王猛地清醒了，惊喜得跳了起来："烁儿，你终于醒了！"

祁烁目光转动，见屋中并无外人，无奈地笑道："父王怎么这么激动？"

"你还好意思问！"靖王拍了一下床板，气不打一处来，"不是说假装受伤吗？怎么把自己弄成这个鬼样子？"

天知道他敌不过乌野的大锤头灰头土脸地跑回来，一眼见到儿子摔下马，骇得魂都飞了。

面对老父亲的指责，祁烁心道若说自己真受了伤，还不知要费多少口舌才能推动计划，干脆面带惭愧地道："让父王担心了。那斡离……"

靖王立刻被转移了注意力："你放心，那小子被关进密牢里了，插翅难飞。"

"我受伤的事也传开了吧？"

"传开了，都按照计划在进行。"

祁烁这才露出真切轻松的笑意，随即视线落在靖王的手臂上："父王受伤了？"

"都是那乌野老狗，力气居然比年轻时的力气还大……"见祁烁皱眉，靖王猛然收声。

"父王没有及时撤退？"

靖王连忙站起来："啊，我去看看有没有热粥。"

在这风雨飘摇之际，这场胜利弥足珍贵，战报被快马加鞭地送往京城。

泰安帝知道了北齐大将乌野的外甥斡离被擒的事，也知道了这功劳是祁烁立下的，他还因此身受重伤。

这个侄儿还真是屡次出乎他的意料。

泰安帝心生几分感慨，把消息送去靖王府的同时给了不少赏赐，并指了两名太医，两日后随送辎重的队伍北上。

从战报传回到太医过去要耗去不少时日，靖王世子能不能用上太医是一回事，但这体现了圣恩。

小郡主祁琼得知兄长受伤的消息，哭了一场，抹抹眼泪，去了将军府找阿好。

这一场称得上小胜的战斗很快就会以邸报的形式传往各处，到时将军府自会知晓。

与其等到那时，还不如早点儿告诉阿好。

将军府与靖王府挨得这么近，二人不说每日见面，三两日见一次是有的。听了门房的传话，对林好来说，这就是很寻常的好友见面而已，直到她看到祁琼不安的神色和雪白的脸。

"郡主怎么了？"

祁琼张了张嘴，未语先红了眼眶。

林好心一沉，握住祁琼的手。

对方指尖冰凉，有着微微的潮意，让林好不由得生出不祥的预感。

"郡主，到底出什么事了？"

"阿好——"祁琼终于控制不住情绪，双手把林好抱住，"北边传来消息，我大哥受伤了！"

林好一下子变了脸色，浑身的热血涌向心口，令她的一颗心狂跳："阿烁受伤了？他的伤势如何？"

祁琼两眼含泪，摇了摇头："具体不清楚，只说生擒北齐一个少将军时受了重伤……"

林好将要跳出嗓子眼儿的心缓了缓，语气有些异样，说道："生擒齐将？传回来的战报有没有提这名齐将的身份？"

"好像是叫……"祁琼想了想，不确定地道，"好像是叫斡离，不知道有没有记错。"

"他是不是北齐主帅乌野的外甥？"

"对！"祁琼看着林好的眼神有了疑惑，"阿好，你怎么知道？难道将军府已经接到消息了？"

可看阿好刚才的反应，不像是知道大哥受伤的样子。

"之前阿烁给我来信，信上提过北齐的大概情况。"林好随意地找了个借口。实际上是她收到斡离的画像后特意打听过，因而了解了与周军交战的齐军中一些有头有脸的将领的信息。

阿烁在来信上没有提及画像上青年的身份，但她根据得来的信息分析，画像上的青年很可能是那名叫斡离的年轻将军，而小郡主的话也证实了她的猜测。

"那名叫斡离的齐将被捉了吗？"

"被俘获了，皇伯父还赏了不少东西。"祁琼说着这些，毫无欣喜之色。

林好在确定斡离被俘后，紧绷的心弦松了松。

既然她的猜测得到证实，那么阿烁下一步应该就是以斡离的身份回到北齐军营。这样的话，阿烁身受重伤的消息应该不是真的。

"郡主不用太担心，阿烁不会有事的。"

祁琼胡乱地点了点头，其实一点儿都没有放下心来。

"皇伯父虽指派了太医随供给队伍北上，可论治疗外伤，太医还不一定比军医经验丰富……"

祁琼其实不是那种话特别多的姑娘，在林好面前却忍不住说个不停，仿佛这样就能缓解心中的担忧。

林好握着祁琼的手紧了紧："郡主相信我，阿烁一定不会有事的。"

祁琼抿了抿唇："阿好，你……不会乱想吗？"

知道大哥身受重伤后，她脑中已经转出无数个吓人的念头，根本控制不住。

"大概是心有灵犀吧，直觉告诉我，阿烁不会有事的。你和王妃一定要放宽心，别把自己急病了。"林好忍着脸热胡诌。

阿烁定然不愿家人为他担心。

至于传回来的消息为何什么都没透露，也很好理解，这种机密之事一旦被人得知，后果不堪设想，自然越少人知道越好。

"真的？"祁琼哭红的眼睛亮了起来，嘴角忍不住上扬，"那太好了！"

她回到家，立刻把林好的话对靖王妃说了。

靖王妃听了，一颗心也放下了大半。

心有灵犀什么的虽听着离奇，可这种时候谁不想听好话呢？人总是更愿意相信对自己有利的事，甚至自欺欺人。

林好在祁琼离开后，反而坐立不安。

理智再觉得这是祁烁计划的一部分，她还是忍不住胡思乱想。

计划赶不上变化，万一他真的受了重伤呢？

哪怕是不严重的皮肉伤，恶化了怎么办？

他要深入敌营，被发现了又该如何？

林好想到祁琼提到太医会随补给队伍北上，甚至生出了去一趟北地的冲动。

到最后，这份冲动被理智压下，化成缠着情丝的细线，被一针针地缝进了鞋垫中。

北地大雪飘飞，滴水成冰，两军厮杀因为斡离的被俘而短暂地停了下来。

乌野派出使者，前来交涉。

"要用我方那几名被俘的将士换回他的外甥？"靖王听了使者的话，火冒三丈，"不行，那小子害我儿子受了重伤，不能这么便宜了他！"

一旁的徐将军忍不住劝："王爷，要不咱们再商量商量？"

王爷别一口拒绝啊，这可是好几个人换一个呢，算下来咱们不吃亏。

靖王摆摆手："没的商量。几个普普通通的将士换回他的宝贝外甥？别做梦了，除非……"

"除非什么？"使者连忙问。

靖王睨着他："除非再加五百匹战马。"

"五百匹？"北齐使者的声音都尖了，"这怎么行？"

他们北齐最出名的资源就是马匹，五百匹北齐战马可比两千匹大周战马还值钱！

徐将军也有点儿愣神儿，心道：靖王，您是真敢开口啊。

靖王皱眉："怎么不行了？你觉得乌野的外甥不值五百匹战马吗？"

北齐使者当然不能说"不值"："可还有几名周将呢！"

那几名周将也不是无名小卒，换斡离回来，大周根本不亏。

靖王眼皮往上翻了翻，不耐烦地问："那几个人中可有本王的外甥？"

北齐使者的眼角抽了一下。

靖王也不在乎北齐使者回不回答，继续问道："那几个人中可有徐将军的外甥？"

徐将军很捧场地说了一句"没有"。

"这不就是了？斡离小儿是一个普通的将军吗？他是你们大帅的外甥啊！你且回去问问你们大帅的意思吧。"

北齐使者迷迷糊糊间被说服，到了外面，被雪粒子往脸上一打，才回过味来：就是因为斡离是他们主帅的外甥，才好几个换一个啊，又不是以一换一！

屋中，徐将军的神色有些复杂："王爷，五百匹战马，北齐不可能答应吧？"

还有，您能不能别对人家使臣翻白眼？注意一下大周王爷的形象吧。

当然，这个只能腹诽一下。

"老徐啊，你怎么这么实在呢？他们不答应，咱们不放人就是了。"

徐将军呼吸一窒。

他还以为是漫天要价，就地还钱，搞了半天是一口价。

"王爷，没必要卡得这么死吧，咱们被俘的几将士都是出众的，用一个斡离来换并不亏……"

靖王脸一沉："斡离伤了我儿子。"

这下徐将军没了话说。

人是靖王世子抓回来的，他还能说什么呢？

北齐使者回去后说了靖王的要求，乌野大怒。

"这个老狗，真敢狮子大开口！"

"将军，那咱们……"

乌野冷笑："无非是漫天要价就地还钱，你再去一趟，就说愿出战马两百匹。"

他的心理价位是三百匹。

北齐使者很快又去了。

"两百匹？"靖王一拍桌子，"侮辱谁呢，我们大周缺这点儿战马？回去告诉乌野，准备六百匹战马来，少一匹都不行。"

一声不吭的徐将军在心中狂喊：我不嫌少，快来侮辱我！

北齐使者拂袖："这不可能！"

"你这使臣怎么这么沉不住气？"靖王摇摇头，一副觉得北齐使者不行的表情，"回去传话就是了。"

乌野等来使者的传话，气得踢飞了一个小机子，"叽里呱啦"地骂了一通后咬牙道："四百匹，不能再多了！"

"四百匹？"靖王又一次等来了北齐使者，闻言比了一个"七"的手势，"七百匹。"

北齐使者已经麻木了，听了这个数字，转头就走。

"等一下。"靖王出声把人拦下，然后低声吩咐了手下几句。

不多时，手下提着个小小的木匣匆匆地回来。

靖王冲北齐使者笑笑："使者把这个带上。"

北齐使者看着被塞进手中的小木匣，心生疑惑：难道是给他的好处，想让他说服乌野将军答应？

不可能，他不是为了一点儿好处卖国的人！

"使者可以打开看看。"靖王微笑。

北齐使者带着几分犹豫与好奇打开匣子，手一晃，险些把匣子扔出去。

小小的木盒中，白布为垫，上面赫然是一根血淋淋的手指，看伤口，显然是刚刚砍下来的。

"这……这是……？"

"手指啊。"靖王看着北齐使者，神色有些古怪，似乎不理解这人怎么如此蠢，"回去对乌野说，不答应的话就不用谈了，本王没这个闲工夫跟小商小贩似的讨价还价。"

等北齐使者离开，徐将军都快心疼哭了："王爷，四百匹不少了！"

"老徐啊，大气点儿，四百匹战马寒碜谁呢？"靖王拍拍徐将军的肩膀，抬脚去了祁烁那里。

这几日祁烁以养伤为名谁也不见，能见到他的也就是靖王和军医。

靖王挥手让照顾儿子的侍卫退下，笃定的神色被迟疑取代："今日北齐使者又来了。烁儿，你说乌野老王八真的舍得七百匹战马？"

祁烁微微一笑："如果是儿子，父王可舍得？"

"那是当然。"

战马再珍贵，又怎么能和儿子比？

靖王其实也不是真的没把握，就是拉扯到现在，有些患得患失罢了，心里踏实后又担心起儿子："乌野答应后，你就要冒险了……"

"父王放心，乌野不会轻易怀疑的，毕竟'斡离'是他一次又一次谈判后终于从咱们手里换回去的。"

这就是人心的微妙之处了，费尽周折得到的东西或救回的人，一般很少去质疑。

这时候，北齐使者已经把话带了回去，同时带回的还有木匣装着的手指。

"这个老狗！"乌野砸了茶杯踢了凳子，一通发泄后铁青着脸道，"去和那老狗说，我答应了，要是再敢伤斡离一根毫毛，那就鱼死网破！"

使者一时不敢确定："将军，是要给他们……七百匹战马？"

说出这个数字时，使者的声音都有些抖。

乌野也觉得丢脸，吼道："这不是你带回来的信儿吗？！"

使者："……"跑了三趟，从五百匹涨到七百匹，这是图什么呀？

心灵饱受摧残的北齐使者再一次站到了靖王与徐将军的面前，忍着屈辱带来了乌野答应下来的消息。

徐将军忍不住"嗷"了一声，迎来北齐使者震惊的眼神。

靖王甩了甩脚："徐将军对不住啊，不小心踩着你了。"

"没事，没事。"徐将军向靖王投去感激的目光。

他也没想到自己听到乌野答应以七百匹战马换人的消息能激动成这样，毕竟一开始他们只要五百匹啊，齐人怎么能这么贱呢？

北齐使者离开后，徐将军直接抱住了靖王："王爷真是英明神武啊！"

靖王板着脸把徐将军推开。

他并不觉得特别高兴，毕竟被换走的是他的儿子！

与大周不同，北齐作为一个有着辽阔且肥沃的草原的国度，如乌野这样的王公贵族都拥有规模不小的私人马场，七百匹战马就是从他自己的马场里出的，因而不需要等得太久，双方就顺利地进行了交接。

之后便是双方交换战俘。

第二十六章　凯　旋

乌野听闻前去交换战俘的人回来了，立刻走出了营帐。

"斡离！"乌野一见外甥就大步走过去，用力地抱住了他。

祁烁浑身紧绷了一下，面上不露异样，喊了一声"舅舅"。

乌野说的是北齐贵族的语言，祁烁也是如此，那些与大周言语互通的下层士兵根本听不懂。可以说，精通此种语言正是北齐贵族的标志。

"你的手……"乌野抓起祁烁的一只手，看五指一根不少，又抓起另一只手，短暂的惊讶过后，脸色气得通红，"该死的周人，居然使诈！"

事实上，这种威胁手段并不高明，乌野内心其实也清楚，不过是关心则乱罢了。

气愤过后，他注意到外甥声音的异常："他们折磨你了？"

祁烁声音沙哑，听起来就很难受的样子："几日没怎么睡，就这样了……"

乌野拍拍他的肩膀："受苦了。明日舅舅就找他们算账，好好给你出口气！"

祁烁心一跳。

明日就要开战吗？

很快祁烁就被乌野催着去休息，到了晚上也不敢出去走动，免得引起怀疑。毕竟一个落到敌人手中一段时日的人，才回来不应该有精力乱逛。

他干脆好好地睡了一觉，一大早就穿戴整齐，去了乌野帐中。

乌野正要带兵出发，见祁烁过来，关切地问道："怎么不好好休息一下？"

"我也去。"祁烁言简意赅地道，声音听起来比昨日还要沙哑。

乌野不由得皱起眉，一脸不赞同："你才吃了不少苦头回来，身体要好好养一养。"

"舅舅……"

乌野一抬手，制止祁烁说下去："收拾那些周人不急于这一时，等你歇过来，有的是上战场的机会。"

见他态度坚定，祁烁不再多言。

临出发时，乌野拍了拍祁烁的肩膀："放心，舅舅定会给那些狗东西一个教训，替你出一口气。"

每个从祁烁身边走过的将领都说了类似的话，能看出他们因为谈判的事都憋了一肚子的火。

齐人骨子里都有狼性，在他们看来，这根本不叫谈判，这是"啪啪"打脸，打得他们脸都是肿的。

祁烁目送这些人离开，垂下眼帘，遮住眼中的忧虑。

今日这一战，对周军来说定是一场硬仗。

他一副心事重重的样子慢慢走着，不知不觉越走越远，一名亲兵默默紧跟，并未出声提醒。

在亲兵看来，少将军随便走走没什么，在这营地中，没有少将军不能去的地方，他要是出声打扰想着心事的少将军才是不识趣。

祁烁看似心不在焉地闲逛，实则一直暗暗记着齐营的分布情况，最后终于找到了重中之重——粮仓的所在。

他并没有靠近，站在远处看了一眼后，掉转脚步往另一个方向走去。

火烧敌军粮仓不在他的计划中，但在不引人怀疑的前提下探明粮仓的所在，或者摸清其他关键之处，总没坏处。

祁烁慢慢走着，忽听一声喊："少将军！"

他脚下一顿，闻声望去。

喊他的是一名三十多岁的男子，身材魁梧，长着一张国字脸。

祁烁眼底飞快地掠过一抹冷光。

北地守将关长亮！

北齐一开始势如破竹，如迎头打了大周一闷棍，就是拜此人所赐。

他这么一寻思的工夫，关长亮就走了过来，脸上挂着讨好的笑："少将军还好吧？昨日我就一直惦记着，只是怕影响你休息，才没有前去打扰。"

作为一名降将，关长亮虽为北齐立下大功，却不可能得到乌野的全部信任，包括几次关键的战斗，他都被留在营中。

关长亮并不傻，对此一点儿怨气都没表露过。

祁烁看着眼前这张端正的国字脸，心道：人不可貌相说的就是此人了。

"还好。"他冷淡地颔首。

"少将军……见到靖王了吗？"

祁烁面无表情地看着关长亮，见他目光闪烁，祁烁扬了一下眉毛："怎么？"

关长亮讪讪一笑："早年我和靖王打过交道。别看此人粗枝大叶的样子，实则粗中有细，胸有丘壑，不是个简单的人物，少将军可莫要被骗了。"

祁烁轻轻地笑了一声，难得地说了句长的："确实人不可貌相，你没提醒我舅

644

舅吗？"

"自然提醒了。我是想着少将军以后说不定还会与此人打交道，多嘴说一句。"

"多谢。"

见祁烁不冷不热的样子，关长亮心中有些恼。

本以为送了北齐那么多好处，他归降后定会被礼遇，谁知齐皇是给了不少封赏，到了军中，他却能明显地感觉到这些人的轻慢。

比如大将军乌野，还有眼前这小子，他豁出脸面贴过来，结果贴到的是冷屁股。

"少将军这是要去哪儿？"关长亮心中转着这些念头，面上丝毫不露。

祁烁睨他一眼，很是冷淡："气闷，随便走走。"

"我陪少将军走走？"

"不必了。"祁烁直白地拒绝，从关长亮的身边走了过去。

他能感觉到有道视线落在他的身上，微垂的眼中寒霜凝结，封住杀意。

擒贼先擒王，他混入敌营里的目的就是要乌野的命。但现在，关长亮的狗命他也想要。

身为北地守将却投敌叛国，造成的影响极为恶劣。关长亮的投敌如拉开了某种底线的闸门，让更多动了心思的人付诸行动。

关长亮如果死了，既是对他不忠不义的惩罚，更是对那些生出异心之人的震慑。

入夜，营地里生起篝火，空气中弥漫着酒香。

白日的交战，北齐这边占了上风，这顿虽谈不上庆功宴，众将也是聚在一起喝酒吃肉，享受着短暂的放松。

祁烁虽没被允许出战，这种场合却少不了他，于是他从这些人的交谈中知道了一点：但凡两军交战，北齐占上风时便会这样热闹一下，以鼓舞将士下一次更拼命地杀敌。

他端着一碗酒放在唇边，余光扫了扫坐在角落里的关长亮。

因为不被信任，战斗时被迫留在营中，加之军人骨子里对投敌叛国之人不屑，每当这种时候，关长亮都是坐冷板凳。

篝火与灯光交织，祁烁能看到那张脸上的晦暗与憋屈。

关长亮再沉得住气，在这种狗都不理的时候也难免露出些情绪。而且他知道，根本没人会留意他，便是一时没控制好表情也无妨。

等视线一转对上一双黑沉沉的眼，他连忙露出个笑容，心中却有些奇怪：斡离小儿看他干什么？还坐在离他不远处……

正琢磨着，他就见那年轻人端着酒碗走过来，在他的旁边坐下。

等了一瞬，见祁烁不说话，而是默默地盯着跳跃的篝火出神，关长亮只好主动地打破沉默："少将军怎么不喝酒？来，我敬你一碗。"

神色冰冷的青年视线下移看了一眼他举起的酒碗，好一会儿才用手中的酒碗跟他的碰了碰，仰头一饮而尽。

这一瞬，关长亮情不自禁地升起受宠若惊的感觉：向来对他冷淡的斡离小儿，竟然与他喝酒了！

祁烁把酒碗随意地往地上一放，目光又落在了篝火处。

关长亮对此半点儿不觉得奇怪，反而纳闷于刚刚对方给面子的举动。

祁烁并不看他，喑哑的声音在一片热闹中几不可闻："关将军，你会觉得窝火吗？"

这突然的一问令关长亮吃了一惊，目光微闪："少将军说笑了……"

莫非他刚刚面上显露了什么，被这小子看到了？

关长亮不由得看向祁烁。

他看到的是一张有着硬朗线条的侧脸，难以通过对方脸上的表情揣测这话的意思。

盯着篝火的青年依然没看他，仿佛那篝火是什么绝色的美人，牢牢地吸引着人的视线。

在这热闹而放纵的环境中，关长亮甚至觉得刚刚是自己出现了幻听。

就在这时，神色沉沉的青年开口了："我觉得窝火。"

他说着，把随意捡起的一截枯枝向着篝火的方向掷去。

这个距离，枯枝自然投不到那里，从他突然把脸转向关长亮来看，他显然也不在意能不能投到。

关长亮看到了一双眼，这双眼亮得惊人，比那篝火还要亮，是怒火燃烧所致。

不知怎的，关长亮的心跳急促了起来，他意识到与眼前的青年走近的机会似乎到了。

他需要这样的机会。

他一个降将，退无可退，那就只有把自己与北齐牢牢地绑在一起。

可大将军乌野不信他，他赢得对方的信任还不知要等到什么时候。一旦北齐灭了大周，而他寸功未建，势单力薄，到那时，他一个投敌的异族人如何立足？

乌野最看重这个外甥，他与斡离搞好关系有百利而无一害。

虽然心思活泛了起来，关长亮却不敢贸然开口，更谨慎地观察着对方的神色。

比之往常见到的冷漠，这张称得上英俊的脸在夜里火光的映照下显得柔和了许多。

关长亮扬了扬唇角，声音很轻地说道："少将军怎么这么说？"

他问着，提起手边的酒坛，把祁烁的酒碗倒满。

祁烁抓起酒碗"咕咚咕咚"地喝完，把碗往地上重重一放，沙哑的声音里含着怒火，说道："被俘是我不走运，如果知道舅舅用七百匹战马换我，我情愿死在敌人手里，而不是看着他们面上敬我，眼里却是嘲笑！"

关长亮一听，登时明白了这位白日还对他没个好脸色的少将军为何转变了态度。

这是觉得他们同病相怜了。

也是，斡离这种天之骄子何曾受过这种挫折？

别说这么多北齐将士中难免有个别没控制好，对用四名周将和七百匹战马换回来的贵公子露出几分讥笑，就算眼里的是关心，也会被这位伤了自尊格外敏感的少将军解读出别的意思来。

"少将军别在意这些，等你在战场上大发神威时，那些人自然不敢了。在我眼里，少将军的价值岂是区区几百匹战马可比的？是他们太短视。"关长亮又把喝空的酒碗满上了。

他当然不会傻得替那些人说话——他要的可不是这小子解开心结,而是一直对他有着同病相怜的感觉。要想如此,他反而要不着痕迹地强化这小子的敏感。

"我是一心归顺咱齐国的,可这些日子……要说窝火,心里确实有些不得劲……"不知不觉,就变成了关长亮在说,祁烁在听。

看着静静聆听的青年,关长亮觉得很满意。

看着滔滔不绝的叛贼,祁烁亦觉得很满意。

之后几日,二人在营中遇见,就能说上几句话了。二人的关系有了微妙的改变,旁人却毫无察觉。

等到再次带兵出击时,乌野没再拒绝祁烁上战场的请求。

乌野疼爱外甥不假,但以齐人的观念来看,孩子越勇猛越有出息,可不能养成小绵羊,外甥恢复了元气,当然该去杀敌了。

随着进攻的号角吹起,祁烁举着刀直奔一名大周副将。

那名副将手持的也是一把长刀,两刀相碰,发出响亮的撞击声。

两匹战马载着各自的主人交错的瞬间,一封信从祁烁手里转到大周副将手里,神不知鬼不觉。

"活捉斡离小儿,再换七百匹战马回来!"不知哪个大周将士喊了一嗓子,当即有不少人向祁烁拥去。

乌野听见,脸色大变,高喊一声:"斡离,不要恋战,退回来!"

祁烁乐得不伤害自己人,很快策马躲开那些两眼放光把他当成金山的周军。

大周这边,不少将士表示遗憾。

"应该一开始就围过去的,可惜让那小子脱身了。"

"是啊,七百匹战马啊!"

靖王黑着脸训斥:"怎么能专逮着一个人薅羊毛?以后不可如此!"

薅秃了被乌野发现是他的儿子,不就完蛋了?

大周将领都知道这位王爷脾气不错,就有人大着胆子道:"王爷,那可是七百匹战马啊!"

靖王瞪他一眼:"再来一次,乌野老狗还舍得七百匹战马?亲手弄死他的外甥还差不多!"

"这样啊……"中底层将领听了靖王的话,有些遗憾。

"自然,本王换位一想,定会如此。"靖王掷地有声地把这些将领忽悠住,心中却惋惜不已。

要是真的斡离,他定会亲自带人去薅羊毛,薅完就放,放了再薅……

等到众人散去后,与祁烁交手的那名副将悄悄来到靖王面前,把一封信呈上。

靖王打开一看,脸色登时无比凝重。

信中是齐军大营分布图,交接班时间,巡视路线、频次,以及除掉叛贼关长亮的计划。

靖王抓着信的手不由得收紧。

怎么又多了一个计划？

他第一反应是不赞同。

除掉乌野的计划本就是险之又险，走错一步就会丢了性命，怎么能节外生枝呢？

节外生枝……靖王又把信中的内容看了一遍，控制不住地心动。

这个多出的计划似乎很有希望实现啊！

要说对北齐的憎恨，周人能说上三天三夜，可还有比齐军更可恨的，就是捅了自己人一刀的卖国贼。对这种畜生，周人那真是恨不得生啖其肉。

如果弄死关长亮，再弄死乌野老狗，说不定就能暂时休战了……

靖王再看了一眼信，长长地叹了一口气。

就算没有这些好处，他也只能配合啊，信上连时间都定好了，他想阻止也没办法把消息送过去，而不配合更容易出事。

这小子真会算计。

靖王抱怨着，体内的血液却也沸腾着。

那他们就搏一把！

祁烁这次从战场上下来，那些北齐将士对他的鄙视就更明显了。

当然，碍于他乌野将军外甥的身份，没人明面上说什么，甚至鄙视的眼神都要努力地遮掩，可那种微妙的疏远确确实实存在。

祁烁能感觉到，关长亮也能感觉到。

于是他主动地凑到祁烁的面前宽慰："少将军莫要往心里去，不是你不敌周将，是那些周将尝到了甜头一拥而上，你不得不避让……"

祁烁的脸色冷得厉害："可他们不会这么想，他们只会觉得我在战场上是个累赘，在背后笑我废物！"

关长亮抬起的手在祁烁的肩头上方停了一瞬，几日来的靠近让他大着胆子将手落下去。放在以前，他绝不会这么自讨没趣。

果然，这矜贵高傲的青年没有甩开他的手。

"少将军不必理会那些人，谁还没有个受挫的时候？……"

听完关长亮的一通安慰，祁烁眼里有了歉然："之前是我误会关将军了，人真的不能只看表面。"

关长亮心中一喜。

这是接受他了。

只要攀上斡离，那就等于攀上了手握重兵的乌野将军，将来在北齐自有他的立足之地。

"关将军想上战场吗？"祁烁突然问。

关长亮愣了一下，连忙点头："身为军人，哪有不想上战场的？不瞒少将军，我这些日子缩在营中，心里不是滋味啊……"

听着关长亮表忠心加诉说委屈，祁烁时不时点头，看似平静的眼底悄然结了寒冰。

一个人，怎么能卖国卖得如此彻底？

祁烁想不通，但若是与关长亮做出同一选择的人，就不难理解了。

已经放弃了自己的国家，被同胞戳着脊梁骨臭骂，叛徒自然盼着投靠的国家越来越强大，最好是踏平那个他再也回不去的地方，消灭那些骂他的人，用事实证明他当初的选择没有错。

"我有一个计划，能改变关将军现在的处境，同时也能解了我的难堪……"祁烁欲言又止。

"少将军请说！"

正好有齐兵走过来，祁烁目视前方，一副冷淡的样子，等齐兵过去后低声道："人多眼杂，不方便细说。这样吧，晚上你来我帐中，不，还是别来我帐中了，免得传到我舅舅耳中，被他骂……"

听祁烁说了见面的时间与地点，关长亮半点儿异议都无："行，那就晚上见。"

祁烁并没有看他，微微点了一下头，大步往前去了。

关长亮望着青年顾长的背影，眼中闪着兴奋的光：总算是往北齐的权力中心迈进了一步！

祁烁走向自己的营帐，立在帐子门口的两名亲兵向他问好："少将军。"

他板着脸走了进去。

整个齐军营地，乌野的营帐位于正中间，占地最广。其他将领的营帐围绕在这顶营帐附近，斡离的也不例外。

祁烁坐下来喝了一口茶，随意地将视线投向帐子门口。

这边若有动静，很容易惊动乌野。同样，事情若是出在别处，而他好生待在这里，就算这些日子有人无意间瞧见他和关长亮走得近，也不会怀疑到他的身上。

祁烁想要关长亮的狗命，但不会为了取这条狗命，影响到真正的任务。

这日晚上照例是有酒有肉的一餐，算是对将士们流血流汗的犒劳。不过因为在战场上没占到多少便宜，齐军没闹多久就散了。

很快，各个营帐中就响起如雷的鼾声。

几队士兵在不同的地方巡视，鼻端似乎还萦绕着酒肉香。

很快就到了交接班的时候，几队士兵向定好的位置走去。从他们过去到换班完毕，时间非常短，也就一盏茶的工夫。

每日晚上换班的时间是固定的，这一盏茶的时间，便是祁烁探查到的机会。

就在几队士兵换班时，六道几乎与夜色融为一体的身影悄然靠近，按照牢牢地记在脑海中的路线迅速地移动、躲避，顺利地潜入了营地里。

六个人深入某处后，其中二人往另一个方向奔去。

穿着黑色紧身衣的二人离那一片亮着灯光的帐子越来越近。按照得来的提示，那片帐中住的是营妓,此时还有不少士兵进出。

二人一动不动地潜伏着,耳中不时传来笑声,还有令人尴尬的喘息声。

不知过了多久,一道身影披着夜色走来,一直走到离那片帐子不远的一棵树下。

十多顶帐子紧紧地挨着,灯光汇聚融合,冲破黑暗,把光亮传递到这边。借着这点儿微弱的光亮,在那人将要走进树下阴影里的瞬间,潜伏的人勉强地看清了那人的面容。

二人对视一眼,悄无声息地点点头。

是这次的目标没错!

站在树下的人正是关长亮。

他搓了搓手,呼出一口白气,望了那片灯火通明的帐子一眼。

对斡离约在这里见面,他十分理解。

在营地里,晚上要么睡觉,要么来找营妓消遣,这样有人瞧见了他们也不会多想。等他们谈完,正好去帐子里消遣消遣。

关长亮这般想着,肩膀被人拍了一下。

他不由得扬起嘴角转过身去,眼睛猛地睁大,可已经来不及叫喊了。

他的嘴巴被捂住,紧接着颈部一凉。

是他的血吗?

热血喷溅到脸上模糊了双眼的瞬间,他这般想着。

沉重的躯体向下倒去,被一个人托住轻轻放倒。

另一个人手中多了一颗新鲜的头颅,这样的天气,断口处的血液很快凝结,头颅被他用带来的黑布迅速地包好。

提着关长亮的头颅的人重重地在同伴的肩头拍了一下,按计划好的沿原路返回。

他知道,留下的五名战友恐怕回不去了。

要带着叛贼的首级回去的他是幸运的,对战友,他有不舍,有难过,但没有愧疚。

有什么关系呢?为了打退北齐这些豺狼,只要有需要,无论何时,他都愿意成为被留下的那一个。

这人没用太久就来到了营地的边缘,而这里是齐军防卫最严密的地方。进来时,他们能利用换班带来的短暂的防卫空白;出去时,他却不可能等到下一次换班——那时就到白日了。

他潜伏好,开始等待。

放倒关长亮尸体的那名大周士兵目送同伴消失在黑夜中后迅速地离开,去与另外四个人会合。

四个人还等在原处,见他回来,投以询问的眼神。

这名士兵点了点头,表示一切顺利。

四个人眼中露出喜色,随后神情变得凝重。

没有人说话,他们互相拍了拍肩膀,悄悄分散开。

不多时，陆续有火光升起。

巡视的士兵发现异常，立刻敲响铜锣："走水了，走水了！"

听到动静的人急慌慌地出来查探，不知谁又喊了一声："是粮仓！粮仓走水了！"

听到的人脸色大变，边往粮仓的方向跑边喊："不好了，粮仓走水了！"

祁烁躺在帐中，听到喊声后，拿起厚实的外衣，边穿边走出去，正好见到乌野也走出营帐。

"舅舅。"他快步走到乌野身边。

乌野脸色沉沉，顾不得说闲话："走，去看看。"

越来越多的人赶往粮仓，混乱中，五名脱掉黑色紧身衣穿上与齐军相似的衣裳的大周士兵混进这些人中，寻找脱身的机会。

他们不敢太早离开，而是趁机多制造一些乱子，让带走叛贼的头颅的同伴有更宽裕的时间逃回去。

乌野停下脚步，盯着起火的地方，脸色发黑。

失火的不是粮仓！

想来也是，粮仓是打仗的底气，向来把守严密，不可能有易燃之物的存在。

这几处起火点并不连贯，又都在前往粮仓的方向——这是有人故意纵火！

乌野神色一变，高声吩咐："立刻严守营地边缘，留意走动之人是不是生面孔！"

很快，一部分人负责救火，另外一部分人搜查起混入的敌人。

"你是哪个小队的？"

不多时，便有一个人被发现了。

那名大周士兵举着匕首扑向离他最近的人，等到四周的人围过来一阵乱砍时，他已经捕杀了两名齐兵。

祁烁从不远处望过来，等那些齐兵散开后，在火把照耀下，他看到的是一具血肉模糊的尸体。

他垂在身侧的手用力地握紧，胸口如被火烧过。

牺牲总是难免的，可不代表他不会痛，不会愤怒。

这场混乱在半个时辰后被平息，四名生面孔的尸体被拖到乌野面前。

"有什么损失？"乌野问负责清点的部下。

"回禀将军，有十名士兵身亡，八个人受伤，除此之外并无损失。"

除了粮仓，还有放兵器、盔甲等物资的仓库，守备要比粮仓处松一些，并无守卫之外的人靠近。

"这些周兵混进营地里，不可能只为了放几把火，继续查！"

没多久，倒在营妓帐子不远处那棵树下的无头尸体就被发现了。

乌野看着无头男尸，脸色极为难看："这是何人？"

不少人凑过去探着头看，奈何无头男尸在穿戴上没什么特别，只能看出是一名将领。不过这也好查，营中的将领都是有数的，清点一番就能查出来。

不过没等核对，就有人迟疑着道："这好像是……关将军！"

乌野立刻说道："看一看关长亮在不在。"

这么一找，真的不见关长亮的身影。

关长亮虽在齐军中不受待见，但官职可不低，平时都有亲兵守着营帐。很快他的两名亲兵被拖过来，跪倒在乌野面前。

"你们看一看，这是不是你们将军。"乌野一指无头尸体。

两名亲兵已经知道发生了什么事，惨白着脸看过去，那无头的尸体一映入眼帘，二人当即就是一个哆嗦。

"是……是我们将军！"一名亲兵战战兢兢地道。

乌野语气严厉地说道："确定？"

另一名亲兵猛点头，声音颤抖着："将军出去时穿的就是这身衣裳……"

"他什么时候出去的？"

两名亲兵说了时间。

"大晚上他出去干什么？你们为何没跟着？"

两名亲兵对视一眼。

乌野见状一沉脸，他们就不敢再犹豫了。

"将军……说他去香帐那边，不让我们跟着……"

"混账！"乌野踢了一脚落在脚边已经熄灭的火把，一股怒火堵在胸中无处发泄。

军中设营妓慰藉随时都会没了性命的士兵是北齐的惯例，关长亮去找营妓这个行为本身其实没什么可说的，可偏偏因为出去找乐子丢了性命，这就让乌野非常恼火了。

到现在，他能肯定，这几名周兵混入齐营里的目的就是取关长亮的性命。关长亮的头颅不见踪迹，只留下这么一具尸身，这说明很可能有周兵逃了出去，且带走了关长亮的脑袋。

这么一想，乌野如何不恼，立刻叫来夜间巡逻的队伍问话。

掌管巡护的将领额头上冷汗直冒："听到粮仓走水后，末将急着救火，离开了片刻……"

"蠢材！"乌野扬手甩了掌管巡护的将领一巴掌。

这一巴掌带着怒火，直接把人的牙齿打掉了一颗，掌管巡护的将领却一丝不满都不敢有，"扑通"跪倒请罪。

乌野看着跪在面前的人，表情狰狞："确实该死！就算因为走水疏忽了防守让敌人逃了，那在之前，他们又是如何混进来的？"

这才是令乌野更恼怒心惊的地方。

这几名周兵是如何神不知鬼不觉地混入营中的？

周兵今夜能混入营中，明晚是不是也能？

"查，给我彻底查明白漏洞在哪里！"

齐军营地这边，这一查就折腾到近天明，而在刚刚走水时，带着关长亮的头颅的那名大周士兵就趁巡查队伍去救火的空子顺利地离开，向城门的方向拔腿狂奔。

寒风如刀割着他的脸，他的心却是火热的：快一点儿，再快一点儿！

城门终于到了，按照约好的，他吹响了哨子，三长两短。

城楼上很快有了动静，一直没睡的守将往下看了看，将吊桥悄悄放下，同时一根绳索垂下城墙。

这名士兵迅速地通过吊桥，借着绳索爬上城墙。

"还有别人吗？"守将问了一句。

"应该没有了……"士兵声音有些低沉，很快就下了城墙，往统帅府赶去。

靖王与徐将军都住在临时征用的统帅府中，这个时候二人还没睡，凑在一处正争执着。

主要是徐将军在说："王爷，那几名士兵都是精锐，这么白白送死不是可惜了？"

靖王一撩眼皮："什么送死？这叫出奇制胜。"

狗屁出奇制胜！

徐将军嘴一咧，险些骂出来："您让他们混入敌营里去杀关长亮，可齐军营地守卫森严，想混进去哪有这么简单？就算侥幸潜入，又如何知道关长亮那狗贼在何处？即便找到，靠他们六个也取不了关长亮的性命啊！"

关长亮一日在北齐那边逍遥，就一日动摇着大周这边的军心，特别是大周形势越来越严峻的话，定会引得更多人效仿。

可以说，关长亮的狗命价值非凡。如果不是实在没机会，他怎么会让那叛贼活到今天？

靖王老神在在："徐将军放心，本王自有计较。"

徐将军都快急哭了："那您说说，您到底是怎么个计较法儿啊？！"

靖王突然跟他说要安排人去暗杀关长亮，让城门守将做好配合，他再问具体的，靖王就不肯说了，这不是把人逼死吗？

他不同意还不行，先不说靖王的话语权比他的大，只说派出的那六个人，就全是靖王麾下的。用靖王的话说就是："就算损失也是损失我的人，你慌什么？"

"这……"靖王实在被徐将军磨得没法儿，只好透露一二，"齐军那边有咱们的人。"

徐将军面皮一抖，眼睛因吃惊瞪得滚圆："咱……咱们的人？"

靖王点头。

"在齐军里头？"徐将军指了指齐军大营的方向，难以置信地说道。

靖王点头。

"咱们的人竟然这么有出息吗？"徐将军用力地握住靖王的手，声音都颤抖了。

靖王扬了一下眉："那当然。"

"这人是……？"

"暂时不便透露。"见徐将军面露失望，靖王抽出手来拍拍他的肩膀，"徐将军别急，用不了多久你就知道了。"

绝密计划知道的人越少越好，他可不能拿儿子的安危冒险。倘若今晚事成，明日或许就能结束让他这个当老子的提心吊胆的计划了。

"王爷，真有咱们的人？"

靖王终于烦了，黑着脸道："再问就没有了。"

徐将军："……"听听，靠谱儿的人能说出这种话？他不敢相信多正常啊。

这时，外边急促的脚步声响起，守门亲兵来报："王爷、将军，出城的人回来了！"

靖王与徐将军同时站起来，异口同声地说道："快让他们进来！"

很快那名士兵就走了进来，单膝跪在二人面前："王爷、将军，狗贼的人头带回来了！"

"真的带回来了？"徐将军激动得声音都变调了，直接把士兵手中的布包抢了过去。

黑色的布巾乍一看瞧不出异样，一入手黏腻腻的，徐将军却完全顾不上这些，迫不及待地解开了布巾。

一颗面容狰狞的头颅赫然出现在眼前，那双睁大的眼睛中满是惊恐与茫然，头颅的主人显然没有料到会突然丢了性命。

徐将军对关长亮恨得牙痒，把这人的样子记得清清楚楚，细看头颅片刻，放声大笑起来："哈哈哈，真的是他，老天有眼啊！"

靖王亦激动不已，听了这话，却翻了个白眼。

和老天有什么关系啊？明明是事在人为，不说深入虎穴的儿子，就是这几名将士，也是豁出性命才有的这结果。

靖王上前把跪在地上的士兵扶了起来："干得漂亮！本王记你一功！其他人……"

士兵眼神一黯，微微低下头去。

靖王拍了拍他的肩膀："他们的血不会白流。"

"末将明白。"

"辛苦了，去休息吧。"

等带来头颅的士兵退下，徐将军"嗷呜"一声把靖王抱住了："王爷，您真是英明神武！"

靖王一脸嫌弃地把人推开，嘴角却高高地翘着："徐将军，还是商量一下接下来的计划吧。"

"王爷，您说。"徐将军一脸恭敬地请靖王坐下，忍不住又瞄了一眼关长亮的头颅。

真像是做梦啊！

本来他对靖王还有那么一点点抵触，毕竟领兵打仗的人，谁不想自己说了算呢？现在他不这么想了，他确实不如靖王，难怪皇上会派靖王过来。

这么说，还是皇上英明神武……

徐将军收回思绪，等着靖王说下去。

靖王一指头颅："明日一早，就把关长亮的脑袋挂到城门上去。"

"这是自然！也让那些人看看，当卖国贼会是什么下场！"徐将军一想明日的情景，大冷天的顿时如吃了一顿热腾腾的锅子那么舒坦。

"今夜咱们的人成功地潜入齐营里杀了关长亮，明日干脆主动地叫战，一鼓作气把齐军击溃。"

徐将军凑近一些，一脸崇敬："王爷有什么安排？"

"安排？奋勇杀敌就是了。"

徐将军嘴角的笑意一僵。

硬打？

靖王诧异地看着徐将军："今晚乌野老狗估计都睡不成，而咱们这边杀了叛贼，士气大振，此消彼长之下，将军难道还没信心打一场胜仗？"

烁儿在密信上约定，倘若暗杀关长亮的计划成功，就不必再拖，趁齐军休息不好，第二日就开战，他会在战场上取乌野的性命。

可是这计划不能对徐将军讲。

防人之心不可无，徐将军就不可能是奸细？别忘了，连中三元的状元郎杨喆还能是旧太子呢。

靖王因这个秘密计划忍得很辛苦，却必须管住嘴巴，这样做既是为了儿子的安全，更是为了这场战争的胜利。

不过他还不是最辛苦的，最辛苦的是冒充烁儿的亲兵，那可怜的年轻人连出恭都出不得屋呢。

徐将军干笑两声，没有反对："王爷说得对，那咱们就痛快地打一场！"

罢了，人家靖王都这么勇武，他再畏畏缩缩，岂不让人看不起？

不过硬碰硬的话，结果可能不会乐观。

瞥了眼双目圆睁的头颅，徐将军抱着一丝期待问："王爷，您说明日一战，咱们获胜的概率有多大？"

莫非还有什么他不知道的惊人安排？

靖王一脸理所当然："那肯定是必胜啊。"

徐将军："……"

翌日清晨，寒风凛冽，周军坚守的小城中突然响起了震天的鞭炮声与锣鼓声。

这番动静惊动了一早前来探查的北齐斥候。

两名斥候矮着身子悄悄靠近城门，发现了悬挂在城墙上的那颗头颅。

距离有些远，二人其实看不清头颅什么样，但在那头颅旁还垂着一道青幡，上面写着几个大字："叛国当诛。"

两名斥候立刻飞奔而回，把探来的消息上报。

乌野刚睡下，听到通报，挣扎着起来，头痛得像有棍子在脑子里搅。

"关长亮的脑袋被挂在了城墙上？"听完禀报后，乌野本就很差的脸色看起来更差了。

更令他的心情雪上加霜的是，周军主动地发起了进攻。

该死的周人，他们怎么敢？明明该是他带领大军把周人狠狠地收拾一顿，以出昨夜那口恶气。

战场上喊杀声震天，乌野提着大锤坐于马上，位于大军的后方。

"翰离，你不要冲到最前面，以防那些狡诈的周人算计你。"

祁烁点头，在乌野面前话还是很少："我跟着舅舅。"

乌野动了动唇，想说可以暂且留在后方观察形势，可看到外甥那张憋屈的脸，还是没说什么。

之前还不觉得，今日他仔细一瞧，这孩子瘦了啊，可见还因被俘的遭遇心里不痛快着。

也罢，上战场的人不可能永远缩在后方。

恰在这时，传来一声暴喝："乌野老贼，躲在后面装什么乌龟！有种来与本王一战！"

乌野一听，气歪了鼻子。

靖王这个老狗，明明一遇到他的锤头就躲，居然颠倒黑白！

"老狗，拿命来！"乌野举着大锤策马狂奔，途中几锤子下去，就砸倒一片周兵。

靖王看着越来越近的杀神，紧紧地抿着唇。

多年前他还在北地时，乌野的名头就能令人丧胆。此人是一名天生的战将，身怀巨力，这也养成了乌野的作战习惯：相比坐镇后方的那类统帅，乌野更习惯冲锋在前，勇猛异常。

这样一个人，早已成了北齐军方的支柱。只要他在，就能给齐军必胜的信心。

可想而知，倘若烁儿的计划成功，对北齐的军心会是多么沉重的打击。

转眼间，二人冲到一起，大锤砸了个空，乌野瞪着避开的靖王嘲讽："到底谁是缩头乌龟？你这老狗可真不如当年，连我一锤都不敢接，哈哈哈——"

曾经勉强算是对手的人如今只知道躲，怎能不令人意气风发？

靖王听了这话，撇嘴，心道：拿长刀去碰你的重锤，我傻了才这么干呢。

"吃本王一刀！"几个呼吸间，靖王拽着缰绳纵马而回，大刀砍向乌野的肩头。

因为靖王速度太快，这个角度又有些刁钻，乌野只好用力地拉着身下的骏马掉转方向，余光瞥见了迎上来的外甥翰离。

"翰离，你退下，不必插手！"乌野大喝一声，避开靖王的刀后抡起了大锤。

就在这一瞬间，他突然感到颈间一凉，紧接着，视线拔高，他看到了留在骏马上的无头尸体和喷出的血柱。

这是怎么回事？

疑惑中，他看到了外甥手中染血的长刀。可愤怒与不解的情绪还来不及滋生，思绪就彻底归于寂灭。

靖王在祁烁靠近时就已经做好了准备，等那颗头颅飞起，立刻策马奔去，稳稳地把乌野的头颅抓在手中。

顾不得感慨，靖王高高举起乌野的头颅，放声喊道："你们的大将军乌野已经死了！"

周围听到喊声的齐兵顿时心神大乱，而周兵抓住机会收走敌人性命的不在少数。

不止如此，随后靖王提前安排好的一队亲信同时高呼起来：

"你们的大将军乌野已死！"

"你们的大将军乌野已死！"

…………

声音如汹涌澎湃的浪潮，一拨拨一层层地向四面八方扩散。

少数齐兵看到了乌野的头颅，更多的齐兵并没有看到，可在这一声声"大将军乌野已死"的呼喊声中，那抵抗之心一下子就崩溃了，阵型一乱，紧随而来的就是全面溃败。

这场战斗以齐军的溃逃结束，战场上尸体无数，绝大多数是齐军留下的。

这是一场振奋人心的大胜，哪怕乌野的头颅就摆在面前，徐将军仍然不敢相信。

"乌野真的死了？"

看着徐将军围着头颅转圈的傻样，靖王就想翻白眼："徐将军，乌野的头颅就在这里，你难道不认得？"

"认得，认得！"徐将军满心激动，丝毫不在意靖王的语气，甚至觉得靖王一张老脸怎么看怎么顺眼。

他看了眼乌野的头颅，眼眶一热，险些落泪："真没想到，乌野这样的人物竟然就这么死了。王爷昨晚所言，竟半字不假。"

激动过后，徐将军把注意力放到了斡离的身上。

"乌野竟是被他最疼爱的外甥斩杀的，简直不可思议！"

靖王的神色有些古怪："是也不是。"

徐将军愣了一下，忍不住问道："王爷这是什么意思？哦——您昨晚提到齐军中有咱们的人，该不会是把斡离策反了吧？"

斡离可是乌野的亲外甥，在北齐的风光不比什么王子差，被他们一抓一放，还以七百匹战马作为交换条件，竟然能被策反？

这……真的合理吗？

"徐将军莫急。"靖王对亲兵点点头。

很快，亲兵就带着一名青年走进来。徐将军见他身上毫无束缚，手下意识地摸上刀鞘。

"徐将军。"祁烁拱拱手，恢复了本来的嗓音。

徐将军听着耳熟，还没来得及多想，就见祁烁转过身去。

他不解地看向靖王，看到的是靖王笑成一团的老脸。

657

这是什么情况？

这时祁烁转过身来，冲徐将军抱拳。

徐将军险些将眼珠瞪出来，情不自禁地上前两步，揉了揉眼睛："世子？你……这……这究竟是怎么回事？"

靖王大笑起来："我不是对徐将军说过，那边有咱们自己人？"

听靖王说完来龙去脉，徐将军长叹："王爷瞒得我好苦啊！"

"这也是为了胜利，还望徐将军勿怪。"

"当然不会。世子立此大功，我这就把战报传回京城！"

他看了一眼还没换下染血甲衣的青年，对靖王父子只剩下佩服。

无论是徐将军还是靖王，都可以料定，这场大胜影响深远，说不定就是结束两国战争的前奏。

等祁烁去沐浴更衣时，就战报该怎么写，二人商量了一番，而后在祁烁冒充斡离之事上产生了小小的分歧。

"不公开世子深入虎穴的事？这对世子太不公平了。"

靖王笑道："给圣上的战报上自然如实叙述，咱们这里就不必了。先前他们北齐不是一直拿那些大周叛将来动摇咱们的军心吗？等把乌野的头颅往城墙上一挂，让他们齐人也反思一下，为什么连乌野的亲外甥都能投靠咱们大周？这对增强己方信心，打击敌方信心绝对大有好处……"

"就是委屈世子了。"徐将军叹道。

己方将士若知道靖王世子的功绩，靖王世子在军中的威望毫无疑问会大增。

"好了，徐将军，你就不要犹犹豫豫了，这本来就是犬子的意思，都是为了最终的胜利。"

又没准备造反，烁儿要那么高的威望干什么？自找麻烦吗？

"王爷——"徐将军热泪盈眶。

靖王父子真是高风亮节，无私奉献啊！

靖王与徐将军又商量了什么，祁烁已经没有精力去想了。

他伪装成另一个人深入敌营，每句话、每个动作都要想一想，稍有差池就可能万劫不复。如今紧绷的心弦一放松，那种深深的疲惫感就排山倒海般袭来。

祁烁泡在热气腾腾的木桶中，险些睡着了。

"世子，您换好衣裳去炕上睡吧，泡久了当心着凉。"亲兵轻声唤道。

靠着木桶边沿双目微合的男人睁开眼，很快站起身来迈出木桶，接过亲兵递来的软巾擦掉水珠，换上了舒适的里衣。

"把甲衣拿来。"被热气一熏，祁烁的嗓音更哑了。

亲兵犹豫了一下。

今日大周大胜，齐人不大可能发动突袭，且就算有变故，世子也该好好休息一下。

"去拿。"祁烁淡淡地道。

他明白亲兵的想法，但两军交战到这个局面，随时能迎战是对一名将士最基本的要求。

"是。"亲兵连忙去取甲衣。

祁烁默默地穿好软甲，去了书房。

书房要比寝室冷一些，墨汁凝结在砚中，已许久无人动过。

不急不缓地把墨研好，祁烁提起笔来，开始写信。

不是写战报，他要写的是两封家书：一封给母亲，另一封给阿好。

给靖王妃的很快就写完了，写给林好的信纸铺了一张又一张，直到书桌上都放不下。

亲兵忍不住问："世子，您写书呢？"

家书不应该是写给王妃那样的吗？他怀疑世子给世子妃写了一个话本。

祁烁性格平和，这也是手下敢开玩笑的前提。

"多嘴。"祁烁确实没有着恼，更不可能害羞，"把墨迹干了的收好，我还没有写完。"

他还有许多许多话要对阿好说。

这些日子为了除掉乌野，他再没写过信。无论是母妃还是阿好，定然一直在为他担心。一想到林好认认真真地读信的情景，披着半干乌发提笔写信的男人便忍不住扬起唇角。

等他搁了笔，亲兵便把两封信送了出去。

祁烁的家书借着传递战报的便利，很快就被送到了靖王府上。

当时祁琼正准备去找林好，一听是北边的来信，便把信接过来。

家书一共有三封，一封是靖王给靖王妃的，一封是祁烁给靖王妃的，还有一封是祁烁给林好的。

祁琼这些日子最担心的就是受伤的兄长，一见祁烁的信，就提着裙子跑进了正院里。

"母妃，大哥来信了！"

靖王妃因为担心儿子、牵挂丈夫清减了不少，一听女儿的话，连忙说道："快把信拿来！"

祁琼笑容满面地把两封信递过去："一封父王的，另一封大哥的。"

也不怪她喜不自禁，收到兄长的家书，就说明兄长没什么事了。

靖王妃一把抓过家书，把靖王的信搁在桌子上，迫不及待地打开了另一封。

看完儿子的信，再看丈夫的信，靖王妃嘴角的笑意越来越深，最后抹起了眼泪。

"母妃……"

靖王妃擦擦眼角，破涕为笑："你大哥不但没事，还立了大功。"

"那太好了！"

靖王妃的视线落到女儿的手上："琼儿，你手里拿的是什么？"

要不是用牛皮纸包着，看厚度倒像是一块砖头。

"这个呀……"祁琼第一反应是把东西藏起来，但是看到靖王妃挑眉，只好讪笑着把信递过去

"这是……？"靖王妃并没有接。

"大哥给阿好的信。"

靖王妃第一反应就是拎起祁烁写给她的那封信。

瞧着靖王妃的动作，祁琼更想把信藏起来了。

大哥这般厚此薄彼，母妃一定会生气吧？

手中砖头般的信，厚此；母妃拿的那张纸，喀，薄彼。

她读了不少书，竟头一次发现有的词如此贴切。

在小郡主暗暗为兄长与好友紧张时，靖王妃摇摇头，嗔道："这个不孝子。"

儿子果然大了，好在还记得给老母亲写一张纸。

靖王妃笑着把写给她的两封信收好。

祁琼眨眨眼："母妃，您不生气啊？"

"气什么？"靖王妃拍拍专门装信的匣子，"你娘我有两封呢。"

见女儿还傻愣着，她拍了一下女儿的手背："还不把你大哥寄来的'砖头'给林二姑娘送去？"

"啊，我这就去。"祁琼带着厚厚的信小跑出王府，脚步轻快。

林好一见到眉眼带笑的小郡主，心就急速地跳了几下。

肯定是阿烁有消息了！

祁琼迫不及待地开了口："阿好，我大哥来信了！"

砖头般厚的信入手就是一沉，林好宝贝地揣进了衣袖里。

"哎，怎么不打开看看？"

"好像写了不少，等闲了再看。"

祁琼"扑哧"一笑："逗你的。你慢慢看吧，我先回去了。"

"郡主急什么，玩一会儿再走吧。"

祁琼挑眉："那我就不走啦？"

林好笑着推了她一下："郡主要是有事就去忙吧。"

客气话怎么能当真呢？

小郡主笑着走了。

林好把信拿出来，小心翼翼地拆开，一字一字地读了起来。

泰安帝的龙案上，从北地来的战报同样被翻看了许多遍，唯恐看漏了什么。

"好！好！好！"泰安帝不知道说了多少声"好"，等各部重臣赶来，他把战报一拍："众卿都看看。"

众臣交换了一个眼神，神态明显放松了许多。

看皇上的样子，应当是好事。

他们瞄了兵部尚书一眼，见韩尚书笑出一脸褶子，越发肯定了心中的猜测：定是打胜仗了。

战报都是由兵部呈给圣上的。

是哪边的胜仗可不好猜，毕竟有三个地方在打呢——这么一想，众臣的好心情难免打了折扣。

也太惨了，大周的兵力就算不少，也顶不住一对三啊，胜恐怕也是险胜。

第一个接过战报的吏部尚书刚看了一眼，双手一抖，险些把军报甩出去。

"怎么了？怎么了？"

吏部尚书两颊的肉抖个不停，眼泪"唰"地就流了出来："大……大……大胜！"

几只手伸来，把战报抢走，等都看完了，众臣哭着向泰安帝道贺："皇上洪福齐天，天佑大周！"

泰安帝难得没因这些老臣的哭声感到糟心，再深的城府都挡不住此时的好心情，上扬的嘴角就没压下去过。

"还是将士们奋勇杀敌才有这场大胜，特别是靖王父子。"泰安帝听着众臣的恭维高兴不假，毕竟马屁谁不喜欢听呢？但胜利是怎么来的，他心中还是有数的。

听皇上这么说，众臣一下子来劲了。

"真没想到，靖王世子年纪轻轻竟有如此谋略、如此胆识，敢孤身深入虎穴……"

"就是啊，此事但凡有个差池就会丢了性命……"

"手染无数大周人鲜血的乌野死了，叛贼关长亮也死了，靖王父子功不可没！"

……

群臣越说越激动，越激动，赞美的话越不断地往外冒，在一旁当木头人的锦麟卫指挥使程茂明一瞧皇上的脸色不对，连忙插嘴："主要还是托皇上的福。"

心情激荡的众臣一激灵，回过味来了："是，都是托皇上的福，皇上万岁万岁万万岁！"

泰安帝这点儿小小的不快并不是针对靖王父子，主要还是帝王无法抛却的警惕心作祟。

等众臣退下，他接过刘川递来的茶水喝了一口，叹道："朕这个侄儿，倒是令朕刮目相看啊！"

刘川笑着把茶水添满，识趣地没有接话。

"不知南边怎么样了。"泰安帝对北边暂时放了心，又牵挂起南下的明心真人一行人。

说起来，因为明心真人立场的转变，他抱有期待的是南边的胜利，没想到南边还没动静，却传来了北地的捷报。

这算是天大的意外之喜了。

好事总能成双，没过两日，南边也有了消息。

在明心真人的领路下，南下的精兵潜入平乐帝的藏身之地，以迅雷不及掩耳之势擒获旧帝。

一直跟随旧帝的人不算多，虽然平乐帝打着复位的旗号短时间内招募了大量的兵马，但这帮人不过是一群战力平平的乌合之众，群龙无首之下，很快就散成一堆沙，逃的远比死的多。

玉琉最擅长当墙头草，得知平乐帝被擒，又听说了北齐战神乌野丧命的消息，连犹豫都没有就停战求和了。

泰安帝虽恨玉琉小人行径，这个时候却求之不得。

南边消停了，玉琉再停战，他就能抽出更多的兵力对抗北齐。

乌野的死在北齐内部造成了不小的震动，特别是他们想不通斡离为何被大周策反，再面对周军时，那种从武力上俯视对方的心态就有了变化。此消彼长之下，大周又打了一场胜仗。

北齐的形势一下子严峻起来，压力之下，内部分歧更大，没过多久，一名被乌野压制多年的亲王就造了反。

这样一来，反而是齐皇为了解决内部矛盾急忙向大周求和，愿献上战马三千匹。

泰安帝收到加急传来的求和书，本想一口答应，鬼使神差般翻了翻之前的军报，又改了主意：把谈判的事交给靖王，或许会有意想不到的收获呢？

靖王接到和谈的任务，精神一振。

这事他有经验！

于是齐皇派出的使者收到了先前使者隐隐的同情的目光。

等到谈判结果被快马加鞭地传回京城时，以泰安帝的沉稳，都忍不住大笑出声。

"哈哈哈，靖王果然没辜负朕的期待！"

战马不但由三千匹涨到了五千匹，齐人竟然还附赠了两个马场！

一时间，泰安帝都好奇靖王是怎么谈的了，可惜战报上写得精简，只能等靖王回京了再细问。

战争一停，靖王父子确实该凯旋了。

那日风和日丽，柳绿花红，泰安帝亲自率领百官，出城迎接凯旋的将士。

"嗒嗒"的马蹄声由远及近，卷起滚滚尘烟，一片旌旗招展中，将士们的甲衣在阳光下闪着冷光。

靖王当先下马，改为步行，快步朝泰安帝走去。

"臣弟见过皇上！"

靖王身后是跪了一片的将士。

泰安帝连忙把靖王扶起，面上感慨万千："五弟辛苦了！"

大军终于回来了！

靖王可不会被胜利的风光冲昏了头，哪怕泰安帝的声音带着哽咽，他也不信皇上真会激动哭了。

"为皇上分忧是臣弟的本分。"

靖王的表现让泰安帝颇满意，兄弟二人亲亲热热地寒暄了一阵之后，一个上了龙辇，另一个上了战马，浩浩荡荡的队伍向城中走去。

宽阔的街道被提前洒扫过，街道两旁挤满了迎接凯旋将士的老百姓。

伴着喜庆的鼓乐声，队伍越来越近了。

百姓们欢呼起来,无数鲜花、罗帕被掷向那些或严肃或骄傲或傻笑的将士。

一旁维持秩序的衙役们不忘提醒:"不许丢李子、香瓜啊!"

临街的一座茶楼上,祁琼双手搭在栏杆上,努力地找着兄长的身影。

"阿好,看到我大哥了吗?"

"看到了。"林好伸手一指,眼神牢牢地粘在那道挺拔的身影上,"在那儿呢。"

"还是你眼尖。"祁琼掩口轻笑,"阿好,你这是不是与我大哥心有灵犀啊?"

林好微笑:"主要看花雨往哪儿落的最多。"

祁琼先是一愣,等反应过来,大为震撼:"阿好,虽然那是我大哥,咱也不要这么……咯咯,自夸吧?"

林好一只手随意地搭着栏杆,笑盈盈地解释:"人们第一眼注意到的都是乘车骑马之人,这些人中,越靠前的身份越高,大多年纪不小了。阿烁青春正好,潇洒风流,招来的鲜花、香帕多一些本在情理之中。"

祁琼摇头:"你这么一分析,任是多风雅的事都变得无趣了。"

林好目光追逐着心上人,心中却叹气:情诗都是骗人的,如果真的心有灵犀,阿烁怎么不往这边看一眼?

她正这么想,骑在骏马上的青年将军就望了过来。

许是因为突然发现抱怨错了而心虚,林好也不知道四目相对的瞬间自己在想什么,竟将身子一矮藏了起来。

马背上的青年眼神由缱绻转为震惊。

阿好在干什么?

直到马走出去老远,祁烁还在回头寻觅林好的踪影,以至于一些小娘子产生了误会,尖叫着把能抓到的物件全都掷了过去。

"姑娘,你投暗器呢?不许扔簪子!"发现的衙役大声警告。

站在女子身边的少女捂着发髻跺脚:"姐姐,你扔的是我的簪子!"

茶楼上,祁琼和兄长一样震惊:"阿好,你躲什么?"

林好面上恢复了淡定:"没躲啊,我帕子掉了。"

祁琼:"……"

"渴了,回室中喝茶吧。"想看的人走远了,林好没了站在外头晒太阳的兴趣,拉着祁琼回到雅室中。

祁烁直到进了宴请群臣的大殿里,一颗心还落在那临街的茶楼上。

莫非是因为他没提前透露计划,害阿好担心,所以她生气了?

除了这个,他想不到林好一瞧见他就躲起来的原因。

"世子!世子!"

祁烁回过神,看向一名举着酒杯的将军。

这名将军姓朱,算是代表徐将军那方回京的人。至于徐将军,则留在北地处理战后诸事，短时间内是不得回的。

"北齐能这么快偃旗息鼓，少不得世子的功劳，我代大家敬世子一杯。"朱将军看着祁烁的眼神有些激动。

靖王世子的功劳许多将士不知道，临行前徐将军才对他透露了一二。再看靖王世子，他感觉就完全不一样了。

"朱将军过誉了。"祁烁举杯，与朱将军酒杯相碰。

泰安帝坐在高台上，把祁烁与旁边将领的互动尽收眼底，目光闪了闪。

高髻华裳的宫娥踏着鼓乐声在殿中翩跹旋转，每个人的脸上都洋溢着喜悦的笑容。

气氛处在一种可控的热烈中。

等到盛宴结束，泰安帝把靖王与祁烁留了下来。

"朕真的没有想到，五弟这一仗打得这么漂亮。"

靖王可没喝多，连忙说道："都是托皇兄的福，再有徐将军等将士舍生忘死。"

泰安帝看了祁烁一眼，笑道："在朕看来，烁儿设计取了乌野的性命才是这么快平息战事的关键。烁儿这么大的功劳，怎么能忽略呢？"

靖王"嘿嘿"笑道："当侄儿的为伯父解决烦忧不是应该的吗？这有什么可说的？"

泰安帝看向祁烁："别听你父王的。现在回京了，有什么喜欢的差事就告诉朕。"

"侄儿是个懒散的性子，好不容易从北边回来，想好好歇一歇。皇伯父要是想奖励侄儿……"祁烁顿了一下，顶着靖王犀利的眼神，笑道，"等侄儿大婚时，皇伯父若能赏一份丰厚的贺礼就太好了。"

泰安帝愣了一下，随后大笑："这是自然，朕的亲侄儿大婚，当伯父的本就该准备厚礼。"

"侄儿提前谢过皇伯父。"

泰安帝这才问起好奇许久的事："五弟，当时生擒了乌野的外甥斡离，你是怎么想到要七百匹战马的？"

这个五弟可真敢开口啊，他这个当皇帝的都没这么大气。

听泰安帝提起这个，靖王不着痕迹地扫了儿子一眼。

这个数目是烁儿估算出来的，他当时其实也紧张得很呢，但在皇上面前，就没必要提及烁儿的参与了。

烁儿还年轻，给皇上留下个善于揣测人心的印象不是好事。

靖王笑呵呵地道："臣弟在北地那么多年，和乌野见过不少次，对他还算有几分了解。这人一直把斡离小儿当亲儿子对待，七百匹战马换胜似亲子的外甥一条性命，他肯定舍得。"

"那三千匹战马变成五千匹，外加两个马场，又是怎么谈下来的？"这才是泰安帝更好奇的事。

先前的七百匹战马还能说是乌野的私心，后头这次无论如何都不可能是私心了。

"这个就更简单了。"

"简单？"泰安帝看着神色有些古怪的靖王，越发好奇。

靖王眨眨眼，压低声音，说道："臣弟对北齐使者说，他们多送战马，臣弟可以把斡离小儿还回去。北齐兵败如山倒就是因为此子，齐皇恨不得把他千刀万剐，于是答应了……"

泰安帝没忍住，"扑哧"一声笑了。

他当然知道斩杀乌野的"斡离"其实是祁烁假扮的，万万没想到真斡离还能发挥余热。

说真的，一开始靖王也没想得那么长远，毕竟谁也不能确定这场战争的结果。只不过从北齐得来的七百匹战马彻底打开了他的格局，让他大度地留下了斡离的小命。

万一还能换点儿什么呢……这就是靖王当时朴素而随意的想法。

谁能想到呢，竟然多换了两千匹战马和两个马场！

与繁花似锦的大周京城不同，遥远的北地依然冷风呼啸，雪花纷飞，而比天气更冷的是齐皇的心情。

"你是说，你一直在周人手里？"齐皇盯着跪在地上的斡离，目光恨不得化成刀从他的身上剜下肉来。

论年纪，齐皇与泰安帝差不多，生得更是魁梧，可此时他脸色发黄，眼下一片乌青，显然有些日子没睡好了，看起来十分憔悴。

斡离到现在都是蒙的。

他被靖王世子祁烁那小子擒获后就再没见过外头的太阳，结果好不容易回到己方，大家居然说他的舅舅死了，还是被他斩杀的，而他被换回来两次，是害齐国求和的罪人。

"臣若敢欺骗皇上，永世不得超生！"

见斡离赌咒发誓，死不认错，齐皇安排人前去打听。

如今战事停了，好处收了，北齐乱了，靖王世子孤身犯险的事就不必死瞒着了。在徐将军的有意透露下，北齐探子很快打听到真相。

得知真相的齐皇直接喷出一口老血。

回到京城这边，泰安帝与靖王愉快地交谈了一番之后，总算放父子二人回王府了。

走出皇宫，靖王长长地舒了一口气："可累死我了。"

祁烁依旧精神饱满，身姿挺拔。

靖王看着儿子，不由得感慨："还是年轻好啊！"

不知不觉，长子孱弱多病的印象就消散了。

靖王府离皇城不远，父子二人很快就看到了王府大门外翘首以待的一群人。

为首的靖王妃快步迎过去，红着眼圈对父子二人露出笑容："可算回来了……"

靖王握住靖王妃的手，声音也有些激动地说道："进去再说。"

一群人浩浩荡荡地走进王府里，靖王彻底放松了："我先沐浴换身衣裳。"

"都准备着呢。"靖王妃看向祁烁。

"儿子也先去洗漱一下。"

"去吧，去吧，若觉得太累，沐浴后就先睡上一觉。"

靖王妃日夜牵挂丈夫和儿子，心疼二人在北地吃的苦头，可今日瞧见精神不错的儿子，心疼之意不由得打了一点点折扣。

这父子俩……过得好像还不错。烁儿瞧着气色好了不说，王爷竟然比离京时还胖了！

反观自己与琼儿都清减了不少，就连一贯跳脱的焕儿都稳重了。

靖王与祁烁分别去洗漱，靖王妃带着祁焕、祁琼在厅中坐等。

"父王和大哥看起来挺好的。"祁焕眉眼含笑，父兄的平安归来让他彻底放下了担忧：以后又有心情去金水河玩儿了！

"是比我想的要好不少。"等着也是无聊，靖王妃吩咐侍女拿来炒得喷香的瓜子打发时间。

靖王先洗漱好进来，看到的就是母子三个人嗑瓜子的情景。

他脚下顿了一下，颇有些不适应。

他不在京城的时候，王妃和一对儿女是这样子的？

"王爷饿了吗？"靖王一来，靖王妃自然顾不上嗑瓜子了。

靖王一屁股坐下，摆摆手："才在宫里吃过，一点儿都不饿。"

靖王妃又抛出了一堆问题，比如有没有受过伤，祁烁受伤是真是假，吃住又是什么样……

靖王说得口干，一见祁烁进来，如蒙大赦："烁儿快过来，你娘有好多话要问你。"

祁烁嘴角微微抽了一下，还是老实地走了过去。

看着沐浴更衣后显得越发英俊的儿子，靖王妃眼神分外柔和："当初收到你受伤的消息，可把家里人担心坏了。"

"是儿子不好，让您和弟弟妹妹担心了。只是一点儿皮外伤，为了顺利地完成计划，才对外说伤势严重的……"

靖王妃彻底放了心："那就好。烁儿，你快说说在齐军大营里的事。"

祁烁看了一眼靖王，收到了老父亲爱莫能助的眼神。

他向来不是叛逆的孩子，为了让母亲开心，耐心地说了起来。

靖王妃与祁焕兄妹都听得津津有味，就连靖王也听得入了神。

他可没问这么仔细过，得到的回答自然也简略。

说完北边的事，靖王妃提起京城的大事："前不久那位被押送到京城了，皇上封了那位为王，赏了个园子让他们父子居住。"

这说的是平乐帝。

"这么说，大哥与祁明被幽禁在一处了？"听到这个消息，靖王神色有些复杂。

留了旧帝和旧太子的性命，还给了体面的封赐，但把一对互相怨恨的父子关在一起，不知该说老四心肠好还是心肠坏了。

还好，还好，他只是老五。

"明心真人如何安排的？"祁烁知道林好对明心真人的感情，主动地问起。

靖王妃笑道："明心真人恢复了国师之位。"

靖王感到奇怪，说道："今日宴上并没有见到啊。"

"好像回京不久就闭关了。"靖王妃显然对明心真人这个话题兴趣不大，睨一眼长子："烁儿，你这么快回来，林二姑娘来得及读完你那块'砖头'吗？"

面对母亲的打趣，祁烁面不改色："阿好读得快。"

祁琼在一旁掩口笑。

只有靖王和祁焕一头雾水，异口同声地问："什么砖头？"

靖王妃嫌弃地扫了父子二人一眼："男人家好奇这些干什么？"

靖王与祁焕："……"

"烁儿，你要是不累，就先去一趟将军府。你北上的这些日子将军府没少跟着担心。如今回来了，不能失了礼数。"

"儿子这就过去。"祁烁笑着应下，走到将军府门前，却放缓了脚步。

熟悉的兽面锡环大门、熟悉的一对石狮、熟悉的青墙……眼前的一切与他离京时没有什么不同，他却无端产生了一种近乡情怯的感觉。

"世子来啦！"将军府的门房见祁烁站着不动，笑着迎上来。

祁烁收回心神，客气地笑道："我来拜访老夫人与岳母大人。"

"世子快请进。"门房热情地把祁烁迎了进去。

林好从街上回来就换上了新裁的漂亮衣裙，去了正院陪老夫人聊天儿。

林氏也凑在一起，还不忘笑女儿："看你心急的，靖王世子要先去宫中赴宴，回去事情也不少，说不定明日才来呢。"

林好抿唇笑："他肯定会来给祖母和娘请安的。"

见她这傻乐的样子，林氏摇头："你这打扮得比过年还喜庆，也不怕世子笑你。"

她吃够了女子不够矜持的苦头，看女儿这样，总有些不安。

林好低头看看绣着蔷薇花的粉绿色裙衫，笑盈盈地道："就是要打扮得漂亮点儿让他看看啊。"

林氏还待再说，被老夫人鄙视了："你可别教育阿好了，阿好比你有数多了。"

她这个傻闺女是该矜持时不矜持，不该矜持时又别别扭扭，孙女真要听她的才会被带进坑里去。

祖孙三个人正说着，就有丫鬟进来禀报："世子来了。"

"快请进来。"

很快，素纱帘被挑起，老夫人与林氏望着走进来的青年，不觉露出笑容。

祁烁恭恭敬敬地向老夫人与林氏问了好，目光微转，落在林好的面上。

容色出众的少女穿着漂亮的新衣冲他微笑，如一朵盛放在初夏的鲜花映入他的眼帘。

他克制着移开视线，回答两个长辈的问题："不算辛苦，也没有不适应，能打胜是最重要的……"

老夫人与林氏问了不少问题，都得到了认真耐心的回答。

老夫人对这个孙女婿满意极了，识趣地不再耽误两个年轻人相处："平安地回来就好，我和你岳母也放心了。阿好，你陪世子去花园里走走。"

"嗯。"林好起身走到祁烁身边，面庞上挂着甜笑："走吧。"

四月的花园正是最美的时候，处处花团锦簇，草木葱茏。似乎是特意给久未相见的两个年轻人腾出空间，二人这么不紧不慢地走着，除了跟在林好身后的宝珠，路上不曾见到一个下人。

不知不觉，他们就走到了那道围墙附近。

祁烁停下来，林好也跟着停下。

安静了一路的两个人四目相对，眼中皆是喜悦。

"我回来了。"祁烁开了口。

林好扬唇："我知道你肯定会回来的。"

那些担心、焦虑、患得患失，在这重逢的日子里，都是没必要提起的事。

祁烁想起林好在茶楼上的反应："阿好，看到我，你躲什么？"

"哦，我帕子掉了。"林好淡淡地解释。

这话没瞒过小郡主，祁烁却信了，放松地笑道："我当时还以为你生气了。"

"我生什么气？"林好笑吟吟地反问。

祁烁微微垂下眼，温柔的目光笼罩着少女白瓷般的脸："气我谎称重伤，让你担心。"

林好领首："确实担心，不过我知道传回的消息有水分，所谓重伤应该是为了后面的计划。"

理智上她如此想，可担心也是真担心。

"阿烁，过来坐。"林好拉着祁烁转到开满蔷薇花的花架后，那里有一桌二椅，与一墙之隔的王府花园中那方小天地一般无二。

祁烁刚出京的时候，林好免不了忧心，情绪积累得狠了，就带着宝珠翻墙过去，在花架后的那方小天地中发上一会儿呆，等情绪好些了再回来。

这么翻了几次墙后，宝珠便问："姑娘，为什么不在咱们这边的花架后放一套桌椅呢？那样就不用翻墙了。"

虽然姑娘做什么她都支持，但是靖王世子又不在，姑娘为啥翻墙到王府的花园里发呆呢？明明两边的景致差不多。

这主要是她不想再用找毽子、找沙包的借口糊弄那傻小厮了，怪欺负人的。

林好被提醒，于是有了这番布置，却不知为什么坐在自家花园中发呆时，还是有翻墙的冲动。

祁烁坐下，视野前方就是繁多的花朵与遮住了刺目阳光的枝叶，明明与王府那边差不多，他却有些局促，有种自己是登徒子的感觉……

"怎么啦？"林好笑着问。

祁烁目不转睛地看着相对而坐的少女："总觉得不真实，仿佛前一刻还在战场上厮杀，这一刻就在花架下与你聊天儿了。我以为……"

他顿了一下，唇边是加深的笑："以为会分别很久。"

林好扬眉："难道还不够久吗？"

这呆瓜！

"我不是这个意思……"

一只素手伸到面前，让他忘了后面要说的话。

"听说北边有不少特产，有没有给我带礼物？"

祁烁明显地僵了一下，老老实实地摇头。

"我就知道。"林好叹了口气，眼里却没有责怪的意思，反而盛着细碎轻柔的光，"阿烁，我给你准备了礼物。"

"什么礼物？"祁烁心中的惭愧感越发浓重。

对面的少女突然身体前倾，那张比蔷薇花还娇艳的面庞瞬间靠近，一张柔软的唇贴了上来。

她亲了一下他锋锐的眉、眼尾上扬的眼、高挺的鼻梁，然后是微凉的唇。

他的唇很薄，唇色也偏淡，因为吃惊微微张开，迎来了对方笨拙的横冲直撞。

短暂的呆滞后，男人有力的双臂揽住了少女纤细的身体。

绣着蔷薇花的粉绿色裙摆铺开来，如水波荡起层层的涟漪。

祁烁察觉他的身体发生着变化，环着少女腰肢的双手上移，扶住她的肩，把她推开了一些。

林好眼里闪着疑惑，声音不复平时的清脆，带了一丝沙哑，问道："怎么啦？"

视线移到被微风吹过而轻轻晃动的蔷薇花枝上，等眼神恢复了清澈，祁烁才看向眼前的少女。

"阿好，我们的婚期应该很快就到了。"

林好靠近一步，带着不解问："所以现在不能亲你吗？"

祁烁彻底忘了反应。

林好拉过呆住的青年，亲了上去。

本来他们约好了在阿烁离京前一起吃顿饭，可是突然来的紧急命令让他们错过了这顿饭。当时她就想，以后想做的事不要等，免得徒生遗憾。

她现在就想亲阿烁。

夏风大了起来，有蔷薇花瓣被吹落，簌簌地掉在二人的衣衫上，让衣衫沾上了若有若无的香气。

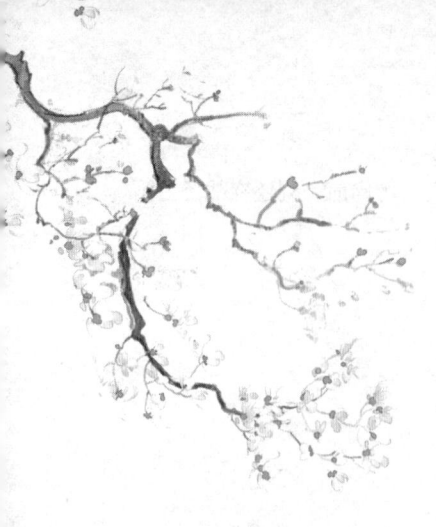

第二十七章 大 婚

翌日，靖王妃亲自去了将军府，与老夫人和林氏商谈婚事。

"我和王爷的意思，这个月就给两个孩子办了，毕竟推迟了这么久，两个孩子的年纪也不小了。当然，还是看老夫人和林太太的意思。"

虽然王府的门第不是将军府可比，靖王妃的姿态却很低，这也是男方家长对女方满意的一种表态。

林氏看向老夫人。大事上，她还是听母亲的。

老夫人当然不会反对："王妃说得不错，本就定好的事，没必要再拖，成亲要用到的东西早都准备好了。"

若不是太子之死，婚事早就办完了。

双方既已谈妥，之后的流程很快就忙而不乱地进行起来。

王府送来的聘礼摆满了将军府的院子，其中一对一人多高的红珊瑚最为显眼，乃御赐之物。

不止如此，泰安帝还赐下京郊的一座农庄，作为给一对新人的贺礼。

出阁前，林好邀请了几名好友小聚，有小郡主祁琼、怀安伯府大姑娘陈怡、宜春伯府四姑娘朱佳玉、西凉伯府的姑娘陶晴，还有两位才与大家熟悉起来的，一个是威武侯府的二姑娘寇婉，另一个是富商之女池彩云。

这二人能这么快与其他人熟悉起来，与林好开的无香花露铺有些关系。

祁烁不在京城的这几个月，林好当然不会把一颗心全放在思念情郎上。相反，正因为牵挂一个人的滋味不好受，为了转移注意力，她大部分时间扑在了花露铺上。

无香花露铺开了第四家分店，且是开在了南边。

很多事就是这么荒唐，明明战乱四起，前三家花露铺的生意竟没受什么影响，甚至南边新开的花露铺在极短的时间内就盈利了。

仿佛只要战火没烧到眼前，就是太平盛世。

事实上，流民明显地多了起来。

遇到灾年，除了官府，富贵人家都有施粥的惯例，林好便以花露铺的名义接济流民，助他们好歹熬过天寒地冻的日子。

祁琼等人听说后就陆续加入进来。

她们家里或大或小都设了粥棚，但用自己的银钱亲自参与，感受完全不同。

比如池彩云，她是个特别实在的姑娘，一激动把积攒的零花钱全拿出来了，连请林好与朱佳玉吃龙虾的钱都没了着落。

林好见她们只出不进难以长久，于是邀请其他几个人合开了第四家花露铺。

"没想到阿好是咱们中第一个出阁的。"朱佳玉笑盈盈地举着酒杯，"阿好，祝你和靖王世子长长久久，美满白头。"

杯中是浅金色的果子露，好看又好喝。

林好道了谢，一口饮尽。

其他人也纷纷敬酒。

林好看着几张笑脸，明明饮的是没有什么酒味的果子露，却有种暖暖的醉意。

在场的几个人，除了寇婉与池彩云，都定亲了，其中陈怡与陶晴的婚期同样是今年。

不管以后如何，至少在这一刻，每个人想到将来都抱着期待。她们中，有的按部就班走到现在，也有的拥有了与林好梦中截然不同的人生。

真好，林好又饮了一杯果子露，这般想着。

林好出阁的前一天，林婵特意留在将军府，陪她歇在落英居里。

窗外芭蕉青翠，微风从打开一半的窗子溜进来，掀动烟粉色的床幔。

姐妹二人就窝在一张床榻上，伴着虫吟说着悄悄话。

"别紧张，一切都安排妥当了，跟着安排走就好了。"

"嗯，我不紧张。"林好侧着身，一只手托腮。

月光皎皎，烛火微晃，林婵看着妹妹那张沉静的脸，心中生出几分迟疑。

那个……母亲该不会没提点阿好吧？

她出阁前一晚想到那小册子，可是又慌又怕，暗暗紧张了许久。

想想母亲的性子，林婵难以放心，忍着脸热，小声问："明晚的事，娘和你说了吗？"

"明晚？娘没说什么啊。"

林婵呼吸一室，声音更低了："那也没给你什么？"

林好面露疑惑："大姐是问陪嫁的账册、钥匙之类的吗？那个娘早就给我了。"

林婵："……"

另一边，林氏一拍额头，想了起来："糟糕，忘了把嫁妆画给阿好！"

她急忙打发大丫鬟芳菲把装着秘戏图的小匣子送到落英居去。

本来当娘的该亲自提点要出阁的女儿，但林氏一想长女就歇在妹妹那里，便放了心，对芳菲道："和二姑娘说，不懂的问她大姐。"

落英居中，林婵正琢磨该如何开口，就听宝珠说太太院子里的芳菲来送东西。

林好请芳菲进来，得到了一个小匣子。

芳菲福了福："二姑娘，太太说您有不懂的就请教大姑娘。"

稳重如林婵，听到这话都忍不住抽了一下嘴角。

这可真是亲娘！

等芳菲告退，林好带着几分好奇打开匣子，没等林婵做好心理准备，就翻开了那神神秘秘的小册子。

看到小册子上的画面，她蓦地睁大眼睛，而后看向林婵。

林婵一张脸瞬间红成了煮熟的虾子。

母亲绝对是故意的！

林好垂眸仔仔细细地看了一眼，再看向林婵。

林婵表情僵了好一会儿，露出个尴尬的笑："二妹，你先看……"

"有不懂的问我"这半句话她到底没好意思说出口。

林好一页一页地翻看起来，一直翻到最后，然后轻轻地碰了一下林婵的手臂："大姐，我好像开始紧张了……"

林好双手按着嫁妆画，像是按在发烫的石头上。

原来成为夫妻，是小册子上那样的……

她看着林婵，黑白分明的眸子里有紧张，也有好奇。

林婵的脸更红了。

她成亲才半年多，说起来还算新妇，怎么被母亲那么一说，好像她经验十足……

"别……别担心……就是嫁妆画上那样……实在看不明白，他们男人知道怎么做的……"林婵"吭哧"半天才憋出安慰的话。

"这样啊……"林好目光微闪，更担心了。

她主动地亲阿烁，阿烁还要躲，怎么能指望他呢？

可看姐姐这样子，还是不为难她了。

无奈之下，林好只好抱着嫁妆画认认真真地看起来。

林婵见妹妹越看越认真，心情一下子复杂起来。

二妹这样，不会把靖王世子吓到吗？

烛光闪了一下，光线有些暗了，林婵轻咳了一声："二妹，早点儿睡吧，明日天不亮就要起来了。"

"嗯。"林好把嫁妆画收好，吹熄了烛火，黑暗中，一颗心"扑通扑通"，跳得她睡不着。

她翻了个身："大姐，我一点儿都不困。"

林婵沉默了。

换谁看秘戏图看那么久也不困啊！

"不困也闭着眼，慢慢就睡着了。"

"嗯。"

纱帐中一时安静下来，不知过了多久，又响起了声音："大姐，你出阁前一晚看的嫁妆画，和我的一样吗？"

林婵："……"

过了一会儿，林好又说道："画上的人有点儿丑……"

林婵深吸一口气，让声音听起来自然些："二妹，睡吧，明日你一天都不得歇呢，睡晚了撑不住的。"

林好乖巧地应了，没多久依偎了过来："大姐，没想到咱们陆续出嫁了。"

林婵"扑哧"一笑，借着浅淡的月色轻轻抚了抚妹妹鸦黑的发，声音比那月色还轻柔："傻丫头，这有什么没想到，男大当婚女大当嫁，这不是顺理成章的事吗？"

林好微微沉默，也笑了："嗯。"

这一次，她真的睡着了。

听着妹妹均匀的呼吸声，林婵松了口气。

窗外虫鸟的叫声不停，不知不觉，一夜就过去了。

天还没亮，林好就被叫了起来，梳妆、换衣一通折腾，待嫁的闺房里，人越来越多。

林好听着祝福的话、叮嘱的话，出阁的感觉越发真实了。

她头上被蒙了红盖头，视线所及，是深深浅浅的红。

憋闷有一些，但更多的是紧张与期待。

外面传来了鞭炮声与喜乐声，是接亲的队伍到了。

林好被簇拥着去了厅中，等到一身喜服的新郎官进来，她哽咽着拜别祖母与母亲。

老夫人缓缓说了教导出嫁女的场面话，轮到林氏，话就简单了："听你祖母的。"

"女儿记住了。"

从大红的喜帕下传出的声音格外乖巧柔顺，引得祁烁盯了红盖头好几眼。

一旁准备背妹妹上花轿的程树格外警惕。

世子看什么呢？难不成想现在就掀盖头？

这可不成！

程树赶紧蹲下来："阿好，我送你上花轿。"

林好由宝珠扶着，伏在程树的背上："多谢大哥。"

"谢什么，应该的。"程树轻松地把林好背起，冲不远处静静站着的阿星笑出一口白牙。

臭小子，居然想和他抢送妹妹上花轿的任务，也不看看谁才是大哥！

再说，就阿星这小身板……

程树背着林好大步从阿星面前走过，露出只有二人能懂的得意的笑容。

阿星微微抿着唇，克制着没在阿好大喜的日子里翻白眼。

程树这么幼稚，哪有一点儿当大哥的样子？他要是再魁梧些，定不会让程树抢了送阿好上花轿的任务。

眼睁睁地看着穿着大红喜服的少女进了花轿里，阿星把唇抿得更紧了。

"哥哥，阿好姐姐嫁人了，以后是不是就不能每天见到了？"小月亮站在兄长身边，小声问。

阿星用力地揉了一下弟弟的头："想什么呢？阿好就嫁到隔壁王府，翻个墙就能回娘家了。"

"那就好。"小月亮扬起大大的笑脸。

成亲的队伍从将军府门口出发，吹吹打打地走在宽阔的街道上。

这样盛大的婚事吸引了无数看热闹的人，追着队伍跑的人越来越多。

丰厚的嫁妆、御赐的贺礼、俊美的新郎，都成了人们热议的话题。

突然，人群中响起整齐洪亮的道贺声："祝林二姑娘新婚大喜！"

成亲的队伍往前走上一段，道贺声就喊上一遍："祝林二姑娘新婚大喜！"

看热闹的人好奇地张望，发现那些喊话的人竟都是乞儿打扮。

这是怎么回事？

人们有心打探，就见那些乞儿一直追着队伍跑，边跑边重复着道贺的话。

漫天都是红色的花瓣与用红纸包着的糖果、喜钱，在这样的气氛下，人们尽管不知这些乞儿是怎么回事，却情不自禁地跟着喊了起来。

"祝林二姑娘新婚大喜！"

再朴素不过的贺词，当这么多人一起喊出时，却有了震撼人心的感觉。

成千上万道声音汇聚，如一道道惊雷，惊醒了独属于初夏的美好，也给见证了这场婚礼的京城百姓留下了深刻的印象。

林好坐在花轿中，听着外面排山倒海般的祝贺声，强忍住掀开帘子的冲动。

别说轿帘，就是盖头也不能掀。

好在走在轿子旁的宝珠贴心地道："姑娘，有好多乞儿给您道喜。"

没过多久，宝珠又说道："现在街上的人都给您道喜呢。"

林好从小丫鬟的话中听出了浓浓的喜悦之情。

盖头下，涂了口脂的红唇微微扬起，勾出喜悦的笑意。

长长的队伍绕城一圈又回到平安坊，停在了靖王府门口。

好在看热闹的人都知道两家就挨在一起，不然该纳闷儿为什么被接走的新娘子又被送回来了。

不少女子看着新娘进了靖王府里，不由得露出羡慕的神色。

婆家与娘家这样近的距离，对一个女子来说，可真是完美啊。

接下来的拜堂按部就班地完成，随着一声"送入洞房"，林好牵着红绸的手紧了紧，与祁烁一道进了新房里。

新房中挤满了人，林好隔着红盖头，只能看到一双双或精致或轻便的鞋，其中一双靴不必问，是属于祁烁的。

阿烁今日穿的靴子真挺括。

林好脑子昏沉，刚闪过这个不着边际的念头，就觉得眼前一亮——喜帕被挑了起来。

光线的突然变化令她下意识地抬头，微微眯起一双杏眼。

映入她眼帘的，是明显地愣住的新郎官。

一旁男方的全福人看不过眼，提醒了一声："世子、世子夫人，该喝交杯酒了。"

世子平日那般沉稳的性子，竟也能看新嫁娘看呆了眼，难怪都说世子与世子妃青梅竹马，十分要好呢。

全福人端来用一对红绸连着的酒杯。

祁烁与林好各端起一杯酒，双臂交缠，把手中的酒杯凑到唇边，饮下交杯酒。

之后祁烁去了前边敬酒，挤在新房中的人也退了出去，留下宝珠伺候林好除下沉重烦琐的饰物，重新为她绾了一个松松的髻。

林好轻轻动了动有些僵硬的脖子，恨不得直接倒在宽大柔软的喜床上。

"姑娘累了吧，先喝点儿水。"宝珠端来一杯温水。

林好接过来喝了几口，轻轻的敲门声传来。

门外是祁琼的声音："阿好，我给你送了些吃食来。"

宝珠连忙把小郡主迎进来，接过她手中的托盘。

托盘上是一碗熬得软糯的红豆粥和一小碟红樱桃。

"一天没吃东西，饿坏了吧？据说成亲前两日都吃得清淡，所以我也不敢给你送肉食，用碗红豆粥垫垫肚子。"

"多谢郡主。"

祁琼莞尔："该叫我'妹妹'了。哦，我也不能叫你'阿好'了，要叫'嫂嫂'。对了，这碟红樱桃是大哥特意提醒我送来的，嫂嫂可要多吃些。"

把吃食送到，祁琼没有多留，笑着告辞离开。

林好端起粥，一勺一勺地吃着。

软软糯糯的红豆粥中放了糖，是恰好入口的温度。一碗吃下去，林好顿时觉得有了精神，拈起一颗红玛瑙般的樱桃放入口中。

这个时节樱桃才上市，这么甜的樱桃着实难得，她不知不觉把一碟樱桃吃完了。等重新漱了口，林好端坐在喜床上等着祁烁回来。

等待的时间总是煎熬的，每一瞬似乎都被无限拉长，让人焦灼难耐；而同时，在这些情绪的缝隙里又填满了喜悦与期待。

林好觉得这种情绪陌生又奇怪，眼睛一直盯着房门口。

阿烁还不回来，还不回来，还不回来……

终于，一道红色的身影出现在门口，林好的眼睛瞬间一亮。

门口那人如玉的双颊染上了绯色，是酒意，也是喜色。

"等久了吧？"他走到林好身边，握住她的手。

"是有点儿久。"

盛装的少女带着几分不自觉的娇嗔抱怨着，令一身大红喜服的男人看直了眼。

"扑通扑通"，他听到了自己急促的心跳声。

"我先去洗漱一下。"祁烁深吸一口气，快步走向盥洗室。

林好也由宝珠伺候着脱下复杂华美的喜服，沐浴后重新换了一身中衣。

祁烁走进来，看到的就是身着大红中衣的女子静静地坐在喜床上，望过来的杏眼里漾着笑意。

他脚下一顿，继而加快了脚步，挨着她坐下来。

宝珠悄悄地退了出去。

新房中只剩下二人四目相对，龙凤喜烛静静地燃烧着。

二人都没有穿外衣，宽松柔软的红色中衣挨在一起，好似两团火相撞，溅起看不见的火星。

屋内突然热了起来。

祁烁觉得自己要说些什么。

"还饿吗？要不要再吃些点心？"

林好摇头："不饿了，刚刚吃了红豆粥和樱桃。"

"樱桃甜吗？"

"甜。"提到这个，林好的唇角不由得弯起。

祁烁目光闪了闪，觉得没有什么比她的笑容还甜。

"累了吧？"

"嗯。"林好放在膝上的手紧了紧。

好像到了歇息的时间，阿烁昨晚……也看过小册子了吧？

根本不受控制，脑海中走马灯般闪过小册子上的画面，林好的一张脸腾地红了。

"那就早点儿睡吧。"

身边的男人抬手把红色的纱帐放下，揽着她躺在了喜床上。宽大的喜床因为躺了两个人，一下子显得局促起来。

林好盯着帐顶的金钩，心中升起深深的疑惑：就这样？

她微微侧头，目光就撞进了一双深沉的眸子里。

"阿烁？"

"嗯。"他低低地应了一声。

本来林好又害羞又紧张，可身边的男人似乎比她还紧张，犹如一根呆呆的木头桩子，她突然就不紧张了，甚至生出了逗他的心思。

"阿烁，你有没有看过那个？"

"哪个？"

林好单手支着下颌，唇边染了笑："就是成亲前都会看的呀。你该不会没看过，所以……"

林好后面的话没说完，就被对方的吻堵住了。

他翻了个身，一只手托住她的头，把人狠狠地按向他。

林好猝不及防，直到那个令人天旋地转的吻结束……不，还没有结束……

红色的床幔遮住了里面的春光，天上的月也躲进了云层里，只有虫儿叫个不停，好似较劲般越叫越热闹。

许久后，帐中传出男人有些哑的声音："看过了，也学会了，你放心……"

"阿烁！"

虫儿的鸣叫声更大了。

天很快就亮了。

林好醒来，就见祁烁已穿戴整齐，手中拿了一卷书，但并没有看。

似乎察觉她的视线，他看过来："还早，可以再睡会儿。"

林好抿了抿发干的唇，视线缠绕着他。

他穿着一件绯色长袍，腰间的玉带端端正正地扣着，可能是才净过面，白皙的面庞如高岭之雪，明明笑着，却有种距离感。

林好很不客气地翻了个白眼。

昨晚她就是被这人模狗样的家伙给骗了！这家伙瞧着老老实实，像根木头，没想到什么都会！

他竟然什么都会！

不知想到什么，林好拉起丝被蒙住了脸。

"阿好——"

林好缩在被子里不出来。

一想到昨夜她还想逗他，她就觉得丢脸。

被子一下子被掀开，坐在身边的人眸色沉沉："或许……敬茶迟到也不打紧……"

林好猛地坐了起来，一边推他一边喊："宝珠，快把今日要穿的衣裳拿过来！"

林好穿戴好，与早等着她的祁烁一起前往正院。

路上，祁烁低声道："不必紧张，父王、母妃都是好相处的人。"

林好嫣然一笑："我知道。"

当了多年的邻居，林好虽与靖王夫妇接触不多，但也知道他们是随和的人。她与小郡主还成了好友，不用头痛姑嫂问题。

林好仰眸看了眼走在身边的人，心道：这门亲事还真是越想越满意呢。

"傻笑什么？"祁烁笑着问。

"没啊，谁傻笑了？"林好努力地收起上扬的嘴角。

祁烁伸手握住她的手，走路轻飘飘的，仿佛随时能飞起来。

路上遇到的下人看到小夫妻竭力掩饰却掩不住的黏糊劲，都忍不住笑。

谁能想到呢，平素温和冷静的世子娶了媳妇竟然像换了一个人。

正院的堂屋中，靖王与靖王妃端坐着，等待新婚夫妇的到来。

"王妃。"

"嗯？"

"不用把背挺得那么直……"

靖王妃一个白眼飞过去："王爷还是少喝几口茶，等会儿还要喝呢。"

她第一次当婆婆，还不能紧张一下吗？

难道她的表现真有那般明显？

靖王妃悄悄放松下来。

没多久，门口的侍女喊道："世子、世子夫人到了。"

靖王妃不由得把放松的身体又绷直了，余光一扫靖王，见他坐得比她还直，靖王妃的嘴角微微抽了一下。

门口的帘子被挑起，祁烁与林好并肩走了进来。

二人皆穿着红衣，眉梢眼角是想掩饰也掩不住的喜色与甜蜜。

祁琼坐在一侧，只觉兄嫂一进来，整个堂屋都亮堂了不少。

"见过父王、母妃。"二人一齐向靖王夫妇行礼。

祁琼起身问好："大哥、大嫂。"

这时门帘被急急地挑起，一个人冲了进来。

靖王当即脸一沉："怎么才过来？"

祁焕迅速地环视一圈，发现所有人都在，暗道一声"糟了"，扯出个大大的笑脸："见过父王母妃、大哥大嫂。"

靖王还想骂，及时想起儿媳还在场，把火气压了下去。

接下来便是新妇敬茶的环节。

"父王请喝茶。"

"好，好。"靖王一口把茶干了，看那豪爽的样子，仿佛在喝酒。

靖王妃忍耐地动了动眉毛。

林好接过靖王的礼物，再给靖王妃敬茶。

靖王妃接过茶盏，打量着敬茶的新妇。

不得不说，单看仪态，新媳妇可比她当初强多了。

靖王妃抿了口茶，笑道："快起来吧。"

靖王府和将军府虽说挨着，以前其实没多少交集，靖王妃对林好的印象与其他人一样，更多的是听来的。

听了那些传闻，她总觉得林二姑娘与正经的大家闺秀不搭边，当然儿子实在喜欢，她也不反对。

可今日看着林好规规矩矩地敬茶，动作、仪态竟无可挑剔，靖王妃突然有种赚到的感觉。

喀，也不能这么说，不过事实就是这个儿媳妇的表现超出预期。

靖王妃唇边的笑意越发真切，她把手腕上的玉镯取下来给林好戴上："以后就是一家人，不要拘束，咱们府上人少，没有太多事。"

"多谢母妃。"林好真心实意地道了谢。

虽说她不是那种忍气吞声的小媳妇，但能与婆母和睦相处当然再好不过。

接下来轮到祁焕兄妹向林好见礼。

"嫂嫂好。"祁焕笑着，张口想问给他准备了什么礼物，余光扫见老父老母，识趣地没贫嘴。

林好把礼物递了过去。

祁焕接过小匣子打开一看，哦，一方砚台。

等等，砚台底下压着的是……看清是一块金砖后，祁焕的眼睛都瞪圆了。

这真是亲大嫂啊，真给他钱花！

"吧嗒"一声，祁焕把匣子合上了，一脸容光焕发："多谢大嫂送的砚台，弟弟以后一定多多写字！"

靖王与靖王妃对视，生出几分困惑。

就算两兄弟感情好，焕儿想对大嫂表现得友好些，也过了吧？

瞎话说得太情真意切了。

祁琼就站在祁焕身边，当然知道是怎么回事，忍笑向林好见礼。

林好送了一对精致灵动的花钗和两条亲手绣的丝帕。

敬茶环节结束后，气氛就越发放松了。回院子的路上，林好笑道："母妃比我想象中的更亲切。"

祁烁也笑了："母妃其实和世人印象中的高门主母不大一样……"

林好点头表示理解。

有祖母和母亲在，她一点儿不觉得奇怪。

接下来的两日称得上轻松自在，很快就到了回门的日子。

一起出门时，祁烁是松了口气的。

这两日在花园中散步时，每当阿好的视线落在围墙上，他就开始担心阿好是不是想翻墙回娘家。

翻墙回娘家不是不行，但他们俩毕竟刚成亲，哪怕只为图个吉利，该守的习俗还是守一下才好。

"怎么了？"察觉祁烁莫名其妙地放松，林好笑着问。

可能是二人这两日太黏糊了，她说话时不自觉就带着几分撒娇。

祁烁微微移开视线，暗暗鄙夷自己在阿好面前几乎不存在自制力。

"想到去岳家，有些紧张。"

林好嗔怪地瞪了他一眼："我怎么觉得你不是紧张，而是松了口气的样子呢？"

"没有。"

二人说笑着走了出去。

将军府门外早就有管事等着。厅中，林氏捏着手帕，向老夫人抱怨："婵儿出阁时有阿好在还不觉得，阿好这一嫁人，突然觉得府中特别冷清。"

她叹了口气，颇有几分咬牙切齿的意味："就连林小花都在大婚那日戴着红绸花去了靖王府！"

当时她看着，心里真不是滋味啊。

"阿好就嫁到隔壁，别不知足。"老夫人懒得搭理闺女的抱怨。

侍女笑容满面地进来禀报："二姑娘、二姑爷回来了！"

林婵夫妇只比林好、祁烁二人落后一步，算是前后脚到的。

"到底是二妹离得近，我还想着出门挺早，没想到还是在你们后面了。"林婵笑着，对妹妹就嫁到隔壁免不了羡慕。

韩宝成则热情地拉住祁烁："没想到与世子成了连襟，今日咱们可要好好喝一杯。"

男人那边有程树与阿星作陪，女人这边则是老夫人、林氏和林婵、林好姐妹，都是一家人，宴席间的气氛十分轻松。

只是，林婵揪了一筷子清蒸鲈鱼吃下，突然变了脸色。

见林婵脸色不对，林氏连忙问："怎么了？"

"没什么。"良好的教养让林婵做不出把吃进口的东西往外吐的事，于是她强忍着咽下，结果恶心的感觉更强烈了。

老夫人有所猜测，饭后就请了大夫来给林婵问诊。

大夫仔细地把了脉，向老夫人道贺："恭喜老夫人，贵府大姑奶奶这是有喜了，只是月份尚浅，要仔细着些。"

老夫人大喜，给了大夫丰厚的赏钱。

"多久了？"林氏问。

林婵脸微红："月事迟了些日子，今日才感到不舒服……"

"这么说，尚书府的人还不知道？"

林婵微微点头。

"既然如此，就早些回去歇着，这两个月少活动。"老夫人叮嘱心腹嬷嬷："翠香，你亲自送大姑奶奶回去。"

回去的路上，韩宝成还一头雾水，挤在马车里小声问林婵："怎么还用老夫人身边的嬷嬷送？"

林婵一时说不出口，最后说道："回去你就知道了。"

等回到尚书府，不用林婵发愁该怎么开口，名叫翠香的窦嬷嬷就把好消息与韩母说了。

韩母喜不自禁，客客气气地送走窦嬷嬷后立刻请来大夫把脉。

很快，尚书府就因为林婵有孕笼罩在喜悦的气氛中。

几家欢喜几家愁，皇宫中最近的气氛有些低沉。

打仗是打赢了，但是最迫切的问题解决后，又有新的难题摆在了泰安帝的面前。一个是打仗造成的百姓流离失所、国库空虚的问题，另一个是储君之位空缺的问题。

一没钱，二没人。

在文武百官看来，没有继承人比没钱更可怕。

这日朝上，众臣再次提起了这个话题。

一名御史抱着豁出去的决心，提出过继的建议。

又有一名大臣委婉地提到了凉王。

泰安帝黑着脸拂袖离去，留下众臣面面相觑，三三两两地一边往外走一边议论着。

靖王飞奔回王府，把朝上议论的事告诉了靖王妃。

"坏了，皇上有可能从宗室中过继太子！"

靖王妃腾地站了起来："选中了咱家的？"

"没，刚有言官提了这事，皇上看着不大乐意。"靖王走得急，脑门儿上都是汗，连喝几大口茶水润喉。

靖王妃很无语："那王爷急什么？我还以为有人选了呢。"

靖王不乐观地摇头："就算现在不愿意，还不是早晚的事？难不成真要复立凉王？"

要是这样，大周费那个劲打北齐干什么？反正早晚要完。

"真要过继也是挑年纪小的，烁儿和焕儿都大了，怎么也挑不到他们头上。"靖王妃并不慌。

就是民间有几个钱的土财主没儿子要从族中过继，也是挑血缘近、年纪小的，不记事最好，这样才养得熟。

"王妃说得也有道理。我是想着烁儿才出了风头，在皇上那里留下了印象……"

靖王妃压低声音，说道："便是选中烁儿，也不是坏事吧？"

她刚刚被王爷急切的样子带歪了，现在回过味来：一旦被选中就是太子啊！

"你想想旧太子祁明。"

靖王妃笑容一滞。

"再想想凉王。"

靖王妃神色更僵了。

"再没有比做太子更危险的差事了。虽说富贵险中求，可咱们已经够富贵了，不值当冒这个险。"

靖王妃连连点头："王爷说得是。你在外多留意，皇上早些有了决定，咱们也好安心。"

靖王妃的想法正是百官勋贵的想法。

不管是复立凉王还是从宗室中过继,皇上,您可早点儿决定啊!

泰安帝已经很久没感受过这种来自臣子的咄咄逼人的气势了。

夜深了,寝殿中宫灯犹亮。

泰安帝静静地坐着,许久都没有动作。

"皇上,早些歇息吧。"刘川轻声劝道。

泰安帝冷笑:"一觉起来,又要听那些人聒噪。"

然而他面对的难题,不是捂住耳朵不听就能逃避的。

储君关乎社稷传承,并非家事。

凉王府那边,这个时间凉王同样没有歇下。

他兴奋得睡不着!

"本王的机会是不是来了?"他赤足走在月光下的青石砖上,丝毫不觉得寒凉。

贴身伺候的内侍看着凉王这模样,又是欢喜,又是不安。

朝廷有了复立凉王的声音,身为凉王的近身内侍,他自然跟着激动,可眼前撕开了人前伪装的凉王又让他犯嘀咕。

他不敢说,可总觉得凉王不大正常。

"你怎么不说话?"凉王停下来,盯着内侍问。

那双眼睛黑漆漆的,莫名其妙地令人心惊。

内侍错开视线,恭敬地道:"奴婢见识浅,也不敢妄议这样的大事……"

凉王一脚踹了过去:"废物,要你何用?!"

现在这些狗奴才果然不如以前东宫里的得用,等他复起,定要把这些没用的全换了。

内侍看到凉王冷冰冰的眼神,心一凛,把顾虑一抛,哄起人来:"王爷别急,皇上就您一个儿子,这就是顺理成章的事……"

"顺理成章……"凉王对这个词很喜欢,"不错,就是顺理成章,哈哈哈哈——"

夜间寂静,不加掩饰的狂笑声传出老远,内侍想劝不敢劝,神色一时十分纠结。

凉王府各处,听到这笑声的人有的吃惊,有的摇头。翌日一早,就有人把消息递进了宫里。

"凉王赤足走在外边,还肆意大笑?"听了禀报,泰安帝的脸色变了又变,最后归于平静。

"刘川。"

"奴婢在。"

"把吴贵人的消息放出去吧。"

"是。"刘川恭敬地应着,心中为凉王叹了口气。

名正言顺的嫡长子,却总能在关键时候掐断自己当太子的机会,也是一种本事。

当日，宫里就传出一个消息：吴贵人已经有喜三个月了。

本来，一个小小的贵人有喜，放在正常的后宫里，连个小水花都不一定能溅起，可放在此时，无异于惊涛骇浪，从后宫席卷到朝廷，不知道影响了多少人。

皇上的嫔妃有孕，那过继宗室子与复立凉王的声音都可以停一停了，至少在吴贵人产子前没必要惹皇上不高兴。

消息传到凉王府，凉王两眼就直了："不可能，不可能！"

完全无法接受现实的凉王白眼一翻昏了过去。

吴贵人有孕的消息传出去不久，泰安帝又召见了祁烁，让他去刑部任职。

百官勋贵得知此事，更歇了那份心思。

靖王世子在与北齐的战争中立了大功，这可是实打实的军功，结果去了刑部当文官，理由是靖王世子心思缜密，画人像的技艺出神入化，特别适合在刑部当差。

皇上的意思太明显了，就是借着靖王世子的任命告诉众臣，别出什么过继的主意。

储君一事争议暂停，国库空虚的大难题又摆在了君臣面前。

阵亡将士的抚恤、受损屋舍的重建、流民的安置，更要命的是战事从冬到春，那些受到波及的地方错过了春耕，之后的艰难可想而知。

朝堂上如菜市场般热闹，主要是围绕增加赋税展开争执，众臣的想法都是没钱肯定要从税收入手，所争无非是征收的手段与力度。

泰安帝一直沉着脸没吭声。

经过战争，最苦的本就是百姓，再从百姓身上搜刮银钱，绝非长久之计。

难道就没有一个利国利民的开源之道？

户部右侍郎郑来盛出列："臣那日偶然走进一家番货店里，见那些番货价值不菲，与店家交谈时，他无意中提及咱们大周的丝绸、瓷器等物到了海外诸国同样是奢侈之物……"

郑侍郎没有直接说开源的建议，却引起了泰安帝的兴趣。

"据臣了解，这些年来有不少商人活跃于海上，通过海外贸易获利丰厚。如今大周急需开源，何不成立官方商队，通过与海外诸国的贸易充盈国库？"

"郑侍郎是说解除海禁？"礼部尚书拧眉问。

郑侍郎咳了一声，没有直接回答。

海禁是太祖时期的事，后来平乐帝继位，坐了两年龙椅就换了今上来坐，对海禁这一块，朝廷其实一直没有明确的态度。

利益驱使人冒险，在朝廷含糊的态度下，无论是从事海上贸易的海商，还是做无本买卖的海盗，都有越来越活跃的势头。

这其中可蕴含着巨大的财富，倘若朝廷能分一杯羹，何愁国库没钱？

郑侍郎算是抛砖引玉，得到提醒的众臣有赞同的，也有反对的，围绕官方要不要展开海上贸易进行了激烈的探讨。

泰安帝就看到户部尚书激动之下把唾沫星子喷到了礼部尚书脸上，礼部尚书"不小心"揪下了户部尚书的几根胡子。

场面一时不忍直视，板着脸的泰安帝眼底却有了笑意。

去赚海外的钱来充盈国库，用之于民，确实是个不错的法子。只不过朝廷多年来对海上贸易这一块了解甚少，对海上的势力割据、航海的路线、海外诸国的形势现状……都不了解。

但找到了生钱的路子，这些困难都能慢慢克服，而第一个要解决的问题就是一些大臣的守旧思想。

泰安帝心里急，面上却只能沉住气，等这些老家伙打上一些日子的嘴仗再说。

一项政策的改变从来没那么容易，哪怕初衷是好的，结果亦是好的。

朝堂上关于开海的讨论渐渐传开了，一些商人与世家闻风而动，各显神通打听着消息。

这些对靖王府没什么影响，靖王按时上朝，祁烁按时上衙，林好则开始忙建学堂的事。

学堂的生源以为花露铺做工的人家中的幼儿为主，束脩较低，如果是女童，学堂不但免束脩，还包一餐。

从学堂的选址，到靠谱儿的先生，乃至满足一个学堂正常运转所需的银钱与人手，处处都需要考量，林好一时间忙个不停，小郡主祁琼也兴致勃勃地参与其中。

每当听到世子夫人和郡主又出去了，靖王妃表情就有些扭曲。

她还指望儿媳妇能分担一下府上的庶务，万万没想到儿媳妇每天往外跑不说，连闺女都给拐走了。

这日听闻世子夫人与郡主没出门，靖王妃竟觉得有些稀奇，便打发侍女请二人过来叙话。

祁琼先到了："母妃找我什么事啊？"

靖王妃脸微黑："没事就不能找你了？每天一大早请个安就往外跑，不看看自己晒成黑炭了。"

"有吗？"祁琼连忙从袖中抽出一个巴掌大的琉璃镜，端详起来，"好像是黑了点儿。"

"那还不老实地在家待着？"

祁琼冲靖王妃露出个讨好的笑："黑是黑了点儿，但我和大嫂是忙正事啊。"

"说起来你们两个到底在忙什么？"靖王妃问。

她早就好奇了，又不好表现得太明显。

"我们在忙办学堂的事。"

"办学堂？"靖王妃声音微扬，说道，"你们两个办学堂？"

"嗯。"祁琼打算和母亲仔细说说，说不定还能得到母亲真金白银的支持。

靖王妃却一脸不可思议："女子办学堂？"

女子竟然也能办学堂吗？

靖王妃出身于寻常富户，要不是因为母亲是秀才之女，劝得父亲给她和姐姐请了几年先生，她恐怕连大字都不识几个。

女儿的话给她带来了不小的冲击。

祁琼错愕地看着她："怎么不能呢？又不用我们当先生，只要有银钱不就可以了？"

靖王妃动了动嘴角，总觉得哪里不大对，可又好像没问题。

这时去请林好的婢女珍珠回来了："世子夫人刚刚出门了。"

"大嫂怎么没叫我？"祁琼纳闷儿地道。

"是亲家太太派人来请世子夫人。"

听珍珠这么说，靖王妃与祁琼没再多问。

就是规矩格外多的人家，亲家太太来请也没有拦着儿媳妇回娘家的道理，何况王府从来没这么多规矩。

"琼儿，你再仔细地说说办学堂的事。"

林好确实是被林氏打发来的人叫走的，却不是叫她回将军府，而是直奔天元寺。

马车上，林好问林氏的丫鬟芳菲："太太怎么在天元寺？"

芳菲脸色不怎么好看，声音更是能听出慌乱："太太去为大姑奶奶祈福。"

林婵、林好姐妹嫁了人，将军府这边的称呼就成了"大姑奶奶"和"二姑奶奶"。林婵有了身孕，林氏为女祈福也在情理之中。

只是瞧着芳菲的脸色，再想到天元寺这个地方，林好心中生出不妙的预感："难道又遇到事了？"

她记得，那次母亲在天元寺发现了无头女尸，案子至今未破。

芳菲一脸一言难尽："太太说等您到了，她亲自和您说。"

林好点点头，不再问了。

天元寺就在城中，马车速度不慢，没多久就到了。

林好下了马车走过去，遇到的守门僧人还是上次来时的那个。

守门僧人原想拦人，一见林好，认了出来，脸色当即变得古怪，身子侧过去让开路："女施主请进。"

林好微笑着点头，不妙的感觉更强烈了。

领路的小沙弥看了林好一眼又一眼，乖巧地问："女施主，我们是不是见过？"

林好弯了弯嘴角："去年来过。"

"去年？"小沙弥眨眨眼，恍然大悟，"小僧想起来了，您就是那位太太的女儿！"

"是啊。"林好笑笑。

小沙弥的脸上带了几分同情："没想到您又来了。"

林好深吸一口气，忍住了询问的冲动。

母亲既然不让芳菲说，她就更没有必要问别人了。

"劳烦小师父了。"林好客气了一句，加快了脚步。

很快她就看到了围着的官差与僧人，与一名官差说话的正是林氏。

"娘——"林好喊了一声，走过去，"发生什么事了？"

林氏露出尴尬的笑容："阿好，你来了。喀，要是娘说又发现了一具无头女尸……"

"娘怎么发现的？"林好面不改色地问。

"这一次真的是凑巧了。我上完香去了许愿池，往回走的时候嫌太阳大就从竹林穿过，出了竹林路过那处假山……"林氏指了一下不远处的山石，"突然觉得有臭味飘来，我就过去看了一眼，然后就发现山缝里有东西……"

这个"东西"不用说，就是无头女尸了。

那边仵作初步验完尸，低声向刘捕头说明情况。

刘捕头时不时点点头，听完走过来："林太太、世子夫人。"

林好颔首打了招呼。

"冒昧地问一下林太太，前两日您有没有出过门？"

"前两日？"林氏不假思索地摇头，"没有啊。最近天热，哪儿都没去，就今日出门来上个香。"

林好挽住林氏的胳膊，神情变得严肃："刘捕头为何这么问？"

刘捕头心道：再没有比林太太更好说话的贵夫人了，这位当世子夫人的女儿就没那么好应付。刘捕头当下语气更客气了些："是这样的，仵作经过查验，推断死者的遇害时间在两三日前。"

"刘捕头怀疑家母？"

"不不不，世子夫人误会了。实在是两次无头女尸都是令堂头一个发现的，小人就想多了解一些情况。"

哪有这么巧的事，他就是忍不住怀疑了！奈何对方身份高，在找到证据前，就算怀疑，他也不能表现得太明显。

林氏后知后觉反应过来被怀疑了，愣了一下后，不以为意地摆摆手："刘捕头有什么想问的尽管问。"

这般坦然的态度，反而让刘捕头打消了不少猜疑。他拱手道："等进一步查过，若有新发现，可能少不了打扰您。"

"没事没事，有什么想问的随时找我。"

刘捕头："……"这确实不像是做了坏事的样子，可怎么会有人两次在同一座寺庙里发现尸体？

"刘捕头方不方便透露一下先前无头女尸案的进展？"林好问。

刘捕头的面上浮现出几分尴尬："目前还没什么进展。那具女尸被发现时已经遇害有些日子了，身上也没留下能找出身份的物件……"

此案愁得他们推官头发都掉了不少，在发现这具女尸前已被归为悬案暂时放下了。

"天有些热，我陪家母先回去了。若有疑问，随时都可以来找我。"

刘捕头自然不能拦，还说了不少客气话。

回去的路上，母女二人坐了同一辆马车，林氏难得地有些不好意思："娘真的不是故意惹事的……"

"是是，都是事找您。"林好笑着安慰。

林氏瞪了女儿一眼:"我怎么觉得你这丫头在笑我?"

"怎么会?今日之事纯属巧合,谁能想到假山缝里有具尸体呢?"

至于娘为什么会闻到臭味就赶紧去看一眼……算了,自己习惯就好。

"阿好,世子不是在刑部吗?他们顺天府既然破不了案,刑部也不管管?"

属顺天府管辖的命案,初审后一般会交刑部审拟。

林氏倒不是怕背上杀人的嫌疑,她的行踪明明白白不怕人查。她想的是,既然两次遇上这种事,许是冥冥之中遇害的冤魂在向她求助。

"等阿烁回来我问问。"

"那就好。这凶手专杀女子,还把人的头砍了,简直丧心病狂。"

说话间马车停下,母女二人一同下了车,一个人走向靖王府,另一个人走向将军府。

两府的门房对视一眼,不约而同地浮现出一个念头:这婆家到娘家的距离,真近啊。

祁烁一回院子,林好就迎了出去:"阿烁,你回来啦。"

祁烁打量着她,唇角扬起:"有事找我?"

"嗯。"

祁烁牵着她的手,二人一起走进里间。

"我娘今日去天元寺,遇上一桩事……"

祁烁听完,一时竟不知如何评价。

"明日我问问那边负责此事的推官,两边合作一起查一下。"

林好挽住祁烁的手臂:"阿烁,你们要是去现场查案,能不能叫上我?我娘可是两次发现尸体的人。"

祁烁失笑:"想去就去,还要把岳母大人扯上。"

林好放松地往他的身上靠了靠,叹气:"我娘其实比我还想去。"

翌日祁烁就去了顺天府,向一直负责此案的刘推官说明来意。

刘推官一听靖王世子愿意主动帮忙,自然求之不得。

他可是听说了,靖王世子胆大心细,又能根据三言两语画出疑凶的模样,对破案是大大有帮助。

"我想看一下去年无头女尸案的案卷。"

"世子稍等。"刘推官很快命下属取来案卷。

案卷上记录了整个调查过程,并有详细的验尸记录。

调查过程并无特别之处,祁烁的视线落在验尸记录上,他问道:"这上面说死者的锁骨处有不少窄而细的伤痕,疑似簪子等尖细之物所刺,因而推断凶手很可能是女子,那上次调查有没有统计常去天元寺的女客?"

刘推官摇头:"没有名单。实在是去天元寺的女客太多了,那女尸被发现时已死了一段时间,根本没办法从香客入手调查。"

"仅凭女尸上的伤痕推断凶器为簪子,并不能排除天元寺僧人的嫌疑——不说簪子太容易获取，就是男子束发也会用到，便是类似簪子的尖锐之物也有不少……"

"天元寺的僧人都问过话，奈何人死了至少一个月才被发现，至今都没查出其身份，想要通过排查发现嫌疑人根本不可能。"

祁烁将视线从案卷上移开："昨日发现的死者遇害不久，身份有线索了吗？"

刘推官苦笑："因为没了头，一时难以查明身份。"

"刘大人有没有问过辖下诸县，特别是两个京县，看近日可有百姓报家人失踪？若有，失踪之人的年纪、性别若能与无头女尸对上，就可请来认尸。"

刘推官面露愧色："昨日忙着在现场寻找线索，一直到天黑才回，还没来得及过问。"

他立刻安排人去两处县衙问话。

天元寺那边有官差继续盘查，祁烁没有急着去现场，而是与刘推官一起等着县衙那边的消息。

两处县衙同在京城内，没多久就传来了回复。

东城县三个月内报失踪五起，西城县三个月内报失踪三起，一共八起失踪案，其中，丢失幼童四起，少女失踪两起，成年男子失踪一起，老妇人失踪一起。

其他情况不谈，很快，报少女失踪的两个报案者就被请到了府衙。

"见过青天大老爷。"

刘推官温声唤二人起身。

两个报案人，一个是五十多岁的老叟，一个是三十多岁的妇人。

"老伯先说说令孙女的情况。"

老叟揉了揉眼睛，声音透着苦涩："草民的孙女叫兰花，今年十六岁。五天前，兰花说和朋友约了去摘野菜，直到天黑都没回来。草民去了她朋友家打听，那丫头说兰花摘了一篮子野菜先走了……草民到处找人都找不到，于是去报了官……"

老叟说着跪下来："兰花她爹娘走得早，就留下这么个孙女相依为命，求大人帮草民把孙女找回来啊……"

刘推官一番安抚，又问妇人。

妇人的眼睛都是肿的，显然这几日都是以泪洗面："小妇人的女儿叫燕儿，今年十五岁，大前日说出去玩儿，结果再没回来。小妇人去问了她常玩儿在一起的朋友，都说那日没见过她……"

堂中响起妇人的哭泣声。

刘推官看了祁烁一眼，见对方没有开口的意思，暗暗叹了口气，道："昨日在天元寺发现了一具女尸，推断年纪在十四岁到二十岁之间……"

"大人是说草民的孙女出事了？"

"燕儿，我的燕儿啊！"

刘推官忙道："二位先不要激动，请你们过来就是辨认一下尸体。"

老叟与妇人对视一眼，齐齐望着刘推官。

那眼神令刘推官不忍多看，刘推官委婉地提醒道："就是尸体有些骇人，二位要有个准备。"

"如何骇人？"妇人立刻问。

老叟也是紧紧地盯着刘推官。

刘推官迟疑了一下，缓缓地道："没有头。"

没有头？

老叟与妇人反应过来后，脸色"唰"地变得惨白，一个摇摇欲坠，一个捂嘴流泪。

一行人来到临时停放尸体之处。

明明是艳阳高照的天，停尸房中却阴森森的，令人心中发毛。

刘推官停下来，没再靠近："就在那里，二位可以去看一看……"

老叟走了几步就走不动了，整个人颤得厉害。

反而是妇人，明明怕得不行，却拖着沉重的脚步，一步步靠近，走到了盖着白布的尸体旁。

衙役伸手要把白布掀起，被妇人拦住："我……我自己来……"

衙役看向刘推官，见刘推官点头，他默默地退了一步。

妇人隔着白布死死地盯着尸体，眼圈越来越红，终于积蓄起足够的勇气揭开了蒙尸布。

饶是做足了心理准备，看到无头尸体的瞬间，妇人还是忍不住惊叫出声，连连后退。

那老叟眼睛闭了又睁开，反倒先看清了尸体的模样。

"不是兰花！"老叟的喊声中带了喜意。

刘推官立刻问："老伯为何这么肯定？"

老叟有些激动，又竭力把情绪压着，以至于表情有些扭曲："我家兰花生得黑壮！"

尽管女尸已经腐败，可底子如何还是能看出来的。这无头女尸手脚纤细，肌肤细腻，能想象是个肤白婀娜的少女。

"兰花壮实着呢，这不是兰花，不是兰花……"老叟语无伦次，看到愣住的妇人，猛然住了口。

妇人如梦初醒，扑过去用手撑着木板，死死地盯着尸体。

也就几个呼吸的工夫，她放声大哭起来："燕儿！娘的燕儿啊！你怎么会这样？！怎么会这样？！"

眼见妇人要往尸体上扑，衙役手疾眼快地把她拦住。

祁烁走了过去："大嫂确定这是你的女儿？"

"错不了。"妇人双手掩面，眼泪从手指缝隙中涌出，"燕儿手腕处有一个胎记，位置和形状都分毫不差……"

祁烁冲刘推官点点头。

刘推官会意，吩咐手下把老叟与妇人带回堂中。

妇人一直在哭，老叟在最初的庆幸后也变得沉默。

就算今日认的尸体不是孙女，也不代表孙女就平安，何况看着一位失去女儿的母亲，谁都不觉得好受。

"老伯可以先回去，本官会安排人查探令孙女的下落。"

"多谢大人。"老叟给刘推官磕了个头。

在京城，每年失踪的人并不少，特别是幼童，指望官府找回来几乎是不可能的，很多人甚至都不会报官。

至于命案，其实也是没破的比破了的多。

老叟离开了，只剩妇人痛哭，刘推官几次想问话，见祁烁静静等待，便也耐心地给妇人留出发泄情绪的时间。

最后还是妇人停止了哭泣，"扑通"往二人面前一跪："求二位大人一定要把害死我女儿的凶手找出来啊！"

祁烁把妇人扶起，温和地问："大嫂还记得令爱出门的具体时间吗？"

祁烁年轻面善，语气温和，如春风安抚了妇人濒临崩溃的情绪。

妇人哽咽地道："一大早就出去了，说是去找朋友玩儿，就再没回来……燕儿，你怎么会去天元寺啊？……"

祁烁心微动："令爱从没去过天元寺吗？"

"几年前小妇人带她去过，她嫌无趣，以后就不去了。"

刘推官若有所思地道："一个觉得烧香拜佛无趣的小姑娘，突然去了那里，很可能是玩伴提议的。"

"可那些常在一起玩儿的丫头都说那日没和燕儿在一起……"妇人的脸色突然一变，"难道她们糊弄我？"

"你把令爱常玩儿在一起的朋友的姓名、住处说清楚，本官自会安排人去查。"

妇人一口气说了六七个名字，刘推官记下，吩咐手下速去查问。

祁烁则让人取来笔墨："大嫂说令爱长什么模样。"

"燕儿眼睛很大，和我一样的瓜子脸……"

随着妇人的仔细描述，一名正值妙龄的少女跃然纸上。

祁烁把笔放下，请妇人确认。

妇人捂着嘴哭起来："是燕儿，是燕儿……"

刘推官默默打量，有些吃惊。

画上的少女美丽得有些过分了。

再想到那具无头女尸，他难免唏嘘。

"刘大人，我们带着此画去天元寺问问大前日可有见过燕儿的人。"

刘推官眼睛一亮："世子说得是！"

难怪都说靖王世子在查案中能起到关键作用，有这么一手把受害者的长相如实画出来的绝技，何愁找不到线索？

见妇人下意识地跟着，刘推官把人拦住："你先回去等消息，有进展本官会派人知会你。"

妇人动了动唇，到底不敢提出跟着去的要求，行了一礼，默默退下。

林好接到祁烁打发人传回的消息，直奔天元寺。

马车在寺门口停下，林好正好见到祁烁与刘推官走来。

"世子。"林好快步走过去，看着刘推官微微一笑："是刘大人吧？咱们去年见过的。"

刘推官定睛一看，有些错愕："林二姑娘……"余光扫到祁烁，他反应过来，"世子夫人。"

可不是见过？还是在天元寺，还是无头女尸，还是那个发现尸体的人，要不是眼前的女子绾起了妇人的发髻，他险些以为时间没有流逝过。

怎么这么巧？

刘推官看了一眼祁烁。

"你们来查案吗？"林好一笑，"真是巧了，我来看看有什么进展。"

祁烁也笑了："那正好，一起进去吧。"

刘推官的嘴角狠狠抽了一下。

糊弄谁呢，这夫妻俩太过分了！

心中埋怨着，刘推官愤愤地加快脚步，挤到了二人中间。

祁烁："……"

林好趁机打探起案情："刘大人，无头女尸的身份有眉目了吗？"

"多亏世子提醒，我们才找到了受害者的家人……"因为案子有了进展，刘推官兴致勃勃地说了起来。

祁烁："……"

天元寺今日谢绝香客进入，林好走在安静肃穆的寺中，很快就见到了出来相迎的住持。

住持看起来已到花甲之年，连眉毛都白了，神色间难掩疲倦。

一番寒暄后，刘推官拿出燕儿的画像："还请住持召集寺中僧人与杂役，看他们大前日可见过受害者。"

"各位稍候。"住持很快吩咐下去。

钟声响起，惊起飞鸟无数，天元寺不愧是富贵人家常来的寺庙，僧人虽不少，召集起来却忙而不乱，很快殿前就站满了僧人。

他们依次上前，去看画像。

"师父对画像上的少女可有印象？"

被询问的僧人摇了摇头。

下一个僧人走过来，同样摇了摇头。

排队的僧人渐渐减少，刘推官手指敲打着椅子扶手，心情渐渐焦灼。

不会那么不走运，没有一个僧人对燕儿有印象吧？

"咦，这位女施主小僧大前日见过。"

随着一道稚嫩的声音响起，众人的视线全都落在了小沙弥身上。

小沙弥紧张得红了脸。

"小师父莫怕,你把知道的说清楚就好。"林好放柔声音安抚小沙弥。

小沙弥看看林好,又去看住持。

住持冲小沙弥鼓励地点点头。

小沙弥抿了抿嘴,重新打量着画像:"就是大前日上午,她和另一个女施主在放生湖边吵起来了,小僧路过时多看了一眼。"

刘推官精神一振:"另一个女施主长什么样?"

知道长相就好办了,靖王世子几笔就能画出来!

小沙弥摇摇头:"当时这位女施主面对着路这边,而另一位女施主面对着放生湖,小僧没看到她的长相。"

刘推官失望地叹气:"那高矮胖瘦呢?"

要是身形比较特殊,也算有点儿帮助。

小沙弥挠了挠光光的头顶,有些不好意思地说道:"小僧很快就走过去了,没太留意,好像不高不矮不胖不瘦吧……"

"小师父听到她们吵什么了吗?"祁烁开口问。

小沙弥歪着头,努力地回忆着:"只听到画上的女施主说'我就是生得好看',可能是看到小僧路过,就没再说。"

刘推官捋了捋胡子:"这样的话,线索可能还要落在燕儿的玩伴身上。世子不妨先与下官回去等那边查探的消息,这里留一些人继续问话。"

祁烁点头:"也好。"

除非机缘巧合,查案向来都是烦琐、枯燥、冗长的活计,最需要的就是耐心。

刘推官留下几名带来的手下,与祁烁、林好离开了天元寺。

"阿好,你要不要……?"

林好瞥见刘推官瞪圆的眼睛,笑着打断祁烁的话:"我就先回府了。"

"那你先回去休息,找出与燕儿一同去天元寺的人,我会及时跟你说。"余光瞥见刘推官无语的表情,祁烁一脸淡定:"岳母大人因为撞见尸体,一直挂心,早日找出凶手也好让她放心。"

刘推官恍然大悟。

原来是他误会了,靖王世子与世子夫人不是卿卿我我,而是出于对长辈的一片孝心。

林好深深地看了祁烁一眼。

阿烁可真会说话。

分开后,林好带着宝珠坐上马车往靖王府而去,哦,不,其实是回娘家。

没办法,母亲还在等消息呢。

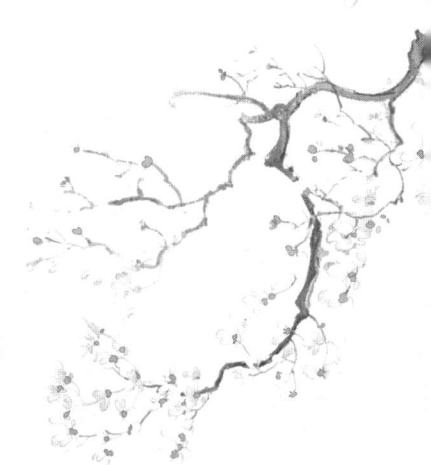

第二十八章 查 案

林好下了马车往将军府走,突然冲出一个人拦住了她的去路。

那人冲出来很急,宝珠下意识地拦在林好前面,比宝珠反应更快的是跟在马车旁的护卫。

"放开我!"被拦住的少女高喊。

林好看清少女的模样,微微皱眉:"常晴?"

拦住她去路的人正是温如归与表妹常氏所生的外室女常晴,不对,现在该叫温晴了。

温晴一见林好就认了出来,眼中迸出光亮:"二姐,我有事找你……"

拦住她的护卫听了这话,不由得看向林好。

林好在听到"二姐"的瞬间眼里就结了冰,摆摆手,示意护卫把人放开。

温晴冲到林好面前,眼泪簌簌而落:"二姐,求你救救父亲吧!"

"我只有一个姐姐,没有妹妹。你若再乱喊,我就叫护卫把你丢出去。"林好冷冷地警告。

温晴哭声一停,抬袖擦了擦眼泪,怯怯地问:"那我该叫什么?"

她的相貌继承了父母的优点,精致清丽,与林好有两三分相似,她这么柔柔弱弱地问着,在旁人眼里很容易显得林好气势逼人。

好在这里是将军府门前,旁边就是靖王府,两边的人都是向着林好的,林好也不在意旁人的目光。

"你也不是幼童,该怎么叫人还要别人教?"林好挑了一下眉,转身欲走。

其实她一个字都懒得和温晴说,可温晴既然找上门来,就不是避开能打发的,她要是不理,温晴说不定就要去纠缠大姐。

大姐脸皮薄心肠软,一旦被那一家四口缠上,麻烦就断不了。

· 693 ·

温晴急了，连忙喊道："世子夫人，求你救救父亲吧，父亲病得厉害，我们实在拿不出银钱请大夫了！"

林好脚下一顿，转过身来："所以你是来要钱的？"

温晴被噎了一下，面上闪过一丝难堪。

她没想到，对方也是有身份的人，说话竟这么直接。

可是想想今年就要参加秋闱的兄长，她也就把女儿家的那点儿自尊抛开了。

天天只知道买醉的酒鬼父亲病了，偏偏是在这时候。一旦父亲去世，哥哥就会因守孝错过今年的乡试，那对她和娘亲来说无异于灭顶之灾。

温晴压下难堪，泪花涌出来："世子夫人，长辈间的矛盾自有长辈解决，无论如何他都是你的父亲，求你救救他吧。"

她这般哭喊，路过的行人与周围的邻舍驻足的驻足，探头的探头，看热闹的人越来越多。

林好皱眉："我还没说什么，你就哭个没完，是想借着旁人的议论给我施压吗？"

温晴咬了咬唇。

林好看着她委屈的样子，露出似笑非笑的神色："别忘了，你姓温，我姓林。你认为能影响到我的，对我来说不值一提。"

"可是……可是父亲就要不行了……"温晴又掉起眼泪。

"要多少？"林好不耐烦地打断了对方的"嘤嘤嘤"。

温晴万万没想到林好问得这么干脆，一愣之下险些呛到。

"一……一百两……"她大着胆子说出一个数字。

曾经，她也觉得一百两不算什么。父亲可是侍郎大人，住着豪宅华屋，奴婢成群，她与娘亲打几样首饰都不止一百两。

父亲被罢官后，日日酗酒，哥哥还要读书，坐吃山空之下，那些首饰陆续被当了出去，原本赁的宅院也越换越小，她才知道一百两银子对寻常人家来说是怎样一笔巨款。

有了这一百两银子，不仅能保住父亲的性命，哥哥参加乡试的花费也有了。

"一百两啊……"林好弯了弯唇角："宝珠，拿一百两银票给她。"

温晴一愣：这么好说话吗？一瞬间，她不由得后悔要少了。

林好神色平静地转了身，向将军府走去，到了门口，正与林氏碰上。

"阿好，那狗东西的女儿来找你了？"林氏抓着林好的手往外看，只看到渐渐散开的看热闹的人。

"娘，我们进去再说。"

林氏忍到进了屋，立刻问："她来找你干什么？"

"说她的父亲病了，求我给些医药费。"

"那狗东西，病死才好！"林氏一拍桌子，气得脸都红了，"那狗东西怎么有脸找你要钱？阿好，你给了？"

"给了一百两。"林好端起茶盏喝了几口。

茶水清香四溢，连她乍然见到温晴心里起的那点儿波澜都被抚平了。

她最恨的是父亲，其次才是常氏，至于对常氏的一双儿女，根本谈不上恨，只是不愿与对方有任何牵扯。

林氏一听，牙都痒了："一文都不该给，还不如拿来喂狗！"

林好笑笑："若是不给，怕她去找大姐闹。娘别气，就当喂狗好了。"

林氏打量着林好的神色，见她真的没有伤感低落，心里的紧张这才散了。

时过境迁，她对温如归是一丝在意都没有了，只剩对自己年少犯傻的懊恼和对这个男人的愤恨。她不在乎钱，怕的是阿好割不断与温如归的父女之情。阿好完全不在乎那个爹，她就放心了。

阿好说得对，不能让他们找上婵儿。

"就怕这次给了，下次又来。"

林好不以为意地笑笑："娘别担心，一次两次算是堵住世人的嘴，他们想当狗皮膏药也没那么容易。"

碍于天然的父女血脉，明面上她确实不好太绝情，但在双方差距巨大的情况下，想摆脱那一家的纠缠并不难。

其实在林好看来，那一家四口忍了这么久才找上门来已经出乎预料了。

林氏见女儿如此淡定，也就把这事抛开，问起无头女尸案的进展，当听说查出了女尸的身份，不由得松了口气："太好了，早点儿找出凶手，也算了了我的一件心事。"

母女二人聊了一阵，又去见了老夫人，林好便回了王府。

金乌从东边悄悄爬到西边，眼看着就要坠下去。一处低矮的民房里传来妇人的骂声。

"早不病晚不病，眼看辉儿要考试了就病了，你是见不得家里好过是不是？"

破旧的架子床上，一脸病容的男子睁了睁眼，又闭上了，嘴里喊着："水——"

温如归脸色蜡黄，双颊凹陷，皮肤松弛，看起来比实际年龄老了至少十岁，与两年前春风得意的侍郎大人仿佛不是一个人。

听他要水，常氏嫌弃地皱起眉："天天喝酒，把自己喝成这个鬼样子，到头来还要人伺候你！"

刚开始的时候，虽然住进华屋当贵夫人的期盼落空，但她想着男人在京城多年，好歹有些人脉，儿子用功读书，将来能搏个前程，日子苦一点儿不是不能忍，却没想到男人从此一蹶不振，只知道借酒浇愁。

这么一日日过去，面对一个醉醺醺的酒鬼，再多忍耐都化为了埋怨。再久一些，埋怨便成了怨恨。

她恨不得温如归立刻死了，别再糟蹋家里的银钱，偏偏为了儿子能够参加科举考试，他还死不得。

常氏端了一碗水给温如归灌了几口，动作与温柔丝毫不沾边，换来温如归一阵咳嗽。

听到动静，温辉拿着书走了进来："父亲没事吧？"

"能有什么事？辉儿，你别操心，读你的书去。"

温辉看了病榻上的温如归一眼，眼中露出几分担忧。至于是担心父亲本身，还是担忧影响他参加科举考试，那就说不好了。

"天都快黑了，妹妹还没回来，我去找找。"

常氏连忙把他拦住："你快去温书，娘去找。"

"娘……"

"用不了多久就要下场了，没什么比这个更重要。"常氏催着儿子继续去读书，换了件蓝布衣裳出了门。

虽近黄昏，一出门却是热浪扑来，常氏没走几步就出了一身汗，神色越发不耐烦了。

拮据的生活磨没了她身上娇柔的特质，只剩应付柴米油盐的急躁。

"这个死丫头，让她去要钱就不见影子了，真是不省心！"她边骂边往靖王府的方向走，一路都没找到温晴。

金乌彻底坠了下去，只剩一团暗红晕染着西边的天际。常氏抬头望了一眼天色，心开始下沉。

莫非晴儿撞见了林婉晴那个悍妇？

常氏不认为林好会伤害女儿。在她看来，林好身份再高，体内流的还是温如归的血，有钱有身份，反而好要钱，这也是她没让女儿去找林婵的原因。

林婵虽比林好好说话，可嫁的是文官府上，这种人家往往规矩多又抠搜，儿媳妇没那么大自由。

就怕晴儿碰见那浑不吝的悍妇林婉晴，秀才遇到兵。考虑到靖王府与将军府的距离，这种可能性可不小。

常氏脚步匆匆地赶到靖王府，敲响了大门。

门房看了看："你是……？"

常氏挤出一抹笑容："小女今日来找她姐姐，一直不见回去，所以我来问问。"

"不知令爱在我们王府做何差事？"

"小女的姐姐是贵府的世子夫人。"

门房拧眉："这不对吧，没听说我们世子夫人有妹妹。"

他突然想起今日看到的热闹，神色有了异样："你是那姑娘的娘？"

那姑娘在将军府门口缠着世子夫人，他可是看到了，也知道了那姑娘的身份，再看眼前的妇人，自然没了好脸色。

"你闺女拿了我们世子夫人给的银钱就走了，要是找闺女，就去别处看看吧。"

眼见门房要关门，常氏一急，用手抵住门板："你说我女儿拿了钱就走了？那是什么时候?"

门房一脸不耐烦:"就下午的时候,两刻钟不到就走了,你去别的地方找吧。"

"可是……"常氏上前一步,鼻尖险些被用力关上的大门拍到。

她不甘心,又拍了几下大门,大门却纹丝未动,她只好沿着回去的路找了起来。

等到夜色渐浓,万家灯火,常氏抱着温晴已经回去的盼头回了家,结果盼头落了空。

温辉一听也急了:"娘,我们一起出去找。"

母子二人一起出了门,一人一个方向往温晴可能去的地方找起来。

渐渐地,那些民居的灯火熄灭了,热闹的商铺也关了门,大街小巷变得空荡荡的,打更声远远地传来。

常氏与温辉重新碰到一起,脸色皆是惨白。

"没找到晴儿?"

温辉很少这么活动,一开口气喘吁吁:"没有,娘也没找到妹妹吗?"

常氏摇了摇头,看着如墨的天色,一跺脚:"肯定是落那悍妇母女手里了!"

"娘是说林……太太?"

常氏冷笑:"除了她还有谁?不行,我要去找她们!"

"按说她们没必要为难妹妹。"温辉觉得事情不大对劲。

"按说?按说那悍妇还不该和你爹义绝呢!辉儿,你回家去,娘去靖王府找人。"

"我和您一起去。"

常氏第一反应就是拒绝:"不用,你马上要科考的人,别掺和这些事。"

"那也不能妹妹不见了,我还关门读书……"

"你是在家照顾病重的父亲,是在尽孝。"常氏推着温辉让他回去,自己匆匆地奔向靖王府。

夜色中,靖王府檐下的灯笼微微摇晃,把橘黄的光洒在门前的两头石狮子上,门房听到急促的敲门声,揉着眼打开了门。

"怎么又是你?"

眼见门房要关门,常氏大喊:"我女儿不见了!"

"不见了?那你去别处找啊,来这里干什么?"

"我要见你们世子夫人!"

门房黑了脸:"撒泼撒到王府来了?快走快走,不然拿你见官!"

"见官就见官,我女儿来找世子夫人就不见了,我还想报官呢!"

晚上安静,常氏这一闹,不少人好奇地出来张望。

林好正与祁烁闲谈,听到禀报,二人走了出去。

"发生了什么事?"祁烁问。

门房连忙说道:"就是这妇人,说她女儿来找世子夫人后不见了,来闹呢。"

林好看向常氏,险些认不出来。

穿着蓝布衣裙的妇人一脸泼辣，人也圆润了，与两年前那个清丽柔弱的妇人判若两人。

常氏一眼认出林好，扑了过来："我女儿呢？你把我女儿弄到哪里去了？"

"温晴没有回家？"林好心一动。

门房在一旁道："这妇人之前来过一次。"

"去她常去的地方找过吗？"

常氏激动地哭着："找遍了！我知道你心里怨我们，可再怎么样，晴儿是无辜的啊，求你把晴儿放了吧……"

林好与祁烁对视，心里有了猜测。

常氏其实是很擅长示弱的，不然也不会笼住温如归这么多年，甚至让温如归为了给她腾出正妻之位诬蔑林家。

面对门房时，她泼辣凶悍，引出了看热闹的人；再面对林好时，她便苦苦地哀求起来。

林好等她哭够了，平静地道："今日温晴来找我，拿了银钱就走了，当时有不少人瞧见，你若不信，大可去问。"

常氏根本不接这个话，"嘤嘤"地哭道："二姑娘，你嫁进了王府里，都是世子夫人了，何必为难晴儿呢？就算你不想认，她到底也和你流着同样的血，是你的妹妹啊……"

林好冷了脸："你要这么说，那就去报官吧。"

"你……你就不为王府想想？"常氏眼睛盯着祁烁。

祁烁伸手揽住林好，淡淡地道："王府的名声不劳外人操心。"

夜风有些燥，林好没了与对方拉拉扯扯的心思，提醒道："要说起来，你真的应该去报官。"

常氏眉头一皱，听出不对劲来。

林好上前一步，摇曳的灯光洒在她如玉的面庞上，使她的声音莫名其妙地有些森然："昨日天元寺发现了一具无头女尸，至今还没找出凶手。"

常氏眼睛骤然睁大，脸色惨白如纸："你……你这么说是什么意思？"

林好正色道："不排除凶手继续作案的可能。"

"不可能！"常氏抖着毫无血色的唇，盯着林好的眼里迸出恨意，"你怎么能这么咒晴儿？"

林好摇了摇头："在我的印象里，你也不是笨人，这个时候还为了你那点儿小心思耽误时间，那你可能真要失去女儿了。"

"无头女尸的事是真的？"常氏一颗心沉了下去。

"这种事打听一下不就知道了？"林好语气冷淡地说道。

如果不是想找出杀害无头女尸的凶手，她一个字都懒得跟这个女人说。

听林好这么说，常氏彻底慌了："晴儿真的落入杀人狂手里了？"

林好的脸色缓和了些："温晴是离开这里后失踪的，这样吧，王府会派些人帮你找找看，你最好早些报官。"

这话落入看热闹的人耳里，他们不由得暗道：世子夫人心善。就连常氏一时都不知该如何反应，最后憋憋屈屈地道了声"谢"。

祁烁很快安排了十多名家丁陪着常氏四处寻人。

院中灯火通明，林好重新沐浴，换了一身雪白的中衣，坐在床榻上。

祁烁也洗漱过，挨着她坐下来。

"阿烁，你说温晴的失踪与无头女尸的凶手有关的可能性有多大？"

林好虽对常氏说得笃定，其实像温晴这样年少美貌的女子，失踪有太多可能了。

"不好说。明日我打算亲自去盘问平日与燕儿来往多的女子，若能把和她同去天元寺的人找出来，想必会有突破。"

今日在天元寺，虽然从小沙弥口里得知了另一名女子的存在，刘推官派出去盘问情况的人却没有收获。

"我和你一起去。"林好想到下落不明的温晴，心情有些沉重，"凶手如果真的对温晴下手，那她现在的情况估计不妙。阿烁，你看，第一具无头女尸被发现是在一年前，燕儿出事却与温晴失踪隔得如此近……"

祁烁看着她，微微弯了唇角："阿好，你为何会把温晴的失踪与无头女尸的凶手联系到一起？"

林好被问得一怔。

"两具无头女尸都是在天元寺被发现的，天元寺人来人往，几乎不存在把尸体弄进寺中的可能，也就是说，她们应该是在寺中遇害。温晴拿到银钱，赶紧回家才符合常理，而不是去天元寺。"

林好也反应过来，想了想，说道："你分析得有道理，我可能是……出于直觉吧。"

直觉，听起来毫无说服力，但她下意识就是这么想的。

"先睡吧，明天我们一起查查看。"

翌日一早，刘推官看着出现在面前的小夫妻，眼角直抽。

这俩人，在案发地"巧遇"就算了，一起来衙门有些过分了吧？

"刘大人，今日可有人前来报官？"祁烁问。

刘推官随口道："一般来报官也不会这么早。"

百姓间一些鸡毛蒜皮的事闹到报官都是去顺天府辖下的县衙，命案要案才会报到顺天府来。

刘推官话音才落，就听手下来报："一名妇人刚刚来报官，说女儿失踪了。"

刘推官现在对少女失踪格外敏感，连忙对祁烁道："世子与世子夫人稍等，下官去去就来。"

"刘大人，我们可能知道报官者的身份。"祁烁说着，自然地起身。

林好默默跟上。

刘推官吃了一惊："世子这话何意？"

未卜先知这种事并不存在吧？

"昨日一位叫温晴的姑娘来找内人……"祁烁简单地说了情况，"所以今日我才带内人来衙门等候。"

"原来如此。"刘推官深深地看了林好一眼，心道：这位世子夫人好像总能遇到事。

之后几个人一起去见报案者顺理成章，来的果然是常氏。

常氏见到二人，连吃惊的情绪都没力气有了，乌黑的眼圈显然是一晚上没怎么睡。她"喃喃"道："晴儿还没找回来……"

"这样吧，刘大人，今日我去见见燕儿的玩伴，温晴就劳烦你带人找一找。"

对祁烁的提议，刘推官没有意见："让刘胜陪您去。"

刘胜就是刘捕头，刘推官的族侄，昨日燕儿的几个玩伴就是他带人去盘问的。

路上，刘捕头向祁烁、林好二人说着情况："常与燕儿玩儿的一共有五个人，都是十几岁的小姑娘，一个住在巷子头……"

祁烁静静地听完，说道："先去燕儿家。"

燕儿家开着一家不小的杂货铺，几个人过去时，燕儿娘正坐在铺子门口发呆。附近的人许是知道她家出了事，这个时候并无来买杂货的。

一见几个人，妇人腾地站起来："是不是找到害燕儿的凶人了？"

妇人眼里迸出的希望令林好有些心酸，她柔声道："大嫂，这里人来人往不方便，咱们进去说吧。"

妇人点点头，带着几个人走进了后边的院子里。

后边的院子很敞亮，一株枝叶繁茂的石榴树肆意伸展，枝头零星地挂着将要凋谢的小红花。

祁烁在院中站定："我们就不进去了。昨日去问过令爱常来往的五名玩伴，今日打算再问问大嫂。"

"大人的意思，那几个丫头中有人扯谎？"

"大嫂先不要多想，一切等查清楚再说。"

妇人的脸色变了变，默默流泪。

祁烁转向刘捕头："刘捕头，麻烦你把那五位姑娘带到这里来。"

"是。"刘捕头以为祁烁懒得多跑，想到对方的身份，丝毫不觉得奇怪。

人家宗室子弟，不整日打马招摇就不错了，怎么可能如他们这些衙役一样顶着大日头东奔西跑。

刘捕头带着手下一走，祁烁便对妇人交代了几句。

妇人脸色不断变化，最后点点头。

没过多久，五名少女陆续随衙役前来。

她们看起来都是十四五岁的年纪，被衙役带出家门明显很紧张，特别是看到神情憔悴的妇人，手脚更是无处安放。

妇人冲过来，往五名少女面前一跪："求求你们，有谁知道燕儿的消息告诉我吧，燕儿到现在连头都找不到，死不瞑目啊……"

五个小姑娘哪遇到过这种场面，各个神色惊慌，不知如何是好。

林好走过来，把妇人拉起交给宝珠照顾，眼波流转，扫过五个小姑娘："你们不必紧张，我会在屋中问你们一些事情，你们回答完就可以走了。"

五个小姑娘互相看看，脸上的紧张少了些。

"这位妹妹先随我来吧。"林好随意地指了一个人，率先转身走向屋中。

被选中的少女神色紧张，在原地僵了好一会儿才微垂着头慢慢向屋中走去。

堂屋连接着东西屋，林好就在西屋里等着，而西屋正是燕儿的房间。

因为以前经常来找燕儿玩儿，走进来的少女对这间屋子很熟悉，这让她既放松又忐忑，心情十分复杂。

"坐吧。"林好指指不远处的凳子。

少女犹豫了一下，小心翼翼地坐下来。

"我问你几个问题，希望你能如实回答。"

少女点了点头。

"燕儿失踪那天，你见过她吗？"

"没有！"少女不假思索地回答。

"不用这么急着回答。"林好神色温和，语气淡淡地说道，"你看，我连你的名字都没问，等出了这个门，你们五个人中无论谁提供了线索，我都不会对外透露。想想失去女儿的燕儿娘，想想你与燕儿的情谊，我希望你想清楚再回答。"

"真的吗？"

林好弯唇："当然。"

分析一下小沙弥那番话，当日燕儿与同伴也就是拌了几句嘴，同伴不敢承认，无非是怕传扬开来被人议论。十四五岁的小姑娘没什么城府，排除了她们的顾虑，问出话来的可能性还是很大的。

果然，少女的神色放松了不少，她下意识地扫了一眼窗外，见窗子被窗帘严严实实地遮着，小声道："燕儿失踪那日我真的没找她玩儿，但我知道燕儿最近经常和梅花一起玩儿，梅花就是院中穿白裙的那个……"

林好点点头，又问了几个问题，少女都配合地回答了。

"我可以出去了吗？"

"再坐会儿吧。"见少女目露不解，林好柔声解释，"给你们留出一样的时间，别人更猜不出什么了。"

少女一听，面露感激："多谢姐姐。"

许是真的有了安全感，她眼圈一红，落下泪来："姐姐一定要把害燕儿的凶手找出来，燕儿太惨了……"

"一定会的。"林好拍了拍她的手。

又坐了一会儿，少女出去，换另一个少女走进来。

林好说了差不多的话，进来的少女如前一位少女一样放下戒心，说了不少与燕儿有关的事，可惜她也否认那日与燕儿一起玩儿过。

直到第四位少女进来，林好不着痕迹地扫视过她的白绫裙，温和地请她坐下。

"那日我没和燕儿在一起。"

"可她们都说近来与燕儿玩儿得最多的就是你。"

"她们胡说！"

少女一脸气愤，林好却看出她几分心虚，于是又说了那番话，最后说道："梅花，你是个聪明人，应该发现她们三个进来的时间差不多，等会儿你也是一样的，外人不会知道那日与燕儿一起去天元寺的是谁。你还有什么顾虑呢？你才十五岁，难道真要一辈子活在愧疚中？"

"我……"梅花动了动唇。

这些话如重锤敲在她的心头，动摇了她瞒到底的决心。

"梅花，你把知道的说出来，不只能帮惨死的燕儿早日找出凶手，还能帮你尽快从阴影中走出来。这不光是为了燕儿，更是为了你自己。"

说话是有技巧的，林好所说的每一个字都让梅花觉得官府已经认定了那天与燕儿一起去天元寺的就是她，这对一个没什么经历的小姑娘来说无疑是巨大的压力。

"你们难道不怀疑与燕儿一起去天元寺的人是凶手？"梅花问道。

林好心中一定，知道梅花的嘴算是被撬开了。

"怎么会？当日有僧人看到她们只是吵了几句嘴。朋友间拌个嘴不是很平常吗，何至于杀人还把人的头砍下来？官府早有推断，凶手应是遭遇变故心态扭曲之人。"

"真的不会传出去？"

"我保证。"

"我……我说……"梅花双手掩面，这几日承受的压力化作泪水涌出来。

林好默默地递去一条手帕。

"那日我与燕儿去天元寺是去求姻缘，结果在放生湖边互吐心事时发现我们的心上人是同一个人……"梅花哽咽地说起那日的事，"发现心上人是同一个人后，我们都觉得他心悦的是自己，话赶话吵了起来。我说'我和敬哥小时候就一起玩儿，难道就因为你生得好一些，他就会喜欢你？'，燕儿说'我就是生得好看'……"

林好想到小沙弥的话，微微点头。

"后来我就生气先走了，没想到燕儿……"梅花眼圈一红，不再掩饰自责，"我不该叫燕儿去天元寺的……"

这几日她没有一刻平静过，一直祈求这一切都是梦，噩梦醒了，燕儿还活着，她们还是偶尔会拌嘴的好朋友。

心理防线随着坦白坍塌，梅花捂嘴痛哭。

"你说的敬哥叫什么名字？家住何处？"

梅花止住哭声，眼中浮现出警惕之色。

"不要多想，只是正常的调查，我们不会冤枉无辜的人。"

梅花咬着唇犹豫了一下，有些不情愿地道："他叫张敬，与我家住在同一条胡同里。那日从天元寺离开后我就去找他了，他不在家，他们家接到信儿说他姑姑没了，一家人出城奔丧去了，燕儿的事和他一点儿关系都没有……"

"既然如此，你就更不必担心了。"林好温柔地安慰道。

梅花不安地抓着白绫裙："那……你们会把他叫来问话吗？"

别人都知道她和敬哥关系好，要是见到敬哥被官府盘问，岂不就猜到那日与燕儿在一起的是她了？

林好知道梅花的担心，一句话打消了她的顾虑："奔丧这种事一查便知，用不着把人传来问话。"

梅花松了口气。

林好却话锋一转："可是没有新线索的话，就只能围绕你们几个常与燕儿玩儿的人深入调查。梅花，你再仔细地想想，你们在天元寺没遇到特别的人或者发生特别的事吗？"

"特别的人……"梅花沉吟半响，摇了摇头，"没有啊。那日去上香的人挺多的，没有什么特别的……"

她一顿，像是想起了什么，语气不大确定地道："我和燕儿吵架后先走了，因为心里有气走得比较急，不小心撞到了一个人，这算特别吗？"

林好心一动，连忙问："那人是男是女？"

"是个女子。"

"还记得她的长相吗？"

梅花很快摇头："看不到她的长相，她戴着帷帽。"

"年龄、身形、衣着呢？"

"我感觉也就比我大两三岁吧，她很瘦，虽然没丫鬟跟着，但看穿戴不似寻常人家……"

"你撞到她，她没说什么吗？"

"没有，不过她应该挺生气的。"梅花努力地回想着，"她帷帽上的面纱晃了一下，我看到她的嘴紧绷着……"

梅花突然停下来，神色纠结。

"怎么了？是不是想到了什么？"林好耐心地询问。

"我不知道是看错了还是确实那样……"梅花犹豫着。

林好拍拍她的手："别怕，之后会去求证的，你只要说出你留意到的就好。"

"她的脸上好像有疤痕……"

"疤痕？"林好脑中闪过什么，可惜因为太快太突然，她没有抓住这丝灵光，"什么样的疤痕？左脸还是右脸？"

"左脸……不对，好像是右脸！"梅花摇摇头，"我记不清了，也许是看错了……"

不过是随意的一眼，如果不是刚刚绞尽脑汁地回想，她甚至想不起这种细节。

疤痕、出身富贵的年轻女子、天元寺、没有头的美貌少女……林好在心中念着这几个词，那一闪而过的灵光变成闪电劈开脑海中的混沌，一个人浮现出来。

梅花看着林好的神色变化，紧张地喊了一声："姐姐？"

林好回过神，压下汹涌的情绪，冲梅花露出一个安抚的笑容："等会儿你再出去。"

梅花乖巧地点了点头，又坐了一会儿，才在林好的提醒下走到院中。

林好不动声色地又与最后一位少女聊过。

五位少女进去的时间差不多，出来时的神色看起来也差不多，无论是刘捕头，还是燕儿娘，都分辨不出哪一个是与燕儿的死亡有关系的。

祁烁请刘捕头送五个少女回家，与林好一起向妇人告辞。

"大人，她们……她们知道燕儿那日的事吗？"

"大嫂，你放心，害燕儿的凶手一定会找到的。"

刚离开燕儿家，林好就低声道："去天元寺。"

祁烁进了马车里，在路上，她把问到的情况说了。

"听梅花说，她撞到的女子脸上好像有疤痕，我突然想到一个人。"

"想到谁了？"

林好微微摇头："我怕说了后影响我们的判断，还是先去天元寺求证一下吧。"

"其实我也想到一个人。"

"谁？"

"一年多前在城外青鹿寺惨遭毁容的唐二姑娘。"

祁烁口中的"唐二姑娘"就是武宁侯府二姑娘唐薇，她的胞姐唐蔷死于废太子之手，也因此，泰安帝没有追究废太子在武宁侯府遇刺的事。

原本显赫风光的武宁侯府在京城的富贵圈子中渐渐没了存在感。

"看来我们想到一起去了。"

祁烁笑着揽住她："很多时候直觉是糅合了各种信息后的一种判断，并非无稽之谈。"

说话间天元寺到了，二人直接找到住持，询问燕儿失踪那日来添香油钱的贵客名单。

像那种添了不少香油钱的香客，都有僧人专门记下。佛门说是清净之地，某些方面其实也不能免俗。

果不其然，二人在名单上看到了武宁侯夫人的名字。

"一年多前的名单还保存着吗？"祁烁问。

天元寺两次出了这种事，受到的影响不小，住持也想早日抓到凶手，于是很配合地命管事僧人呈上账册："这类账册至少要保留五年，二位施主慢慢看。"

二人凑到一起，从两年前的账册开始看，很快就在册子上找到了武宁侯夫人的名字，是在第一具无头女尸被发现的一个多月前。

看下来，武宁侯夫人三个月左右会来一趟天元寺，再就是一些节日。估计是女儿在青鹿寺出了事，武宁侯夫人烧香拜佛的阵地就转移了。

"多谢住持。"

走出天元寺，林好望了一眼远处："武宁侯府虽没落了，直接上门去查恐怕只会打草惊蛇。"

如果温晴的失踪是唐薇所为，那她可能就是破案的关键。

祁烁听了林好的担心，不由得笑了："不必太高看他们，既然查案时武宁侯府进入了视野里，找个理由查一查并不难。"

天有些热，从天元寺走出来到马车上的工夫就是一身汗，祁烁劝林好先回府，自己则去找了锦麟卫指挥使程茂明。

程茂明听祁烁说明来意，一口答应下来。

他常为皇上办事，再清楚不过，皇上对武宁侯府不待见着呢，帮这个忙他一点儿不为难。

很快，锦麟卫就悄悄带走了唐薇出门用的车夫，略用些刑讯手段便撬开了他的嘴。

据车夫交代，昨日二姑娘乘车回家时瞧见一名脚步匆匆的少女，就命他停下，把那少女弄进车里带回了侯府。

原来，唐薇在青鹿寺出事后，家里就安排了一个会功夫的丫鬟到她身边，那丫鬟制住温晴这种娇弱的少女可谓手到擒来，恰好那段路没有别的行人，一切发生得又太快，因而并没有人瞧见。

知道温晴还在武宁侯府就好办了，程茂明安排得力手下带队，以搜查细作的名义敲开了武宁侯府的大门，把侯府翻了个底儿朝天。

温晴是在唐薇院中堆放杂物的房间里被发现的。被找到时，她缩在有旧屏风遮挡的角落里，听到脚步声就瑟瑟发抖，却因为嘴巴被堵住，发不出声音来。

林好站在武宁侯府外，看到了被锦麟卫带出来的唐薇，也看到了温晴。

那个怀着小心思冲到她面前来要钱的少女，其实是十分豁得出去的，可现在的她犹如惊弓之鸟，而她的脸……

林好望着温晴脸上的伤痕，垂在身侧的手紧紧地握了一下。

看到讨厌的人遭遇这种事，她并不觉得开心。

她掉转视线，看向唐薇。

印象中骄纵跋扈的少女几乎瘦成了纸片，被人押着往前走时只是垂着头，没有挣扎反抗。

"薇儿！薇儿！"武宁侯夫人追出来，推搡押着唐薇的锦麟卫，"你们要把我女儿带到哪里去？她不可能是细作！"

后边追出来一串人，跑在最前面的是武宁侯。

至于武宁侯世子唐桦，一早出去玩乐，这时候正好回来，看到这番情景，大惊失色："母亲，这是怎么回事？"

他那位太子姐夫在侯府里遇刺后，官府来抄家的情景在他的梦中出现过很多次，不怪他一见到这种情形险些吓没了魂。

武宁侯夫人指着带队的锦麟卫："他们非说你妹妹是细作，要把你妹妹抓走！"

日头将要落山，到了吃晚饭的时候，各家炊烟袅袅，听到动静跑出来看热闹的却越来越多。

武宁侯抓着武宁侯夫人的手臂，低声道："不要闹了，一切等查清楚再说。"

到这时他算看出来了，锦麟卫搜查细作只是借口，找被女儿藏起来的少女才是真。

这少女若只是平民女子，武宁侯府本来有许多遮掩的手段，可有锦麟卫介入，女儿藏匿、虐待女子的罪名是逃不过了。

"可他们怎么能把薇儿一个姑娘家带走……？"

武宁侯脸一沉："够了，再闹下去，说不定整个侯府都要遭殃！"

武宁侯夫人这才住了口。

这时一队衙役走过来，其中混了个妇人。这妇人先是脚步一顿，而后发疯般冲了过来："晴儿，你怎么在这里？你个死丫头跑到哪里去了？啊，你的脸……"

常氏看清温晴脸上的伤痕，尖叫一声："晴儿，你的脸怎么了？"

带着衙役来的刘捕头对领头的锦麟卫解释："这位大嫂的女儿昨日不见了，报到顺天府，今日我们一直陪着她到处找人。"

领头的锦麟卫早已得到程茂明的交代，配合地解释了几句，就把温晴和唐薇主仆交给了刘捕头。

"回衙门！"刘捕头一挥手。

"差爷等一等。"武宁侯快步走过来，提出一起去顺天府。

唐薇不管如何恶劣，毕竟是个闺阁少女，因此对武宁侯提出来的要求，刘捕头没有拒绝。

看热闹的人聚了不少，林好默默地站在其中，一时无人留意。

祁烁不知从何处走过来，握住她的手："要不要一起去衙门看看？"

林好摇了摇头："算了，你去吧，了解了真相回来和我说就是了。"

不难猜测，唐薇因为被毁容，内心变得扭曲，最后发展到杀人。

天色暗了下来，顺天府中灯火通明，负责审问的是刘推官。

审问过程顺利得令人意外。

"为什么把她带回家？"一直垂着头的唐薇定定地看着温晴，居然笑了一下，"没有什么原因，就是看到她这张脸觉得讨厌。"

温晴被这毒蛇般的目光缠上，控制不住地叫了一声，缩进常氏的怀里。

刘推官见她这样，吩咐手下先带常氏母女下去。

"也就是说，你无缘无故地掳了温晴，把她藏在家里实施虐待？"

唐薇突然看了旁听的祁烁一眼，脸上挂着漫不经心的笑："本来我没细想是什么原因，见到靖王世子就想到了。我说怎么瞧着温晴这么讨厌呢，原来她和林好长得有点儿像。"

刘推官不由得看了祁烁一眼，立刻问："你与世子夫人有过节？"

"过节？不算吧，就是看她不顺眼。"

"薇儿，你在胡说什么？"武宁侯脸色铁青，觉得女儿疯了。

"侯爷莫要干扰问案。"刘推官警告一声，问起天元寺的事："那两具无头女尸，也是你杀的？"

在武宁侯惊骇的目光中，唐薇点了点头："不错。"

"唐薇，你是不是疯了？！"武宁侯扬手欲打，被左右衙役拦住。

唐薇歪了歪头，眼神莫名其妙地令人心惊："杀了她们怎么了？谁让她们羞辱我？！"

堂中静静的，只有少女阴恻恻的声音响起："去年我陪我娘去天元寺上香，风把我的面纱吹起，那个贱人像见了鬼一样惊叫。我就用簪子划破了她的脸，再让丫鬟割下她的头，她终于不乱叫了……"

"那燕儿呢？"

"呵。"唐薇撇了撇嘴角，"她更该死！她对朋友炫耀说她生得好看。我看等她的脸被划烂，她还能好看吗？！哈哈哈——"

听着唐薇的招供，武宁侯双目赤红，若有刀在手，估计会把这个令侯府丢尽脸面的逆女一刀剁了。可是有衙役阻拦，他除了气得心口发闷毫无办法。

"第一个受害者是什么身份？"

唐薇答得理直气壮："我怎么会认识？"

刘推官脸皮抖了抖，心道：疯子真是不可理喻。刘推官还是耐着性子问："那她们的头颅呢？你藏到哪里去了？"

"藏？"唐薇挑了挑眉，似乎觉得这话很可笑，"划烂的东西有什么可藏的？我让丫鬟丢到湖里了。"

"湖里？"

唐薇歪头想了想："哦，那个放生湖。"

官府派人去天元寺放生湖打捞时，寺外称得上人山人海，一直到下午，两颗头颅终于重见天日。

走出天元寺大门，林氏长长地吐出一口浊气："阿好，你知道燕儿家，回头打发人给燕儿娘送些银钱去。"

银钱买不回女儿，但旁人也只能用银钱表示一下心意了。

"去年那个女孩子，是不是查不出身份了？"

看了大半日捞尸，林好的心情轻快不起来："很难查出了，去年没有符合条件的报案人，受害者又只剩下一具白骨。"

"那咱们就捐些钱，让她有个安眠之处。"

"嗯。"

见林好脸色沉沉，林氏抬手捏了一下女儿的脸："年纪轻轻别老皱眉，当心早早长皱纹。走，娘带你去吃烤鸭，前街新开了一家食肆，烤鸭堪称一绝。"

林好哭笑不得。

刚刚母亲比她还操心呢，这么快就有心情吃烤鸭了。

似乎猜到林好在想什么，林氏说道："咱们尽了心意就够了，自己的生活总要过好。等吃完烤鸭，天也没那么热了，再去银楼逛一逛。"

"好。"林好露出笑容。

新开的食肆，烤鸭果然是一绝，母女二人饱餐一顿后，在去银楼的路上被一支进城的队伍吸引了视线。

"阿好，你快看，黄头发的人！"林氏扯着林好的衣袖。

"哎哟，那个还是蓝眼睛呢！"如林氏这般看得目不转睛的人不少，兴奋、惊奇的议论声"嗡嗡嗡"，如无数飞舞的蜜蜂。

那些人的服饰非常少见，发色、眼睛与黑发黑眸的大周人完全不同，走在京城的大街上，可谓引起了轰动。

林好倒是听到了一点儿风声，拉着想往前凑的林氏道："听阿烁说，朝廷要放开海上贸易，这些异邦人可能是听到风声来探情况的。"

"原来海外的异邦人真的像黄毛妖怪……"林氏"喃喃"道，不知想到什么，眼神有了些变化。

林好"扑哧"一笑，指着队伍中的一个人："也不是啊，娘，你看那个人，好像和咱们差不多。"

林氏顺着林好指的方向望去，嘴巴微张，忘了眨眼。

见母亲直直地盯着异邦人中那位黑发黑眼的男子，林好拉了拉她："娘？"

"阿好，你掐我一下。"

"娘，您怎么了？"

林好看着那位走在队伍中的中年美大叔，听着林氏的胡话，心中产生一个惊人的猜测：母亲该不会对这个异邦人一见钟情了吧？

这个猜测刚一闪现，她就见林氏扬手把一物扔向了那名男子。

林好看清被母亲扔出去的油纸包，眼前一黑。

她不反对母亲再觅良人，可是亲娘啊，您想引起人家注意，扔个香囊不成吗？怎么能扔烤鸭呢？！

随着油纸包向男人飞去，队伍和看热闹的人群一瞬间出现了轻微的骚乱，随后，那油纸包就被男人轻松地抓到手中。

那双与大周人的黑眸无异、在队伍中却显得格格不入的黑眸顺着"暗器"飞来的方向望去，看到了呆若木鸡的林氏。

林好生出拉着"犯事"的母亲拔腿就跑的冲动，却见男人面露惊喜，大步流星地走了过来。

队伍中有人用异邦语言喊了一句，男人以同样的语言回之，喊话的人笑着摆摆手，随队伍走了。

看热闹的百姓大多数追着异邦人的队伍跑，也有一部分人好奇地看着走过来的男人。

男人身高腿长，身姿挺拔，哪怕能看出不是年轻人了，旁观者也不得不承认是个美男子。

"和咱大周人真像啊！"人群中有人感慨。

男人神色惊喜，拍了犹如泥塑的林氏一下："婉晴，真的是你？"

林氏如梦初醒，抓住男人的手腕哭了起来："大哥，我还以为你出事了！"

男人正是程树的父亲程志远，林氏的义兄。程树三岁时他便出门远游，刚开始每隔几年还回来一趟，可这四五年来别说人回来，就连信都没有一封。

林氏暗暗担心义兄出事了，老夫人暗暗担心义子出事了，各自悄悄派了人去他信上提过的一些地方找，可谁都不敢挑明了讨论，仿佛只要不说，那个热忱洒脱的人终有一日会回来。

义兄真的回来了！

林氏的眼泪"唰唰"直流。

"婉晴，你别哭啊，我一点儿事都没有，好着呢。"

"好着呢？"林氏重复。

程志远笑出一口白牙，还拍了拍胸口："特别好！"

林氏神情突然变得狰狞，手往腰间摸去。

程志远一见她这动作，条件反射般就跑。

这么多年过去，婉晴居然还一言不合就动鞭子。

林氏自然摸了个空，拔腿便追："特别好？有本事你别跑！"

留下林好目瞪口呆，承受着无数好奇的目光。

刚刚兄妹重逢的感人场面是不是消失得快了一点儿？

将军府中一片忙乱，却是喜悦的忙乱。

林氏追了一路，急喘着冷笑道："我还以为大哥连家门都不认得了。"

老夫人眼睛泛红，数落女儿："多大的人了，脾气说来就来。"

"母亲，您是没听见，大哥说他这几年好着呢，特别好！"林氏咬牙道。

老夫人冲义子露出和蔼的笑容："志远这几年过得特别好，我就放心了。"

程志远眼角抽动了一下。

义母的手要是不去摸拐杖，他就信了。

识时务者为俊杰，程志远"扑通"跪下了："不孝子让您担心了，这几年孩儿没睡过一个安稳觉，日夜想着您与义父啊！"

"既然如此，怎么人不回来，也没有个只言片语捎回来？"老夫人声音听着还算温和，努力地克制着用拐杖抽义子几下的冲动。

程志远惭愧地道："孩儿出海去了，隔着汪洋大海，实在联系不便，也曾托人帮忙送信，只是后来没见那人返回。义母没收到信的话，许是那人出事了……"

做海上生意能攫取巨利不假，可风险也大，先不说人祸，就是大海的威力都不知道令多少人葬身海底。

巨大的利益伴随的向来是巨大的风险。

老夫人听义子讲了海外的事，叹了口气："人平安就好。"

"义父不在家吗？"

这话一说出口，场面一静。

程志远看看老夫人，再看看林氏。

刚刚凶神恶煞的林氏红着眼，一副要哭出来的样子。

程志远心一沉，声音带了颤抖，问道："义父呢？"

老夫人垂眸压下涌上来的水光，平静地道："你义父过世了。"

"过世？"程志远一脸难以置信，未曾察觉眼泪就流了下来，"怎么会……怎么会？"

老夫人看起来越发平静，温和地宽慰义子："生老病死谁都免不了，你义父是病逝的，过世时也是年近花甲的人了，不算短寿。"

"孩儿没能给义父送终啊！"程志远"砰砰"地磕着响头，边磕边哭。

林氏动了动唇想劝，被老夫人摇头制止。

有些情绪，发泄出来反而好些。

这样由着程志远痛哭了一通，老夫人才道："快起来吧，你义父要是知道你这个样子，非抽你不可。"

"要是义父还能抽我就好了。"程志远的眼泪又掉了下来。

记忆中，义父揍过他两次：一次是他拖着不想娶妻，义父揍了他，骂他不孝，对不住把他托付给义父的亲爹；另一次就是他决定远游的时候，义父痛殴了他一顿，骂他对树儿狠心。

揍过他，义父还是放他走了。

程志远双手捂着脸，无声地痛哭。

门口有动静传来，响起侍女的通传声："公子回来了。"

程志远哭声一停，僵在原地，迟迟没有动作。

他当然知道丫鬟口中的"公子"是谁。

这个漂洋过海闯荡的汉子，从回到家，眼窝就浅得藏不住眼泪，也没勇气回头看他的儿子。

树儿肯定会怨他。

程树定定地看了跪在地上的男人的背影一瞬，狐疑地看向老夫人。

祖母打发人报信说他爹回来了，让他赶紧回家。这个跪着的人……就是他爹吗？

他爹怎么听到他回来了也不回头？

程树回想着他一路跑回家的心情变化：从一开始的震惊，到激动，到小小的埋怨，再到现在的茫然。

他爹该不会在外面养了一堆孩子，所以觉得没脸见他？

有了这个猜测后，程树绷紧了脸皮。

老夫人看不过去，咳嗽一声："志远，树儿回来了，你别光顾着哭了。"

程志远缓缓转过身。

转身前，他的心情起伏纠结，可当看到那个与自己神似的青年时，他便再也忍不住，站起身来，快走几步来到程树面前，抓住了程树的手。

"树儿！"程志远喊了一声。

程树是个开朗宽厚的性子，看着额头红肿、涕泪交加的父亲，心里的火气不觉消了，犹豫了一瞬，喊了一声"爹"。

"哎。"程志远一张脸立刻笑成了花，用力地拍着儿子的肩膀，"都长这么大，这么高了。"

程树实在没忍住，翻了个白眼："您上次回来都是八年前了，我当然长高了。"

程志远神情一黯，叹道："是爹对不住你！"

"那您这次回来还走吗？"程树说不清出于什么心理，问了一句。

程志远看了老夫人与林氏一眼，有些心虚地道："这次会多住些日子。"

程树皮笑肉不笑地道："您是不是在外头安家了？每次回来没多久就走。要儿子说，不如把妻儿都接进京来。"

程志远抹了一把脸，哭笑不得："瞎说什么，你爹的家不就在这里，除了你，哪里来的妻儿？"

"那您怎么就不在家里待呢？"程树嘀咕道。

林氏耳朵尖，跟着道："是啊，大哥，家里多好啊，你去海外天天瞧着那些黄毛瞧得惯吗？"

程志远看着林氏，眼底藏着苦涩。

婉晴还是这个样子，单纯又快活，天大的烦恼哭过骂过就算了。

还是他……喜欢的样子。

程志远连忙把这个念头死死地压下，暗骂自己无耻。

他与婉晴一起长大，当他懂得情滋味时，这个傻丫头就在他的心里了。他还记得那日他鼓足勇气，想向义父义母坦白，结果婉晴如一只快活的鸟飞进来，对义父义母说她看中了一个人。那个人便是新科进士温如归。

义父义母只有婉晴这么一个掌上明珠，毫无意外在婉晴的几番撒娇下顺了她的心意。

很快，他悄悄喜欢的傻姑娘就成了别人的妻，他那鼓起勇气要说的心事从此就只能是心事了。

义父说，他不能断了程家的香火，不然就是害义父对不起好兄弟的罪人。然后他娶了妻，生了子，又丧了妻。

程家有后了，他终于不必为了延续程家香火再娶了，可温府离将军府这么近，婉晴回来得这么频繁，他知道他必须走得远远的，才不会让龌龊的心思冲破理智，也不会因婉晴对那个男人亲昵而心如刀割。

果然，离开了，他就好受多了。

"大哥，想什么呢？"林氏见程志远发呆，推了他一下。

程志远回过神，讲起海外的风俗人情，众人都听得入了迷。

"这次回来带了不少有趣的玩意儿，突然遇见婉晴和阿好，没顾得上拿。"程志远说出这次回来的因由，"咱们要放开海上贸易的风声传了过去，一些异邦商人决定亲自来了解一下，我听说了，就跟着回来了。"

"志远，你是想做海上生意？"

程志远不知道老夫人对此事的态度，但他知道义母向来是开明宽容的，因而从没想过隐瞒："是有这个想法。孩儿熟悉海外诸国的情形，会说他们的话，这几年也有了属于自己的货船和人手，倘若朝廷放开海上贸易的消息属实，放着这个生意不做可惜了……"

这时侍女禀报，说二姑爷来了。

程志远一侧头就看到一个挺拔如松的年轻男子走了进来。

那张有些眼熟的俊美的面庞让他不确定地看向林氏。

这年轻人好像是隔壁邻居家的啊……

没等他困惑下去，林氏笑道："阿好今年四月成的亲，嫁的靖王府世子，你也见过的。"

程志远不由得震惊。

还真是那病歪歪的小子！

他一双利眼扫过嘴角含笑的青年，越发惊疑。

他也是从小习武有过硬的功夫在身的，自是能看出眼前的青年神清气爽，精神内敛，身子骨定然弱不了。

"听说舅舅回来，我来晚了，还请您勿怪罪。"祁烁拱手施了一礼。

程志远一见堂堂小王爷如此客气，一颗心就踏实了。

这世道对女子多有束缚，对男子却宽容太多。一个身份尊贵的男人对岳家人恭敬有加，大半是因为他尊重、爱惜自己的妻子。

与祁烁客套一番后，程志远问："婵儿呢？"

他回来的事没道理只通知了二姑爷。

老夫人笑道:"婵儿也成亲了,才有了身子不久,今儿天晚了就没打发人去报信,明日再让她回来。"

"婵儿嫁的哪一家?"

"兵部尚书府韩家的孙子。"

"真好,真好。"程志远连连点头,又看向程树。

程树被父亲眼里的期待弄得一头雾水。

老夫人猜到义子想问什么,笑着道:"最近给树儿打听了几个人家,正好你回来了,可以拿个主意。"

程志远连忙摆手:"树儿的亲事全凭义母做主就是,孩儿常年不在京城,哪知道谁家姑娘好?"

程树眼一亮:"祖母,您在给我张罗亲事啊?"

先前祖母问过他一次,然而之后就没动静了,也不知道为什么。

"着急娶媳妇了?"老夫人笑呵呵地问。

程志远本以为儿子听了长辈的打趣会面红耳赤,没想到程树咧嘴笑出一口白牙:"那您不就能早日抱上大孙子了?"

程志远:"……"他知道儿子到现在还没娶上媳妇的原因了,傻小子还没开窍。

天色暗了,侍女来请示开饭。

老夫人起身,林好上前扶住她的胳膊,一家人走向饭厅。

程志远看着团团围坐的家人,还是问了一句:"妹夫……在忙吗?"

这话一问出口,程志远就觉得气氛骤然一沉,每个人的脸上都收了笑。

他一下子想到了病逝的义父,吃惊地看向林氏。

难不成温如归也不在了?

这个猜测一出现,他的第一反应是心疼,心疼林氏失去恩爱的丈夫,心疼林好姐妹失去作为依靠的父亲。

然后,他心中又涌上几分别的情绪。

迟钝如林氏都看懂了程志远的眼神,在紧绷的气氛中竟"扑哧"笑了:"大哥,你想啥呢,祸害遗千年,他才死不了。我们义绝了。"

"义绝?""啪"的一声,程志远手中的筷子掉到了桌上。

到如今林氏早就放下了,三言两语把事情讲清楚了,听得程志远脸色铁青,恨不得立刻提刀去剁了那狗东西。

"大哥犯不着脏了手,他以后是好是坏,和咱们都没关系。"

事实上,如今的温如归可谓生不如死。

"婉晴,你说得对。"程志远露出与儿子如出一辙的笑容。

这晚程志远自是在将军府住下,林好与祁烁回了王府,讨论起程志远回京的事。

"阿烁,舅舅既然想与朝廷合作做海上生意,你帮着引荐一下吧。"

"恐怕用不着我。"

713

翌日果然印证了祁烁所言，程志远竟然受召进宫去了。

随着那些发色各异的西洋人进京的就只有程志远这么一个大周人，泰安帝又听说他是林老将军的义子，他儿子程树是皇家亲卫的一员，召他进宫就不足为奇了。

"草民程志远见过陛下，陛下万岁。"

泰安帝语气温和地让程志远起身，问起海外之事。

程志远游历西洋数年，甚至一手建起不小的势力，自是言之有物，一字一句对泰安帝来说都是全新的见识和宝贵的经验。

大海是最能体现大自然莫测威力的，海上哪条航线风险小，遇到危险如何躲避抵挡，何处海盗猖獗，各方势力有什么恩怨，以及海外诸国的律法、风俗，等等，这些不是朝廷说放开海上贸易，随便成立个商队就能掌握的。

若有一个熟悉这些又信得过的自己人领路，毫无疑问会事半功倍。

泰安帝与程志远畅谈半日才把人放走，因说了太多话，连喝两杯清茶才觉得嗓子舒服了些。

刘川连忙恭贺泰安帝得一可用之才。

泰安帝多日来难得有个好心情，面上依然淡淡："这程志远虽是林老将军的义子，毕竟多年不在京城，哪怕确实有才能，用他也须慎重。"

虽这么说，泰安帝的嘴角却不由得扬了起来。

之后一段时日，众臣就海上贸易一事大大小小的朝会开了无数次，大都有程志远这个编外人员参与其中，于是人们知道，这位林老将军的义子多半要成为新贵了。

人们再一打听，程志远的独子程树居然还未娶妻。这怎么行？当即，无数做媒的踏破了将军府的门槛。

人们又一打听，程志远本人居然也没媳妇，于是将军府新换的门槛又迎来了一大拨媒人的踩踏。

林氏忍不住对老夫人感叹："真没想到，大哥一把年纪了，竟如此受欢迎！"

老夫人笑而不语。

当爹的比当儿子的还受欢迎，可不单是因为程志远得到了皇帝的青睐，还因为他那令人垂涎的丰厚的身家。

那些府上都是不见兔子不撒鹰，自泰安帝透露了放开海上贸易的念头，他们就派人去沿海打探了，或者本来就一直暗中经营着海上的生意，因而当程志远现身京城后，他们即便探不明他的全部底细，稍一打听也知道这是位巨富的主儿。

年纪大了？别开玩笑了，人家才四十岁出头，生得还相貌堂堂。

"居然还有十几岁的小姑娘！"林氏只觉得这几日大开眼界。

"那你怎么想？"老夫人不动声色地问。

屋外，走到门口的男人脚下一顿。

林氏突然被问，压根儿想不到自己身上，撇嘴道："我觉得不合适吧，娶个年纪能当自己女儿的小姑娘，不怕遭天谴吗？"

老夫人嘴角狠狠一抽："不至于……"

这世道，老夫少妻差上二十岁的可不少。

"怎么不至于？我一想到婵儿和阿好要是找个和我年纪差不多的女婿……"见程志远进来，林氏没再说。

"志远这些日子这么忙，怎么这时候回来了？"

"有一批托运的番货到了，我送回家里来。"程志远克制着看林氏的冲动，不动声色地问，"刚刚怎么听到说女婿？"

老夫人乐了："还不是婉晴，见想跟你结亲的人选中还有阿好她们那么大的小姑娘，有些担心。"

林氏觉得母亲这话有些怪怪的——她不是担心，分明是震惊。

程志远的笑容却分外灿烂："婉晴，你放心，我肯定不会娶个小姑娘的，那多不合适。正要和义母说，这些来提亲的您都帮我拒了吧，之后要忙海上的生意，暂时也没这个闲心。"

天知道义母问婉晴有什么想法时，站在门外的他多紧张。可婉晴的话让他明白，她现在对他依然没什么想法。

虽然这个事实很让人伤心无奈，他却还是觉得幸运。至少他能光明正大地等下去，不必再背负着觊觎有夫之妇的枷锁。

"既然你暂时没这个心，那就先推了。"老夫人对义子的心思心知肚明，对此乐见其成。

林氏笑道："大哥等不忙了再打算也好，倒是树儿的亲事该张罗起来了。"

程志远忙里偷闲，与老夫人和林氏商量起程树的亲事。

对这对父子娶妻上心的还有皇宫里的泰安帝。

这段时间，足够沿海那边的锦麟卫把一些有关程志远的信息传回来。

泰安帝反复看过，至少从打探来的情况看，程志远没做过大恶之事。当然，想在海上贸易中分一杯羹，免不了用些手段，但这在泰安帝看来不算什么。

他要的是一个能为他把国库填满金银的人才，而不是道德上无瑕的君子。

能赚钱，没有叛国之心，那么此人就可以用。

想要更放心，泰安帝就想到了结亲。

程志远若被重用，要不了多久就会离京，就算把公主下嫁给他，一个聚少离多没什么感情的妻子，真到了某种时候，恐怕很难影响他的决定。真正能影响程志远的，是独子程树和将军府林家的人。

泰安帝思量了两日，去了慈宁宫，刚刚走近，就听到了太后的笑声。

他不由得柔和了面部表情，含笑走了进去。

"皇上来了。"太后声音温和，明显心情不错。

陪在她身边的寇婉恭恭敬敬地行礼问好。

泰安帝笑着让寇婉不必多礼，聊了一阵子才让人退下。

"母后看起来心情不错。"没了小辈在，母子间的对话就随意多了。

太后嘴角的笑意更深了："婉儿这孩子活泼纯善，是个开心果。"

"婉儿今年多大了？"

太后目光一闪："十六了。"

"十六啊，真是好年纪。"泰安帝笑着说出前来的目的，"儿子觉得林家老夫人的孙儿，在金吾卫任职的程树是个能干正直的好青年，和婉儿挺般配的。您看呢？"

窦春草的孙儿？

太后愣了一下，才反应过来这说的是林老将军义子的儿子程树。

这程家父子，近来可是大出风头啊。

太后虽在宫中，对宫外的热闹亦有耳闻。她很快就反应过来泰安帝这么做的原因：四郎想重用林老将军的义子程志远，便打算通过撮合婉儿与程树来拴住程志远的心。

这一瞬，太后莫名其妙地有点儿想笑。

要她说，撮合春草的闺女林婉晴与程志远，恐怕比撮合小一辈效果还强一些。

林氏年少的时候，太后和老夫人来往很多，一双利眼自是把小孩子们的心事看得清楚。后来林氏吵着闹要嫁温如归，太后是暗骂过她鬼迷心窍的。

果然，后来的事情证明太后没骂错。

"母后，您觉得如何？"见太后沉吟，泰安帝笑着又问了一句。

太后笑了笑，保养得宜的手摩挲着一对小核桃："程树那个年轻人，哀家有些印象，确实是个不错的……"

泰安帝静静地等着太后的"不过"。

"不过结两姓之好这种事，最好还是先探探口风。皇上也知道，林家老夫人是个宁折不弯的倔脾气。"

"这是自然。所以儿子才来请母后出面，让林家老夫人知晓儿子的热心。"

太后把玩着核桃的手停了一下。

看来四郎促成这桩亲事的决心很大，这个话就是告诉将军府，这门亲事必须成。

视线蜻蜓点水般从太后握着核桃的手上掠过，泰安帝微微扬了扬嘴角。

他可没有当媒人的爱好，一旦动了心思，自然是为了制衡与利益。当前战后国库空虚，程志远此人十分重要，将军府愿意也好，不愿意也罢，这门亲事都要成。

"皇上等消息吧。"太后笑道。

太后很快请了老夫人进宫叙话，一番寒暄后，委婉地透露了泰安帝的意思。

"威武侯府的二姑娘？"老夫人进宫前就琢磨开了，太后突然传她进宫，很可能与致远父子的亲事有关。

倒不是她心思多么灵活，实在是近来全是这些事。

还好太后不是给志远说亲！

老夫人第一反应是庆幸，而后反应过来威武侯府的二姑娘就是常与阿好来往的寇婉。

老夫人不了解寇婉，但了解自己的孙女啊，能与阿好要好的小姑娘定然是不错的。

太后还想着提点一下老夫人，这是圣意，没有拒绝的余地，就见老夫人笑容满面地点了头："没想到我那孙儿还有这个福气，老身替他先谢过太后了。"

老夫人离开后，太后忍不住对心腹嬷嬷感叹一声："岁月催人老啊！"

这种强硬安排下来的事，她以为窦春草就算不能反抗也会流露出几分抵触，没想到看到的是一个欢喜谢恩的窦春草。

这让太后在感到轻松之余，难免生出几分感叹。

老夫人回家后，立刻叫人去靖王府请林好。

林好匆匆地赶过来，见祖母的神色还好，这才放了心："祖母叫我回来，是家里有事吗？"

老夫人也没卖关子："你大哥的亲事定下来了。"

林好一惊："这么突然？"

"其实是天家的意思，好在指的人不错，是威武侯府的二姑娘。"

林好听到前半句话，一颗心猛地提起，再听到后半句话，不由得愣住了，随即反应过来："威武侯府的二姑娘？那不是寇婉吗？"

老夫人含笑点头。

林好不由得弯了唇。

如果没有天家插手，她当然希望大哥娶个两情相悦的妻子，但是圣命难违之下，天家指的妻子是寇婉，可以说是幸运了。

她知道大哥的品性，也了解寇婉的品性，二人就算不能心心相印，至少也能相敬如宾。

"祖母，您放心吧，寇婉是个很好的姑娘。她是个没多少心思的爽快人，心地好，不懦弱，和大哥定然合得来。"

老夫人笑了："听你这么一说，和咱们将军府也合得来。"

老夫人心里有了底，很快告知了程志远父子此事。

程志远自是毫无意见，程树晕乎乎地听完，私下找到林好："阿好，那姑娘怎么样啊？"

林好故意逗他："大哥问哪方面？容貌还是性格？"

"当然是容貌啊。"程树毫不犹豫地道。

寇二姑娘能和阿好成为好友，性情、品格用不着问。

林好没好气地睨他一眼："大哥不是见过吗？"

只在意容貌的肤浅的男人根本配不上寇婉！

· 717 ·

程树挠挠头:"就遇到过那么两三次,你们都在一起,我怎么好意思细看?"

"放心吧,婉儿长得很好看。"

"那就好,那就好。"程树松了口气,傻笑着走了。

没多久,皇帝给程树和寇婉赐婚的消息就传开了。老夫人本以为可以清净些,没想到上门的人更多了,全是奔着程志远来的。

皇上给程志远的儿子赐婚,进一步说明程志远要受重用了。

看着不得清净的老母亲,林氏忍不住提议:"要不您就挑个好的给大哥定下来吧。您看树儿,亲事一定,不是立刻没人惦记了?"

老夫人深深地看了不开窍的闺女一眼,叹道:"婉晴啊,你可真机灵!"

林氏抿嘴笑:"这叫一劳永逸,省得您每日为此烦心。"

老夫人觉得再这么顺其自然下去,义子等白了头发也别想等来傻闺女开窍,决定推一把:"有道理。十几岁的小姑娘咱们就不考虑了,我这儿挑出来几家合适的,你帮着参谋参谋。"

"行。"林氏来了精神。

"这家怎么样?"

林氏一看记下的情况,立刻摇头:"寡妇没什么,可她都嫁过三次了,连着死了三任丈夫,是不是有点儿……命硬?"

她不大信这些,可这种情况落到亲近的人身上,她不能免俗地有些担心。

"这个就更不行了,夫家犯了事就和离回了娘家,可见是个不能共患难的。"

"这倒是个未嫁过的姑娘,可快三十岁了还没成过亲,是不是有什么隐疾?您还是深入地打听一下才能安心……"

老夫人揉了揉眉心,头痛地道:"可见还是知根知底好。"

林氏点头:"也是。"

老夫人长叹一口气:"要是你和志远能凑成一对成个家,娘就再放心不过了。"

"您说什么呢,这怎么行?"林氏下意识地反对。

"怎么不行呢?你大哥是长得丑,还是人品不好?"

"当然不是。"

"那怎么不行?"

"可他是我大哥啊!"林氏有些蒙。

老夫人看闺女的反应,知道她是真的没往这方面想过,心一横,把那层窗户纸捅破了:"你当你义兄当年为何拖着不肯娶妻?"

林氏一怔,到底不是少女了,心中有了某个猜测。

"他想娶的是你,哪怕你嫁了人,他还是不乐意娶别人。是你爹狠狠地打了他一顿,对他说他不娶妻就是害你爹不义,他这才娶了树儿娘。"

"那树儿娘好可怜……"林氏下意识地冒出一句。

老夫人却不这么想:"你当这世上有多少两情相悦的夫妇?婚前一面都没见过的才是绝大多数。树儿娘年少丧父,母亲常年病着,志远虽对她没有男女之情,却事事周到,对她也敬重体贴。树儿娘过世后不久,她娘也病逝了,一切都是志远操持的。她下头两个妹妹也是志远帮着挑的夫家,还贴补了大笔陪嫁……"

老夫人语气平和,眼神中透着这个年纪独有的豁达:"婉晴啊,女子嫁人,不是只有男女之情要顾。"

林氏一时愣住了。

"他常年往外跑,不回京城,也是因为放不下你,心里难受……"老夫人再丢出一道惊雷。

林氏被这道雷炸傻了,好一会儿都没有反应。

老夫人见她这样,没再多说。

窗户纸被捅破了,后面的事情就交给时间和缘分吧,很多事强求不来。

这日程志远难得有空闲回将军府吃晚饭,发现林氏格外安静。

"婉晴怎么了?"

林氏握着筷子的手一顿,不知怎的有些紧张:"没事啊。大哥,你忙了一天,快吃吧。"

饭后,本来一家人会喝茶闲聊,林氏却赶紧站了起来,借口头痛回了住处。

翌日一早,跟在程志远身边的长随来到将军府,给林氏带来两瓶清凉膏。

"老爷说这清凉膏对头痛有缓解的作用,让您试试。"

林氏握着清凉膏,一时说不清是什么心情。

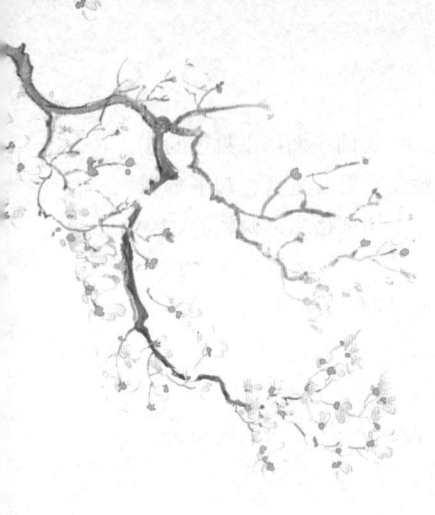

第二十九章　母　子

很快,朝廷重开市舶司,待一切准备就绪,程志远将以钦差的身份随商队远渡重洋,开展商贸活动。

他这一去,再回来恐怕至少一年后了。

送别那日已是晚秋。

京城的码头秋风瑟瑟,凉意袭人,程志远对着坚持来送的老夫人结结实实地磕了一个头:"义母,孩儿走了,您一定要保重身体。"

老夫人上前把程志远扶了起来:"志远,别的都不重要,一定要平安地回来。"

"您放心,一定会的,孩儿还要喝树儿的喜酒呢。"程志远看向站得笔挺的儿子,"树儿,替为父好好照顾你的祖母和姑姑。"

经过这段时间的相处,程树对父亲的隔阂已经消除,听了父亲的话,他神色凝重地点头作为保证。

程志远又看向韩宝成还有林好夫妇。

林婵如今怀孕月份大了,就没让她来。

"宝成、世子,你们都是好孩子,我就不多说了,把家里照顾好。"

二人齐声道:"您放心,家里有我们。"

程志远点点头,这才看向林氏。

若是以前,林氏不会想得太多,但是现在义兄把她放在最后叙话,她就品出了几分滋味来。

"婉晴,义母就辛苦你照顾了。"

林氏向来哭笑肆意,这一刻却觉得笑得有些艰难:"我照顾母亲是应该的,倒是大哥,漂洋过海一定要保重。"

"我会的。"程志远深深地看着她,还是把千言万语留在了心里,最后只道,"那我走了。"

众人伫立在岸边,看着程志远登船。

那是一艘雄伟的四层巨船,显得人如蝼蚁般渺小,而比起辽阔的江河、无垠的大海,这船又显得渺小起来。

老夫人看着不开窍的闺女,心中一叹,不知是说给她听,还是自言自语:"天威难测,长路漫漫,也不知再回来是何日了。"

林氏心中一震,行动比想法快一步,追着程志远的背影高喊:"大哥!"

程志远登船的脚步一停,转身,大步走向林氏。

"婉晴,还有事?"

林氏拽下贴身戴的平安扣拍在他的手里:"这个你戴着,保平安的。"

温润的玉扣入手,还带着对方的体温,程志远惊愕地看着林氏:"这个给我?"

他太久不在京城,不知道意思是不是变了,他年轻的时候,赠平安扣往往是情人之间。

"当然是给你的。快走吧,早去早回。"林氏不是忸怩的人,虽是脑子一热把平安扣给了程志远,清醒过来后却不后悔,更没有找借口掩饰。

给了就给了,他能平平安安地回来就行。

"婉晴,你知道这个的意思吧?"程志远用力地握紧玉扣,紧张得连呼吸都忘了。

林氏脸一热,瞪他一眼:"我这么大人了能不知道吗?你别磨磨叽叽的,赶紧走。"

程志远嘴越咧越大,眼亮得惊人:"好好好,我这就走!"

他转身走了一步又转过来,理智死死地阻止他去拥抱眼前这悄悄喜欢了半生的人。他压抑着澎湃的喜悦,留下一句话:"等我回来!"

船队扬帆起航,渐渐消失在送行的人的视野里。

林好看看笑得合不拢嘴的祖母,再看看有些不自在的母亲,生出一个猜测:她要有爹了?

随着程志远离去,将军府回归平静,与海上贸易相关的各方势力重新洗牌分割步入正轨,文武百官的注意力也从这上面收回,转到了宫里。

算一下时间,快到吴贵人临盆的时候了。

吴贵人这一胎是男是女,牵动着无数人的心。

这日天有些阴,由宫女扶着在花园中散步的吴贵人担心突然落雨,慢慢往回走。

一群人簇拥着吴贵人刚刚回到寝宫,吴贵人就发作了。

稳婆是早就准备好的,一共六个人,几名各有专长的太医更是在两个月前就处于随时待命的状态。

正在上朝的泰安帝听到内侍的小声禀报,立刻结束朝会,匆匆地赶往吴贵人的住处,留下众臣面面相觑,凑在一起猜测。

"这还是第一次吧,皇上朝会没结束就走了。"

"看来是那位娘娘有动静了。"

"到日子了？"

众臣散了朝，心却留在了宫里。

吴贵人暂时没有被提位分，但早就搬进了离乾清宫很近的华安宫里，所有人都知道，吴贵人一旦诞下龙子，就会成为华安宫的主人。

这个时候，华安宫中忙而不乱，气氛紧张到了极点。

泰安帝在这样的气氛中负手而立，眼睛紧紧地盯着房门。

他许久没有感受过这种紧张了，屋里那个即将出世的孩子，对他来说太过重要。

庄妃也来了，默默地站在泰安帝的身边，识趣地没有出声。

可能是没有儿女的缘故，她十分希望吴贵人能顺利地生产。

大周皇室太需要一个皇子了。

产房内，吴贵人喊个不停。她是初产妇，哪怕有最有经验的稳婆耐心地指导，还是不太顺利。

天黑了，在庄妃的劝说下，泰安帝去了华安宫的正殿中休息，每隔一刻钟就有内侍进来禀报产房那边的情况。

"怎么还没生下来？！"泰安帝脸色沉沉，满心焦灼。

庄妃温柔地劝道："皇上别急，生孩子都是这样，没有那么快的。"

"是吗？"泰安帝巴巴地问。

看着快五十岁的皇帝罕有地流露出忐忑的情绪，庄妃心中一叹，安慰道："妾当年生产的时候也是这样。"

"那就好，那就好……"泰安帝"喃喃"道。

初冬夜凉，泰安帝却毫无休息的打算，一直等到半夜，突然听到一阵惊呼。

这在规矩森严的皇宫里十分罕见。

泰安帝心一跳，大步往外走，迎面遇到了急急来报的内侍。

"怎么了？"

内侍腿一软就跪下了，战战兢兢地开口："回……回皇上……"

泰安帝顾不得听，快步走到产房外。

产房内外静静的，既没有女人的喊声，也没有婴儿的啼哭声，随着泰安帝的到来，众人黑压压地跪了一片。

"吴贵人怎么样？"

一旁跪着的人低着头回答："娘娘昏睡过去了。"

"那……孩子呢？"泰安帝头一次觉得，问出一句话也需要勇气。

门开了，稳婆抱着一个襁褓走出来跪下，脸色惨白如雪。

泰安帝一见稳婆的脸色，心就沉了下去。

一直没听到婴儿的哭声，难道……想到吴贵人可能诞下死胎，泰安帝的脸上结了一层冰霜。

"起来！"

这一声低喝令稳婆立刻站了起来。

泰安帝绷着脸伸出手,拨开襁褓来看。

大红的襁褓中是一个小小的婴儿,虽有些皱巴巴,却能看出眉眼清秀。

更重要的是,他微微睁着眼,小嘴巴一动一动的。

孩子是活的!

泰安帝喜悦的情绪瞬间迸发,又被理智拉回。

不对,倘若孩子平安健康,就算是个公主,这些人也该连声恭贺,而不是一副大祸临头的样子。

他这个年纪能生出公主,那就能生出皇子来。

"孩子有什么不妥?"泰安帝压低声音,一双利眼死死地盯着稳婆。

稳婆脸色惨白,嘴唇也是惨白的,初冬的夜,脑门儿上却出了一层汗。她伸出颤抖的手解开襁褓下方,将婴儿的身子微微转了转。

泰安帝第一眼扫过的是男婴的象征,然后瞳孔一缩,里面满是惊恐与难以置信。

"这……这是什么?"哪怕听闻北地战乱都能沉住气的皇帝连退数步,脸色比抱着孩子的稳婆的脸色强不到哪里去。

他哆嗦着,惊惧着,突然侧头干呕起来。

"皇上!"

宫里的后半夜,注定是黑暗的后半夜。

泰安帝披散着头发坐在火炕上,浑身却冷得厉害。

"皇上,喝口热茶吧。"刘川把茶盏捧到泰安帝面前。

他同样熬到现在,与华安宫中少数"幸运儿"一样,知晓皇上如此反应的原因。

他知道这些知情人的结局:大部分人会永远地闭上嘴巴,剩下的则会怀揣着这个秘密到死。

泰安帝对刘川奉上的热茶无动于衷,"喃喃"道:"朕自认为不算昏聩,为何会有这样的惩罚?"

"皇上,您别这么想,这不是您的错……"

"那你说这是谁的错?"布满血丝的眼瞪着刘川,泰安帝咬着牙问,"吴贵人吗?"

刘川抖着唇,大滴大滴的汗珠从额头上滚落。

吴贵人的错吗?

好好的女子,怎么会生出那样一个孩子呢?

可即便吴贵人有罪,也随着一杯毒酒香消玉殒了。

"回答不出来?"泰安帝问刘川,也是在问自己,到最后竟笑了起来,"朕知道了,这是天意,是天意……"

天意从来强求不得,他不甘心,求来的就是妖孽。

此时的玉和宫中,一盏孤灯光影摇曳,庄妃亦无法入睡。

她披着外衣站起，望向暖阁的方向。

小皇子如今就在她寝宫的暖阁里。

她看过了，那是个眉清目秀称得上漂亮的男婴。

本来，这孩子福气无边，只要平安地降生，储君之位就是囊中之物，此后也不会有任何竞争者。

可惜只是本来。

庄妃想到了昏睡中就被灌了毒酒的吴贵人，一时觉得她不幸又幸运。

不幸是因为母凭子贵的希望落空还丢了性命，幸运的是吴贵人到死也不知道自己生下了一个怎样的怪胎。

婴儿的啼哭声突然传来。其实哭声不算洪亮，只是因为太寂静，她才听得清清楚楚。

庄妃的心一跳，骇白了脸。

皇上让她暂时照顾小皇子，可直到现在她都没有勇气靠近这孩子半步。

明明看起来那么正常的孩子，屁股上居然长了一条尾巴！

同为女子，也做过母亲，她同情吴贵人的下场不假，可也能理解皇上的狠绝。

战乱刚刚平息，皇室却降生了一个长尾巴的皇子，此事一旦传扬开来，大周将亡的流言必将四起。

婴儿还在啼哭，声音听起来像小猫的声音一般。

庄妃心烦意乱，又是嫌弃又是害怕，说不清为什么，最后还是向暖阁走去。

"娘娘。"负责照顾小皇子的宫人纷纷见礼。

因为小皇子的异常，本来为小皇子准备好的宫人没有全用上，暂时只有一个乳娘、一个嬷嬷和两个沉稳的宫女守着暖阁。

"是不是吵着您了？"嬷嬷小心地问。

庄妃没理会嬷嬷的话，一眼看见了被乳娘抱着哄的婴儿。

被裹在襁褓里的婴儿小小的，软软的，那双眼明明还看不清什么，却对上了庄妃的视线。

无辜的、懵懂的、纯粹的、不知将来人间风雨的眼神。

庄妃蓦地眼一酸，心软了下来。

"把小皇子照顾好，不得怠慢。你们要记着，这是小皇子。"

"是。"宫人齐声应了，因庄妃的这几句敲打的话收起了轻视之心。

是啊，再怎么样这都是皇子，还放在庄妃娘娘身边养着，他们要是犯糊涂怠慢了，说不定就会大祸临头。

庄妃见她们确实听进去了，看了小婴儿一眼，转身回了屋。

这一夜，许多人都没睡安稳，等到发现皇上没有上朝，登时压不住好奇心了，把宣布此事的刘川团团围住打探情况。

刘川重重地叹了口气。

这声叹息惊得场面一静，紧接着是更急切的追问："刘公公，到底什么情况啊？"

刘川视线扫过众臣，一脸沉重地道："吴贵人昨夜诞下小皇子，血崩而亡。"
众人问："那小皇子……？"
坦白地讲，他们在意的只有皇嗣。
"小皇子……情况也不大好……"刘川犹犹豫豫地说完，赶紧走了。
于是百官勋贵很快都知道了，新出生的小皇子有胎里带的病症，能不能养活还难说。
为此，皇上都好几日没上朝了。
众臣一致表示理解：谁让除了一个凉王，皇上就小皇子一个儿子呢。

泰安帝确实没有心情去应付朝臣，这几日满脑子想的都是该拿这个孩子怎么办。
或许，让这孩子随生母而去才是对所有人最好的选择，包括他自己。
泰安帝这般想着，慢慢向庄妃的寝宫走去。
玉和宫近在眼前，泰安帝踟蹰而立，神情难辨。
天是阴的，厚重的云层压下来，仿佛压在泰安帝的心头，让他有些喘不过气来。
过了一会儿，他大步走过去，抬手阻止了宫人的通报。
屋中暖洋洋的，瞬间驱散了在外面沾染的寒气，泰安帝大步走进去，发现皇帝到来的宫人赶忙见礼。
"娘娘呢？"泰安帝问。
一位宫人大着胆子回禀："娘娘在暖阁……"
泰安帝下意识地皱紧眉。
听到动静的庄妃赶了过来："见过皇上。"
泰安帝扶住她的胳膊，一挥手，屋中的宫人默默退了下去。
"他怎么样？"好一会儿，泰安帝才问出来。
或许是到了格外喜欢孩子的年纪，加之年轻时儿子夭折无处寄托的母爱被唤醒，明明想到那条尾巴还是觉得恶心恐惧，庄妃却对那小小的婴儿生出了几分感情。
她从泰安帝这一问中听出来的不只有纠结，还有冷意。
庄妃的心一颤。
皇上还是决定处死那孩子吗？
这个念头闪过，她面上却不动声色，微微扬起一抹笑："是个乖巧的，吃饱了就睡，很少闹人。"
"嗯。"泰安帝喉间挤出一个字，不说话了。
相处这么多年，庄妃或许不是最受泰安帝宠爱的，却是最了解他的。她知道等泰安帝再开口时，事情恐怕就无可挽回了。
"皇上，您……要不要去暖阁看看？孩子正睡着。"
泰安帝拧紧的眉松开，又皱起，神色几番变化，最后点了点头。
庄妃提起的心放下了些，脸上却不敢流露出丝毫，人伴着泰安帝走向暖阁。
暖阁中就更热了，一掀门帘，热气就扑面而来。

泰安帝一眼看到了临窗炕上的小小婴儿。

他裹着小被子，两只手握成拳举在脑袋两边，"呼呼"地睡得正香。

天家无父子不假，可一个快五十岁的、仅剩一个废物儿子的老皇帝，满腔杀意在见到这个流淌着他的血的小小婴孩时，不觉散了大半。

庄妃默默观察泰安帝的脸色，悄悄松了口气。

她就知道，千言万语的劝说不如让皇上看一眼。

这世上有几个人忍心杀死一个才出生几天的小婴儿呢？尤其这个婴儿还是自己的骨血。

等到小皇子微微动了动小嘴，泰安帝霍然转身，如被什么追着一般逃离了暖阁。

庄妃赶紧跟了出去。

主屋比暖阁冷一些，泰安帝也冷静了下来，属于帝王的冷酷重回脸上："小皇子体弱，要静养，等满月了就让他住到云桂宫去，除了爱妃，其他人不许去打扰小皇子。"

他可以留这孩子一命，可孩子住在庄妃这里是不行的，想要保守秘密，接触这孩子的人越少越好。

"是。"庄妃明白小皇子能保住性命已是运气了，想了想，说道，"太后这两日都来过。"

泰安帝神色一紧："太后见过孩子了？"

"妾说太医嘱咐过，小皇子身体太弱，不宜接触人，就是身边伺候的都要频繁地沐浴更衣、净手净面。太后第一次来没见孩子，第二次来在暖阁门口看了一眼。"

泰安帝点头："嗯，在这件事上不得松口。母后是个明理的，不会令你为难的。"

"妾知道了。"

泰安帝重新上朝了。众臣也不敢问小皇子的情况，暗暗猜测应该是不大妙。要知道皇上以前虽严肃，偶尔还给个笑脸，现在却从头到尾沉着脸，让人看了心惊肉跳。

这样一来，谁都不会傻到去触皇帝霉头，于是泰安帝发现群臣老实了许多。

既然如此……当小皇子满月后搬去云桂宫，泰安帝忍不住又看了一眼，再次被那条尾巴骇住后，下了决心。

一道惊雷在群臣中炸响：皇上要从宗室中过继皇子！

一时间，高兴者有之，受惊者有之，更多的是无法理解。

要说皇上不能生就算了，可明明才有了小皇子，就算小皇子病弱，将来也可能有别的皇子啊。这偌大的江山不留给亲儿子，要留给侄子？

不管众臣心里怎么想，劝皇上三思的声音占据了主流。

谁知皇帝根本不听，已经开始让宗人令整理适合过继的宗室子名单了。

"这么多？"泰安帝接过宗人令奉上的名单，不由得震惊了。

从三岁到三十岁，竟然有五六十人！

宗人令微笑，心道：有这么多不是正常吗？皇上这一辈兄弟十多个，这些王爷随便生几个儿子，不就这么多了？

泰安帝也想到了这一点，当着宗人令的面发出了深深的叹息。

他但凡在生儿子方面继承父皇的几分本事，也不会像如今这般无奈。

泰安帝是真的不敢再生了，一个长尾巴的儿子断掉了他所有的不甘，只剩敬畏——对天意的敬畏。

他觉得这是上天的警告：他若还是一意孤行，可能连江山社稷都要葬送掉。

发现皇上主意已定，复立凉王为太子的声音又冒头了。

"复立凉王？你们难道忘了去年端午凉王当着玉琉王子和公主的面裸奔的事？"泰安帝怒火直往上冲，气得眼前发黑。

被骂的人连忙跪下请罪："皇上息怒啊，臣只是觉得凉王是您……"

"住口！"泰安帝不必往下听就知道支持凉王的这几个人要说什么屁话，无非就是凉王是他唯一的成年的儿子。

可没有人比他更清楚，那混账若是继位，大周定会灭亡。

他是有私心，谁都想让自己的血脉继承一切，可他不能为了私心让这混账糟蹋太祖打下的基业，害大周子民沦为任由齐人宰割的牲畜。若是这样，他与被幽禁的大哥有何区别？

泰安帝目光扫过跪地的数人，冷笑一声，拂袖而去。

这些人真是为了他考虑？这些人不过是以前上了凉王那条船，知道下船后没了好去处，宁可一起沉沦罢了。

泰安帝含怒往里走，却眼前一黑栽倒下去。

"皇上——"

眼见泰安帝昏倒，殿中登时一片混乱。

这种场合令向来当木头人的靖王也惊呆了。

四哥这是怎么了？！

泰安帝病了。

数月前的战乱、小皇子的降生，再往前是新太子的被害、嫡长子的被废，一桩桩糟心事积压下来，泰安帝终于在众目睽睽之下倒下，得了这场病。

百官很慌，后宫更慌，太后亲自过来探望。

乾清宫中弥漫着药香，几名太医小声讨论着皇帝的病情。

太后向太医问过情况，看向了躺在床榻上的儿子。

"皇上就是太不爱惜自己的身体了。"

泰安帝神色憔悴，努力地挤出笑容："让母后担心了。"

太后叹气："哀家知道你心里不痛快，可也不能全憋在心里折磨自己。皇上，你和哀家说实话，小皇子真的只是体弱吗？"

泰安帝怔怔地望着太后，好一会儿才苦笑道："什么都瞒不过您。"

太后搭在膝头的手下意识地收拢："那孩子究竟怎么了？"

泰安帝沉默片刻，轻声道："他生有残疾……"

他最终还是没有把最可怕的事说出来。

"原来如此。"太后握住泰安帝的手,"因为这个,皇上才下了过继宗室子的决心?"

"是。"泰安帝的声音透着苦涩,"我不想再等,不想再赌了。儿子快到知天命的年纪了,这么多年也就吴贵人一个人有了身孕,以后只会更难。就算再有嫔妃有孕,孩子是男是女,是健康还是有疾都无法保证。与其如此,不如从宗室中挑一个合适的……"

太后认真地听着,微微点头:"皇上既然想好了,就更没必要和那些人生气了,赶紧把身体养好是最重要的。"

"儿子知道。"太后的安慰让泰安帝的神色好了些。

太后接过内侍奉上的汤药,亲自喂泰安帝喝了,细细地叮嘱了一番,这才离去。

泰安帝疲惫地闭上了眼睛。

病来如山倒,泰安帝一开始还打起精神见过国师,叫来重臣安排国事,后来昏睡的时间越来越长。

这样一来,有些人的心思就活泛了。

与靖王府、宁王府这些王府不同,平王府的位置要偏一些,人们提起时更多的是叫清园。

清园就是幽禁被改封为平王的平乐帝一家人的地方,平日里人们路过都恨不得绕道走,免得沾了晦气。

冬日天黑得早,清园就显得更幽静了。平王照例喝了几杯酒,让微醺的酒意麻痹失意的痛苦。

"王爷,少喝点儿吧。"

"滚开!"平王伸手推开劝阻的侍妾,衣袖把酒杯扫落在地上,发出刺耳的声响。

脚步声渐近,一只手把在地上打转的酒杯拾了起来。

来的是王府的管事之一,平王至今记不住他的名字。

记不记住有什么关系呢,反正都是老四的人。

这个清园就是一个巨大的牢笼,关着他们一家人。

"滚一边去!"平王对来人没有好脸色。

"王爷,外边天暗了。"

"没听见我的话吗?"平王没听出来人的弦外之音,脸色变得更差。

来人更凑近了些,声音压得极低,说道:"皇上病倒多日了。"

平王的心一凛,立刻环顾左右,却发现屋中伺候的人不知何时已不在了。

他浑身一冷,不多的酒意瞬间吓没了,一双眼死死地盯着这没记住名字的小管事。

"您要是想拿回属于自己的东西,小的就引荐一个人;若是不想,就当小的没来过。"

"你到底是什么人?"平王压低声音喝问。

他听到了自己的心脏狂跳的声音。

这让他明明觉得眼前的人可疑,却还是生出难以控制的渴望来。

也因此，他任由来人凑到他的耳边，低低地说了一句话。

"真的？"平王脸色大变，一脸难以置信。

来人把一物悄悄塞入他的手里。

平王盯着手中之物，神色不断变化，最后点了头："好，你安排吧，我见见他。"

"是。"来人神态明显地恭敬了许多。

没多久，清园里多了一位神秘的客人，与平王密谈半日才离去。

平王静坐片刻，起身走向一处，随着距离越来越近，他的脚步不觉沉重起来。

祁明听到动静，看了过去。

父子视线相碰，他率先收回了目光。

平王脸上闪过怒色，步子变得急切起来，很快就到了祁明面前。

祁明静静地看着他，没有说话。

"明儿，你还在怪我？"

祁明淡淡一笑："您不如叫我杨喆。"

"明儿，你这么聪明，不会不知道，那是为了不被他们拿捏住……"

祁明面无表情地打断平王的解释："所以就说我不是祁明，太子一直在你身边。既然如此，我不是杨喆还能是谁呢？"

如果可以，他真希望自己是杨喆，那个有前程、有朋友、有人生的状元郎杨喆。

平王恼羞成怒："你不也把我的藏身之处告诉了你四叔？再怎么样我都是你爹，你这样就是大不孝！"

面对平王的指责，祁明面不改色："那你想怎么样呢？要我割肉剔骨还你吗？"

"祁明！"迎上那双仿佛看透一切的眼，平王怒气一泄，叹了口气，"算了，不争这些，今日找你是有事商量……"

一连几日天都是阴的，天黑得一日比一日早，天上的月也一夜比一夜细瘦。

宫墙高高，皇宫内似乎比旁处还要黑一些。

乾清宫因为泰安帝的昏睡时间越来越长变得格外安静，宫人连呼吸都尽量放轻，唯恐惊扰了皇帝招来祸端。

刘川给睡着的泰安帝披好被角，走到窗前，望着天上的细月，轻叹了口气。

云桂宫中，小皇子突然哭了起来，刚睡下不久的乳娘爬起来哄，却怎么都哄不好。几个照顾小皇子的宫人陆续被吵醒，聚在了一起。

小皇子是个很乖的婴儿，这般哭闹还是第一次。

"小皇子这是怎么了？"

"是不是哪里不舒服？"

乳娘摸摸小皇子的额头："没发热，刚检查过，身上也是清清爽爽的。"

"会不会是肚子疼之类的？还是请太医吧。"

"请太医？"一名宫女望了眼外边，"这个时候哪方便请太医啊？"

小皇子因为那说不出口的异常，来请平安脉的太医是指定的，这大晚上的，太医得有贵人传召才行。

到底担心小皇子的安康，云桂宫管事的嬷嬷发了话："小桂子，你去请示一下庄妃娘娘。"

叫小桂子的小内侍应了，提了个灯笼，匆匆地走出了云桂宫。

一离开温暖的宫殿，寒风顺着衣领直往里钻，小桂子打了个哆嗦，手中的灯笼晃了晃，灯光一时忽明忽暗。

忽然，他听到了脚步声。

能被派去伺候小皇子的人，谨慎警惕是少不了的，小桂子下意识地熄灭了灯笼，趴在地上屏息聆听。

贴着地面听，脚步声骤然大了起来。

小桂子白了脸。

他自幼耳朵灵光，听得远，这脚步声的方向……不对劲，这肯定不是宫中禁卫巡视时发出的动静！

小桂子爬起来，小心翼翼地向那个方向靠近，突然瞳孔一缩，骇得呆在了原地。

一队队穿甲持刀的禁卫从前方经过，夜色遮掩了他们的面容，但从他们刻意放轻的脚步就能看出异常来。

他们要去的地方……小桂子僵硬地侧过头，脸色越发惨白。

这些禁军要去乾清宫！

怎么回事？他们不是皇宫禁卫吗？难不成要造反？

意识到这一点，小桂子听到了自己如擂鼓的心跳声。

怎么办？

小桂子脑海中转过了无数个念头，腿却像有自己的意识般牢牢地钉在地上不动，直到这队禁卫走远，他才重新掌控了手脚，深一脚浅一脚地往玉和宫跑去。

"谁在外面？"乾清宫中一名内侍刚发出喝问，就见刀光一闪，鲜血喷了出来。

"不好了，有人逼宫！"听到惨叫的宫人看到那些神色冷酷的禁卫，大声呼喊。

乾清宫中很快乱成一团。

比起毫无准备的宫人，这队禁卫目标明确，直奔泰安帝的寝宫。

"大胆，你们要造反不成？"刘川匆匆地出来，看清领头的人，满面震惊："张统领，怎么会是你？"

张统领根本不愿浪费时间，一把推开刘川，闯了进去。

内室药味浓郁，垂下的纱帐让人只能看到躺在其中的人影。

张统领一个眼色，立刻有两名禁卫握着长刀上前，一把撩起床帐。

泰安帝闭目躺在床榻上，双颊凹陷，脸色发黄，这般动静还不见醒来的样子。

张统领微一颔首，两名禁卫一左一右把泰安帝架了起来。

"放开皇上！"刘川冲了进来。

控制住了皇帝，张统领这才开口："刘公公别急，张某会放人的，只是需要你做一件事。"

刘川盯着张统领那张脸，总觉得跟做梦似的。

掌管皇城安全的禁军统领居然会造反。

"你要咱家做什么事？"

一道声音从外面传来："拟退位诏书，把帝位禅让于朕。"

张统领见到来人，躬身抱拳。

刘川瞳孔一缩："平王？"

他看看由人簇拥着走近的平王，再看看姿态恭敬的张统领，只觉得荒谬："你们居然勾结在一起，意图篡位！"

平王大怒："篡位？这江山本就是朕的，现在祁祥要死了，把江山还给朕不是天经地义的吗？"

张统领揪住刘川的衣襟，语气阴狠地说道："刘公公莫要不识趣！"

"水……"床榻处传来动静。

刘川挣脱张统领的手，扑了过去："皇上，您醒了！"

刘川连忙抓起一旁的水壶倒了杯温水，因为手抖，水洒出来一些，刘川却顾不得这些，小心地扶起泰安帝，喂他喝水。

平王冷眼看着，大觉痛快："想不到四弟这么杀伐果断有能耐的人，也有连喝口水都费劲的时候。"

床榻上的泰安帝吃力地望过来。

许是昏睡得太久，他双眼没什么神采，灯光下，脸色显得更黄，一副病入膏肓的样子。

平王一边觉得解气，一边觉得不真实。

那个占着他的位子十余年像狼一样的人，竟然也会生病，也会死。

他忍不住上前一步，想看得更仔细些。

张统领一惊，连忙说道："您小心些，不要靠得太近。"

平王是个特别惜命的人，一听，赶紧后退两步，看到泰安帝嘴唇翕动。

"你说什么？"

刘川替泰安帝说出来："皇上问，你们是什么时候勾结到一起的？！"

"竟然连话都说不出来了啊。"泰安帝的衰弱使平王夜入皇宫的紧张全不见了，取而代之的是如愿以偿的畅快。

"勾结？朕这是众望所归！皇位是你从我的手里抢走的，没有合适的继承人，你宁可从宗室过继，也没想过把皇位还给我或者考虑我的儿子们。祁祥，你难道忘了我是你一母同胞的亲哥哥？你怎么能这么自私？！"

平王是偏文弱的长相，此时面容扭曲，有种令人心悸的癫狂。

病榻上的泰安帝嘴角抖了抖，定定地瞪着张统领，喉咙间挤出几个字。

刘川开口："皇上问，你身为禁军统领，为何背叛皇上？"

731

张统领到底不如平王理直气壮，目光闪烁地移开视线："皇上本就要选出继任者，臣只是顺应天命而已。"

"天命？皇上才是天，你顺的到底是谁的命？"刘川含怒起身，指着张统领问。

张统领垂着眼没吭声。

泰安帝的威严早已深入人心，泰安帝若不是一下子病重，又有那位发话，他是断不敢如此的。

"不敢说了？"刘川声音扬起，说道，"皇上才是大周之主！张统领，你不要一时犯糊涂为奸人所惑，现在认罪还来得及。"

刘川的话如利刃般刺痛了平王的心："奸人？老四，我不妨告诉你，支持我的是母后！你的狗奴才说母后是奸人？哈哈哈——"

寝宫里回荡着平王疯狂的笑声。

一旁的张统领暗暗皱眉。

这个时候尽快逼皇上写下禅让诏书才是最重要的，怎么能把太后扯进来呢？

不错，驱使这位禁军统领逼宫的正是太后。

那幽禁平王的清园，当时被派去监视平王一家人的明面上都是泰安帝的人，实际上有一部分是太后的人。

这就是张统领不懂平王的心情了。

他本是一国之君，却被亲弟弟赶下宝座，如丧家之犬逃离京城过起隐姓埋名的生活，憋屈了十余年，还没来得及出口气，又成了阶下囚。如今胜利在望，他怎能忍住不炫耀？

"想不到吧，母后是支持我的！老四啊老四，你是不是忘了我才是母后的长子！"平王双手张开，脸激动得发红，"你当年抢了我的皇位，就以为母后会永远支持你吗？"

"喀喀喀……"床榻上的人咳嗽起来。

张统领暗道：这位旧帝实在太沉不住气。张统领提醒道："还是先请刘公公代皇上写下让位的圣旨……"

平王收了笑，点点头。

张统领上前一步，鹰隼般的目光锁定刘川："刘公公，就不要浪费时间了，请吧。"

刘川面露决绝之色："呸，你当都会如你一样当逆贼？咱家决不做背叛皇上之事！"

"刺啦"一声，一柄闪着寒光的刀横在刘川面前。

"刘公公，不要不识抬举！"张统领冷冷地警告。

"喀喀。"泰安帝咳了两声，伸手指着门口，艰难地吐出一个字："去……"

"皇上！"刘川面色大变。

泰安帝说出那个字后，似乎耗尽了力气，连呼吸声都重了许多。

刘川泪流满面，磕了个头就往外走。

张统领一使眼色，一名禁卫跟了上去。

见刘川向外走，禁卫立刻警惕地问："刘公公去何处？"

刘川冷笑："不取印，诏书如何生效？"

刘川并非掌印太监，只是掌印太监王河前几日突然染了恶疾，便由他暂管印章。

这也是张统领率军闯入乾清宫后，对刘川如此重视的原因。

刘川沉着脸走进夜色中，突然加快了脚步。

跟着他的禁卫察觉不对，刚要出声阻止，数支利箭破空而来，把他扎成了刺猬。

在其他人反应过来之前，刘川撒腿狂奔。

更多的惨叫声在他身后响起，此起彼伏。

听到惨叫声的张统领冲出来，平王跟在后面。

夜色深沉，围着乾清宫的禁军一个个倒下，对不知从何处飞出的漫天羽箭几乎没有招架之力。

张统领的脸庞显露在灯光下，惨白一片。

不远处人影憧憧，寒芒闪烁，张统领心底升起凉意，终于反应过来：中埋伏了！

一道身影走近，脚步声不轻不重，落在张统领的耳中却如惊雷。

"杨靖？"看清那人的脸后，张统领面色大变。

皇城禁卫军共有一正两副三位统领，杨靖便是其中一位副统领。

又有一个人走过来，与杨统领站在一起，赫然是另一位副统领李常。

张统领握着刀的手一抖，他突然往回冲，转瞬间手里多了一个人。

张统领刀尖对着泰安帝，有种穷途末路的疯狂："让你们的人撤退，放我们出宫！"

就算被手持弓弩的禁军精锐包围，有皇帝在手，他也是有机会逃出去的。

只要逃出皇宫，逃出京城，他就有活路。

"张统领可想过家人？"杨统领问。

张统领眼中闪过痛楚，声音越发冷硬，说道："少废话，让开！"

事已至此，哪里还顾得了家人，万幸他提前把一个儿子送到了南边，好歹留了一丝血脉。

"张统领真是心狠啊！"

张统领冷笑："就算我放了皇上，难道就能免罪？别废话了，让开！"

杨统领目光灼灼，扫过跟在张统领身后的人："你们呢？也要跟着张泽走上绝路？现在放下刀剑认罪，皇上仁慈，你们这些受到蒙蔽蛊惑的人，至少罪不及家人，可若是继续跟着张泽作乱，就罪无可恕了。"

一番话说得追随张统领的禁军面面相觑，心思浮动。

张统领担心手下被说动，连忙大喊："别听他说得天花乱坠，真要放下武器认罪，等待我们的只有死路一条！现在皇上在我们手里，我们只要齐心，定能借此逃脱！"

"真的吗？"一道低沉的声音穿过如墨的夜色，落入张统领耳中。

张统领愣住了。

这声音如此耳熟，如此威严，与他听过无数次的那道声音一样。

他猛地低头，看向抓在手中的泰安帝。

泰安帝无力地低着头，一副病入膏肓的模样。

皇上还在他手里！

确认了这一点，明明应该松口气的，张统领却本能地感到了强烈的不安。

这不安在火把的照耀下看到那张严肃的脸时达到了顶点。

"皇上？"他错愕地低头，再次确认手中的人质，看到的分明还是病重的皇帝。

追随张统领的人一阵骚动。

怎么会出现两个皇帝？

泰安帝站定，杨统领与李统领一左一右护在两侧。火光下，帝王的脸清晰可见，虽难掩病容，精气神却不是被张统领控制着的人可比的。

"这……这到底是怎么回事？"张统领慌了。

杨统领冷笑："张泽，睁大眼看清楚，这才是皇上！"

"不可能！那他呢？"张统领把手中的人质往前推了推，借着火光睁大眼睛看。

那是一张与泰安帝一模一样的脸……不，还是有一点儿区别的，这张脸死气沉沉的，瘦得厉害。这点不同他原以为是瘦得脱相所致。

"喀喀喀。"被张统领抓在手里的人突然咳了两声，抬起一直半垂着的头，直直地盯着他："想知道我是谁？"

张统领一脸震惊。

变了，声音变了！

不对，之前这人就没怎么说话！

这声音他听着有些耳熟，只是因为过于震惊，脑海中一片空白，一时想不起声音的主人。

没让众人疑惑太久，那人一抬手，把薄如蝉翼的面具扯了下来。

这么用蛮力把面具扯下对皮肤的伤害不小，他却仿佛没有知觉般，连眉头都没皱一下。

"王公公！"不少人脱口而出。

张统领也惊呆了。

一直被他们当作皇上的人，居然是几日前号称突发恶疾的掌印太监王河！

再看看王河与泰安帝相差无几的身高与脸形，张统领彻底明白过来。

从传出掌印太监王河染了恶疾起，躺在乾清宫病榻上的就不是泰安帝，而是王河了。

从一开始，这就是一个请君入瓮的局，现在他们都成了被困在瓮中的活王八！

想明白这点，张统领面色惨白，脸上只剩下绝望。

"还不认罪吗？"泰安帝面无表情地问。

听起来轻描淡写的一问，却如巨石般落在了那些叛军的心头。

他们你看看我，我看看你，不知谁手一松，长刀砸在了地上。

地砖冷硬，刀砸在上面，发出清脆的声响。

这撞击声仿佛冲破了某种桎梏，很快就听"叮叮当当"一阵响，这些禁军争先恐后地丢了武器。

张统领知道大势已去，腿一软，瘫倒在地上。

一直被张统领抓着的掌印太监王河身子晃了晃，往一侧栽倒，立刻有人把他扶住，带到泰安帝身边。

"皇上……"王河吃力地行礼。泰安帝连忙拦住，命人送他去看太医。

夜风大了起来，如寒冷的刀割着人脸，犯上的禁军黑压压地跪了一片，场面一时有种令人窒息的寂静。

泰安帝于这种安静中看向呆若木鸡的平王。

"没想到再次与大哥见面，是这种情形。"

平王如梦初醒，伸手指着泰安帝："你……你连母后都算计！"

泰安帝面上浮现出悲哀之色，淡淡地道："我只是病了。"

他病了，牛鬼蛇神就都出来了，连母后都按捺不住了。

都说天家无父子，实际情况更残酷，天家何止无父子，母子也是没有的。

走到这一步，平王自知绝无活路，面容扭曲地瞪着泰安帝："你长子被废，刚出生的小儿子病歪歪的恐怕养不活。都这样了，你宁可过继其他子侄，也从没想过把皇位还给我，你怎么这么自私，这么狠毒？！"

泰安帝忽然失去了对话的兴致，摆摆手道："把平王拿下！"

"呼啦"一群禁军围上去，平王挣扎着大喊："放开我，我才是皇帝，我才是真命天子！"

泰安帝闭闭眼，转身向外走，迎面遇到了匆匆地赶来的庄妃。

"皇上，出什么事了？"夜色下，庄妃神色惶急，斗篷都没系好。

见是庄妃，泰安帝脸色缓了缓："爱妃听到动静了？"

"小皇子突然哭闹，云桂宫那边一个小内侍去玉和宫向妾请示，路上发现了一队禁军……"庄妃后知后觉地想起来，"皇上，您不是病了？"

"这些之后再说，你先回玉和宫吧。"泰安帝迟疑了一下，"打发人去云桂宫看看，小皇子有不妥就传太医。"

"嗯。"庄妃半是紧张半是松了口气，怀着满腹疑惑匆匆地走了。

泰安帝静立片刻，抬脚向一处宫殿走去。

他的病其实还没好，皇宫又那么大，那么黑，他走了不知多久才走到。

那儿是慈宁宫，太后的寝宫。

守门的宫人看到泰安帝纷纷行礼，有人暗自紧张，有人心知肚明。

连天上那细得可怜的月都不见了，四处一片漆黑。

太后身边的嬷嬷走了出来："皇上，太后请您进去。"

泰安帝定了定神，抬脚走了进去。

夜深人静，以太后的年纪，早就该就寝了，此时慈宁宫中宫灯犹亮，太后端端正正地坐在榻上，望着走进来的泰安帝。

母子二人对视，一时无人开口。

许久后，宫灯爆了一个烛花，打破了一室寂静。

太后先开了口，声音苍老如那要燃尽的烛火："四郎来了，坐。"

这个称呼令泰安帝眼睛发酸。

是啊，他是母后的四郎。

可母后不止他一个儿子……

长久沉默后，泰安帝声音干涩地问："母后，血脉如此重要吗？"

重要到母后宁可把他赶下龙椅，要他的命。

更久沉默后，太后反问："不重要吗？"

泰安帝动了动唇，明明对一切早有预料，真到了摘掉温情的面具去面对的这一刻，还是感到心痛如绞。

"当年，你领兵进京，夺了你大哥的皇位，哀家难道对你大哥没有母子之情吗？可哀家还是出面助你稳住了局面，因为你也是哀家的儿子。哀家一个儿子在那场混乱中不知所终，不能再失去另一个儿子了……"

太后的语气并不激动，泰安帝却能看出平静的表面下的压抑。

"原来母后一直在怨我。"

太后深深地看着泰安帝，情绪起了波澜："哀家是怨过你，可哀家也盼着你好好的，健康长寿，英明睿智，把你父皇打下的江山一代接一代地传下去。"

"儿子……不一直在这么做吗？"

"你准备把皇位传给谁呢？"太后定定地看着他，"宁王的儿子、靖王的儿子，还是定王的儿子？"

"宁王、靖王、定王他们都是父皇的儿子，我的兄弟……"

太后猛然站起，一直压抑的情绪终于爆发出来："可他们不是哀家的儿子，他们的子孙与哀家也毫无关系！"

她斗倒了贵妃，斗倒了德妃，斗倒了所有想和她争抢的人，让长子顺顺当当地坐上了龙椅。

小儿子有野心，抢了哥哥的东西，她虽恼怒，气过也就算了，手心手背都是肉，她内心甚至更疼爱小儿子一些。

可现在呢，小儿子居然要去过继贵妃的孙子、德妃的孙子、丽嫔的孙子……

她千辛万苦地守住的一切，最后都便宜了别人。她以为笑到了最后，结果她才是那个天大的笑话。

"母后……"泰安帝脸色苍白，彻底明白了太后的心思。

可恰恰这一点是无解的。

他不可能复立长子祸害江山，幼子的降生让他杜绝了再生的心思。至于大哥的儿子，他若真过继了，将来毫无疑问会不得善终。

太后望着难掩病容的儿子，轻声道："而且，你病了。"

幼子也不年轻了，该拥有的都拥有过了，长子有好几个儿子，挑一个最合适的有什么不行呢？

泰安帝心一痛，憔悴之态越发明显。

母子二人说到这里，似乎已经无话可说。

他沉默着，太后却有话问："你是何时察觉的？"

泰安帝喉咙有了痒意，强忍着没有咳出来。

其他不说，他生病是真的。

"那日您去看了我，我一觉睡了很久。第二日您又来了，我睡得更久了。我觉得有些不对劲，叫了国师与太医检查……"

泰安帝没说查出了什么，但母子对视，各自心知肚明。

不是这个时候吧？

太后想问。

儿子如果对她一直全心信赖，又怎么会因为睡得久一些就起疑心？

太后最终没有问。

她何尝不是如此呢？在儿子没有与她商量的前提下就直接把宜安的驸马给了玉琼公主后，不满就存在心里了。

天家的父母兄弟，是容不得有嫌隙又必然会生出嫌隙的，大部分会以悲剧收场。

太后不出声了。

泰安帝静静地坐了一会儿，站起身来："儿子该回去了，还有许多事要处理。"

太后深深地看了泰安帝一眼，声音苍老平和，仿佛刚刚母子间的对质没有发生过："去吧，别太累了。"

泰安帝步伐缓慢，一步步走到门口，突然转过身来给太后磕了一个头："母后，那儿子走了。"

太后眼皮颤了颤，沉默地受了泰安帝这一礼。

熟悉的身影消失在门口，熟悉的脚步声渐渐远去，太后始终如泥塑一般，一动不动。

心腹嬷嬷跪在太后脚边，声音哽咽地说道："太后，皇上对您还是孝顺的，只要您开口……"

"有什么意思呢？"太后淡淡地打断嬷嬷的话，"哀家一生尊荣，所要的从来不只是活着。"

她掉几滴眼泪，确实能继续锦衣玉食地活下去，可从此不再是深受皇帝敬重的太后，而是这皇宫里的囚徒。

这种日子，她一刻都无法忍受。

这一夜，慈宁宫中的烛火一直都没有熄，黎明来到时，宫里响起了无数压抑的哭声。

天亮了，平王与禁军统领张泽勾结夜闯乾清宫的事震惊朝野，不久后又传出太后在这场宫乱中受惊而亡的消息，让百官勋贵受惊的心再次抖个不停。

张泽是太后的远房外甥，细究起来，太后到底是受惊而亡，还是宫变失败自尽，那就说不清了。

不管怎么说，明面上太后肯定是受惊而亡，皇上也不允许生出其他流言来。

谋逆是大罪，平王一家老小全都被赐了白绫，除了祁明。

泰安帝在养心殿召见了祁明。

祁明见到泰安帝，没有出声，只是默默地行了一礼。

泰安帝看了他一眼，心情复杂："朕听说，你被绑在了床柱上，为什么没和你父亲一起呢？"

祁明还没来得及换衣裳，外在的狼狈却掩不住皎月般的气质，听了这话，扬唇一笑："那时是不是一起，对您来说其实不重要吧。四叔，白绫不值钱，赏侄儿一条就好。"

泰安帝端详着这个轻描淡写求死的侄儿，摇了摇头："朕向来赏罚分明，既然当初他说你不是他儿子，如今你就不该受牵连。清园清幽，正适合你，回去吧。"

祁明笑笑："我既然不是他儿子，又如何能住在清园里？"

"那你打算如何？"

泰安帝静静地等着祁明的回答。

把大哥赶下皇位，他不后悔，亦不愧疚，但对这个侄儿他是有些歉疚的。

不是因为祁明本是太子，而是因为祁明有坐好这个位子的才能。

可十年前那场宫变，注定他不可能把储君之位还给祁明。人心难测，谁能保证祁明不会秋后算账呢？他不能把后半生的尊荣体面交给别人掌控。

何况，他的四子还死在祁明手上。

对祁明，他有恨亦有欠，愿意留祁明一命，仅仅如此，不能再多。

祁明微微垂眸："红尘多烦恼，侄儿想过一过方外人的生活。"

泰安帝愣住了，下意识地问道："你想出家？"

祁明看向泰安帝那张震惊的脸，微微点头。

泰安帝嘴唇动了动，想要劝几句，又无从劝起，再思量，竟觉得祁明的选择是最合适的。

"不后悔？"

祁明笑笑："这是侄儿想要的生活。"

"有没有想去的地方？"

"天元寺吧，就在京城，偶尔四叔觉得烦了，还能听侄儿讲讲经。"

泰安帝暗暗叹气。

不得不说，祁明太聪明了，知道离得远了，首先不放心的就是他。

"京城寺庙不少，不如看看其他寺庙，朕听说天元寺连番出了命案。"

无头女尸案闹得沸沸扬扬，唐薇自是伏了法，武宁侯也因教女不严被夺了爵位，曾经风光无限的武宁侯府树倒猢狲散，彻底消失于京城的勋贵间。

天元寺也好不到哪里去。虽查明无头女尸与寺中的僧人无关，可寺庙这种清净之地居然出了两次命案，放生湖中捞出两颗头颅，善男信女都嫌晦气，转而到其他寺庙烧香拜佛去了。

如今，天元寺的僧人流失大半，一天到晚不见几个香客登门，原本香火旺盛的寺庙一副要关门的样子。

"侄儿也听说了，想来那里比较清净。"

"决定了？"

"决定了。"

望着眉眼沉静的侄儿，泰安帝有一瞬很想问问他可有过心悦的女子，但终究没有问出口。

很快，旧太子祁明出家为僧的消息传开，百官勋贵竟然都不觉得惊讶了。

没办法，发生的令人惊掉下巴的事情实在太多了。

泰安帝依然没有上朝。

皇宫中因为太后的死雪洞一般清冷，外面则是大雪纷飞。

泰安帝一直没回乾清宫，窝在养心殿中，一边养病，一边翻看前些日子宗人令呈上的那份名册，等名册被翻烂了，他的心中有了两三个人选。

"刘川。"

"奴婢在。"

"传国师进宫。"

很快，明心真人出现在泰安帝面前，白须宽袍，仙风道骨。

"见过陛下。"

泰安帝半坐着靠在床头，病容难掩，声音也没多少力气："国师不必多礼。先前多亏国师相助，朕才没有遭了算计。"

"臣愧不敢当。"明心真人欠身，从面上很难看出平王之死带来的影响。

无论是泰安帝还是明心真人，以他们的地位、城府、阅历，再大的风雨都只会落在心里。

泰安帝收起审视的心思，面上一副诚恳："此次宫乱，归根到底是储君之位一直空缺所致。朕如今身体衰弱，无力打理朝政，急需选定储君替朕分忧，安定社稷。"

明心真人微微点头，表示赞同。

泰安帝把名册递到明心真人面前："以朕的身体情况，过继年幼子侄并不合适，这名册上年满十四岁、三十岁以下者共二十八个人，国师擅长观星占卜，请国师推算一下，谁是最合适的人。"

"陛下，这恐怕不妥……"

泰安帝神色一怔："有何不妥？国师之能尽人皆知，能在名册上的，都是朕的子侄，只要对江山社稷有利，选哪个对朕来说并无区别。国师也不想局面继续乱下去吧？"

"如此，臣就斗胆推算一番。"

泰安帝露出淡淡的笑容："那就辛苦国师了。"

二十八个人，不知国师选出的人，在他中意的那两三个人中吗？

泰安帝如今的心里很矛盾，小皇子的打击让他变得信天命，可天生的强势性格又

739

让他无法放弃自己的判断。

如果国师推算出的人正在他青睐的人选中，那就铁定是天意了。

至于要是不一样怎么办，泰安帝暂时不打算考虑。

名册上记录的每一个宗室子都有生辰八字，明心真人一番推演，给出了答案。

"靖王嫡长子祁烁命格清纯，气纳八方，是身旺有德之人，若以八字论，在这些人中是最合适的……当然，仅以八字做判断有些轻率，陛下当作参考即可。"明心真人语气淡淡地说道，一副不偏不倚的态度。

他心里却不是表面这般平静。

皇上会做出与他一样的选择吗？

以八字定储君本就荒唐，二十八个人，他选择的标准只有两个字：合适。

靖王世子有勇有谋，对敌强硬，对己宽容；那个小姑娘明明年少无忧，却心怀天下，将来若靖王世子为帝，她无疑是他最好的助力。

明心真人不否认，当初他那么快下定决心以真正的身份站到泰安帝面前，有那小姑娘的功劳。

他曾对她说，最好的不代表会被选择。

现在，皇帝给了他选择的机会，他终于可以替社稷、黎民选择最好的。

他无私心，亦有私心。

"祁烁啊——"泰安帝扬了一下眉，笑了，"朕也觉得他不错。"

不知怎么，明心真人觉得眼眶有些发热："皇上……"

"就他吧。"泰安帝没等明心真人说下去，最后看了一眼厚厚的名册，重复着，"就他吧。"

若有旁人听着，大概会觉得这么重要的事就这样定了似乎太草率了，一脸病容的帝王却仿佛卸下了千斤重担，喃喃道："就他吧。"

心中的两三个人选中，他最倾向的本就是祁烁，而国师卜占推算出来的人也是祁烁，那他还有什么可犹豫的，早日把储君定下早轻松。

泰安帝由着明心真人按摩着头部，觉得精神好了些，吩咐刘川："传靖王进宫来。"

靖王接到口谕，心里就犯起了嘀咕：四哥这个时候叫他进宫干什么？

正是多事之秋，靖王直觉没好事，等到了养心殿看到病歪歪地靠在床榻上的泰安帝，就更觉不妙了。

靖王心里发慌，面上规矩矩地行了礼："皇兄身体好些了吗？"

"好多了。"泰安帝一脸和颜悦色，"五弟坐着说话。"

刘川立刻搬了个小杌子放到靖王身边。

靖王小心翼翼地坐到小杌子上，心中更忐忑了。

"五弟一家人进京也有十年了吧？"

靖王干笑："有十年了。"

"时间过得可真快！"泰安帝面上露出感叹之色。

靖王干巴巴地接上："可不是吗，一下子十年就过去了。"

完了完了，一旦追忆往昔，事情就大了。

泰安帝目光柔和地看着靖王："年少时兄弟们都在一起不觉如何，没想到到了这个年纪，与朕最投缘的是五弟。"

靖王这可坐不住了，赶紧起身谢恩："皇兄厚爱，弟弟愧不敢当。"

"朕说的是真心话。"

靖王："……"那我信了能不能放我走？

泰安帝不但不放人走，还伸出手把靖王的手给握住了，那一瞬间，靖王险些没忍住跳起来跑了。

"五弟与烁儿北上立了大功，朕一直没好好嘉奖，心中实在惭愧。"

靖王连忙说道："皇兄千万别这么说，为皇兄分忧是我们父子的本分。"

"咳咳。"泰安帝咳嗽两声，看起来很虚弱，"五弟也知道，朕这一病迟迟不见好转，有些日子没上朝了，朝政积压不说，时间久了，恐北齐又会蠢蠢欲动……"

"是，所以皇兄好好养着，早些养好身子。"

"老了。"泰安帝叹口气，"储君之位又空缺着，平王会生出异心发动宫变也是起因于此，朕想着还是早日把过继嗣子之事定下才好。"

靖王心中一"咯噔"："不是还有小皇子吗？等小皇子成年您还不到七十岁，弟弟觉得没必要从宗室中过继啊。"

听靖王提到小皇子，泰安帝脸色沉了沉；再听到不到七十岁这种安慰，脸色就更沉了。

靖王识趣地闭上了嘴巴。

尴尬的沉默过后，泰安帝开了口："小皇子生来体弱，朕不放心把江山社稷交给他，还是从宗室中选一个年龄、身体、品性、才能都合适的才是对我们祁家江山负责。五弟，你说呢？"

"皇兄说得是。"

泰安帝深深地看了志忑的靖王一眼，铺垫了这么久，终于把话说了出来："朕觉得烁儿甚好，就让烁儿当这大周太子吧，权当对他立下大功的嘉奖了。"

"皇兄，万万不可啊！"靖王直接从小杌子上扑到了地上。

看一看前后三位太子的下场吧，这是嘉奖吗？这分明是恩将仇报！

"怎么？"泰安帝的语气冷了下来。

靖王抬头，没有因为皇帝不悦的神色而退缩："烁儿胸无大志，身体也不大好，弟弟觉得他不适合，要不您再想想？"

"朕就看中了烁儿。"泰安帝淡淡地道。

靖王一看讲道理不成，直接抹起了眼泪："皇兄，弟弟就这么一个大儿子啊！"

一把年纪的人说哭就哭，泰安帝看着实在伤眼，眼角抽搐着提醒："不是还有焕儿吗？"

靖王一顿，抹抹眼泪："焕儿是小儿子，烁儿是弟弟的嫡长子啊！"

泰安帝一听，更生气了。

他一个像样的儿子都没有，老五有两个！

"把烁儿过继给朕，焕儿就算是嫡长子了。"

靖王震惊："皇兄，不能这么算吧？"

泰安帝脸一沉："朕还没说完。那么多宗室子中，选中烁儿是经过国师推算的，烁儿是帝星命格。哦，对了，朕想起还有一个传闻，说烁儿刚出生时就天有异象……"

靖王嘴巴微张，傻了眼。

泰安帝意味深长地问："五弟，你觉得选别人合适吗？"

靖王一个激灵，连忙说道："皇兄英明，还是烁儿合适。"

今日这番话要是传开，但凡换一个人来做储君，靖王府就落不了好，哪个帝王能容忍一个有帝王命格的皇室子弟活蹦乱跳呢？

"喀喀，朕精力欠佳，以后有烁儿在，朕就安心了。"

靖王欲哭无泪。

四哥倒是安心了，他呢？

本来他马上就可以过上含饴弄孙的悠闲日子，王府的事务甩给沉稳可靠的长子就行了，结果长子成了别人的，整日只知道惹猫逗狗的小儿子要继承家业了，他一想就觉得人生黑暗。

靖王坐着轿子回了靖王府，到了正院还一副魂飞天外的模样。

"王爷这是怎么了？皇上找你什么事啊？"见靖王这副模样，靖王妃难免有些担心。

"烁儿成别人家的了……"

靖王妃一时没反应过来："王爷说什么胡话呢？"

靖王流下两行热泪："皇上选定了烁儿为嗣子。"

"咣当"一声，靖王妃手中的杯子掉在了地上。

她抬手扶了扶额，好一会儿才缓过来："那……以后王府只能交给焕儿了？"

靖王："……"黄脸婆哪壶不开提哪壶！

最终，夫妇二人接受了现实，把儿女们都叫了过来。

"父王，这个时候叫我们来有什么事啊？"祁焕纳闷儿地问。

宫里才出了变故，他只能窝在家里，也没闯什么祸啊。

靖王目光复杂地看向祁烁："叫你们来是要说一件事，皇上准备过继烁儿为嗣子。"

"大哥？"祁焕与祁琼震惊地看向祁烁。

林好亦愣住了。

皇上要过继阿烁，那阿烁岂不成了太子？

这怎么像是在做梦，一个匪夷所思的梦。

林好悄悄伸手，掐了祁烁一下。

祁烁听了这个惊人的消息，本来还算淡定，却被这一掐弄得面容扭曲了一下。

靖王登时感动坏了。看把烁儿难过的！

他伸手拍拍长子的肩膀，叹了口气："父王知道你一时难以接受，奈何君命难违……"

祁焕眨眨眼，忍不住道："我没理解错的话，大哥是要去当太子吧？这不是天大的好事吗？"

靖王眼睛一眯："你说说怎么是天大的好事了。"

"您想啊，等大哥当了太子，谁还敢惹咱们……"

靖王抬手就打："我让你谁敢惹，我让你谁敢惹，你是土匪吗？以后你大哥就只能叫我'叔叔'了，你知不知道？！"

祁焕抱头鼠窜，认错干脆利落："父王，我错了！"

得了实惠不就行了，何必计较称呼呢？反正他还可以叫"哥哥"。

等回了住处屏退下人，林好揪住祁烁的衣袖："阿烁，你有没有觉得像在做梦？"

"没有。"

"嗯？"

祁烁无奈地揉揉被掐过的地方："做梦不会这么疼。"

林好尴尬地松手："太吃惊了，我一直以为皇上就算过继宗室子，也会挑年幼的。"

现成的大儿子是省心，可也不好掌控，对任何一个习惯了唯我独尊的帝王来说做出这种选择都不是一件容易的事。

"我也觉得意外。"不在双亲面前，祁烁露出一丝担忧，"阿好，你怎么想？"

"也不是特别难接受。"

除非靖王府打算造反，不然雷霆雨露俱是天恩，皇帝的决定只能服从。

林好微微仰头看着俊逸挺拔的青年，叹口气："就是皇帝不能只有一个皇后吧？"

要是有这种苗头，她可就要找退路了。

可能是因为父母成亲多年，至少在父亲露出丑恶的真面目前，府上没有旁的女子，她从没生出过男人就该三妻四妾的认知，而当父亲领着常氏出现时，她最爱的亲人们从此坠入地狱，更让她对夫妻间插进第三个人深恶痛绝。

她无法想象也无法接受她的阿烁与其他女子同床共枕。

祁烁握住她的手，笑道："别人怎么样我们管不了，反正我只有你一个，无论是什么身份。"

男人说得轻描淡写，林好一颗心却放了下来。

世上没有绝对的自由肆意，只要最在意的东西没有变，其他的无论是荆棘风雨还是繁花似锦，她都愿意与他一起去经历。

翌日，泰安帝在养心殿召见各部重臣，告诉了他们嗣子人选。

"靖王世子？"锦麟卫指挥使程茂明第一个跳出来，"皇上英明，恭喜皇上！"

锦麟卫指挥使作为近臣，率先表达支持来引导风向是应该的，泰安帝却怎么看都觉得这家伙的嘴角翘得太高了些。

皇帝狐疑的眼神令程茂明心一凛，赶紧努力把外露的情绪压下去。

他是真心觉得皇上英明啊，皇上可不要多想。

刑部尚书第二个站了出来："皇上英明，恭喜皇上！"

靖王世子就在刑部当差，别的不说，聪明能干又踏实，与他又有共事的情谊，他必须支持啊。

"皇上英明，恭喜皇上！"兵部尚书紧跟着开口。

靖王世子与他的孙儿是连襟，呵呵呵，皇上就是英明！

再然后就是更多的恭贺声。

泰安帝看着一张张嘴角微扬的笑脸，突然有些迷茫。

他是做好了有一部分人有不同意见的准备的，怎么这些人的恭贺听起来全都如此真心实意？

到底是这些人拍马屁的功夫已练至炉火纯青，还是他真的这么英明？

看一眼明心真人，泰安帝觉得是后者。

祁烁是国师推算出来的人，也是他最中意的人选。

于是君臣愉快地商谈了一番，过继一事顺顺当当地定了。

靖王世子成为皇帝嗣子的消息如插上了翅膀，当日就传开了。

将军府也是这个时候知道的消息。

老夫人因为太后的死情绪有些低沉，此时低沉也被惊没了。

"真是想不到的事……"老太太拉着林好的手，表情复杂。

林氏就直接多了："世子成了太子，以后不就要坐那个位子吗，后宫佳丽三千怎么办？"

好不容易阿好找了个才貌相当又恩爱的，夫婿居然要当皇帝，真是晦气啊！

而且她发现了，皇帝特别克皇后，大部分皇后都死得早。

林氏一时间愁云惨雾，长吁短叹。

老夫人瞥了憋不住话的闺女一眼，也没了数落她的心思。

对将军府来说，这个消息确实只能算惊，称不上喜。

"那要不……我和他和离？"

林氏一听，认真地思索起来。

老夫人嘴角一抽。

当闺女的因为夫君当上太子想和离，当娘的居然还考虑，这母女俩真是不像话！

"少胡说！"老夫人瞪了孙女一眼。

林好莞尔。

她自然是看祖母与母亲心里惴惴不安，开玩笑的。

"祖母、娘，你们放心，我有让自己过好的能力。"

老夫人露出欣慰的笑容："你心中有数就好。"

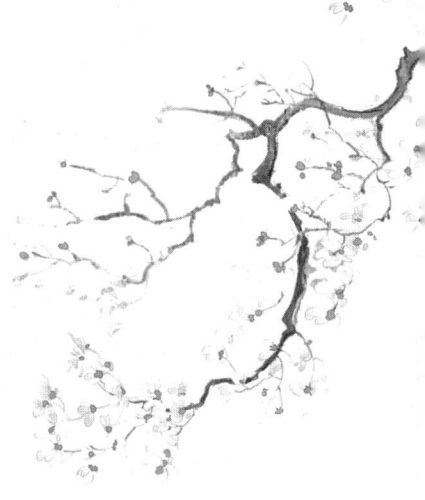

第三十章　花　好

太子册立大典定在了仲春二月，鲜花烂漫之时。

吉日的前一天，泰安帝指派礼部张侍郎主持祭祀活动，把立储大事祭告天地、太庙。

翌日，春光灿烂，风和日丽。文武百官按官职位次候在大殿中，祁烁身着朱袍，表情肃穆地听宰辅代皇帝宣读册立太子的诏书。

靖王站在百官前方，默默地看身姿挺拔、面如冠玉的大儿子向新爹行礼谢恩，眼泪"哗"地就流了下来。

四哥真不是东西啊，那日在养心殿一副风烛残年的可怜样子，他心一软，就没怎么坚持，结果现在四哥又活蹦乱跳地举行册立大典了。

靖王想到伤心处，擦了擦眼泪。

接受新太子叩拜的泰安帝似有所感，视线投了过来，看到眼圈红红的靖王，非但没有生气，等到祁烁行完大礼，他以父亲的身份训话时，语气还格外温和。

靖王差点儿哭出声。

四哥绝对是故意的！

同一时刻，册封太子妃的仪式在内殿举行。

林好穿着礼服按部就班地完成仪式，向回到乾清宫的泰安帝行礼谢恩，之后再去拜见管理后宫的庄妃。

庄妃态度客气中透着亲近，是个打起交道令人如沐春风的人。

林好觉得自己运气不错。

庄妃作为后宫实际上的女主人，若是刻薄难缠，她这个要经常与之打交道的太子妃少不了头痛。

然后要去拜见的是静妃，也就是先太子的生母。

静妃住在宁心宫，离庄妃的玉和宫不远。可与玉和宫的生机勃勃不同，整个宁心宫都透着一股子低沉，幽静如同冷宫。

林好没有见到静妃的面。

"娘娘病了，担心把病气过给太子妃，拜见就免了，还请太子妃海涵。"

"那等娘娘大好了我再来拜见。"

对静妃的避而不见，林好并不感到意外。

丧子之痛岂是那么容易缓解的，静妃思及当上太子不久就出事的儿子，不愿见她这个新晋太子妃也是人之常情。

泰安帝的后宫不算充盈，身居妃位的只有四位，林好再拜见过其余二妃，四妃往下就不必拜见了，之后回到东宫，与朱袍加身的祁烁见了面。

按礼仪，太子妃还要向太子四拜，林好刚做出行礼的动作就被祁烁拉住了。

"累了没？"顶着女官震惊的眼神，祁烁若无其事地问。

对女官由震惊转为控诉的目光，林好亦没在意，笑着道："还好。你呢？"

"我也还好。"祁烁自然无比地牵起林好的手。

明明是烦琐、冗长、无趣的仪式，想到阿好也在经历这个过程，他们始终是并肩的人，祁烁就觉得有意义起来。

女官终于从震惊中回过神，出声提醒："太子殿下，这……"

女官"于礼不合"四个字还没说出，就被身着朱衣的青年冷淡一瞥给堵了回去。

"这儿是东宫。"祁烁淡淡地道。

东宫之外也就罢了，至少在属于二人的家中，他不想为了符合旁人的认知就与阿好做一对戴着假面的夫妻。

女官嘴唇动了动，终究没有勇气反驳，"诺诺"地退至一旁。

"我换身衣裳，还要见外命妇。"

与外命妇的见面，就是外命妇向太子妃拜贺了。

这是林好第一次以太子妃的身份与各府贵妇打交道。

这两年，贵夫人们听林二姑娘的各种事迹耳朵都快听出茧子来了，奈何林好与她们差着辈分，林氏又不是喜欢带着女儿出门应酬的人，对大多数贵夫人来说，这是难得近距离接触活在传闻中的女子的机会。

这么一观察，太子妃竟然是个礼仪上挑不出错来的人。

不少人悄悄交换一下眼神，心道这不正常啊，以至于回府后还有些缓不过神来。

立储大典第二日，皇帝颁诏天下，大周有了新储君的消息彻底在民间传开。

冬雪早已消融，那场发生在寒冬的宫变与太后的死似乎是很遥远的事了，京城几条主要街道都披红挂彩以庆祝储君的册立，街上来往的行人亦是笑容满面。

按惯例，这样大的喜事，天家少不了给百姓一些恩典，百姓是真能得到实惠的，哪有不高兴的道理？

不过凡事总有例外，一名脚步缓慢从书局走出的年轻人听到这个消息后，先是一愣，随手抓了个说得正热闹的人问清楚，然后跌跌撞撞地往家中跑去。

那是一片低矮破旧的民房，狭窄的巷子中污水横流，气味难闻，他丝毫不顾踩脏了鞋底，猛地推开一扇门，跑了进去。

破旧的民居，院子中堆得满满当当，晾衣绳上飘着灰扑扑的湿衣裳。

常氏坐在院中用力地搓着一盆脏衣，听到动静后，抬起头来，心不由得一"咯噔"："辉儿，这么急，怎么了？"

温辉气喘吁吁，脸上是一种非常奇特的神色："那位……那位的二女儿成了太子妃！"

这个"那位"指谁，常氏再清楚不过，当即手上一用力，把正洗的衣裳扯破了。

她顾不得心疼，猛地站了起来："你说林好那丫头？"

温辉神色复杂地点头："是她。"

他说完往地上一蹲，发起呆来。

去年的秋闱，他考到一半就因为身体支撑不住被抬了出去，三年的努力付诸东流。

不甘、痛苦、沮丧……各种负面情绪搅在一起，把温辉的精气神击垮了大半，他时常会露出痴愣的表情。

常氏见儿子如此，一下子慌了："辉儿，你别又为难自己……"

温辉低着头，怔怔地念着："都怪我，都怪我……要不是我病了没考完，咱们家就不会是这种光景了……"

他抬手打起自己嘴巴："是我的错，我的错……"

常氏最疼的就是儿子，见他如此，连忙拉住他的手："辉儿，你不能这么想，怎么是你的错呢？是你妹妹出了事，你又是忙晴儿的事又要读书，身体才受不住的，呜呜……"

常氏哭着，扭头扯着嗓子喊："温晴，你个死丫头天天窝在屋子里干什么？没听见你大哥回来了？"

不多时，一个形销骨立的少女幽幽地立在台阶上，一动不动地望向院中。

她披散着及腰的干枯长发，把双颊遮挡了大半，然而左边脸颊上狰狞的伤口还是遮掩不住。

常氏看到她这副模样就气不打一处来，吼道："眼里没个活儿吗？还不把衣裳洗了？只知道熬我一个人！"

曾经，对娇俏美丽的女儿她自是喜爱的。可家里穷了，女儿因为毁容，整日一副不死不活的样子，非但嫁不出去给娘家一些帮衬，还要她这么养上一辈子，再多的疼爱都被时间消磨成了厌烦——对女儿的厌烦，对不如意生活的厌烦。

都怪他！

常氏将仇恨的目光射向东屋，面容扭曲地冲了进去。

床榻上，一个瘦成皮包骨的男人一动不动，整个人散发着药味、汗味混合成的一股子馊味，熏人欲呕。

听到动静，他动了动眼皮，却没睁眼。

"就知道装死！要不是因为你这个病痨鬼，晴儿就不会去找林好要钱；晴儿要是不去要钱，就不会出事；晴儿要是没出事，辉儿就不会因为太操心而在考场上病倒……都怪你，都怪你！你怎么还不死呢？！"

说到激动处，常氏疯狂地拍打起温如归的胳膊。

温如归微微睁开眼，仿佛感觉不到疼痛，对常氏的发狂无动于衷。

这种情景，这大半年来多得数不清，他早已习惯了。

"你说话！你是不是哑巴了？"

"疯妇。"温如归嘴唇翕动，吐出两个字。

"你说什么？"常氏停了动作，凑过去听。

这个男人面对她的打骂已经许久没给过反应了，她自己都没察觉，这正是让她越发抓狂的原因。

"疯妇……"

常氏听到了，先是难以置信地睁大了眼，而后就是愤怒："你骂我疯子？那你这个病痨鬼是什么？我告诉你，你的宝贝二女儿成为太子妃了，开心吧？哦，想起来了，人家叫'林好'，和你毫无关系了，哈哈哈——"

"你……你说什么？"温如归身子动了动，想要坐起来，以他的身体状况，自然做不到。

他只好死死地盯着常氏，想从她的神色中瞧出真伪。

见他如此，常氏只觉痛快："我骗你做什么？她嫁的是靖王世子，靖王世子成了太子，她不就成了太子妃了？以后还会是皇后呢。可惜啊，这一切都和你没关系了，你个蠢材！"

"太子妃……皇后……"温如归"喃喃"道，许久没有开口让他的嗓音仿佛生了锈。

他竭力回想着次女的模样，可不知是太久未见还是病得脑子不灵光了，居然想不起来了。

他脑海中浮现的是林氏的脸。

他一直觉得骄纵的、粗鲁的、没什么心眼儿的林婉晴，在他脑海中的样子却是明媚的、爽朗的、纯粹的。

他和婉晴的女儿成为太子妃了啊。

耳边是常氏尖锐的骂声，温如归睁了睁浑浊无光的眼，看到的是面容扭曲的丑陋的妇人。

从他被罢官离开温家大宅起，眼前这个女人就一点点变成了这副丑陋的样子。

他再次闭上眼，看到的人又变成了林氏。

不知为何他十分确定，倘若陷入贫贱中的是他与婉晴，婉晴绝不会日复一日喋喋不休地埋怨，而是会比他还要积极地面对苦难，彼此支撑着走出困境。

到现在他才彻底明白，婉晴是生机勃勃的大树，而常氏是只知从别人身上拼命汲取养分的菟丝花。

他呢？

哈哈哈，常氏说得没错，他是一个蠢材。

天大的蠢材！

一滴泪从眼角流出，冲刷过脏污的面颊，带着浑浊滑入衣领里。

常氏察觉到不对劲，定睛一看，愣住了。

温如归闭着眼，彻底停止了呼吸。

他熬过了漫漫寒冬，却死在了泰安十一年的仲春。三年前，他与林氏正是在仲春二月走到了义绝的结局。

后来林氏还是听说了温如归的死讯。

那时她骑着马才从京郊的庄子上回来，听到消息后，微微愣了愣，吩咐婢女芳菲："去厨房端碗糖酪浇樱桃来，天热了，去去火。"

乳酪香甜，吃上一口就冲走了那丝微弱得算不上苦涩的怅然。

她以后的日子就如这碗糖酪浇樱桃，还长着，还甜着，那些不开心的事就该忘了。

温峰是听温如生的叮嘱去看温如归时，才得知温如归死讯的，回家后便把这消息告诉了父亲。

温如生一听两眼翻白，一副快不行了的样子。

"爹，您怎么了？"

温如生用力地拍打温峰的胳膊："我就知道，阿好当上太子妃，法力一增，就作法把你十叔弄死了！"

温峰忍无可忍："爹，您怎么就坚信阿好是妖……妖怪？"

这么荒谬的两个字，他都不好意思说出口。

温如生反问："你有什么证据说她不是？"

温峰一顿，想到父亲怕鬼神几十年了，只好放弃了讲道理："就算是吧，那阿好对咱们一直很好啊，您看儿子不是考中了进士，如今在官场也算顺利，您的日子也越来越好？作法……不也有好的吗？"

温如生眼一亮，当即眼前也不发黑了，心肝也不颤抖了，鲤鱼打挺跳了起来："温平，去打一壶酒，买两只烧鸡。"

峰儿说得对，是他当局者迷了！

"那阿好要是当了皇后，峰儿，你岂不是要当宰相了？"

温峰忍无可忍起身："衙门还有事，儿子先回去了。"

街上行人匆匆，温峰微微松了口气，却也忍不住笑了笑。

父亲虽格外怕鬼，坚信阿好是妖怪，其他方面却从不给他惹麻烦，等将来再把母亲接来，一家人会越来越好的。

　　他这般想着，信步往前走，看到一个眼熟的少年。

　　视线相触，温峰认了出来，这是阿好的义兄，叫阿星。

　　二人并不熟，只是知道对方的存在，温峰客气地打了声招呼。

　　阿星客套地问了好，匆匆地赶往无香花露铺。

　　花露铺外围了不少看热闹的人，阿星赶到后站在其中，冷眼瞧着堵在门口叫嚷的男子。

　　他接到信儿说有人来无香花露铺闹事，倒要看看谁这么不长眼。

　　"娘，你出来啊！那天张婶瞧见你了，你就在这里。儿子都要活不下去了，你不能不管啊！"

　　春妮站在门口，沉着脸赶人："都说了，这儿没你要找的人，你要是再闹，我们就不客气了！"

　　"我没有闹，我找我娘。娘啊，咱家的面馆开不下去了，你的大孙子要饿死了。"

　　人群议论纷纷，猜测着情况。

　　朵儿从店中冲了出来，气得满面通红："当初我娘把面馆打理得红红火火，你怕得不到面馆，另请了厨子，不让我娘在面馆里待。等爹一死，你就赶我娘和我还有弟弟去住杂物间。见弟弟病得厉害，你不但不让请大夫，还把我们赶出了家门。现在你跑来找我娘，呸，你怎么这么不要脸？！"

　　少女口齿伶俐，竹筒倒豆子般把来龙去脉说了个清清楚楚。

　　阿星站在人群中，暂时没打算出面。

　　朵儿的表现让人放心，但这事关键还是看胡掌柜怎么打算。

　　胡掌柜若是心软，这就是扯不清的麻烦了。

　　阿星看向店门口，对胡掌柜的避而不见多少有点儿失望。

　　这时一队官差走过来："让一让，听说这里有人闹事？"

　　见官差来了，人们立刻让出一条路。

　　胡掌柜就走在领头官差的身边，伸手一指发愣的刘大郎："就是他，跑到我们店的门口闹事。"

　　领头官差当然清楚无香花露铺的背景，听胡掌柜这么一说，立刻一挥手："把闹事的人带走！"

　　刘大郎一脸难以置信，向胡掌柜伸出手："娘，您不认得我了吗？我是大郎啊！"

　　胡掌柜没看哭喊的继子一眼，对着人群一笑："今日玫瑰香露打八折，回馈大家的厚爱。"

　　没看够热闹的人听了这话，争先恐后地拥进店中，瞬间把来闹事的刘大郎忘了个干净。

　　阿星扬了扬唇角，没有进去凑热闹，转身往林宅走去。

胡掌柜的事他听说过，好在人是个拎得清的。

不得不说，阿好虽有胡乱捡人的毛病，但捡到的人都不错。

有哭声传来，阿星随意地瞥了一眼，本没有管闲事的打算，却发现哭鼻子的少女是见过的。

好像……姓池？

认出是林好的朋友，阿星略一犹豫，还是走了过去。

"池姑娘遇到麻烦了吗？需不需要帮忙？"

阿星走近了才发现少女的衣摆湿了不少，一旁的丫鬟警惕地看着他。

池彩云抬头，被泪水洗过的一双大眼睛格外明亮："你是谁？"

"哦，我是阿好的兄长，名叫阿星，曾见过你与阿好在一起。"

池彩云恍然大悟："想起来了。"

"池姑娘需要帮忙吗？"阿星发现这姑娘虽狼狈，状态却不错，他客气一下应该就可以走了。

"那就麻烦了，我被抢劫了……"

阿星愣了愣。

竟是抢劫这么严重的事。

"我带池姑娘去报官。"

"不用了，能麻烦你陪我去买一筐龙虾吗？"想到伤心处，池彩云眼泪落了下来，"我娘听我说阿好当了太子妃，特意买了一筐最新鲜的龙虾让我拿到花露铺与大家一起庆祝，没想到走到这人少的地方，竟从巷子里冲出一个人把龙虾抢走了！"

池彩云想到那些又大又新鲜的龙虾，哭得更伤心了。

阿星恍恍惚惚，直到在花露铺后院坐下，还是没想明白，他只是看在阿好的面上停下问了一句，怎么就变成护卫了，护送的还是一筐龙虾。

等到胡掌柜巧手烹饪，红烧、清蒸、香辣各种味道的龙虾肉被摆上桌，阿星吃了一口美味无比的龙虾肉，再看一眼埋头苦吃的池姑娘，突然笑了。

嗯，护送这筐龙虾，好像还挺值得的。

…………

程树与寇婉的婚期定在深秋时节，将军府这边本来还担心远在海外的程志远归期不定，赶不上参加婚礼，没想到赶在一年中最热的六月天，程志远回来了。

这一次海外之行，不只把大周的茶叶、丝绸换成了大量的金银，与之一道运回来的还有海外的香料、珍宝等物。

这些番货十分受富贵人家的欢迎，因程志远代表的是官方，卖得的银钱都进了国库里。

自打成为太子后，祁烁就担起了监国的重任，泰安帝只在特别重大的事情上过问一番做个决断，其余时间就好好养身体。知道程志远回来后，泰安帝不但打起精神见了一面，还让祁烁陪着去看了被金银堆得满当当的国库。

户部那里其实有详细的账册，国库是充盈的还是空虚的，一翻账册就清楚了，可看账册的感受能和看到银山的一样吗？

泰安帝苦国库空虚久矣，被白花花的银子一冲击，大喜之下，给程志远加官不说，还封赏了爵位。

这样一来，想要程志远当女婿的就更多了。

这些人家都知道能给程志远做主的是林家老夫人，于是将军府的门槛又被踩破了好几道。

老夫人把林氏与程志远叫来，拍着高高的一摞帖子问："这些该怎么处理？你们有想法吗？"

"我……我听婉晴的。"与西洋人打交道时精明能干的程志远这时候却像个毛头小子，紧张地看向林氏。

林氏睨他一眼，难得有些不好意思："我听母亲的。"

老夫人笑了："那我从这摞帖子里随便抽一个？反正都不错。"

"母亲！"

程志远更急："义母，除了婉晴，我谁都不想娶！"

林氏脸微热，不吭声了。

老夫人心中彻底松了口气，不解地问："你们又不是十几岁的孩子了，既然知道了彼此的心思，怎么都成了锯嘴的葫芦？"

这次是林氏开口："树儿马上就要成亲了，我们如果突然定下来，怕他们让人笑话……"

她是不在意世人议论的，可总要替树儿与寇家姑娘想想。

老夫人再看向程志远，程志远还是一脸憨笑："怎么样都行，我听婉晴的。"

老夫人"哼"了一声："我看你们两个是当局者迷。皇上如今对志远看重得很，又不用上朝，有大把的闲工夫，就不怕他突然给志远做个媒？你们早点儿定下，断了旁人的想头不说，树儿成亲时，正好有双亲可拜，岂不两全其美？"

程志远突然起身，深深地作揖："义母，孩儿想求娶婉晴，请您成全。"

林氏看看老夫人，看看义兄，也站了起来。

老夫人看着并肩的二人，不由得笑了："我答应了。"

程志远是再娶，林氏是再嫁，这个年纪也没那么多扭扭捏捏，双方很快按照规矩过了六礼，赶在八月初成了亲。

这场婚礼没有大操大办，只请了最亲近的人。听到风声的各府纷纷送来贺礼，把瑞昌伯府的主院填得满满当当。

瑞昌伯就是程志远的封号，泰安帝考虑得颇周到，赐下的宅子离将军府不算远。

婚礼现场，林婵望着向老夫人叩拜的母亲，不由得红了眼圈，韩宝成连忙揽住她的肩头以示安慰。

一旁被乳娘抱着的小闺女见父亲安慰母亲，伸手求抱抱，奈何年轻的父母谁都没注意，她顿时委屈得嘴一撇，哭了。

见姐姐、姐夫手忙脚乱地哄孩子，本来眼圈泛红的林好莞尔而笑，等回到东宫时，对祁烁道："大姐家的珠珠八个月大了，比刚出生时俊了不少。"

至少现在母亲夸赞外孙女天仙般好看，她能勉强地跟着点头了。

"母亲与舅……父亲都还年轻，说不定我还能当姐姐呢。"林好显然心情不错，聊完小外甥女，又聊到刚成亲的母亲。

原来，人只要好好活着，就有想不到的可能，想不到的幸福。

一只手伸来，把她揽入怀中。

"也许在当姐姐前，你可以先当上娘亲。"

宫人纷纷垂眸，心道：又来了，又来了，太子与太子妃又开始没羞没臊了！

瑞昌伯府的红绸还没褪色，就又换上了新绸。比起林氏与程志远的婚礼，程树与寇婉的婚礼堪称盛大。

太后的死，威武侯府心里多少有数，从那时起就夹着尾巴做人，最担心的就是寇婉这桩亲事出变故。

好在一切顺利，威武侯府格外庆幸，给寇婉的嫁妆多加了三成。

满城黄叶，枫林红遍，十里红妆进了瑞昌伯府里，来参加婚礼的宾客多得几乎要坐不下。

锦麟卫指挥使程茂明是带着杜青来的。

看着身穿大红喜服一桌桌敬酒的程树，程茂明感慨万千。

曾经他对这个同姓的年轻人很有好感，还动过收为义子的心思，没想到人家不但爹回来了，还有娘了，还有当太子妃的妹子！

这般想着，程茂明看了坐在他旁边闷头吃菜的杜青一眼。

这小子运气不行啊。

杜青皱眉。

程大都督这是什么眼神？

程树走了过来，陪着他的是韩宝成和祁烁。

韩宝成也就罢了，太子陪着敬酒是什么待遇？

每一桌都是不等人走近就赶紧站了起来，不但不敢起哄灌新郎官酒，自己喝起来还格外痛快。

一片恭喜声中，祁烁向程茂明举了举杯，而后深深地看了杜青一眼，才随着程树走向下一桌。

程茂明当即心花怒放。

太子对他果然是不同的！

当初他就发现靖王世子是他的福星，没想到更大的福气在后头，靖王世子竟然当上太子了！

凭他和太子的私交，他再也不担心将来新皇继位自己会被踢开了。

锦麟卫指挥使在瑞昌伯世子程树的喜宴上喝多了，"咿咿呀呀"地唱起了戏，最后被一名年轻的手下背走了。据说是因为他本来看中了程树当女婿，心里难受。

程茂明酒醒后听到传言大感丢脸："同姓不婚，这种流言怎么也有人相信？！"

杜青面无表情地提醒："或许是因为您唱的是刀马旦。"

程茂明恼羞成怒："当时怎么不拦着我？！"

外头听到大都督骂声的锦麟卫连好奇都没有，该干什么干什么。

他们早已习惯了，反正大都督无论怎么发火，都不会处罚那个关系户的！

甜蜜的日子过得飞快，眼看天要冷了，又到了程志远远渡重洋的时候。

这一次他预计会离开更久，要让官方商队在海外彻底站稳脚跟。

还是那个码头，送行的人多了林婵与寇婉，被送的人除了程志远，还有林氏。

看着下拜的女儿女婿，老夫人心中虽不舍，却由衷地替他们高兴："跟着志远去瞧瞧海外的风土人情是好事，眼宽心也宽，比一辈子窝在京城强。别磨蹭了，去吧。"

"母亲，您一定要保重身体。"林氏平时粗枝大叶的，这时却忍不住落了泪。

林婵柔声劝她："娘，您别担心，有我和妹妹呢。"

林好没林婵那么矜持，扑过去抱住林氏："娘，出门在外照顾好自己，遇到新鲜有趣的事记得写信回来。"

听她这么说，林氏突然没那么伤感了，拉着两个女儿的手叮嘱了几句，再给老夫人磕了个头，与程志远牵着手缓缓登上大船。

初升的秋阳洒满江面，奔流的广阔江水上流淌着碎金。船动了，乘风破浪，随着远去越来越小，最终消失在天水相接处，林好即使踮起脚，也看不到了。

到这时，她的心才彻底被离愁与羡慕填满。

她不舍母亲远渡重洋，很久不能相见，也羡慕母亲坎坷过后拥有了难能可贵的自由。

祁烁牵住林好的手，轻声许诺："阿好，等将来，我也带你去海外看看。"

沉默片刻，林好唇角轻扬："好。"

便是不能，只要彼此如初，也是好的。

天一日比一日冷，新年又到了。

去年腊月发生宫变，皇帝生病，太后身死，新年过得格外压抑沉闷。今年祁烁分担了大半朝政，泰安帝有了充裕的时间好好休养，元气恢复了不少说，国库的充盈和太子的踏实能干都让他的心情越来越好。

除夕家宴前，庄妃见泰安帝心情不错，试探地问："皇上，要不让小皇子见见兄嫂？"

到现在小皇子还没有名字，也没踏出过云桂宫一步。

小皇子刚出生时在庄妃宫里住了一个月，庄妃膝下空虚，对其难免生了一两分感情。后来她时而去云桂宫探望，眼看着小皇子由只会吃奶到摇摇晃晃地走路，现在已经能口齿清晰地喊她"娘娘"了，那一两分感情就变成了七八分。

人便是如此，没有感情自然可以视而不见，有了感情就忍不住为其打算了。

如今在庄妃眼里，小皇子除了身体异于常人，哪儿哪儿都好，就这么孤零零地困在云桂宫里太可怜了。

泰安帝一听沉了脸："小皇子体弱，出门着了凉怎么办？还是留在云桂宫吧。"

庄妃动了动唇，识趣地没再坚持，退而求其次道："小皇子过了这个年就三岁了，总是'小皇子'这么叫也不合适，皇上赐个名字吧。"

泰安帝下意识地要拒绝，但看着庄妃殷切的目光，把到嘴边的话咽了下去："朕想想。"

"那妾就代小皇子谢过皇上了。"庄妃弯唇笑道。

两个请求，皇上能答应一个，也不枉那孩子又长了一岁。

泰安帝定定地看了庄妃一眼，语气意味深长地说道："爱妃对他倒是上心。"

这一年多他都没再见过那孩子，那孩子的存在对他来说是无法对外人道的恐惧与耻辱。

家宴上，祁烁也提到了小皇子："不知道弟弟的身体怎么样了。"

庄妃担心泰安帝直接甩脸子，连忙说道："小皇子天生体弱，吹不得风，这种天气不好出门。"

祁烁笑道："进宫这么久，我和阿好都没见过弟弟，既然弟弟出不了门，回头我和阿好去看看他。"

泰安帝神色微变，淡淡地道："太医说了，生人带去的寒气、热气他都受不住，你们有这个心就够了。"

林好在桌子底下的手轻轻地拉了拉祁烁。

祁烁似乎没察觉泰安帝的冷淡，笑着应下来。

等回到东宫洗漱一番躺下后，林好侧身看着祁烁："阿烁，我觉得小皇子不是体弱这么简单。"

祁烁颔首："我猜也是。"

"那你怎么还一直提？"

看脸色，皇上明显是不高兴了。

"除了凉王，父皇就小皇子一个亲生子，小皇子又住在宫里，以我们如今的身份是避不开的。试探一番心里有个数，省得以后毫无准备。"

"那你觉得，小皇子是怎么回事？"林好托腮问。

祁烁微微拧眉，语气不大肯定地说道："或许不是寻常病症，而是不便让外人知晓的隐疾。"

"很有可能是这样。"林好躺好，不再讨论，心中却有着深深的疑惑。

小皇子究竟有什么隐疾，令皇上如此讳莫如深？

这对她与阿烁是否有影响？

宫墙内与旁处不同，一道细微的涟漪在将来就有可能变成惊涛巨浪，由不得她不小心。

祁烁靠过来，声音低沉而坚定地说道："别担心，有我呢。"

"嗯。"

烛光晃了晃，渐渐安静了。

泰安帝歇在了玉和宫。见他神色淡淡，庄妃温柔地劝道："太子也是看重手足之情……"

"朕知道。"泰安帝明显不愿多谈，"歇着吧。"

庄妃硬着头皮开口："小皇子……"

她知道这时候皇上心情不好，可若是错过这个时机，小皇子不知何时才能有名字。

"就叫祁安吧。"泰安帝随口说了，干脆起身回了寝宫。

转眼冬去春来，御花园中繁花盛开，争奇斗艳。

因是初一，林好一早便去玉和宫给庄妃请安。

庄妃性情平和，林好大方爽利，一年多来，二人相处得颇为愉快，正谈笑着，一名内侍急急地跑了进来。

"娘娘，不好了，小皇子出事了！"

庄妃"腾"地站了起来，着急地问："小皇子怎么了？"

来报信的是云桂宫的小桂子，声音都带了哭腔："小皇子突然昏迷了！"

庄妃一听，拔腿就往外走，几名宫人急忙跟上。

林好略一犹豫，默默地跟了上去。

云桂宫中本就不多的宫人全都围着小皇子打转，见到庄妃，仿佛找到了主心骨，哭着讲述小皇子昏迷的经过，竟无人留意到林好。

这是林好第一次见到小皇子。

小皇子虽然昏迷着，却一眼能看出是个白白胖胖很壮实的幼儿。

林好难免有些吃惊，这与她想象中的小皇子完全不一样。

"太医来了！"

不知谁喊了一声，围着小皇子的几名宫人立刻散开。

太医在路上已经向传话的宫人了解了大致的情况，这时快步走过去，以银针刺了小皇子的人中穴，再把一粒绿豆大小的药丸塞入他口中。

药丸入口即化，双目紧闭的小皇子突然张嘴呕吐起来。

太医见状，松了口气，小心清理了小皇子嘴边的呕吐物，再褪去他身上的衣裳，就见身体遍布着凸起的红团。

"照着这个方子去熬药，取软巾来……"

太医交代着各种事情，宫人一时忙得团团转，庄妃拉着小皇子的手，满脸担忧。

林好身体一紧，那瞬间完全忘了掩饰震惊。

小皇子那里是……尾巴？

她下意识地后退半步，心中掀起惊涛骇浪。

她好像发现了皇上竭力掩饰的秘密！

啼哭声响起，庄妃松了口气，一眼瞥见了林好。

她眸子猛然睁大，一脸震惊："太子妃怎么在这里？！"

其他人也受到了惊吓，齐刷刷地看过来。

林好压下心中的震惊，一脸无辜："刚刚在玉和宫听闻弟弟昏迷，我十分担心，就跟着娘娘过来了。"

素来稳重的庄妃抚了一下心口。

也就是说，太子妃从头到尾都在！

庄妃下意识地以余光扫了扫宫人，看到的是一张张比她还茫然的面孔。

"太医，小皇子怎么样？"

太医这才顾得上擦擦脑门儿上的汗："能醒过来吐干净，暂时脱离危险了，等服了药再观察……"

"好端端的怎么会这样呢？"

太医走到桌边，从盘中拿起一块点心看了看，斟酌着道："可能与小皇子昏迷前吃的点心有关。"

庄妃脸色骤变："这点心莫非有毒？"

宫人听了，"扑通"都跪了下去。

太医以银针试过，摇摇头："不是点心有毒，而是这点心馅儿中有长生果，有些人天生吃不了长生果，一旦吃下，就可能出现浑身起红疹甚至昏迷的情况。"

庄妃脸色好看了些，吩咐宫人照顾好小皇子，然后请林好去了西屋。

一阵沉默后，庄妃轻声问："你都看到了？"

林好点点头。

庄妃的神色不断变化，最终，她叹了口气："虽然是机缘巧合，这事却不能瞒着皇上。你先回东宫吧，回头皇上可能会叫你们夫妻去问话。"

"多谢娘娘提醒。"林好道了谢，犹豫了一下，问，"弟弟……生下来便是如此吗？"

庄妃不由得沉了脸，但见林好面上只有关心而无惊恐，她的脸色缓了下来："嗯。"

见庄妃明显不想多说，林好识趣地告辞，回到东宫，立刻打发宫人去叫祁烁回来。

祁烁回来得很快。

"家里有事？"

林好屏退宫人，低声道："我知道小皇子有什么隐疾了。"

听她讲完在云桂宫里看到的情形后，祁烁也因震惊好一会儿没说话。

一个长着尾巴的幼儿，难怪皇上不让小皇子见人。

"想必等不了多久，父皇就要叫我们过去了。"林好语气复杂地道。

757

"知道这个秘密也不算坏事，父皇应当不会为难我们。"

林好靠着祁烁的手臂，语气迟疑地说道："阿烁，我有点儿拿不定主意。"

"怎么了？"

"梦里我逃回京城的路上遇到一件稀奇事。一个婴儿被亲爹扔进了河里，被路过的人救起，结果发现那婴儿一只手上生了六指。婴儿的父亲要再把婴儿丢进水里，围观的人都没有制止，最后站出来一个人，说多余的手指是能去掉的……"

"你是想……"

"我躲避追杀没有停留太久，只知道婴儿的家人最终答应由那人为婴儿去掉多余的手指，至于后来结果如何，有没有成功，就完全不清楚了。"林好微微蹙眉，"阿烁，你说，倘若多余的手指是能去掉的，那尾巴是不是也可以？"

祁烁更谨慎些："毕竟位置不同，恐怕要精通此术的人看了才清楚。"

林好微微抿唇："我犹豫的就是这个，这种手段不可能没有风险，若是我们提出来，小皇子却有个好歹，那少不了麻烦。若是成功……"

后面的话她没说，与祁烁默默地对视。

若是成功，也有麻烦。

皇上有了健康正常的亲生子，一年不会，两年不会，时间久了，会不会生出让亲生子当继承人的心思呢？

他们不是贪恋权势的人，可真的站在了这个位置上，便是你想让，别人也不见得放心。

祁烁握了握林好的手，到底是最了解她的人："可若是当作什么都不知道，心里也不安吧？"

林好点点头。

一个长着尾巴的孩子，可以想象这一生要承受怎样的痛苦。

"还记得是在何处遇上的这件事吗？那人长什么样子？我先安排人去查一查，了解了情况，我们再来商量。"

"那人的长相与大周人的长相有些不同……"

没多久，乾清宫那边来了内侍请二人过去，见到泰安帝，二人自是一番保证，会严守小皇子的秘密。

饶是如此，泰安帝还是在庄妃面前发了一顿火。

"今日是太子妃，来日呢？朕就知道，只要人活着，就没有不透风的墙！"

骇得庄妃跪下为小皇子求了好一会儿情，泰安帝眼里的杀意才退去。

一个多月后，祁烁派出去的人带回了消息。

那个婴儿如今已有八九个月大，被切掉多余的手指的他很健康，成为方圆十里的奇谈，救他的人也在村中暂住，巧合的是，正准备动身进京。

"那人只要进京，就会进入咱们的人的视野中，等他来到京城，我亲自见一见。"

"我来见吧。阿烁,你在各种场合露面的机会比较多,我是女子,戴着帷帽见人也不会惹人奇怪。"

半个月后,林好借口探望祖母,在一处不起眼的民宅里见到了那位奇人。

那是一名高鼻深目的男子,虽然黑眸黑发,却能看出不是大周人或齐人。

"你是谁?为什么把我带到这里来?"

林好起身向男子行了一礼:"实在抱歉,请先生前来,是有一事相求。"

男子警惕的神情缓了缓:"什么事?"

林好坐下,提起茶壶倒了一杯茶放到男子面前,开门见山道:"我有一个侄儿,生来就与常人有异,被家人藏起不敢见人。恰好家仆前往南边办事,听闻了先生的事迹,这才请来先生,想问一问我那小侄儿能不能像被先生救过的孩子那般幸运。"

男子眼中闪着不悦:"那也不该像个强盗一般把我带到这里来。"

林好再次施了一礼:"实在是那孩子的隐疾不能对外人道,便是请来先生,也要严守秘密,还望先生理解。"

听了林好的解释,男子板着脸沉默了一会儿,问道:"那孩子有何异处?"

林好犹豫了一下,低声道:"他的臀上长了一根尾巴。"

男子微微扬了一下眉,看表情似乎很惊讶,又没那么惊讶。

林好心中一喜:"先生是不是能帮他去掉?"

男子摇了摇头:"要看情况。"

没等林好再问,他解释道:"要看尾巴中是否有骨骼,若只有血肉,便能够去除;若尾中有骨与脊梁骨相连,那就不能了,一旦去除,会有瘫痪的风险。"

这种情况是林好没想过的。

她想了想,说道:"那请先生在此安心地住上两日,无论我那侄儿要不要请先生诊治,我与他父母商量后,定会给先生一个答复。"

男子面露不满:"你们要把我困在此处?"

林好把摆在桌上的木匣打开,露出满满一匣子的银元宝,恳切地说道:"先生是有仁心的人,请您暂且忍耐两日,无论成与不成,这些都是赔礼。若是能治好我侄儿的隐疾,另有重谢。"

男子脸色不断变化,最终点了点头。

他当然不会完全信任这个连脸都没露的女子,可这种形势下,他若不答应,对方来硬的,他也毫无办法。

"多谢先生。"林好郑重地道了谢后,悄悄回宫。

对治好小皇子后的打算,夫妇二人早就达成一致,祁烁了解情况后便去见了泰安帝。

"烁儿有什么事?"面对祁烁,泰安帝面带笑意,与在臣子面前的状态完全不同。

"有件事想对父皇说……"

泰安帝示意旁人都退下,只留了刘川在身边。

"前段时间阿好的人南下办事，路过某地时听说了一件奇闻，回来后对阿好提起，阿好便想到了安安……"

无香花露铺在不少地方都开了分店，大有继续扩大之势，林好的手下为了生意，天南海北跑的不少。祁烁这样一说，就是过后泰安帝派人打探，也抓不到漏洞。

不过此时，泰安帝根本顾不得其他，铁青着脸问："这么说，太子妃已经见了那人？"

面对帝王的威压，祁烁依然神态自若："阿好没有以真面目示人，也没有透露安安的身份，无论成与不成，那人都不会知道找他的人是谁。"

泰安帝一言不发，明明天热了起来，气氛却如结了冰，好一会儿，泰安帝才沉声问："太子妃为何这么做？"

祁烁垂眸，语气平静地说道："阿好机缘巧合知道了安安的事，又偶然听来这件奇闻，想着或许是上天不忍见安安一生痛苦，给他的机会……"

泰安帝沉默片刻，再问："那人说能不能诊治，要见过人才能确定？"

"是。"

接下来又是长久的沉默，许久后泰安帝淡淡地道："朕知道了，你先回去吧。"

"儿子告退。"

室内静得落针可闻，泰安帝侧头看了一眼刘川，忽然说了一句："你说太子怎么想的？"

他问太子妃为何这么做，是想知道他们两个难道不明白这是件吃力不讨好的事？

刘川被问得心惊肉跳，哪敢乱说："太子宅心仁厚，友爱兄弟……"

泰安帝没听完，起身走了出去。

夏日炎炎，云桂宫比起旁处却总显得阴凉几分，一见皇上来了，宫人们跪了一地，各个胆战心惊。

泰安帝见到了已经会说会跑的小皇子。

小皇子刚出生时还不觉得，今日这一见，泰安帝才发现，这孩子生得竟然很像他。

这让他的心情越发复杂起来。

"朕看一看。"

尽管泰安帝没明说，小皇子的乳娘却瞬间明白了皇上要看的是什么。

她当即白了脸，下意识地看向云桂宫的掌事嬷嬷。

刘川喝道："聋了吗？"

乳娘脸色白了白，颤抖着手把小皇子的裤带解开。

泰安帝只看了一眼就黑着脸移开视线，压抑着不舒服挥挥手："带进去吧。"

他再次确定，他永远无法接受一个长着尾巴的儿子。

泰安帝来云桂宫的消息传到庄妃耳中，把庄妃惊得惴惴不安，有心想问，又怕让皇上更厌烦，只能憋在心里。

泰安帝回宫后，脑海中两个画面就交替出现，一会儿是眉眼与他的眉目很像的可爱的幼儿，一会儿是那条恶心丑陋的尾巴。

"刘川！"

"奴婢在。"

泰安帝脸色有些难看，嘴唇也没多少血色："去对太子说，莫要走漏了小皇子的身份。"

还是那处不起眼的民居，林好抱着穿着打扮与寻常富贵人家的孩子无异的小皇子出现在男子面前。

"请先生看一看。"

小皇子正睡着，方便了男子查看。

他仔细地检查了一番，紧绷的面部放松了几分："可以去掉。"

林好展颜一笑："那太好了！"

男子语气一变，说道："但毕竟会伤及血肉，就算能够去掉，伤口若是化脓，也是有风险的。"

"这个我们明白，但比起这孩子一生要承受的痛苦，这个风险他的家人愿意冒。"

"既然这样，那就可以。"男子说了几样东西，让林好准备。

治疗的过程让等待的人很是煎熬，宫中泰安帝坐立不安，来回踱步。

一旁的庄妃更是紧张，一时暗暗埋怨泰安帝不顾小皇子的死活，一时又有着隐隐的期待，但更多的是担忧。

刘川走进来，低声禀报："皇上，小皇子回来了，因用了麻沸散，还在昏睡。"

泰安帝眼一亮："传太子、太子妃！"

很快，祁烁与林好就走了进来。

"如何？"泰安帝紧紧地盯着林好。

林好嘴角含笑："托父皇的福，那位先生成功地切除了多余之物，只要精心地护理伤口，不让伤口溃烂化脓，问题就不大。"

护理伤口方面，知晓小皇子情况的太医完全可以接手。

"好好好！"泰安帝一连道了三声"好"，面上掩不住喜色，"你们有心了。"

庄妃亦是笑容满面。

"这样，那位先生先不让他离开，等安安养好再说。"泰安帝冷静下来后叮嘱道。

"父皇放心，儿媳会安排好的。"

等祁烁与林好离开后，泰安帝亲自去看了小皇子。

小皇子昏睡着，臀部覆着白布，看不到伤口，却能看出是平坦的。

泰安帝这才真正松了口气，庄妃更是忍不住掉了眼泪。

接下来，祁烁照常处理政务，泰安帝依旧只过问大事，在百官勋贵看来，一切如常。

只有祁烁与林好知道，很快要有变化了。

等到听说小皇子能下地跑了，祁烁与林好一起去见泰安帝。

泰安帝看到二人，微微一笑："朕正准备叫你们过来，你们就到了。"

"父皇找我们有事？"祁烁笑着问。

"刘川——"

听到泰安帝喊，刘川双手托着一道卷轴过来，在祁烁面前展开。

祁烁看了一眼，立刻跪了下去。

这竟然是一道禅位诏书！

林好跪在祁烁身边，也呆住了。

他们早就商量好了，小皇子若能治好，祁烁就主动地让出储君之位，二人离开京城，从此天地逍遥，免得到最后彼此难堪。

万万没想到还没等祁烁提出，皇上先拿出了禅位诏书。

"父皇，您还年轻，这诏书儿子不敢接受。今日我与阿好过来，其实是想……"

泰安帝打断祁烁的话："朕知道。"

祁烁怔了一下。

两鬓斑白的帝王看着跪地的小夫妻，眼神难得柔软如水："烁儿，你监国这一年多来做得如何，朕都看在眼里。你很好，阿好也很好，咱们祁家的江山交给你，朕放心。"

他老了，小皇子还太小，就算身体与常人无异，到成年还有那么多年，谁能保证是个可靠的呢？

即便小皇子本人可靠，他生的子女会不会也长着那个东西？

如果再年轻十岁，泰安帝会不甘心，可如今他不敢赌，也不想赌了。太子与太子妃在小皇子这件事上的所为，也让他有了放弃的勇气。

"陪朕去看看安安。安安还小，你们当兄嫂的以后可要多照顾他。"

泰安帝起身，背着手率先往云桂宫去了。

新帝登基大典定在了金秋瓜果丰收的时节。

若说当太子、太子妃时还算自由，等成为皇帝、皇后，想出宫就麻烦多了。

趁着当下还算方便，祁烁和林好一起出宫，去看一看建成不久的女学。

二人先去了靖王府，没让下人通报，一进门就见靖王拎着个鸡毛掸子追着祁焕跑。

祁焕见到祁烁，如同见了救星："大哥，你怎么才来？"

眼见小儿子"刺溜"一下躲到祁烁身后，靖王只好把高举的鸡毛掸子放下，脸上瞬间挂上笑容："烁儿、阿好，你们回来啦。"

瞧瞧，郎才女貌，多好的儿子儿媳啊，现在呢，成老四家的了！

"来看看您二老。二弟又惹什么祸了？"祁烁笑着问。

靖王一听，火气又冒出来了："你问问他干的好事！不知从哪儿听说杨家姑娘去游山，蹲到树上去偷看人家，结果掉下来摔在杨家姑娘面前，被人家当作登徒子险些送官。"

前不久，靖王夫妇给祁焕与才回京的封疆大吏杨国安之女定了亲，算是解决了小儿子的终身大事。

靖王一想到杨家把小儿子送回来的情景，就觉得一张老脸都丢尽了。

祁焕一听这个就委屈："父王，您当初与母妃可是两情相悦，大哥与大嫂也是两情相悦，怎么轮到我就直接定了？不公平！"

"什么直接定了，不是让你们见过吗？！"

"就见了那么两次，哪能看出杨姑娘真正的性子……？"祁焕一顿，回过味来，"不对啊，杨姑娘又不是没见过我，怎么还劈头盖脸一顿打？她是不是故意的？！"

靖王与祁烁对视一眼。

嗯……或许吧。

靖王突然心情好了不少。

喀喀，总算有人接班管着这小子了。

靖王妃走过来，拉过林好的手："让他们闹，咱们进去喝茶。"

林好笑着看祁烁一眼，随靖王妃进了屋里。

"宫里忙不忙，准备得差不多了吧？"

"凡事都有专人安排，还算省心。您身体都好吧？妹妹出嫁了，您要是觉得闷，就给我传信。"

祁琼几个月前出了阁，偌大的王府里冷清了不少。

听林好提到祁琼，靖王妃有些不好受。

原本女儿出嫁，还有两个儿子一个儿媳，也不失热闹，等有了孙子孙女就更热闹了，现在可倒好，只剩一个不着调的，还差点儿被人家姑娘退货。

"阿好，有动静吗？"靖王妃拍拍林好的手，视线在她的小腹上落了落。

换了寻常女子，听了这话，多半会不好意思，林好大大方方地一笑："还没呢，若有好消息，一定第一时间告诉您。"

靖王妃更郁闷了。

她就喜欢阿好这爽利大方的性子。

"不用急。我在北地时曾听一位名医说过，女子年纪大一些再生产，对母子都有好处……"靖王妃讲了一些怀孕生子方面该注意的事项。

林好认真地听着，丝毫不觉得不耐烦。

她与靖王妃心中都清楚，等她成为皇后，回靖王府的次数就不多了。

靖王妃当然可以进宫去，可到底不如在家里说话自由。

祁烁与林好没留下用饭，在靖王夫妇外加祁焕不舍的目光下离开，去了将军府。

二人陪老夫人用过午膳，便去了女学。

女学离无香花露铺不远，闹中取静，所在的宅子不小。

到这时，京城不少人都知道了这家女学是太子妃联合一些贵女办的，它自然也比一开始林好办的专门招收伙计、帮工子女的学堂受欢迎多了。

特别是富贵之家，忙不迭把家里的姑娘送来，想着万一得了贵人的青眼，就能有个好前程。

林好并不介意这些人家的心思，在她看来，若是本没机会读书识字的女孩因此得了读书的机会，就是女学的意义所在。

正是午歇的时候，学堂里蝉鸣声声，大部分女学生都在小憩，也有一些活泼好动的在树荫下玩耍。

林好与祁烁由山长陪着四下走动，听山长讲着女学最近的各项事宜。

快走到一丛青竹时，林好脚下一停。

一名十二三岁的少女背靠修竹席地而坐，正聚精会神地看书。

山长笑道："那孩子叫常玉儿，家境虽寻常，但自打入学后特别勤勉。"

林好点点头，转了方向，不欲打扰认真读书的学生，就见一个人匆匆地赶来，对少女说了些什么。

少女起身，随来人去了。

见林好的目光追逐着二人，山长说道："那位是书院负责传话的杂役，看样子有人找她。"

少女去的方向正是女学大门的方向。

本就到了离开的时候，林好对偶遇的小女生生出些好奇，于是也往外走去，等迈出女学大门，就见墙根处一对年轻夫妇拉拉扯扯，要带少女走。

门房喝住那对夫妇："还是上学的时间，你们这是干什么？"

男人露出个笑脸："我是她哥哥，家里活儿多，接她回去。"

年轻妇人泼辣得多，冷笑道："一个丫头片子，读书有什么用？浪费银钱。"

山长皱眉。

林好压下过去的念头，看少女如何反应。

少女脆生生地道："我读书的束脩是爹拿的，没有花哥哥嫂嫂的钱。"

妇人"呵"了一声："爹出远门把家里的余钱都带走了，可没多余的银钱供你读书了。你跟我们回去照顾一下你的侄儿们，好歹也帮衬一下家里。"

"你嫂嫂说得对，你一个女孩子，读书有什么用？不当吃不当花，也不能科考当大官，不是白糟蹋钱吗？赶紧回家去，多干点活儿有个勤快的名声，将来还能嫁个好人家……"

少女把一串铜板拍到男子的手里，打断了他的喋喋不休："这些够请一个月的帮工照顾侄儿了吧？"

"你哪儿来的钱？"妇人尖声问。

少女脊背挺了挺："我月考考了一等第一名，书院奖励的。只要以后每个月我都考第一名，会一直有奖励的。"

妇人立刻换了笑脸："玉儿，考第一名奖多少钱？"

死丫头出息了，出手就是一吊钱，比她男人一个月赚的还多！

"扣除这些，剩下的正好够我读书用。哥哥嫂嫂若是叫我回家，便是两个我都赚不来一吊钱，爹出门回来还要生气的……"

年轻夫妇被说服，赶紧把钱收好走了。

门房是个四十来岁的妇人，经历得多了，对少女有这么一对兄嫂很不放心，提醒道："别怪大娘多嘴，今日得了钱，他们恐怕会月月来，时日久了，一吊钱不一定能打发。"

少女笑笑："就当花钱买清净了。他们要是再不满足，我便求山长做主，山长最好了……"

"喀喀。"山长咳嗽一声。

少女眼一亮，快步迎上来："山长，您怎么出来了？"

看到林好与祁烁，她愣了一下。

"你不是一直仰慕建女学的太子妃吗？还不见过？"

少女猛地睁大眼，兴奋得脸都红了，再没面对兄嫂时的伶俐："见过太……太子妃……"

山长笑着解释："玉儿入学晚，没赶上刚开学时您过来。"

林好颇欣赏常玉儿小小年纪解决麻烦的勇气，温和地问她："玉儿，你觉得读书有用吗？"

女学的背后是她，那些富贵人家送女儿来是图名，而寻常人家最在意的就是能养家糊口了。好在花露铺的产业需要的人手越来越多，在女学读了书的普通女孩将来大多能有一个去处。

少女微微歪头，明亮的眼中有光芒，也有纯真："学生当然觉得读书有用啊，觉得读书无用的话就不会在这儿了。"

林好微微愣了一下，随后笑了："若遇到困难，就找山长。"

"嗯！"

林好与祁烁辞别山长，上了马车。

车外人声鼎沸，车中一时却无比安静。

祁烁见林好靠着车厢沉思，握了握她的手："慢慢来，等我们能在更多的事上做主时，情况会越来越好的。"

海外是一座巨大的宝藏，把大周的国库填满了，他们自然就有余力改变很多事了。

林好点点头，挑帘往外看了看，吩咐车夫停下。

"我去花露铺看看，你去吗？"

"我就不去了，随便逛一逛。"

"那回头在王府碰面吧。"

二人约好时间便分开了，林好带着宝珠并几名隐在暗处的侍卫前往花露铺，祁烁漫无目的地走着，不知不觉竟走到了天元寺。

曾经香客络绎不绝的寺庙变得冷冷清清，与周遭的热闹显得格格不入。

"殿下……"想到在天元寺出家的旧太子，长宁低低地喊了一声。

祁烁回过神，想了想，抬脚向寺中走去。

林好去了花露铺，见一切井井有条，便没有久留，乘车回到平安坊，见离与祁烁约定的时间还早，干脆回了将军府。

母亲去了海外，姐姐又有了身孕不便出门，她出宫一趟，自然该多陪陪祖母。

老夫人见林好又回来了，心中敞亮，笑道："你这丫头担心祖母孤单啊？放心吧，祖母一点儿不觉得孤单。祖母想到你娘有了珍视她的良人，你和你姐姐也都得了良缘，心里就满满当当的，每天的日子过得有滋味着呢。"

将来去见老头子时，她再没有半点儿不放心。

"祖母——"林好挽住老夫人的胳膊，"花露铺胡掌柜教我做了蟹酿橙，等过些时日螃蟹肥美了，我做给您吃。"

老夫人笑着点头："好。"

离开时，林好还是生了几分感慨。

这次回宫后，在阿烁登基大典结束之前，他们应该不会出来了。

这般想着，她转了方向，缓步走在将军府的花园中。

园中的一草一木都是熟悉的，熟悉的桂树，熟悉的玉兰，熟悉的蔷薇花架，熟悉的青墙。

她一步步走到围墙处，微微仰头，那一刻其实也没想什么，就那么做了。

看到攀上墙头的林好，宝珠面不改色，甚至从荷包中摸出一个鸡毛毽子踢了起来。

五彩斑斓的鸡毛毽子飞到空中，在阳光下鲜艳夺目。

探头看向墙的另一边的林好呆住了。

墙下，青年嘴角含笑，向她张开双手。

一愣过后，林好的唇角高高扬起，笑容比那五彩的毽子还要鲜艳，整个人毫不犹豫地、满心欢喜地，向着从年少时便心悦她的男人扑去。

脚踏实地的现实中，她与阿烁的幸福就如她扑向这结实的怀抱，没有落空。

番外一　如　初

"公主殿下，该起了。"宫婢轻声唤着睡得正香的小公主。

小公主勉强地撑开眼皮，旋即又闭上了："我好困，我不起，我肚子疼。"

宫婢对此早已习以为常，提醒道："公主殿下，再不起，读书就迟到了，要是皇后娘娘知道了……"

小公主坐了起来，气呼呼地揉了揉眼睛："把衣裳拿来吧。"

看到小公主又气又无奈的样子，宫人都低头偷笑。

玉福公主有恩爱的帝后父母、懂事的太子兄长、听话的皇子弟弟，事事顺心如意，人生的最大烦恼就是要早起读书，偏偏又逃不掉。

玉福公主由宫婢服侍着穿好衣裳，洗漱用膳，果不其然是最后一个赶到文华堂的学生。

文华堂现有学生十二个：太子、玉福公主、二皇子，还有他们的小皇叔祁安，再就是八个伴读。

每日一早的讲读，这些年龄不一的学生是一起上的，之后再根据各自的进度由专门的先生授课。

见先生已开始讲课，玉福公主弯着腰，偷偷摸摸地往里面溜。

今日负责讲读的是王学士，王学士一眼就扫见了鬼鬼祟祟的小公主，当即黑了脸："公主殿下，请站直了走路！"

十来双眼睛齐刷刷地看过去，唯有太子的视线还落在书册上。

王学士留意到太子的认真，大为欣慰。

还好，还好，太子是个勤奋肯学的，他完全不敢想象太子与公主的性情要是反过来该怎么办。

这么一想，王学士就没那么生气了，继续讲书。

玉福公主在自己的座位上坐下来，暗暗松了口气。

平时她天不怕地不怕，独独怕板着脸的王先生。没办法，王先生是真敢告状，而什么都依着她的母后，独独在读书这件事上很严厉。

听着王学士的讲课声，玉福公主很快就打起了瞌睡，脑袋如小鸡啄米般一点一点，一个幅度过大，碰翻了笔架。

"哗啦啦"一阵响，玉福公主一时不知是扶笔山，还是捡掉到地上的笔。

"公主殿下！"

玉福公主立刻站起来，熟练地认错："先生我错了。"

王学士也熟练地一指："请公主殿下去那里听。"

话说得客气，其实就是罚站。

等王学士将注意力重新放回讲课上，祁安冲站在墙角的玉福公主眨眨眼。

玉福公主满脸疑惑。

以往皇叔睡得比她还快，今日怎么如此上进？

就见祁安炫耀般对着她摊开书，里面却是彩印的话本。

玉福公主被刺激到，抿着嘴移开眼。

这一挪眼，就发现了个有趣的小玩意儿。

"公主殿下回答一下我刚才的问题。"

王学士突然的提问把玉福公主骇了一跳，她下意识地把手往后藏。

王学士本来没注意到，现在也注意到了，提着戒尺走过来："公主殿下请把手伸出来。"

玉福公主垮了脸："先生，这……这不好吧……"

"伸出来。"王学士的怒气到了爆发的边缘。

玉福公主只好慢慢地把手伸到王学士面前。

王学士定睛一看，眼前一黑，险些栽倒。

"先生——"

文华堂一下子乱了。

坤宁宫里，林好说了与王学士一样的话："把手伸出来！"

小公主伸出手，"啪啪"挨了两下打。

祁烁不忍，拦住发飙的皇后："阿好，咱们还是以批评教育为主……"

林好嗔怪地瞪了他一眼："你还纵容这丫头。迟到、睡觉就罢了，居然玩儿毛毛虫，险些把王学士吓出好歹来！"

"母后，您就别生妹妹的气了，她落下的功课回头儿子带她补上。"年方十岁的小太子替妹妹求情。

"母后，我和皇兄一起帮姐姐补上。"六岁的二皇子也替姐姐求情。

这一次林好却没轻易放过："玉福，随母后出宫，我带你去一个地方看看。"

768

小公主提着心随林好出了宫。

林好带女儿去的地方是一处女学。

距离第一家女学开办一晃十年过去，如今京城的女学已有十多处，这一处专收寻常百姓家的女儿。

换上寻常衣裳的玉福公主好奇地四处打量，看到了一个流着泪往回走的女孩儿。

她不由得看向林好，林好微微点头，示意她随心行事。

玉福公主追上了哭泣的女学生："姐姐为什么哭了？是有人欺负你吗？"

女学生看到了陪林好走过来的山长，在山长的示意下解释道："没有人欺负我，是我爹来看我了。"

"姐姐想家了？"

女学生点点头："我娘病了有一段日子了，我担心她。"

玉福公主露出不解的神色："那姐姐为何不回去看她？学堂不能请假吗？"

"可以请假，但我不想耽搁了功课。"

玉福公主更不解了："读书比陪着生病的家人还重要吗？"

女学生摇头："当然是家人更重要，但读书也重要，马上就要月考了，如果考了第一名，会奖二两银子，我娘就有钱买药吃了。等女学放假，我再回去看她……"

原来女学生的母亲生的是无法根治的病症，要长年累月吃药。女学生功课好，只要月考保持好成绩，就能供母亲看病吃药，顶一个青壮年劳力了。

等女学生走了，林好对玉福公主道："看到了吗？读书不只是读书，对很多人来说，还能脱离困苦，帮助他人。"

玉福公主第一次露出了认真的神情。

一直安静作陪的女山长开了口："十年前，我也是女学的学生，处境还不如刚刚的女学生的处境。那时我爹出了远门，兄嫂逼我退学，也是因为我读书好得了奖赏，他们才没话说……"

玉福公主听女山长说起年少时读书的经历，露出钦佩之色："山长这么年轻就当了山长，好厉害！"

"这要感谢皇后娘娘，给了我们这些贫苦人家的女子改变命运的机会。"

回宫的路上，玉福公主罕见地沉默了。

"玉福，知道母后为何不在读书这件事上放纵你吗？"林好抚了抚女儿的头，"母后不苛求你在读书上多么出众，至少不能不学无术。你是咱们大周的公主啊，大周的女子都看着你呢。倘若你对读书不屑一顾，会给她们带来什么影响呢？"

这是她从年少时就与好友们一起努力，才为大周女子争来的局面啊。

玉福公主听了，越发沉默了。

这次出宫之行后的某一日，祁烁竟然从王学士口中听到了对女儿的夸赞，惊得他连忙去问林好发生了什么。

林好把去女学的事仔细地说了，亦觉欣慰："我就知道玉福是能听进去的。"

　　祁烁揽住她的肩，眼里是盛不下的温柔："是阿好你会教育孩子。玉福开始懂事了，两个儿子也懂事，咱们的出海大计说不定不用等那么多年就能实现了。"

　　林好含笑听着，终于把十年前的心里话说了出来："去哪里不重要，只要我们一直这样，就是好的。"

　　只愿阿好与阿烁能一直在一起，恩爱如初，相伴到白头。

番外二　出　海

太子十八岁这年，祁烁终于把皇位甩了出去，带林好乘上大船，前往海外。

经过这么多年的发展，航线早已十分完善，海上贸易更是繁荣无比，就连大周的造船技术都有了巨大的进步，造出的船又稳又快，这趟出海之旅比林好预想中的要舒适许多。

望着无边的海天一线和半空中飞翔的海鸟，林好轻叹："怪不得父亲、母亲在京城住上一段时间就往海外跑，没有长留京城养老的打算。不说海外如何，单是这段令人心旷神怡的旅途就值得了。"

"这么喜欢大海？"祁烁靠着栏杆，把剥好的橘子递过去。

橘子清甜，林好塞了一瓣到祁烁口中："喜欢啊，还觉得新鲜。一直好奇父亲、母亲在海外的生活，终于可以见到了。"

程志远早就卸下了朝廷任命的差事，与林氏在京城住够了就去海外，在海外待烦了就回大周游山玩水，到了花甲之年的两个人身体硬朗，精力十足，日子好不快活。这个时间，二人正在海外居住，林好与祁烁没有提前写信，准备给二老一个惊喜。

船行月余，就到了林氏与程志远居住之地。

那是一个极大的岛屿，规模与大周繁华的城镇的规模差不多，人来人往，热闹非凡。

这本是无主之岛，负责海贸的那些年，程志远选了此岛作为中转之地，有大周官兵驻扎，岛屿渐渐发展成如今的模样。多年前祁烁就把此岛赐给了程志远，程志远成了真正的岛主。

林好与祁烁悄悄登岛，尽管多年海上贸易的放开让京城多了许多高鼻深目之人，但也没有此时放眼望去大半是这样的人的那种新鲜感。

买椰汁糕时，用青叶包裹糕点的摊主就笑着问："二位是才来岛上的吧？"

林好笑着说"是"。

"那你们可来巧了,今日是庆余节,再过半个时辰,庆典就开始了。到时候会有长长的队伍游行,所有人都会加入跳舞的队伍中,还会有数不尽的车停在路旁,车上的美食随意取用……"

听摊主滔滔不绝地说着,林好好奇地问:"这庆余节是什么时候开始的?是庆祝丰余的意思吗?"

"不是,是余生每一日都值得庆祝的意思。好多年前,岛主在海上遇到了风暴,十分惊险,回到岛上就是这一天,于是把每年的这一日定为庆余节……"

林好听了,不由得看向祁烁。

他们竟从没听二老提过此事。

祁烁握了握她的手,以示安慰。

突然,人声喧嚣,向着最宽阔的那条路拥去。

"开始了,开始了!"摊主连摊子都不管了,欢呼着奔向人群。

那种真切的欢喜感染了林好,突然听闻继父遇过险产生的担忧情绪消散,唇边不觉挂上了笑意。

鼓乐声传来,队伍渐渐近了,跳舞的人穿着各色服饰,甚至还有许多穿草裙的。

穿草裙……

林好揉揉眼:"阿烁,我是不是眼花了?那个穿草裙的好像是……我娘?"

祁烁看了一眼,淡定地点头:"是岳母大人。"

林好好一会儿没动弹。

想想吧,一年未见的六十岁老母亲突然进入视野里,却是穿着草裙跳舞,这画面换谁来都要适应一下。

"阿好,我们过去吧。"眼看林氏要走远,祁烁笑着提醒。

林好回过神,提着裙子追上去:"娘——"

跳舞的动作一顿,林氏茫然四顾。

"夫人,怎么了?"服侍林氏的婢女同样穿着草裙在跳舞,察觉林氏的异样,停下来问。

"刚刚好像听到阿好喊我。"

"夫人定是听错了。"

"不对,就是阿好在喊我!"

林氏从欢乐的队伍中匆匆地走出,看到跑过来的林好,一下子呆住了。

林好跑到近前,挽住林氏的手:"娘,想我了没?"

林氏如梦初醒,仔仔细细地打量着女儿:"阿好,你怎么来了?"

她问完,脸色一变:"莫不是女婿广纳后宫,你偷跑出海了?"

走过来的祁烁嘴角一抽,喊了声"岳母大人"。

林氏更蒙了:"你们这是……"

"阿烁把皇位传给了腾儿,我们惦记您二老,就出海来找你们了。"

"这敢情好,以后能到处玩儿了,不用坐牢似的被关在皇城里。"

林氏高兴地拊掌,后知后觉地低头看看小草裙,再看看祁烁,整个人傻了。

糟糕,老岳母的严肃形象丢光了!

林好忍笑问:"父亲呢?"

林氏飞快地把老头子卖了:"他在队尾,也穿着草裙跳舞呢。"

嗯,只要大家都尴尬,就没人尴尬了。

林好笑着推推祁烁:"阿烁,你去找找父亲吧。"

当晚还有篝火盛会,一家四口在篝火边吃着香喷喷的烤肉,喝着葡萄美酒,讲述分开这一年来各自的情况。

"你们甩手不干,也该先把腾儿的亲事定下来啊。"林氏嗔怪地瞪了林好一眼。

林好笑盈盈的,舒心的生活让她看起来不过二十岁出头的模样:"腾儿若有中意的,定会说的,您不用替他急。"

林氏想想小小年纪就格外稳重的外孙,把心放下了:"也是,腾儿是个让人省心的。"

接下来,程志远带二人尝试了海钓,祁烁还学会了一种叫冲浪的游戏。之后四个人乘船前往一个岛国,林好跟着林氏赴了多场宴会。

这里的宴会与大周的完全不同,称为舞会更合适。

数月后,一家四口坐上了回大周的船。

"不再去远一些的地方看看吗?"

祁烁咳嗽一声:"下次吧。咱们大周的风景也挺美,还有许多地方没去过呢。"

那些异国人居然看不出大周女子的年纪,阿好参加了几场舞会,竟有好几个向阿好求婚的,甚至还要决斗!

当皇帝时与那些来大周的异国人打交道,他竟没发现他们有眼拙的毛病。

一群海鸟飞过,向着东方而去,场面壮观美丽。

林好莞尔,依偎在祁烁身边:"也是,先把咱们大周的好风光看过再说。"

无论是海外,还是大周,她与阿烁携手走过之处,皆是好风光。